爱让人勇敢
爱让人怯懦

欣梦享
ENJOY LIVING

敛眉

LIAN
MEI

苏眠说 著

海峡出版发行集团 | 海峡文艺出版社

图书在版编目（CIP）数据

敛眉 / 苏眠说著 . — 福州 : 海峡文艺出版社 ,
2022.12
ISBN 978-7-5550-3059-1

Ⅰ. ①敛… Ⅱ. ①苏… Ⅲ. ①长篇小说－中国－当代
Ⅳ . ① I247.5

中国版本图书馆 CIP 数据核字 (2022) 第 112687 号

敛　眉

苏眠说　著

出 版 人　林　滨
出版统筹　李亚丽
责任编辑　邱戊琴
编辑助理　王清云
特约监制　杨　琴
特约策划　顾　塬　梦　瑶
出版发行　海峡文艺出版社
经　　销　福建新华发行（集团）有限责任公司
社　　址　福州市东水路 76 号 14 层
发 行 部　0591—87536797
印　　刷　三河市兴博印务有限公司
厂　　址　河北省廊坊市三河市杨庄镇大窝头村西
开　　本　710 毫米 ×970 毫米　1/16
字　　数　339 千字
印　　张　18
版　　次　2022 年 12 月第 1 版
印　　次　2022 年 12 月第 1 次印刷
书　　号　ISBN 978-7-5550-3059-1
定　　价　49.80 元

目录

MU LU

第一章 忽惊秋

雨落下来的时候，黄昏的颜色已褪尽了，月亮不曾出来，横斜的疏枝之外，只有暗淡的云霭。

小雨纤纤，初时不觉，待走了数十个来回，才感到脚步都被雨水沾得滞重。她抬头，仍是不见星月，不由得微微皱了眉。

她收回目光，就看见秋夜的花廊的尽头，有一人正负手而立。她看不清他的表情，只从他微微欠身的姿态知道他是在恭恭敬敬地等着自己的。她想起来了，这里是鸣霜苑，是自己让他住进来的。

他的一切都是她给的，可是他耐心地等候在彼端的样子，就好像他很笃定，她一定会朝他走过去一样。

她朝他走了过去，一直走到了他的面前，只有不足半尺的距离。

他后退半步欲行礼，她淡淡地看着，他便止住了动作，垂下眼帘低声问道："公主殿下为何事烦心？"

她舒口气道："只是出来走走。"

闻言，他低头将油衣双手呈上："在下见落了小雨，殿下却未携伞，一时仓促，只得这一件油衣，还望殿下保重玉体。"

她抬了抬下巴。他便将那件油衣抖开，倾身为她披上，戴好风帽，将细绳绕至她的下颌下，松松地系了个结。然后又退开两步。

那一个瞬间，她几乎能闻见他的呼吸，带着夜雨暧昧的气息，顷刻间便散去了。

她瞥他一眼，复转身，又往花廊上走去。他便跟随在后。

“柳先生。”沉吟许久，她终于问出了口，“齐国的冯皓将军，可信吗？”

身后的人脚步明显地停顿了一下，口中却道：“殿下在想齐、夏两国的战事？”

她走在前面，他只能看见她的背影，包裹在暗沉的黑色的油衣底下。她的声音里好像带了笑：“为这一场战事，本宫可等了两年了。费尽心机套住齐王和夏公，还与那冯皓虚与委蛇，你道本宫是为了什么？”

他想了想，道：“为了夏国的盘田三县，膏腴之地？”

她安静了一下，回过头来，隔着缥缈的雨帘朝他一笑：“不错。”

黑暗的夜色下，嫣然一笑，简单的两个字，就坦承了自己的野心。

“但还不止于此。”她转过头去，却不做解释了。他知道不该再问，便只道：“在下听闻冯将军战功彪炳，权位煊赫，在齐国也是一手遮天的人物。”

她点了点头：“本宫便是怕他出尔反尔。齐王遇刺，留下一个孤儿，全靠他姓冯的舅舅一力支撑国体，本宫看他是个聪明人，他也不会相信本宫的。”

“说到出尔反尔，”他淡淡地道，“殿下不是早已得心应手了吗？在下猜测，殿下应当已有准备了才是。”

她没有说话。细雨迷蒙中，他感觉她似乎又笑了。

两个人绕着鸣霜苑的花廊又走了三个来回。雨渐稀，风渐疏，天边渐渐有了光亮，像是月的影子。她与他谈得很投机。她与他从来都谈得很投机，不然她不会让他住进鸣霜苑里来，成为自己最信任的谋士。

不久前齐王暴毙，齐国民怨沸腾，归咎于夏。夏公还在归国的路上，徐敛眉已与齐国大将暗通了声气，半个月后，雁愁谷是夏公一行必经的狭道……

“本宫已许嫁四次，每一次出嫁之前，都会来此走上一遭。”她道，“柳先生可知为何？”

“在下不知。”

她低下头，又走了几步，才道：“本宫在算。只有一个人，对着月亮，才能算得清楚。”

他道：“那么今夜是在下唐突了。”

她摇摇头，不言不语，只伸手拢了拢风帽下飘飞的头发。

他从侧后方看着，感觉那似乎是一个寂寞的动作。但他很快就转过了视线：“这次仍旧让世子去雁愁谷接应冯将军吗？”

“不是接应，是合战。”她看着夜幕下的雨丝，语气一时又轻快起来，“我大哥许久未碰刀兵，正觉无聊呢。不过，本宫不打算让他去雁愁谷。”

“哦？”

她笑笑："柳先生总是这样引人说话的吗？"

"殿下想说，在下便听。"

他看着她的眼睛。她笑起来的时候，眼里像撒了一片碎琉璃，可是也许是夜色太浓，那些嶙峋的晶莹的闪光时明时灭，没有人能够分辨得清楚。

"本宫已将许多秘密都说与先生了。"她淡笑道。

"秘密？"

她忽然觉得倦了。他总是这样的，用平淡无奇的表情，用一两个字引诱的言语，就能勾出她很多话来。这无论如何是件危险的事情，这种被人一分分渗透、一分分浸没的感觉让她感到不安。国事上她有分寸，但其他的事，她就没有把握了。

她往苑外走去。

"这几日本宫须同世子计议一番，你无事便不要出来了。"最后，她说。

他停住了脚步，看着她走远，油衣沉重的衣摆拖过湿润的青石路，扫起几片落花来。

所谓的"几日"，实际却是二十余日。

二十余日，柳斜桥自锁苑中，因未得公主传令，他未出鸣霜苑一步。他很有耐心地等着。

徐国公卿中知道柳斜桥的人不多。他像是公主的一把秘密的剑，被公主妥善地藏好了，只在必要的时候才会拿出来擦拭一番，却从不让它沾血。对这一场齐、夏两国的纷争，他给公主出过三个计策，一是离间，二是嫁祸，三是远交近攻。

不久前公主与齐国的联姻，是公主的第四个婚约了。齐王的先王后早产而死，留下一个稚子，齐王又丑陋昏聩，国中事务都倚仗先王后的兄长冯皓——这一桩婚姻，看起来对公主似乎没有分毫的助益，甚至会折损她的名声。但她却表现得死心塌地，齐、徐订盟的宴会上，各国王公云集，众目睽睽，她挽着齐王的手，笑得温柔良善。

众人都记得，那场宴会上，齐王打了夏公一巴掌。没有人知道这一巴掌是为了什么，然而所有人都猜测是为了公主。毕竟夏公也向公主求亲过——天下五王十二公三十七国，几乎都向公主或明或暗地求亲过。

宴会之后，齐国传来急命，齐王连夜赶回处理国事，却在自己宫中遭遇了刺客，伤势过重，不治身亡。消息传到徐国时，公主立刻就哭了出来。继而公主毫不犹豫地下令追回夏公的队伍，众人这才明白过来——

此时，冯皓已厉兵秣马，宣称夏公是齐王之死的背后谋主，发誓要踏平夏国。与他联手的，是徐国大将、徐公主的孪生兄长。

二十余日之后，公主终于来到鸣霜苑。秋意已很深了，落花都被扫去，枫叶正红，伴着菊黄桂嫩，偶尔被秋风吹到那清浅的御沟水上去。徐国岑都地处河水之北，四季分明，寒冷从不假人辞色，每到这时候，柳斜桥就会犯旧病，无论穿上多厚的衣袍，总是冻得咳嗽。

公主站在窗外，等着他咳嗽完了，才道："夏国盘田三县，土地肥沃，奈何百姓刁顽，如何是好？"

听她如此说，柳斜桥便知道她已成功地拿下了夏国，且瓜分到了她最想要的盘田三县。

天下人只知道徐国公主美貌倾国，却不知真正倾国的是她的智谋。再加上她还有一个所向披靡的兄长，即使他们的父亲徐公既老且病，徐国也能稳踞中原数郡之地，甚至还有扩张之势。

他抬眼朝她笑，笑容像今日的太阳，隔着窗纱，带上秋的金色。她盯着他的笑容。

"让贾中郎去，如何？"他提议。

她微微拧了眉，不似生气，只似犯了点孩子气："贾允？他可是酷吏。"

他但笑不语。

她道："好吧好吧。"这种随便的语气，表明她今日心情的确不错。她转身欲去，复又道："今晚在流玉宫有庆功宴，你也过来。"

他一愣。

"是本宫办的庆功宴。"她看着他道，"父亲和大哥都不会来。你尽可放心。"

他沉默了一会儿，答道："是。"

她想看进他的眼睛里去，可是他已经恭谨地低下了头。

柳先生似乎不愿见到徐公和世子。这是徐敛眉的感觉，她的感觉一向很准。既然他是自己的一把剑，她的确也应善待他，他不愿见的人，她便尽量不让他见。

入夜，柳斜桥来了。流玉宫里筵席已开，齐、徐两国的文武高官欢聚劝饮，徐敛眉坐在上首相陪。

这次与齐国结盟出兵夏国，徐国玩了一把声东击西。明里说世子徐醒尘走不开，派大将范瓒去配合齐国冯皓截击雁愁谷的夏公一行，暗里徐醒尘却带两千精兵走丹阳，奔袭百里，直捣夏国国都阑。夏国国主在外，军队知道齐、徐二国的敌意亦出城去迎接夏公，国内只有一个年迈的国相，被徐醒尘一箭射杀在城楼上。当齐国在雁愁谷复仇成功，徐国的旗帜已插上了阑都的宫阙。

徐国就这样吞并了夏国。柳斜桥虽然猜中了徐敛眉想要做什么，却没有猜中她的做法。

一路上柳斜桥已经听徐敛眉的侍婢燕侣将战事交代清楚。他盘算着，这样的战事若交给自己，自己会如何去打。自己也许会满足于雁愁谷一役，也许会在得到盘田三县后便收兵，怎么也不会想到拔下夏国国都，斩草除根，一个不留。

他站在公主的身后，微微欠身道："恭喜殿下，殿下运筹千里，锐气英边，实不需在下辅佐。"

公主听出了他话里的意思："柳先生是认为本宫太鲁莽了？"

"不。"他摇摇头，"殿下是非常之人，在下不敢以常理度之。"

她饶有兴味地挑起一边眉毛："若以常理，该如何做？"

他便将自己的想法如实相告。公主听了，酒杯搁在唇边，笑意微微深了："这也未为不可。但若只如此，所有人都想到了，那还有什么意思？"她转过头来看着柳斜桥，眸色被灯火映得冷亮，"柳先生，你的计谋若只是这些，那本宫便不需要你了。"

他沉默了片刻，退后一步躬身拱手："是在下识浅。"

她不说话。

难挨的片刻里，底下的人有一些望了过来，都在猜测那个在台上与公主说话的是何等人。

他保持着行礼的姿势，一动不动，像是很诚恳地求她的谅解。徐敛眉这样盯着他，她想知道他会不会有如芒刺在背的感觉，但她没办法知道。

终于，徐敛眉清冷地一笑，示意鸿宾斟酒给柳斜桥。他抬起头看了她一眼，接过了酒杯。

她向他举了举杯，笑道："齐王死了，本宫又自由了，你的确应该恭喜本宫。"

冯皓对徐国如此下作的战术没有说什么，可能也是无力再说什么。他急着赶回齐国去，王座上的那名孤儿还需要他。所以这次庆功宴，齐国只来了几个文人出身的使臣，嘴皮子十分厉害，喝酒却不太在行。

他们大约以为自己要义正词严地谴责徐国很久，谁料徐国招待他们的只有酒肉。徐国出席这次宴会的大多是武将，酒一上头满殿喧哗，整得齐国使者们头疼不已，一个个都找了借口先行告辞。

徐敛眉微笑着看着他们狼狈而逃。经此一役，徐国不顾盟友、妄自尊大的脾性又会在其余三十六国——不，三十五国——口耳相传，但她不在乎。天下人早已知道徐国因女主秉政，惯常翻云覆雨不讲信义，他们还说女人就是这样，若换成徐醒尘，兴许徐国会更有气概一些。但徐醒尘却非常听他妹妹的话，兄妹二人齐心协力，从未生过任何嫌隙，这也是让他国气馁之处。

更让他国气馁的是，明知道徐国公主是一朵有毒的花，却总还是有公子王孙不惜一切地想去采摘；这世上尽有美丽的女人，但这世上只有这样一个既美且狠、还身带半国四郡二十五城陪嫁的女人。

好事者已开始猜测，她的下一个夫君会是谁了。

齐国使者既已离去，流玉宫里只剩下本国人，玩乐起来更加肆无忌惮。公主虽然是女人，却很懂男人的心思，从不禁止他们享用声色美好。歌舞娇娆，酒色温柔，在战场上绷了太紧的弦总是需要放松一下的。

而一片靡靡之音中，却有一个人，只在喝水。

他一身铠甲，冷眉端坐，身边没有女人。徐敛眉的目光朝他扫来，他便执起一碗水向她致意。

范瓒在徐国是仅次于徐醒尘的大将，他原是范国庶公子，在本国不得意而投奔徐国。他的身后有徐国的十万大军，也有范国的数条内线和两县兵民，但他对徐敛眉是说一不二的忠心。

他从不喝酒。他说酒是用来壮胆的，他胆气足够，不需酒来激发。徐敛眉便特许了他，即使给徐公上寿，也可以仅用白水。

徐敛眉朝范瓒轻轻一笑，执盏欲饮，身后的男人道：“殿下已喝了太多了。”她听见了，却好像没有听见，仍是一饮而尽。

范瓒的目光直接而炽热，徐敛眉能将他眼底的欲望看得一清二楚。这种欲望她已见过太多，多少男人，所谓爱她的男人，说出口的，没有说出口的，志在必得的，自知无望的，都不曾掩饰过这种欲望。这使她有时难免轻视男人，男人都太把自己当回事了。

可是她身后的男人，她就从来没有看懂过。这大约是因为他对她根本就没有欲望。她想，若是他也像其他男人那样浅显就好了；可她又想，真好，真庆幸他不同其他男人一样。这样一想，她就忍不住再喝多些。她高兴。

“真的不能再喝了。”身边有人叹了口气，按住了她的手腕。她的手指一颤。她没有看他，却也不去抓酒杯了。

柳斜桥转头说了什么，鸿宾便上前扶住了她，燕侣留下来善后。徐敛眉觉得自己很清醒，推开鸿宾，自己走出了流玉宫的侧门。

冷风立刻扑来，裹挟着花香，激得她闭了闭眼睛。这一闭眼，眩晕的感觉便袭来，她脚底一个趔趄，摔进了一个怀抱里。可她还没来得及蹭上一蹭，他已经扶正了她，与鸿宾一同搀着她往回走去。

她对鸿宾道："本宫还有事与先生商议。"

鸿宾收了手告退。

徐敛眉回头，看见柳斜桥正注视着自己，那眼神好像看着一个孩子，一副明知她要如何却偏偏拿她没办法的宽容模样。她喜欢他这样的眼神。

夜色清朗，徐敛眉踩着内宫小道上的月光，走得踉踉跄跄。柳斜桥扶在她腰间的手加了力道，另一只手谨慎地抓着她的衣袖，没有触碰到她手臂的肌肤。她突然踩到一颗碎石子，轻轻"啊"了一声，他还未来得及反应，她已反手抓住他的手掌，牢牢地，像攀着悬崖上的枯枝，像抱住大海上的浮木，她醉得头重脚轻，全身力气都压在了那与他双掌贴合之处，这时候他若是一松手，她势必会摔成烂泥。

他没有松手。

她摸索着，拇指摩擦过他的虎口。他的手很粗糙，同她一样，满是颠沛流离的生活布下的硬茧；但他的手掌比她大，手指比她长，可以很轻易就包覆住她的手。她抬起头看着前方，嘘出一口酒气。

原来是这样的感觉。原来与男人牵手，是这样的感觉。原来手指上也有心跳，连着一根颤动不已的弦，让她生出了惊弓之鸟一般的恐惧。满世界的风声都不见了，就连身边的人好像也变成了一个虚幻的影子，她只听见自己孤独的呼吸声。

他任她动作，没有进一步，也没有退一步。她觉得这样就足够了，她也不知道自己还在期待些什么。

她松开了他，扶着额头道："本宫想去鸣霜苑歇息。"

她听见自己的声音都在发软，就像她的脚步一样。可他却还是那么平静，平静而温柔。

"好。"他说。

鸣霜苑原本就是徐敛眉的地盘，是她从小长大的地方。只是后来为了方便理政，她时常在奉明宫里休息，鸣霜苑便荒废下来。再后来，她捡到了柳斜桥，就将他安置在这里，因为这里安全。

是的，这个男人，是她捡来的。

那是前年的冬天。她出巡东境，男人披了一身的雪倒在她的行宫门外，恰好撞上她的马车。数个时辰之后，她行宫里的炭火将他身上的雪都催融了，才现出那一袭单薄的青衣，和那一双孤清的眼睛来。

徐敛眉坐在鸣霜苑里自己的床榻边，看着柳斜桥忙里忙外。不论自己送了他多少衣物，他总还是穿着这件寒碜的青衫。她忽然开口："柳先生，你冷吗？"她记得他是怕冷的。

他停了动作，回头道："在下不冷。水烧好了，殿下。"

她眯着眼睛道："本宫没有气力，不想洗。"这话三分撒娇，七分要挟，是她惯用的手段。

他道："那在下去找鸿宾姑娘为殿下沐浴。"

"你为何不肯自称属下？"她却道。

他转头看向她，徐敛眉的目光已冷却，显示她已清醒了。他道："殿下，在下是有国有家之人，在归国还家之前，不想另认他主。"

"你的家……在丰国吧？"她想了想，"那很容易。"

丰国是南方一个小国，从来不在如徐这样的大国考虑的范围内。他要回家，何时不可以？——那他为何至今还不回家？想到这一层，她的心忽然跳得快了一些。

"你若想回去，本宫可以派兵护送你。"她道，"即使要借道楚国，本宫也能做到。"

他摇了摇头，口吻平淡："不劳殿下了。在下若想回去时，自己会回去的。"

她的眼中刹那间掠过一丝冷光，锋锐但僵硬。她没有办法控制自己此刻的表情，所以她站起身往帘内走去。帘内的浴桶里，烧好的热水都快要凉了。

柳斜桥欠身道："公主要沐浴，在下便告辞了。"

"站住。"她冷冷地道。

柳斜桥于是只好看着她在那帘后，一件件脱去了衣裳。深青的帘帷不动，只映出一个隐约的轮廓，然后一阵水声，她踏入浴桶，他便什么也看不见了。

喉头有些发干，温热黏腻的水汽从帘帷四周漫了出来，却让他更是觉得干渴。他应该转身的，可是他没有。

公主虽然有时娇憨，有时顽劣，可是当她真的用方才那样冷冰冰的语气说话时，还是服从的好。

不多时，徐敛眉赤着脚披衣出来，衣角在地上拖出一片水渍。她一手挽着湿漉漉的头发，却更露出了纤细泛红的脖颈。她的确是个极美的女人，他想，她的确是那种任何男人都无法抗拒的女人。

她一路走到了桌案前。那里，摆了一张极大的地图，覆盖了整个方形的桌面。

“取灯烛来。”她头也不回地道。

他用灯烛为她一一照亮地图上的表里河山。

“范国，在徐国的西边，西接北凉，南邻楚。”徐敛眉说，手指指了上去，“若得了范国，你不必借道楚国，也可回家了。”

原来她根本没有听进他刚才的话。她总是这样的，只听她想听的话。

“在下想走会自己走。”他只好又重复一遍。

她摆了摆手，漫不经心地道：“也不尽是为了你。”

他不说话了。

她道：“你今日也见到范瓒了，他不是个好对付的货色。”

“他对殿下，据说是忠心耿耿的。”

“是啊，”她笑了笑，“他想要我。”

这话直白得有些卑鄙，可是他的眼神却危险地波动了一下。暗夜里，他闻见她发梢上传来的清香，看见她晶莹肌肤上的水珠，沿着锁骨打了个旋，滑入衣领里去。是啊，范瓒想要她，他一点也不奇怪。这世上哪个男人不想要她？

“先发者制人，后发者制于人。”徐敛眉淡定地道，“范瓒想要我，而我想要他的国。”

她的目光从地图移到了他脸上。还是那样一张木然的脸，烛火在他眼中跳跃，让她分不清那光亮是属于谁的。

“你说过你会帮我的。”她微微一笑，朝两个人之间的烛火上轻轻吹了一口气，声音像沾了露水般柔婉，或许那醉意还没有过去，“你说过，我想要什么，你都会给我的。”

“在下愿辅佐殿下，以效死命。”两年前，当那个乞丐一样的男人这样对她说话的时候，徐敛眉只是笑了一下。

徐敛眉问他：“你知道本宫想要什么吗？”

他跪在行宫正中，两名侍卫押着他。他看着她的眼睛道：“殿下想要什么，在下都会取来给您。”

她眼睛也不眨一下：“本宫想要你的头颅。”

他直起身，突然反手一抽，身边侍卫的长剑便出鞘，往他自己的颈子上抹去！

——“叮”的一声，斜刺里飞来一颗石子，击中他手腕上的穴道。长剑“哐啷”

一声跌在地上，徐敛眉回头对后边的人笑道："多谢大哥出手。"

一道人影从帘子后边走过去了，一点声音都未发出。他盯着那帘子，方才太过用力的手此刻还僵硬着。那是他第一次，也是唯一一次见到徐敛眉对她哥哥说话。这兄妹二人，几乎从不同时出现。

徐敛眉复转过头来，脸上的笑意还未散去："你为何要这样做？"她看着他的神情就像看着一个有趣的玩意。

他低下头道："在下的命是殿下救的。还殿下一条命，在下不亏。"

这话很坦诚，她的笑意更深："原来这世上还真有知恩图报的人。"

他道："殿下对在下也只有一命之恩。"

她停顿了一下，又道："不错。"

他道："待在下报了此恩，在下自然会离开。"

这是一句很聪明的话。徐敛眉知道自己很多疑，一个男人若别无所求地前来投奔，她必不会相信。但他一开始就将筹码摆得很清楚：他只是来报个恩，分量是他算的，期限是他定的，他想走便会走，他与她之间再没有更多的恩义，也就自然不会忘恩负义。

狡猾。

"你叫什么名字？"终于，徐敛眉问道。

他淡淡地笑了："柳斜桥。"

这一晚，徐敛眉难得地睡得很沉。也许确实是喝多了，柳斜桥将她扶到床上，她落枕便睡着，一只手还抓着柳斜桥的左手。他不得不一根根将她的手指掰开。

他离开了，她隐约感觉得到。可是她的头很疼，喉咙发哑，全身的力气都攥在手上，却还是被他挣脱开了。枯枝滑脱了手，浮木被浪花冲走，丢下她一个人往下坠落。她不知道要怎样才能留得住他了。

一开始都说得那么坦然，说只要报了恩便再无亏欠，她也觉得很好，她不喜欢羁绊。可是现在先软弱的却是她。

他走了之后，她终于放任自己做了一个梦。回到那个坦然的时候，那个她还什么都不在乎的时候。

从那之后，她将柳斜桥留在了自己身边。偶尔做决定时会问一下他，他给出的建议往往很有建设性。他似乎什么都懂，但说话从来只说一半。不知从何时起，她便尊称他为柳先生了。

她开始想，这样的臣子，不啻一敌国。若放了他走，贻害无穷。

她开始想，她要留住他，让他一辈子死心塌地为自己效力。

她于是试图笼络柳斜桥，让他住进宫里，安置他在最靠近自己的鸣霜苑，不断地给他送礼。华衣、宝玉、名剑、骏马，还有美人。可是最后，她不知道自己送给他的礼物都到哪里去了。他仍旧穿着那一袭浆洗得发白的青衣，长发一丝不苟地梳入冠中，用一根老旧的桐木簪束起。她怀疑他将财货移去了他国，趁他不在时命人翻查过鸣霜苑，却发现他把那些礼物都锁在一个房间里，而那些美人，他转手就还给了乐府。

她想给他官爵，他却说，殿下若如此做，在下便即刻启程还家。

这是一个无法收买的男人。这样的男人，令玩惯权术的她找不出弱点。他不接受她的一切转圜的条件，只说："在下若想回去时，自己会回去的。"

联齐攻夏，本来是柳斜桥的计策。此计一成，她便不由得要想，他该离开她了吧？她救了他一命，他还了她一个国家。她真卑鄙，还要用下一个计划拖住他。

日光渐渐透过了窗纱，照到床榻上来。徐敛眉伸出手臂拦在眼前，慢慢地舒出一口气。不管怎样，他没有拒绝，不是吗？他会留下来，直到她为他取得范国。

夏国的土地，徐敛眉很慷慨地分了齐国一半。剩下的一半初归附，人心未稳，徐敛眉很是忙碌了一阵。

柳斜桥不通战阵，内政却知之甚多。公主每次有疑问，他都能给出恰到好处的建议；她再问他的建议从何得来，他还能引经据典。她只好想，他也许就是书读得比自己多吧。

范瓒雁愁谷大捷，加封百户，赐带剑上殿。这个魁梧而寡言的男人站在朝堂上就是一种威慑，冷漠的神色只有对着徐敛眉才会有变化。

柳斜桥私下对她说："范将军对殿下想必是一往情深的。"

她皱了眉，听不惯"一往情深"这种词语。她不答，反将御史弹劾贾允的奏疏扔过来道："治刁民则用酷吏，你出的好主意。"

他拿起来一看，原来新收的盘田三县突发地裂，好山好水都被天公劈裂开了，持法严苛的贾允却还要求百姓缴一样的赋税，乃至于将人给逼反了。

他的神色未动："将贾允召来斩了，再免盘田三年租税便是。"

她看他一眼，忽然道："你早就想好了的，是不是？"

"嗯？"他低低地答应了一声。

鸣霜苑里，地图铺展在他们的面前，奏疏扔得到处都是。红锦地衣上，徐敛眉仍旧是赤着脚，席地而坐，眉梢挑起来，似笑非笑地道：“你当初让本宫派贾允去，便是想好了这一步后招的，是不是？”

柳斜桥坐在书案对面，闻言欠身道：“在下以为，新附之地，先加之以威，再抚之以德，才可长久。”

“原是一条计分两步走，先生当初为何不完整告诉本宫？”她道，“你让本宫牺牲了一名能吏，却还要本宫佩服你不成？”

徐敛眉的话越说越急，面色却越来越平静，那是她发怒的前兆。她虽然在战场上、在敌国间不择手段，但从没有这样对待过自己的臣子。酷吏有酷吏的用处，若不是他的一句话，她又如何会让贾允去面对盘田的夏民？而今他却告诉她，贾允本来就是要舍弃的，唯有如此，才能施恩于民，让新归附的夏民对她感恩戴德——道理她都明白，可他为何不在当初就完整地告诉她？

这回柳斜桥沉默了很久，才道：“在下只是以为殿下信我。”

这话像一根针，一下子刺破了她将将膨胀起来的怒气。

她不知道说什么好，手里抓着一册不知谁写的奏疏，不过是薄纸黄笺，却让她的指甲尖都泛起酸胀的疼痛来。她转过头，咬着嘴唇，半晌，生硬地说了一句废话：“你以为本宫不相信你？”

他没有回答。

她感到一种底细都被揭穿的羞怒，一下子站了起来，袍袖间便摔下几册文书来。温暖的地衣是她下令提前铺上的，因为他怕冷；可是此刻，她只觉这地衣柔软的绒毛都是一根根尖锐的刺，刺得她裸露的双脚无法走路。但她终究还是走了出去，哪怕每一步都要刺得自己的脚底鲜血淋漓，她也不想再留在那里。

走出了门，穿好鞋履，抬起头，她的表情已经恢复如初。燕侣迎了上来，徐敛眉说道：“将奏疏都搬到奉明宫去。”然后她便先行离开了。

燕侣往房内望了一眼，只见一个跪着的背影，青色的，一动不动。

徐敛眉回了奉明宫，关于鸣霜苑的流言，却在这时候蔓延开来。

窃窃私语在深秋里簌簌响动，如风过叶。他们说，公主之所以屡嫁不成，就是因为她在鸣霜苑里养了一个男人。

徐敛眉原本不是很注意掩藏柳斜桥的存在，他是她的谋士，天下人迟早要知道的；但这个时候，这种说法，却委实让她有些尴尬。她去宫里探望父亲，还被父亲拿此事调笑了一番。

徐公卧床多年，身体极衰弱，精神却不错，他伸出手去揉女儿的头发："听闻鸣霜苑里，住了阿敛的心上人哪？"

徐敛眉正坐在父亲的床边给他削水果，闻言老大不乐意地道："怎么还传到您这儿来了？看我不废了那些嘴碎的！"

外边已经把这个传闻说得很难听，可是父亲却笑呵呵地，还把"男宠"字眼换成了"心上人"，徐敛眉只觉得瘆得慌，唯有转了话茬说起灭夏的奇计。徐公听着，却问道："这是谁的计策？"

徐敛眉停了话头，声音轻了一些："前半是柳先生的计策，后半是儿臣的主意。"

"柳先生，"徐公的手指在衾被上划了划，"就是鸣霜苑的那个男人？什么来历？"

她有些不耐烦了，却还是回答道："是个流浪的丰国人，我前年在东境捡到的。"

徐公点点头："丰国，那倒是与我们毫无瓜葛的地方。"

她想起自己的下一个计划，不由得有些赧然："嗯。"

徐公看了她半晌，忽然道："你的头发又乱啦。"

徐敛眉恼怒地道："不是您方才抓的吗？"

徐公笑起来，徐敛眉便作势要闹他，徐公连忙坐起身来，一手去够床边的木梳，够不着，反而觉得一阵气短，眼前发黑，又倒回了枕上去。徐敛眉吓了一跳，连忙叫人进来，又是掐人中又是推宫过血，忙了好久，徐公才悠悠转醒。

徐公睁开眼睛便寻找自己的女儿。徐敛眉站了过来，担忧和羞愧都写在了脸上。徐公想，她在自己的面前表情这么生动，好像是个赖着不肯长大的孩子，谁晓得一家一国的重担都给她扛在肩上了呢？如此一来，徐公的眼神又暗淡了几分，声音低哑地道："是父君不中用，连给你梳个头都抬不了手了。"

徐敛眉轻声道："哪里，是我不听话……"

"阿敛。"徐公说，"我知道外边人是怎么说我的，他们说我卖女儿。"

微风不惊的帘帷里，空气似乎变得一分分稀薄起来。但徐敛眉立刻打破了沉默："谁敢这么说，我割了他的舌头。"都是她愿意的。只要能让徐国强大起来，她愿意以身为饵。

徐公垂首，嗫嚅着道："可我到底希望，你能找个安心的好人家。不必大富大贵……"

徐敛眉不说话了。

"那个柳先生，"徐公喘了几口气，才接着说道，"待闲下来了，带来让父君看看吧。"

第二章 已临歧

徐敛眉回到寝殿，却见到一个意料之外的人。

范瓒身穿一身仪典用的银灰战甲，玄色披风，笔直地立在偏殿里，不知道已经等了多久。

徐敛眉迟疑着迈步进来。

范瓒转过身，浓眉之下的眼睛里燃着令她感到陌生的光。她慢慢走到上首坐下，他披着沉重的甲胄，却还是屈膝行了礼。

“范将军找本宫何事？不待明日朝会再报？”她抿了一口燕侣递上来的茶。

范瓒站起身来，声音低沉：“末将听闻了一些不利于殿下的传言，来请问殿下如何处置。”

“什么传言？”她淡淡地问。

“……”饶是范瓒这样的七尺男儿，此刻也觉得难以启齿，“这样的传言对殿下的名声不好，万一传到了其他国家……”

“什么传言？”徐敛眉打断范瓒，又问了一遍。

“传言，”范瓒停顿了一下，“传言殿下的鸣霜苑里，养了一个……男子。”

她笑了：“这是什么传言？这是真事呀。”她将茶杯放下，“改日让柳先生见见大家。柳先生运筹帷幄，可为我国臂助。”

范瓒的表情既震惊又迷茫，还有一丝痛苦揉在里面：“殿下是说，这是真事？”

“柳先生是本宫的谋臣。”徐敛眉平静地道，“本宫不想再听到除此之外的任何传言，范将军明白吗？”

“末将明白。”范瓒机械地答应了，见徐敛眉整整衣襟便要走出去，忽然又出声道，“殿下。”

徐敛眉转头看范瓒。

那是一张多么高傲的脸，清冷的眉毛底下，一双深不可测的眼睛。范瓒总是将她当天仙一样的人物来顶礼膜拜的，可是今日，他的信念动摇了。

在来之前，他想了很多遍，他要如何保住公主的名节，他要将造谣者大卸八块、夷家灭门，这若是敌国的阴谋，他甚至可以径直出兵去——可就在刚才，公主却告诉他，鸣霜苑里，的确有一个男人。

他只是公主的谋臣，但，他却住在宫里。他可以随时随地接触到公主，公主也可以随时随地去见他。他们可以有密谋，也可以有幽会。

“殿下，末将……”范瓒觉得胸腔里好像烧起了一团火，却因为爱惜着眼前的人而舍不得发泄，“末将希望……您能保重名节，不要被那些宵小之徒害了。”

徐敛眉静静地等着范瓒后面的话。这种等待，还不如说是种逼迫。

气氛变得越来越沉重，拉扯着范瓒往下坠去。在血流成河的战场上都不曾如此恐慌过的男人，面对着她，竟然没有了丝毫的豪气。

“末将可以为您赴汤蹈火……您要攻打谁、灭了谁，末将可以带兵直取……”范瓒闭上了眼睛，一咬牙，“末将只希望您不要再嫁给您不喜欢的人！”

这一晚，徐敛眉又失眠了。这于她而言本是常事。惯常她会去批阅奏疏，可此刻头脑里昏沉沉的，一个字也看不下去。她让燕侣、鸿宾自去歇息，一个人走出奉明宫，又是一弯新月，入了冬了，天色凄清得如同一片黑暗的雪。

范瓒日间的话总在脑海中回响，她却抓不住话中的真实意味。不知不觉，她又走到了鸣霜苑。

偏厢房里亮着灯。她来到房门前，却终究没有敲门，许久，她转过身，在台阶上坐下了。初时还冷，渐渐也不觉得了，她头倚着廊柱，慢慢地闭上了眼睛，房内透出的烛火映到她的脸上时，已只剩了一点剪影，在她的眼睛上轻轻地颤动着。

徐敛眉知道自己在想谁，她在想房内的那个男人。当范瓒对她说了那样一番话之后，她首先想到的，却是那个男人。她琢磨他，计算他，却怎么也摸不透他。

算起来，他们也只相识了两年而已。在他来到之前，徐敛眉已经许嫁了三次，每一次她都是一个人扛过来的，她不知道为什么到了第四次就会依靠他来做决定。

徐敛眉倒是觉得自己应该远离柳斜桥。这个男人，他不动声色，就可以让她体会到一些从前绝不曾有过的情绪，譬如挫败、软弱和突如其来的疲倦。所以她虽然将他留在鸣霜苑，却很少见他。他也十分识趣，绝不做不速之客。他只是等着她，他似乎很有耐心。

徐敛眉有些害怕他这样的耐心。就像在这样的夜晚，她候在他的门外，寒气冻住了她的双膝，但是他不开门。这样的耐心，将她摧毁都足够了。

那个素色的影子倚着门前的栏杆，也不知道坐了多久。

柳斜桥站在门后，就如数日前站在徐敛眉的浴房外面。只看见那个浅淡的轮廓，他就能知道是她。

范将军今日在奉明宫的那一番话，经过宫人的添油加醋，传到他的耳中时，已经坐实了暧昧的样子。他能猜到范将军那一刻的表情，大约是怜惜与苦楚交杂、温柔与愤怒叠加，可是他却猜不出徐敛眉的表情。

宫里的嚼舌也只说到范将军那句近似剖白的话语为止。没有人知道公主回答了他什么，但都很想知道。他也一样。

台阶上的那个女子，从年幼起就与兄长并肩治国，杀伐决断间手腕凌厉，尔虞我诈中长袖善舞，她的父亲极少插手干预，她的兄长唯她之命是从，她若不是女流之身，或许早已盟会诸侯了。

——可她若不是女流之身，又怎么能以四次联姻乱了六个大国？

柳斜桥忽然侧身咳嗽起来，几步去捧起桌上的茶杯，茶水还未入口却已经被自己打翻了。右手在发抖，带得他全身发冷，不可遏止的痛苦从脚底逆流而上，扼住了他的咽喉。一声重响，他用左手将右手狠狠压在桌上，一个扭曲的弧度，几乎能将他右手五指都折了！

冷汗从柳斜桥的额头流了下来，不论如何，被痛苦折磨了这么多年之后，他到底还是知晓了应该如何忍耐。他闭上了眼睛，嘴角牵出一丝寡然无味的笑。

徐敛眉再次醒来时，人已经在奉明宫的寝殿里，三五个暖炉围在床边，宫女端着热水、冷水不停地换进换出。鸿宾一脸焦急地给她敷着额头，见她醒了，不由得低低地叫了一声：“殿下！”话里竟带了泪意。

她的手脚还是麻木的，被过分的温暖一催，反而更加难受，喉头像被人塞了一团不上不下的湿棉花。她安抚地拍拍鸿宾的手，抬眼望向床边忙碌的人。没有他。

鸿宾忙道：“是柳先生，今日早晨送您过来的。”

今日早晨？她的眼睛眨了眨，像是本来已微弱的火光终于被熄灭了。

徐敛眉病倒了。原是秋冬之际易寒的天气，病了也是寻常，只是外边却又传出了难听的话，说有人亲眼见她被那个鸣霜苑的男人抱来奉明宫，也不知道他们晚上做了些什么……

她听着燕侣给她读的进谏的奏疏，感觉头痛欲裂："换一份读吧。这样的话不必再念了。"

鸿宾犹豫着挑出一份递给燕侣，燕侣看了看，复犹疑着展开，半晌也不念。

徐敛眉问道："什么难事？"

燕侣低声道："这是范将军的上疏。他……他以范国庶公子的身份向您求亲，殿下。"

整整七日后，徐敛眉的病才算是大好。这七日里，便连徐公都被惊动，特意到她的病榻前来嘘寒问暖了一番。可柳斜桥却没有出现过。

病后无心理政，不那么要紧的事务她都交给了国相周麟处理，要紧的反而搁置了下来。待到第八日，她终于可以下地，便去了书阁，裹着一身严实的长袍，拿着范瓒的上疏，对着地图琢磨了很久。

出得书阁来时，徐敛眉吩咐燕侣，地图该绘制一幅新的了——夏国已经不在了。

燕侣答应下来。

她紧了紧衣襟，走到辇舆前，对车仆道："去鸣霜苑。"

无论如何，他是不会主动来找她的。每一次都是她先妥协，她竟然也渐渐习惯了。

这是她第一次以如此排场来到鸣霜苑。执戟的卫士护送着她过来，辇舆停下，他们便四散开，守在鸣霜苑的每一个角落。

柳斜桥身穿一身干干净净的青衫，一副干干净净的模样，立在院门前躬身相候。这么恭谨、认真的样子，就好像他特意等了她很久一样。

徐敛眉走到堂上，屏退左右，将范瓒的奏疏随意扔在案上，漫不经心地道："上回多谢先生了。"这大约是说柳斜桥将睡过去的她送回奉明宫的事。

柳斜桥端来茶水，闻言欠了欠身："殿下玉体可大好了？"

她回头看了他一眼。他是如此平静而冷淡。七日之前，她没有敲门，他没有开门，她与他分别在门外、门内各怀鬼胎地过了一夜，而今天他像没事人一样问她这样的话。

她最后垂下了眼帘，手指屈起来，敲了敲书案，自己先坐下。柳斜桥便走过来，拿起了那份奏疏。

他在读奏疏的时候，她便轻轻吹着杯里漂浮的茶末，偶尔抬眼看一看他的表情。柳斜桥没有表情。她过去是真的怀疑过，他可能披了一张别人的面皮，才会做到这么冷漠的样子。不过现在她已知道了，他只是天生的铁石心肠。

范瓒求亲的奏疏或许不能算一份奏疏，它以素白绢帛制成，金丝彩缘，印有范国王族的徽识。毋宁说，这是一份国书。

这份国书不长，但柳斜桥却读了很久。

很久之后，他将它在案上放好，低着头后退几步。她盯着他，不说话。

终于，柳斜桥拱手道："在下恭喜殿下。"

她问："喜从何来？"

"殿下上回说欲取范国，而范将军已经自己来了。"柳斜桥抬眼，与徐敛眉的目光交汇了一瞬间，就像战阵之前一次试探的挒战，"范将军毕竟是范侯的庶子，在范国还领有两县食邑。徐、范联姻，徐国西可向凉、南可向楚，左右腾挪无往不利；范将军也可以得偿所愿。"

她慢慢地道："范将军有何愿望，先生可知？"

他停顿了一下："据在下耳闻，范侯并非不喜范将军，只是侯夫人、世子排挤范将军……范将军得娶徐国公主，于范国有百利而无一害，范侯或许会重新考虑继任者的人选。"

她听了，轻轻地一笑："本宫还以为他的愿望便是娶本宫为妻罢了。"

他礼貌地躬身："自然如此。齐王与夏公，想必也有这样的愿望。殿下明察秋毫，这一点在下以为毋庸多言。"

她点了点头。她知道他说的是对的，事实上，她自己也是这么想的。范瓒若得她支持，范国的国主之位便已得到了一半。她没有什么好怪柳斜桥的，只是有些疲倦。他总是这么冷静，他会不会疲倦？

她的声音略低了下去："父君同本宫说，他希望本宫能找个'安心的好人家'。柳先生，你说，这话是什么意思？"

柳斜桥道："徐公是希望殿下，嫁一个能让自己快乐的人吧。"

"范将军又说，他希望本宫不要再嫁给自己不喜欢的人。"徐敛眉歪着头想了想，"这句话与你说的，却有些差别。"

他没有接话。他只是垂手立在堂上，与她相距数尺，微风偶尔撩起他的衣摆。

她的声音仿佛有些遥远了："本宫当时愣住了。于是问他，怎样是喜欢一个人？结果范将军也答不上来，他只说，他喜欢我。"

原来，这就是宫里人都不知道的后续。她没有拒绝范瓒，也没有答应范瓒。她只是没听懂范瓒的话。柳斜桥感到一丝嘲讽，他不知道这比起直接的拒绝来会不会更伤人。

终于，徐敛眉叹了口气：“柳先生，你也说，范将军对本宫，一往情深。这是本宫第五回许婚了，本宫……自己也不想再守寡了。”

他忽然抬起了头来看着她，好像要捕捉她在这一刻的表情，目光从她的脸上飞快地掠过去了。他那双浅色的眸子几乎变成了透明的，里面无波无澜，只是沉默地亮着。她屏息了一瞬间，像在等待什么，可他已经低下了头。

她于是什么也没能看清楚。一颗悬在半空的心，终于重重地砸回了地上。

走到院门旁，鸿宾来迎接公主，十数个侍卫集结在辇舆两旁。柳斜桥淡淡地道：“殿下过去来鸣霜苑，从未如此兴师动众。”

“本宫还未痊愈，不想步行。”徐敛眉不耐烦地道。

他垂下眼帘：“殿下这样做，不怕流言更炽，令范将军生忧吗？”

“会吗？”她反唇相讥道，“他既然要娶我，就该忍受我。”

他欠了欠身，不言。

徐敛眉想，她真是从没见过他这样的人。他的言语里没有情绪，他的沉默里也没有情绪，每次她以为他有言外之意，最后却发现一切只是她庸人自扰。她这回沉默了许久，才道：“他要娶的是我，你尚且无忧，他又何必要生忧？”说罢，乘舆远去。

他缓缓站直了身，望向她离开的方向。

她最后这句话，他琢磨了很久。

齐王死后两个月，徐国公主答应了大将范瓒的求亲，并允诺将随他回范国完礼。

这个消息一时在三十六国之间炸开，诸王公几乎不敢相信自己的耳朵：范瓒？那是谁？范侯庶子？他——他凭什么？

“他凭什么？”听闻这一消息，病榻上的徐公也皱起了眉头。

徐敛眉伸手去抚父亲的眉头，漫不经心地道：“他说他喜欢我啊。”

徐公奇怪地看了她一眼。过去她来说婚事时，理由都是对方国家的好处，就好像她嫁的不是人而是国。可这一次，却好像不一样了。

徐公没有再问。徐敛眉便开始置办行装，安排国事，一时间岑都上下都染了喜气，宫中尤甚；就连鸣霜苑里，时间都好像过得快了一些。

柳斜桥听闻，在公主离岑的这一个月，将由世子徐醒尘暂时秉政。

徐醒尘是出了名的爱打仗，却也是出了名的讨厌国事。柳斜桥不知道公主是怎么劝服徐醒尘安安分分地坐下来给她守着国家的，从这个角度来说，他也不知她如此操持国柄，究竟有没有想过以后。

她总归是要嫁人的，有一个哥哥在，纵然是同时降世的孪生哥哥，她也不可能做真正的女主。待徐公百年，世子即位，她难道还要继续弄权下去？若世子有了子嗣，她又当如何自处？

虽然外间总说他们兄妹同心，牢不可破，但柳斜桥总怀疑并非如此。他极少听公主提起她哥哥的事情，她哥哥甚至从来不在有她的场合出现——也许面对这样的妹妹，战无不克的徐醒尘也不知如何是好吧？

偶尔公主会来看看柳斜桥。那日她来鸣霜苑摆足了排场，回去之后，流言反而不攻自破——原来鸣霜苑里，只是住着一个行动不便的谋士而已，这没什么的。公主统率一国，还不能有几个家臣？

他听见这样的说法，哑口无言。

岁暮天寒，她来鸣霜苑时却总还是一身单薄的月白色裙衫，她将出行范国的道路事宜交给了他，每次只简单地提几个问题，譬如何处有水流可饮马，何处的大邑可安置偌大的队伍，何处的山道难行不宜经过。他发现徐敛眉对徐国的山川几乎熟悉到了如指掌的地步，就好像每一棵树、每一条河都是她亲眼所见一般。

柳斜桥曾礼貌地赞叹了一番。她说，这都是她的哥哥教她的。哥哥游山玩水，又兼攻城略地，已去过太多地方了。

她说话的时候，一点笑意也无。她似乎有一阵子不笑了。他记不清楚。

他只记得她说过，她要得到范国。可是她没有再提起这事，他不知还作不作数。毕竟若只为了一条避开楚国的便利道路，与范国结亲便可以做到，不必再动干戈。

柳斜桥想，公主可能是真的不愿再守寡了。不知为何，他的胸口竟然频频感到心悸，好像有些东西自己尚且未见上一见，就已经永远消失了一般。

霜降之后，便是立冬。寒风刺骨，柳斜桥闭门不出，守着暖炉，却仍是成日里咳嗽不止。这回来时徐敛眉看见了，便皱起了眉头。

“本宫让御医再去拿几帖药。”她走到他身前道。

“不必了。”他咳得面泛潮红，落入她的眼里，却比往日多了几分人气，“在下还有药，待用完了自会去御药房领的。”

“你要随本宫去范国，药得带足。”她道。

一愣，慢慢抬起头，看向她，她面无表情。

“在下……”柳斜桥犹豫着措辞，“在下怕自己这病，冲撞了殿下和范将军……”

“本宫也会让范将军见一见你。”她道，“不然本宫缘何让你来准备行程？既然是你做的安排，旁人也代替不来你。”

“可是……”

她截断他的话：“你是本宫最要紧的人，留你一个人在宫里，本宫不放心。”

这话分明没有别的意思。柳斜桥是她的谋士，名声却已传扬出去，天下多少双眼睛盯着他，敌意远比友善要多。别的不说，单就齐国的冯皓，恐怕就恨透了他。

可是这话，由徐敛眉坦然地说来，却平白添了几分诱惑似的。她的一双黑白分明的眼眸中没有分毫的杂质，注视着他时会让他觉得惭愧。他自己从来没有过这么坦率的眼神。这大约是属于王者的眼神。

因为相信一切都在掌握中，才有底气这么坦率吧？

半晌，柳斜桥离座行礼：“在下领命。”

徐敛眉安静地看着他。

他却不知，她花了多少个不眠的夜，才终于能在他面前，目不斜视地说完这句话。

十一月朔，徐国公主启程赴范国，要赶在正月与范瓒完婚。范国在徐国之西，范国的国都繇城又在范国西部，车马遥遥，走了一个月才终于看见了繇城的轮廓。

“柳先生说，此处距繇城只有十五里了，正可以稍事歇息，整顿入城。”燕侣在车外通报。徐敛眉掀起车帘一角，见道旁是一片松林，林下正有一片空地，便道：“可。”

范国的雪粗粝而干燥，并不如徐国的雪那么温柔。他们一路行来，已颇觉此间风土之异。好在今日雪已停了，甚至还有太阳将将地挂上了惨淡的天空，照映着松间积雪，不伦不类地温暖着。

使者们在空地上三三两两地坐下。范瓒坐在范国人一边，依礼，这一路他都没有同徐敛眉说过话，但他的目光总是跟随着她。

徐敛眉不无失落地发现，范瓒似乎也变得复杂了。他的目光里除了欲望，还糅进了一些其他东西，她却看不明白。她只能在他望过来时，朝他微笑着致意一下。

“本宫想去走走。”徐敛眉对鸿宾道。然后她转过身，踩着一地枯枝上的破碎积雪，慢慢地往树林之后走去。

她走过了席地而坐的柳斜桥身畔，衣角像蝴蝶飞动在他眼底。但她好像没有看见他。

雪光与日光交射，映出炫目的色彩。松枝间偶尔有鸟雀飞过，便在这色彩中投下一片晃动的阴影。她想那应是很大的鹰，若换了平常的鸟，怕不能挺过这样的冬天。

走到树林深处，上方的枝叶繁密地遮在头顶，脚底没了积雪；只偶尔疏枝上会抖落几片细碎的雪雨，落在地上却瞧不见。她听见了身后的人并不刻意压制的脚步声。

这一路过来，徐敛眉很少露面，除了鸿宾、燕侣，几乎不与旁人说话。自然也包括柳斜桥。

她没有回头，只叹口气道："繇城如此风土，难怪范国强而不富。"

"范国西有强邻，建都于此，是为防范西凉。西凉百姓剽勇善战，范国也难免传得了些习气，所以兵马强于列国。"柳斜桥平淡地回答。

她抿起嘴唇想了想："这不是百年之计。西凉固然可怕，楚国便不可怕了？徐国便不可怕了？都城首要是四通八达，繇城位置偏西，若东境告警，如何是好？"

柳斜桥不紧不慢地道："范国立都于此已有五十余年，这五十余年中，西凉几乎是连年犯境，而相比之下，徐国从未动过范国，楚国只威吓过范国两次。殿下是精于计算之人，想必范侯亦如是。"

"先生倒是知道不少掌故。"徐敛眉笑了，"可是西凉连年犯境，范国何尝有一次真正的伤筋动骨？楚国只在东边威吓了两次，我可记得，范国就死了五个将军呢。"

他静了片刻，似乎是不想再与她争辩，道："待殿下成了范夫人，自可与范将军讲通此理，迁都亦非难事。徐国、范国本是一家了。"

她看他一眼，嘴角微微一勾，沉默下来了。

远方一声嘶鸣，真的是一只鹰飞了过去。徐敛眉看不见那只鹰的模样。她轻轻拢紧了衣衫。

他脱下了自己的外袍，给她披在身上："请殿下保重玉体。"

保重保重，这大约是徐敛眉所听过的最多的话了。因为整个徐国的安危都担负在她的肩上，她便连生病也没有余裕。文武百官给她进献药材，庶民百姓为她的健康祈祷，所有人都依赖着她，都害怕她会突然抛下自己。即便这次暂时来范，徐国上下也无不紧张万分。

可是待她当真病过一场，她才知道，这些人的关心都与她本人无关，而身边的这个男人，甚至根本就不会关心她。

徐敛眉转头，看见柳斜桥惯常的青衣，又将袍子脱了下来，递还他："先生更需要这个。"

她的手伸着，不远不近，他无端感到了尴尬。终于他一把接过去了，却听见她发问："先生当真是如此想的？"

"什么？"柳斜桥重新穿上外袍，闻言下意识地抬头，却撞进她一双深冷的眸子里。

"你当真觉得……本宫嫁给范将军，会……快乐？"一句话分三次说完，徐敛眉的脸色白得像雪，深黑的瞳仁却越发地亮，像燃烧着什么，不遗余力地只为了穿透他的表情。她衣袖底下的手攥紧了，仿佛回忆起某天夜里某只手的温度和触感，连手指尖都在发麻。

这一次，柳斜桥没有避开徐敛眉的目光。他冷静地与她对视。他本来比她高了些许，此刻的态度是有些傲慢的。

徐敛眉这才发现，柳斜桥这张英俊的脸，其实有着冷硬的棱角。挺拔的鼻梁下薄如一线的唇，像一片双开的锋刃。

"范将军——"柳斜桥张口说了三个字，却又停住，半晌才接下去，"范将军既然喜欢殿下，想必会让殿下快乐的。"

徐敛眉好像听见了脑海中一根弦猝然绷断。还是一样的，无聊、庸俗、浅薄的说辞。和半个月前、一个月前一样的说辞。她转过头去，这样的说辞现在已经不能让她有任何感觉了，也许因为她问出这话时就未抱有期待。她已经学会不要去期待男人。只是她仍然可以继续问下去的。那你呢？你会让我快乐吗？

我们诚然有过许多快乐的日子。我们一起，纵横捭阖，比起范瓒，我更愿意与你并肩前行。但是我也并不是很在乎这些，说到底，我也并不是很在乎我自己。我从来不计算我自己。

徐敛眉舒出一口气，抬眼，眼中竟然流动着明亮的笑意："那么——你自由了，柳先生。从这条小道往西南走，便是丰国。"

柳斜桥初时没有听懂她的话，只是呆住了。

徐敛眉朝后方招了招手，鸿宾抱着两个包袱走过来，交给了他。她嘱咐道："这个包袱里是药方和药材，这个包袱里装了几本书。通关的文牒收在包袱最里层，小心带着。路上若还有不妥……"她低头，从自己腰间的玉带上解下一枚玉佩递过去，"这上面有本宫的徽记，你带着它，至少在范国，可畅行无阻。"

他没有接。她示意了一下，他才仓促拿了过来。那是一枚三寸见方的大玉，雕镂出精细的纹路，用金线敷描上去，是一只昂首欲飞的金凤凰。他的手摩挲着这只金凤凰，觉得它好像在发烫。

“在下……”

“本宫知道你要说什么。”她道，“你又要说，你何时想走，自己会走，是不是？可本宫不是个受得住这种要挟的人，你知道的。”

他不言语了。

“你为本宫夺得了夏国一半的土地，用来报那一命之恩，足够了。你若再耽留不去，本宫只会怀疑你。”她说得如此直接，目光露出两个人初遇时冰冷无畏的神色，“何况范将军见到你在，也不会高兴。”

听到最后一句，柳斜桥的眼神变了。

“范将军同本宫说了。”徐敛眉朝他笑了一下，“他希望本宫将你调到外郡去。”她的笑容里没有一丝破绽。

“在下明白了。”过了许久，柳斜桥道。

“也不知道下回相见，是何情状。”她仿佛感叹地说道，“你若留在丰国也就罢了，你若去了别国，我们难保不会兵戎相见。”这是隐隐的威胁了。

徐敛眉负手在后，目光望向那条小道。密密匝匝的树枝青白交错，犹如骸骨堆叠的原野。柳斜桥沉默着背起了包袱，收好那枚玉佩，随她的视线看过去，声音低沉了一些：“殿下如何知道此路可走？”

她低下头看着自己脚尖，微微一笑：“这世上何路不可走？先生当初走遍了南北西东来到徐国，不也是这个道理？”

柳斜桥沉默了一会儿：“殿下教诲的是。”他朝徐敛眉拱手，深深地拜了下去，“多谢公主两年的栽培。”

“彼此彼此。”她笑道。

今日她笑得尤其多。他想多看一会，又怕唐突，总是只能匆匆而贪婪地瞥过。她的笑容是如此志得意满，连和蔼的语气都像是高高在上的施舍。可是他也知道她不笑的时候是什么样子的。她也许是世上最难看懂的那一类女人。

他往徐敛眉所指的那条小路的方向走去，感觉到她的目光停留在自己的背后。他其实不相信她的说辞，因为他知道这条路绝对不是她随便指来的。但又好像没有必要再问了。所有的问题，都已经在她那最后一问里失去了意义。

你当真觉得，本宫嫁给范将军，会快乐？

因为他没有回答好这个问题，所以，她放弃了他。

男人的身影渐渐消失在树林深处。她转回身来，雪还是一样的雪，鸿宾满眼担忧地凝望着她。

徐敛眉低笑道：“怎么，舍不得柳先生？”

鸿宾摇摇头：“婢子只怕殿下伤心。”

“这是我早就答允了他的。”徐敛眉径直往前走去，神色冷漠，“我嫁来范国，便是要为他开这条道路。”

鸿宾咬了咬嘴唇，道：“那您为何还要骗他说，是范将军要他走？您一路过来，根本没同范将军说过话。”

徐敛眉停顿了一下，朝前走去：“这不重要。”

这一日傍晚，队伍入了繇城。范侯在最大的宫殿里设宴款待徐国公主，也即他未来的儿媳。

侯夫人与世子显然坐立不安，而范瓒沉默寡言，偌大的宴会，反而只有徐敛眉一个人言笑晏晏。范国君臣见她如此，都不由得想，这个女人如此大气，怎么在列国间玩起手段却是心机深重？

徐敛眉真是个光彩夺目的女人。范侯知道她曾让申公父子反目，心里带着一万重戒备，却还是抵挡不住她柔和的一笑。其实那只是一种错觉，范侯也知道，这个女人怎么可能是柔和的？可偏偏她这样对着他笑的时候，就会让他以为自己是特殊的，只有自己是特殊的。

范侯又看向范瓒，然后不出意外地，在自己儿子的眼中看见了深深的迷恋。近乎绝望的迷恋。

此时距大婚已经只有一个月，婚礼准备得十分仓促。徐敛眉住进了范国王室在都城内的一处客邸，范瓒派人来向她递话，表示抱歉，这一场大婚，恐怕会成为她所经历过的最寒碜的大婚。不管是丈夫的头衔还是国家的位次，都比不上她过去的四次。

她同来人说：“告诉范将军，本宫不在意这些。”

天晴不过数日，又飘起了雪。一片片雪花大而粗硬，在空中随狂风呼卷着，每一颗晶莹都丝缕可辨。她倚着紧闭的窗，听燕侣给她念徐国传来的文书，雪雾拍在窗上，模糊了小院里的风景。

忽然，遥远的天际传来一声鹰唳。

她目光一动，抬手制止了燕侣的声音，仰头便看见了那只鹰，通体玄黑，身姿矫健，径直从风雪中飞出了她的视线。

“这国都里也有鹰？”她微微皱眉。

范国人莫非好战到这个地步，要将战鹰带到家里来？

燕侣随口道："殿下瞧见鹰了？婢子听闻范将军在徐国时就养了几只鹰的，上战场都不离身。"

徐敛眉转过头，脸上竟然有些迷茫："什么？本宫不知。"

燕侣也大睁着眼睛看她，好像公主不知道驸马的爱好是一件很奇怪的事。

"那不是普通的鹰。"公主一反常态地补充道，"那是战场上用于传令的苍鹰，还可与主人一起杀敌。这种鹰，一般的熬法是熬不出来的。"（注：熬鹰，驯鹰的一种方法，使鹰不睡，消磨其野性，使其臣服。）

燕侣意识到事情似乎有些严重，抬头看她，她面无表情，瞳孔深黑。

她又站了片刻，忽然道："燕侣，你去一趟范将军府上，看一看他的鹰。"

"是。"燕侣点了点头。

徐敛眉却又转身走到床边，从枕下拿出了一个香囊，递给燕侣："将这个也送给他吧。"她低声道："说不得……也许本宫错怪了他呢？"

第三章 忘身桥

正月初一，范侯庶子迎娶徐国公主，满城为之空巷。

但这样热闹喧嚣的场景她已经经历了许多次了，以至于看着车外涌动的人潮，心中只有一片荒芜的麻木而已。大婚的仪式自昼至夜，她披着厚重的大礼袍服在雪中行那烦琐重复的礼节，也不觉得疲倦，更不觉得新鲜，就这样被送进了宫中。

男人们在前殿宴饮，她一个人坐在后边的寝殿里，看那红烛一截一截地烧残下去。

如果不是娶了徐敛眉，范瓒恐怕还得不到这宫里的一个殿。

徐敛眉也不甚在意这些。范瓒既然成了她的丈夫，她总不会让他在自己国中还抬不起头来。两国既然联姻，徐国自然会支持他夺位，徐国的财力、人力都比范国强太多，甚至连发兵都用不上。

她觉得这些都是理所当然的。她来成亲，不是为了守寡的。她过去几次嫁人，她承认，她是用了些计谋，可是其中又有那么几次，她原本不需要杀人的。

然而那些男人，口口声声地说着爱她，说着会对她好，说着没有她便不行，这样类似于承诺的话，转过身便又忘记了。最后反而是她，在列国间落下了一个冷血、绝情的名声。

不对的，她想。这不公平。她从来没有对这些男人承诺过什么，也就从来没有背弃过承诺。她说要嫁，她便嫁了，她只是从来没有说过爱他们。她一直知道自己的婚嫁都不过是买卖，她从不讳言这一点，可这些男人却总要用什么情啊爱的来装裱这些买卖。她不装裱，他们就说她没有心肝。

徐敛眉终于想起来有一个人。他也从来不说这些冠冕堂皇的话。相反，他却说：

“殿下明察秋毫，这一点在下以为毋庸多言。”

她已经将他送走半个月了。以步行计，他应当已经快到范国南界；以骑马计，他早已抵达丰国了。

“嘭”的一声响，范瓒将门重重地推开。她立刻闻到了一身酒气。

——原来他也喝酒。这个男人，还有多少事情是她不知道的？

范瓒身后的侍女上前来在案上布置好酒壶、酒盏等物，便出去锁上了门。红烛摇曳，光影摇荡，范瓒走到红漆的桌案前，满斟了两杯酒到床边坐下，将其中一杯递给她。他这个时候，才抬头看着她。那素来沉默的目光里此刻翻搅起了一潮又一潮的海浪。

“殿下，”范瓒道，“你我二人，便不讲那些虚礼了。饮了这杯酒，末将便保护您一辈子。”他举起酒杯，压低杯口，与她轻轻撞了一下。两个人一同一饮而尽。

范瓒盯着她脸上浅浅浮起的醺然的红霞，一时间，自己也好像有些迷醉了。徐敛眉朝他轻轻一笑：“我送你的东西呢？”

范瓒动作停顿了一下，然后从怀中拿出了那个香囊，表情微微柔和下来：“您是说这个？”

徐敛眉道：“是呀。打开它看看。”

范瓒将空酒杯搁下，轻轻拉开了香囊的银丝索。香囊很轻，他原以为里边装的是花的粉末，然而一探之下，他的脸色变了。

她接过来，将香囊里的东西倒入范瓒的那只酒杯中。

一片簌簌轻响，像是夜雪的声音，其实不过是一把银粉。撒入酒杯，里头的残液渐渐浸透出紫黑之色。

范瓒看着徐敛眉的动作。他的身体僵硬，血液像是一截一截地被冻住，月光从窗口探入，一寸寸将这温暖如春的喜房变作惨白的冷色。

徐敛眉又执起案上的酒壶，在壶柄下隐蔽的机栝上一按，壶盖弹开，内里赫然分为两层，看上去一模一样的酒水轻轻地荡漾着。

徐敛眉仿佛也有些怔忡，低头看着酒壶，许久才低声道：“范将军，你是本宫的第五个丈夫了，无论如何，你比他们都要真诚得多。你说你会保护我一辈子，本宫原来是想相信你的。”

“我——”范瓒手撑着床栏，摇晃着站了起来，她往后退了一步，突然抬起头来。那一瞬间，范瓒竟然在她的眼中看见了一种冷酷而警觉的光，一种他在战场上时常见到的草菅人命的光。

“你在徐国为将，用你那只鹰传了多少消息到范国？”徐敛眉冷冷地道，“其实范侯早已答应立你为储，只是为了让你在徐国待得久些，才特意放些障眼法吧？本宫真有些同情你的嫡母了。”

范瓒声音嘶哑地道：“我——徐国同西凉交好，范国不得不考虑——”

“考虑杀了我？”她冷笑一声，“若不是本宫命人换了壶中的酒水，本宫此刻横尸于此，你便要做好准备，迎接西凉和徐的两面夹击。”

“不。”范瓒却摇头，“我会痛哭一场，然后杀了侯夫人和世子，再与徐国世子联手合击与侯夫人勾结的西凉国。”

徐敛眉的表情僵住。这确实是一条好计。这个时候，她才终于感到侥幸的后怕。可她抿了抿嘴唇，却冷笑道：“这是行不通的。”

未等范瓒反应，徐敛眉已经低下头去，在范瓒的耳边说了一句话。

听见这个秘密，范瓒的瞳孔突然扩大了，里头的痛苦如恶鬼般飞扑出来，高大的身体支撑不住，好像随时都会倒下。

徐敛眉不想再多说一句话，径直往门边走去。却听见身后“哐啷”一声脆响，是酒壶掉到了地上。

“不——”范瓒的声音沙哑如厉鬼，“你出不去的！我不会放你走！”他的身子半瘫在地上，袍袖一把拂下了案上的红烛——烛火在满地酒水间忽然暴涨而起！

徐敛眉蓦然回头，脸色骤变：“你疯了？”

“我是疯了！”火光把范瓒的脸映得扭曲，那双眼睛里她看不明白的东西弥漫成了蔽天的雾，“你的哪一个丈夫不是被你亲手害死的？我若手下留情，难道你会让我善终？你敢说你嫁给我不是为了吞并范国？”

徐敛眉的脊背重重地抵上了门。她不敢置信地看着范瓒，大火舔上了桌案，又蔓延上他大红喜服的衣角。

“我……”她动了动干燥的嘴唇，“不是，这一回，不一样……”可是这个声音却太小了。范瓒没有听见，他仍然恶狠狠地盯着她，那目光让她浑身发凉。

不，这一回，真的不一样！她已经决定要安心下来了，她已经尝试着相信他了，她已经放柳先生走了啊——

大火生出的浓烟弥漫过来，她无法呼吸，心在这一刻用力而徒劳地跃动着，直到将筋脉都拉扯得疼痛起来。她后悔了，她不该放那个人走的；可是她又庆幸，那个人不在这里，不会看见她最后一刻的惨状——

徐敛眉突然转过身，掏出随身的短匕，用力割划那扇锁死的门。

大火里传出范瓒最后的嘶吼声，她不敢转身去看。这个男人，他明明说过喜欢她的，他说得那么诚恳而温柔，为什么一切会变成这样？匕首与漆门之间发出刺耳的声响，间或撞出令她目眩的金光，她闭了气，只有手上的动作不停，不知道过了多久，才划开一道不足半丈见方的小门。

浓烟刹那间窜了出去，她躬下身子往外爬，目光警觉地扫向门外的厅堂——

“殿下！”是徐敛眉的侍卫在大喊。

她站了起来，堪堪避过耳侧一根袭来的羽箭。堂上正在混战，徐国侍卫想要打开婚房的门，却被范国守兵困在鏖战之中。堂外的大殿上，不知道还集结了多少人。

“殿下！”鸿宾一边持长剑劈开飞射而来的箭镞，一边匍匐着身子过来，递给她一块湿润的巾帕，“殿下，走这边！”

她看了一眼堂上的侍卫，鸿宾却比她先下决断：“徐国卫士，为公主殿后！”

“是！”几声气势十足的应答声凌乱地响起。鸿宾再不多言，一把拉着她往偏门逃去。

火舌一瞬间飞窜出来，映亮了冷漠的夜空，却也催融了殿外的积雪。雪水往门里渗透，将火势困在这大殿四周。

偏门外仍有不少范国兵士，燕侣带着数十侍卫在前面开道，鸿宾当即加入了战阵之中。徐敛眉低下身子，“唰”的一声，从尸体上抽出了一把长剑，反手刺死一个偷袭者，一起边战边退。

见徐敛眉杀得兴起，鸿宾并没有感到惊讶，反而是燕侣频频朝这边望了过来。

徐敛眉听见了马蹄声。

“是骑兵！”鸿宾震惊地低喊。

被火光耀得有些头痛，徐敛眉闭了一下眼睛。是她的错。是她轻敌，将数百徐国人带入了这必死的牢笼里。是她贪恋那安定的温暖，是她一意孤行地以为范瓒不会对自己不利。是她明明得知了范瓒给自己下毒，却没有能够料到范侯还有后招。

毕竟范侯的儿子不止一个，但徐国公主，却只有她一个。

她听见了军士的马蹄声，从外向内，如潮水般压迫过来，后退是火海，前进是刀山，她身边的人一个接一个地倒下，至于客邸的那些使臣，不用想了，必定早已就戮……是她的错。她竟然以为，自己的婚嫁，可以是一件和平的事情。

他们往前挪动了几步，死了不知道多少人，终于在包围圈中撕开一道口子。可几乎是眨眼之间，方才还好像远在天边的马蹄声便踏碎了宫中的所有声响！

——范国的骑兵！

徐国的数十侍卫，立刻便丧生在范国骁勇的铁蹄之下。她挥剑杀敌，围上来的范国骑兵却越来越多，马蹄声密密匝匝地几乎要踏破她的头颅——

突然一副铠甲被扔下，一匹马奔过她的身畔，几声兵刃交击的巨响，然后那匹马回旋过来，马上的人弯身一捞，便将她带上马背！

一惊之下，徐敛眉下意识地挣扎起来，谁晓得这范国骑兵抓自己去要做什么恶事？可是身后的人却竟然箍得她动弹不得，另一只手往马背上落下狠狠一鞭，马儿便吃痛发狂般冲出了战阵一角！

她突然发现他给自己披上的是范军的铠甲。

她还想回头看看，他却死命抱住了她，下颌用力抵着她的头发，喉结在她的耳边滚动，他喘息着，说了六个字。

“是我！”柳斜桥说，“我没有走。”

我没有走。

这四个字，音色低沉，伴着震天的杀伐声击入她的耳膜，竟掀出更剧烈的痛楚。身后的人被浓烟呛得咳嗽起来，握鞭的手脱力地垂下，她眼疾手快地将马鞭抢了过来，双腿一夹马肚子，便带着他冲入了黑夜之中。

夜色是妖异的红，渐渐浸入沉默的黑。繇城正一片混乱，她凭着自己的穿着胆大包天地径直飞驰出了城门，竟然无人敢来拦阻。身后的男人始终没有说话，她只能感觉到他的手臂圈紧了她的腰，目光与她望向同一个方向。她驾驭这匹战马奔入城外的密林之中，头顶再没了一丝光，方才在烟雾中耽搁太久，此时一松懈下来她便立刻觉得晕眩，左手不由得抓紧了自己腰间那只男人的手。

月光忽然大盛，眼前一片明亮，却是一条小溪，上有一座岌岌可危的石桥——

“吁！”徐敛眉目光一变，突然狠狠一勒缰绳，马儿一声长嘶，然后马蹄又重重地踏了下去——

“下马！”她声音冷冷地道。

“什——”柳斜桥还未来得及发问，座下马儿突然痛嘶着长身立起，将两个人都甩了出去！她仍旧抓着他的左手往自己身上一带，然后两个人便往外摔去，整个地砸进了那河水之中！

天地骤然飞旋，心好像跳出了腔子，身体都不再是自己的。只听见马蹄乱响，他还来不及感觉全身的疼痛，便被她拽住了右手往那座石桥跋涉而去。

右手。

柳斜桥的目光一时变得极其幽深，像是被痛苦攫紧了喉咙反而一声喘息都发不出来。此处的河水虽宽但浅，方及腰际，还漂荡着坚硬的浮冰。两个人才刚刚艰难行到那座石桥底下，便骤然听见杂乱的马蹄声！

“那是他们的马！”一个粗哑的声音大吼着，赫然就在他们的头顶上方！

“那边，追！”

一、二、三、四，四匹马飞驰过了这座石桥。黑暗之中，她屏住声息，仔细地计数。还有五匹马。

“将军？”

“那匹马跑得太快，说不得，他们也可能弃马逃了。”还是先前那个声音，“下马，就在这附近，仔细搜！”

“是！”

石桥底下蔓生着成片的水草，黑暗里重重围困着二人。徐敛眉回头看向外边，那水草尖上映出几滴似露的月光。她听不见自己的呼吸，于是她往前探出手去，待触碰到了男人的臂膀，才终于放下心来。

好像只有对方活着，才能够确认自己活着。

他在水里抓住了她乱摸的手。

那几个骑兵的脚步声就在桥上、桥下来来回回，仿佛将那水中央的月影都踏碎了。柳斜桥觉得女人的手心里一定也藏了个月亮，她将那个月亮递给了他，水流在他与她的指掌之间滑窜，抹平了两个人粗糙的茧，反显得这一牵手温柔、宁静。他们不言不动，却心跳如擂鼓。

“啪！”一声破空的鞭响，然后她整个身子陡然往前抱住了他！

……

“有人吗？”

“没有，”骑兵啐了一声，“抽到石头。”

柳斜桥呆住，然后才后知后觉地发现徐敛眉紧贴着自己后背的身体在轻轻地颤抖着，可是她没有发出哪怕一丝一毫的声音。

那骑兵方才往桥底下抽了一鞭。

柳斜桥听得出那鞭声中的力道，他甚至听见了布料被一鞭劈裂的微妙响声。抱紧他的身体是如此柔软曼妙，却硬生生地被当作了一块没有痛觉的石头。他感觉到她将脸埋在自己的背上，牙关咬得死紧，他从未觉得自己是如此无用，除了握紧她的手，他什么也做不到。

待她渐渐平静下来，外边的人声已经远去了。他们在此处没有收获，只有仍去追那匹马。

极度的紧张过去后，意识一点点回流，两个人都发觉这水冷得冻人。又等了片刻，她终于先行起身，往外看了看，再拉着他走出了桥下。

两个人靠着石桥边的石墩，大口大口地喘着气。

她转头问他：“还好吗？”

他“嗯”了一声，慢慢地坐起身来，侧过头，望着她。

她那逐渐适应黑暗的瞳孔中映出柳斜桥的模样，他背对着暗夜的密林，脸色显得格外苍白，眼睛一眨也不眨地盯着她看。一刹那间她几乎以为自己在他的眼里看见了欲望，她所熟悉的那种男人的欲望；可是一刹那之后，那欲望消散不见了，只剩下一层无边无际的薄雾，将他的一切情绪都掩盖住，再不容她窥视。

徐敛眉忍不住伸出手去触碰柳斜桥的脸。他不言不动，只是将嘴唇抿得更紧。她靠近了他一些，终于，还是发出了低涩的声音：“为什么回来？”

他说：“我没有走。”

她抿了抿嘴唇，好像听懂了，又好像根本不在乎他的回答。旋即她站起身来，这过程中她趔趄了一下，或许是背上的鞭伤使她晕眩，但黑夜中无法细看，他们还必须得逃命。她往方才的反方向走了几步，感觉尚可，便回头道：“跟我来。”

柳斜桥走过来，伸手扶住她的右臂。

她没有拒绝他的帮助，还安抚地朝他微笑：“往林子深处走，没有积雪，不留足印。让那匹马引追兵向西，我们往东去。”

柳斜桥不言语，只是揽紧了她，一步一步带着她小心地踏过地上的枯枝。

待走了三四里，月华渐隐，而林中仍然暗沉——他才发现，被自己扶着的女人，竟然在不知何时已经晕了过去。

“末将只是希望您，不要再嫁给自己不喜欢的人……”

“饮了这杯酒，我范瓒便保护您一辈子……”

“你的哪一个丈夫不是被你亲手害死的？”

毒酒，烈火，浓烟，男人惨淡的笑和骑兵一往无前的马蹄声——

梦魇中的女人突然猛烈地咳嗽起来，好像那萦绕周身的迷雾还没有散去，时时刻刻绞紧了她的鼻息。柳斜桥连忙将她抱了起来，轻轻拍拍她的脸：“殿下，醒醒？”

徐敛眉茫然地睁开了眼睛，首先便对上柳斜桥关切的眼神。那是关切没错吧？她不是十分确定。

她扶着额头坐起身，见自己正处在那莽林的外围，无风无雪而视野开阔，面前地势向下，稀疏的松柏之间积雪盈尺，不知延伸向怎样的所在。身边有一个小小的火堆，埋在土底下暗自阴燃，她不知道柳斜桥是怎么做到的。

这个时候，她才发现，他仍旧抱着自己。

男人的怀抱很温暖，他又正好这么安静，她也不想出声提醒。他却开了口："范国全境戒严，繇城里进驻兵马，你还要往东走吗？"

往西不出二十里，便是徐国的盟国西凉；而往东漫漫百里，都是范国的地界。

她看了他一眼，站起身来，顺势脱离了他的怀抱："这山谷下面是什么？"她伸脚踩灭那个火堆。

"不知道。"他回答道，"但看来没有路。"

"没有路就没有居人。"她说。

他微微侧了头看向她："您想从此处去？您确定不会被追踪过来？"那目光清浅，褐色的瞳仁里泛着专注的光。

她笑了笑："试试看吧。"

柳斜桥一愣。这却是他说过的话。在献计杀齐王之时，她曾问他："柳先生，你确定这会激怒齐国？"他当时便道："试试看吧。"

同样的话，不同的人说来，语气是如此不同。他是强撑起来的勇气，因为想要显得胸有成竹而故作谦卑；她却是毫不在意的淡漠，因为相信自己无论如何都能化险为夷，所以举重若轻。他看着她往前走去的背影，心里竟有些嫉妒她的从容。

徐敛眉好像从不相信，这世上当真会有走投无路的时候。

这座山谷仿佛是被大雪封印了。

一路走去，地势始终往下，雪也越积越厚。每一次迈步，雪直没至膝。她走得越来越慢，背上的鞭伤好像千钧重物，压得她双腿发软，膝盖以下的骨骼仿佛都随自己的脚步发出了嘎吱嘎吱的酸响。男人忽然走到了她的前面，说道："我背您吧。"

徐敛眉颇感有些惊讶，惊讶的心情的底层还有些什么，她不愿意去想。而柳斜桥已半蹲下身来，雪光之中，他的后背显得宽阔、结实，好像确实值得托付一样。

徐敛眉将双手缓慢地攀上了柳斜桥的颈项，却是试探一般不敢用力。他双手往后托住她的双腿，道了声："稳住了！"便出其不意地站了起来。

她吃了一惊，一下子搂紧了他，片刻之后才轻轻笑了一下："瞧不出来，你还挺有力气。”

柳斜桥淡淡地道：“您太瘦了。”

不管他语气多么冷淡，徐敛眉总觉得此刻的他有些不太一样，好像格外地易于亲近。她想了想，说道：“我小时候可不瘦。那时候有别国的小哥哥来徐国求亲，他跟我玩，一把还抱不起我，被他的父君笑话来着。”

“是吗？”他忽然笑了，“好可怜的小公子，你后来嫁给他了吗？”

徐敛眉愣住了，一时便就这样盯着他看，竟转不开目光去——他的笑容，原来是这样的。

清澈而徐缓，像乱山深处的一线泉流，漫漫然涌动而来，渐渐能填满了所有空虚的罅隙。他应该是开心的吧？虽然她也不知道自己方才那句话怎么就逗乐他了，但她知道自己喜欢看他这样的笑，即使自己要为他挨几鞭子，即使自己将只能做那只在泉水上方徘徊不去的滑稽小鸟，她也愿意永远在他的眼睛里看着自己的倒影。

“没有。”徐敛眉愣愣地说道，“我没有嫁给他。”

柳斜桥视线下掠，正看到她那双仿若痴迷的眼睛。大约是太近了些，她的眼神中一时还来不及藏起那些过于昭彰的欢喜，全被他看了去。她似乎意识到什么，那笑意维持了片刻，低低地道：“你好大的胆子。”

从昨夜到今晨，一切好像已经脱离了正轨，可她现在仍不想回到那正轨上去。她说他好大的胆子，可心里却是希望他能再反驳一句的，玩笑的也好，严肃的也好，总之，让她能稍稍挽回些颜面，但又能继续开心下去，这样最好。

他看她一眼，却轻轻地道：“我好不容易才救您出来。”

这话仿佛没头没尾的，可她却听懂了，一时间，嘴角止不住地上扬。

雪的尽头还是雪。

虽然在这无路的崎岖山谷里走得筋疲力尽，但徐敛眉确实说对了一点：没有道路就没有居人。

终于走到地势最低处，目之所及，仍只有疏密错落的雪，间或冒出一点枯草的尖。徐敛眉在柳斜桥耳边道：“歇歇吧。”手往旁边一指，“那儿有个山洞。”

他朝她所指处走去，果然是个半人高的洞口，他放她下来，便要弯腰往里走去，她在他的身后淡淡地道了一声：“当心有狼。”

这个山洞的洞口虽矮，内里却似乎所容甚大，只是光线暗淡，徐敛眉看不清楚。忽然一声轻轻的擦响，然后一道火光在他手上亮了起来。她微挑眉：“你何时做的火折子？”

“您休息的时候。”柳斜桥说着，将点着火的树枝晃了一晃，便映出这洞穴影影绰绰的形貌。原来这里竟有两丈多高，数十丈方圆，四壁干燥，莫说狼了，连杂草都无一根。他将火把在石壁缝隙中安置好，道：“此处他们一时半会寻不来。”

徐敛眉点点头，走到火把旁边，靠着墙慢慢地坐了下来。终于暂时安全了。意识到这一点时，全身的骨头都在疲倦地发痛，她几乎想就此睡死过去。可是她却仍然睁着眼睛，看着柳斜桥朝自己一步步走来，然后在自己面前坐下。

柳斜桥仍穿着范国的军甲，她猜自己也是。此刻那甲衣上的雪被火把烘得融了，便滴滴答答地淌成了水。头发纠结在一起，脸上冒出了隔夜的青茬，他看上去颇有些狼狈，却令她觉得好像比以往还要好看很多。

至少这个时候，柳斜桥不再是那个仿若不食人间烟火的柳先生，她也不再是那个运筹帷幄决胜千里的徐国公主。至少这个时候，她想，他的每一个表情看起来都那么真实。

柳斜桥伸出手来，轻轻捋了下她半湿的头发：“不歇会儿吗？”

这样的语气，对柳斜桥来说几乎可算是温柔了。徐敛眉愣愣地摇了摇头，她怕自己睡过去后，醒来便再见不到这样的他了。

他淡淡一笑，又往她身边坐了一些，道：“趁着有火暖和，先好好睡一觉。往后的事情，醒来再想。”

“那你呢？”她问。

“我陪着您。”他回答。

她的手在地上悄悄地移动，忽然，被他抓住了。他脸上的笑意似乎还没有消散，就这样睨了她一眼。她抿着嘴唇。

柳斜桥的另一只手伸出来，揽住了她的肩头，让她慢慢靠入自己怀中来：“将就一下。”他的声音好像是响在她的梦里，“待衣裳烘干了，便会好受得多。”

徐敛眉是被寒冷催醒的。

原来火把已经熄灭，湿润的寒意渗入四肢百骸，又集聚在脑海，不知所由的疼痛一起发作了起来。她半撑着身子坐起来，发现自己的身下垫着柔软的布料，还兀自散发着孤独的体温。四周安静极了，又黑暗极了，外间大约已是黄昏，蒙昧的光匍匐在洞口方寸之地，还被那簌簌的落雪的影子所侵扰。

柳先生到哪里去了？

徐敛眉揉了揉额头，虽然勉强让自己冷静，却仍止不住心中不断涌起的复杂情绪。他若是丢下她，她自己也可以逃生；但他若是去找范国人来呢？这时候她不得不反省起自己的轻信，昨夜发生的那些生死奔命的事情，其实不过是她一厢情愿的幻想吧？他怎么会真的舍命救她，她又怎么能相信他？

才刚遭遇了范瓒的背叛，转眼又将自己的脆弱暴露给另一个男人。她怎么能做这种傻事？

徐敛眉探手入怀，那把从不离身的匕首还在。她握着匕首的柄，深吸一口气，往洞外走去。

忽然，一个身影遮住了洞口的光。

她一愣，而柳斜桥已经探身进来，怀中抱着一把干柴，肩上负着几只野物。两个人差点撞上，她后退一步，他站直了，说道："您醒了。"

很自然的一句话，就好像柳斜桥从来没有离开过她。男人把那些东西都扔在地上，专心地生起了火，她安静地看着这一切，慢慢地将手从匕首上移开。

噼啪几声，火光耀了出来。她这才看清他带来的东西，有药草和死了的野獐子。那野獐子还是洗净了剥了皮的，柳斜桥将它架在火上，转身又去收拾墙角。墙角是她方才睡过的地方，原本铺着他的外袍，他在那外袍下堆了很多柔软的干草，又压了一下，手法十分熟练。

他的身上散发出洗浴过后的微凉的清气。长发重新梳理过了，以桐木簪束了一半，露出光洁的额头和清逸的鬓角。他又穿回了他的青衫，敝旧而朴素，胸前的衣襟微微敞开，一只雪白的小玩意冒出了头来……

"嗯？"饶是她见惯了各种阵仗，此时也忍不住惊讶地低呼了一声。

他好像这才想起来，连忙将怀中的小兔子小心抱了出来："这是我在谷中捡的。它断了腿，险些冻死在雪地里。"说着，他便要将这只兔子递给她，她却没有伸手。他眸色一暗，将它放在了地上。

它也不跑不跳，就在地面上蜷着身子躺了下来。

徐敛眉咬着嘴唇靠近一些，看见它的左后腿上绑着一条青色的布料，上泛着干涸的血迹。它微微眯起了眼睛，好像在打量她，她也不怕，便这样与它对视。

烤獐子的香味散发出来，油水一滴滴地落在火堆里。

"小时候，父君也送过我一只兔子。"徐敛眉生硬地道，"谁知我抱着它的时候它却咬我，我吓得手一松，它便跑了。"

"兔子被欺负得急了，自然会咬人的。"柳斜桥淡淡地道。

她迷惑地望着他，“可我何尝欺负过它呢？我给它好吃好住地供着，还陪它玩，去哪里都带上它。我这么喜欢它，它为何还要这样对我？”

柳斜桥许久都没有说话。野獐子彻底烤熟了，他将野獐子取下来，徐敛眉便拿出了那把匕首来割獐子肉。他看着她毫不费力的动作，道：“那或许只是它不喜欢您吧。”

“咔”，锋锐的匕首割到了骨头，发出刺耳的声响。

“都不重要了。”徐敛眉说，“后来它被我祖父的下人抓了去，做成了菜。”

他微微一笑。

徐敛眉扯下一块肉来递给他，他摇摇头，她正要送进自己口中，衣摆却被什么蹭了两下。

她低头，见那只雪白的兔子正仰着小脑袋安静地看着她。她被小兔子那若有所待的神情逗笑了：“你莫不是一只吃肉的兔子？”

柳斜桥道：“这只兔子看来是喜欢您的。”

她瞥了他一眼。

一只野獐子两个人分食，还留下大半，柳斜桥收好了，又去捣鼓他采来的那些草药。她看看外边已是全黑，但自己却毫无睡意，便拿一根草茎儿逗兔子玩。

白兔闻了闻草茎，张口要吃时，她却把草茎挪开；待它艰难地拖着伤腿追了上来，她却又把草茎悬得高高的……

“您这样待它，它都会记住的。”柳斜桥的一句话，打消了她所有玩兴。

懊丧地扔了草茎随它去吃，徐敛眉转头，看见他捣出了一团药糊，不由得皱了眉：“做什么？”

“给您上药。”他平静地道，“请您将衣服脱了。”

她沉默了片刻，说道：“我自己来。”

他的语气没有分毫变化：“您的伤在背上，您没法子自己来。”

徐敛眉突然抬头盯着柳斜桥。一晚上和乐融融，他没有想到她还会对自己露出这样的眼神。锋利的，像精钢的箭镞，直射过来，一无余地。

一时间，柳斜桥不觉得难受，只觉得尴尬。

两只手全染了药草的黏腻汁液，苦味渗进了掌心肌肤，往内里钻去。柳斜桥甩了甩手，道：“您不愿意便算了吧。”说完他便起身。

“你去哪里？”她发问。

“去洗手。”他道。

“哪里有水？”她却也站起来，“我去沐浴。你带路。”

柳斜桥微微无奈地看向她，她已经往前走去，话音缓了下来，仿佛是最终放弃了什么：“回来你给我上药。”

走出洞穴，便见雪、月交映，整座山谷泛出柔和的银白色。她道：“这范国的月亮，是不是比徐国的亮些？”

“那是因范国干燥少云，月光不受遮蔽。”柳斜桥走到前面去为她引路。

“我听闻范国与西凉交界的地方，传唱着一首歌。说是这月亮虽亮，却寒冷逼人……”

“月兮月兮，皎而寒兮，我独无衣。月兮月兮，出而落兮，我独不归。”柳斜桥低声道，“这是戍边将士的歌。”

“是了。”徐敛眉点点头，“总有一日，我会让所有的将士都不再唱这首歌。”

柳斜桥一愣，但听她平静地继续说道：“我会让月出与月落的地方，都只有一个国家，那就是徐。”

第四章 猜心水

柳斜桥抬起头，看见那一弯苍白的眉月，虽则不过露出一点钩子样的轮廓，但确实是光辉明亮。

身后传来哗哗的水声，是公主在他寻到的溪涧中沐浴。他时而担心那掺着冰块的水太冷，时而担心她背上的伤被冷水逼得发作，最后却想，自己为什么要担心她？她那么英勇无畏，周旋列国十年不败，这样的一点小事，哪里轮得到他来置喙？如此再想自己方才坚持给她上药的情景，便觉自己滑稽得可笑了。

柳斜桥不是第一次等着她沐浴。这一刻，却好像与在徐国的王宫中有很大的不同。他能感觉到空气中涌动着一触即发的暧昧和她刻意的纵容。她总是这样的，一边勾起男人的情欲，一边却又明明白白地鄙夷着男人。

“柳先生。”清冷的声音从后方传来，太久没听到的称谓令他恍惚了一下，“我的衣裳。”

她的衣裳不是她自己脱下来的吗？为何要问他？柳斜桥茫然地转过身——月光清透，照得汩汩流动的涧水如珠玉四溅。她侧身倚着一块大石，锁骨以下仍浸没在水中，水波挟着碎冰不断拍击那块大石，她长长的头发也随之在水花中漂荡。

她在水中站定了，一动不动地凝望着岸上的他。

他往前走了一步，脚下微觉异样，低头，才发现自己险些踩到她的里衣。他连忙将它捧起，朝她示意，她轻轻一笑，一头扎进了水里。

他一惊，几步走到水边来，只见水下柔白的身躯如妖魅般，长发在水面上散开，“哗啦”一声，她在他脚边探出了头，溅了他一身的水。

她仰头朝他笑，伸出了一只手来。

他也伸出手去。他不知她要做什么，他感到很危险，他不能这样被她所操纵。可是他伸出的手里，却好像已经满载了期待，他不能回头了。

她却一把抓下他手上的衣物，在出水的一瞬间披上了身。

手上的期待被流水冲刷而去，他后退了好几步，才敢抬眼看她。

她低头系好了衣带，又伸手将长发捋出了衣领。她直着身子，月光在她身上的千千万万颗水珠上折射出千千万万重清光。她朝他走了过来。

徐敛眉在柳斜桥的面前站定了，眼睛微微眯起，好像在审视着他。他沉默以对。终于，她轻轻地笑了一下，转身便走。

徐敛眉想，自己若再不转身，想必，就要被这个男人给看穿了。她从未发觉自己如此拙劣。她希望他能看自己一眼，她甚至认为只要一眼就够了。她没有别的奢求。可是他连这一眼，也不肯给她。

其实这个男人已经对她很好。他没有扔下她，还给她找来食物和药。他没有因为她的傲慢而生气，他仍然愿意帮助她。归根结底，他救了她。

徐敛眉可以忘记自己为他而挨的一鞭，也不会忘记他将自己从范国王宫的火海与铁骑中救了出来。这样就足够了吧？她到底还想要什么呢？那一眼有什么重要的呢？

回洞穴的路上，两个人谁都没有说话。她背上的伤经过了流水的冲洗，污垢除去，剧痛没了遮掩，发作起来。她不知道跟在自己身后的男人在想些什么，这使她更加难受，古人说的如芒在背，真是很有道理。

洞口躺着一团毛茸茸的小东西。徐敛眉惊讶地抱起它："它是在等我吗？"

柳斜桥却道："它伤了腿，要挪多久才能挪过来？"

徐敛眉沉默了片刻，抱着它坐在了草堆上，侧头在兔子耳边轻轻哄着，他不知道她说了些什么。

他重新生起火，捣好的药糊都快干了。他低头看火，道："可否借匕首一用？"

她看了他一眼，将白兔放下了地，探手入怀，将匕首拿出来，"哐啷"一声，扔了给他。就像投降一样。

柳斜桥拾起匕首，她紧盯着，见他面无表情地将匕首放在火上炙烤，心头的那根弦一分分地松弛下去。似乎在交出匕首之后，其他的妥协就都变得无足轻重了——她解开了衣带。

她抿紧了嘴唇，转身背对着他侧躺下来，把自己的后背全部露给了他。

那道鞭伤从她那半褪的后领口探出了一端，就像毒蛇的芯子。

片刻后，柳斜桥将药糊抹上烧红的匕首，走了过来。身边的草堆微沉，是他坐在了自己旁边。她闭上眼睛，他拿着她给的匕首，随时可以割断她的后颈。

可是他为什么要伤害她?

徐敛眉想，就如自己今天醒来之际，她应该学会不要那么莫名其妙。她想，柳先生毕竟和其他人不一样。她应该安下心来，试一试，相信这个人。仅仅是相信，对她来说，应该……不难。

“……”被火炙得滚烫的匕首挑开了她的伤口，她咬紧了牙关，冷汗流了下来。

药的刺激，火的炽烈，刃的锋利，险些逼出了她的呻吟；可这一切却又偏偏伴以极度轻柔、小心的动作，好像工匠在处理一块稀世而易碎的玉。他的手一边将她的衣领轻轻往下拉，一边将药敷上裂开的伤口。

她看不见自己的后背，也看不见他的表情。

他的表情很深沉，眼眸中有不明的光在闪动。

流水洗过的脊背苍白瘦削，肌肤泛出水润的光泽，却布满了交错的陈旧伤疤。刀剑的伤疤。他处理好了她的新伤，才问：“原来您也上过战场?”

徐敛眉微微一愣。然后她一点点将衣衫拉上来，盖住了自己的后背，仍是背对着他道：“我偶尔会随大哥出征。”

柳斜桥点了点头：“难为您了。”

徐敛眉沉默着。柳斜桥拿着匕首去洞外洗了一下，回来还给她：“您早些睡吧，我来守夜。”

徐敛眉却摇了摇头，坐到柳斜桥的身边来。

柳斜桥感到有些惊讶，但没有阻止。她隐约感觉到他身上的气息，他的臂膀就在她的身侧，但她只能凝视着燃烧的火光。

“你好像很有经验。”徐敛眉一动不动，嘴里说道，“找吃的、采药、生火……”

“我逃难过。”柳斜桥平淡地道，“您忘了吗? 我走了大半个中原才来到徐国。”

“我也逃难过啊。”她轻轻地一笑，“我曾经从申国独自逃回徐国，后边还有追兵……”

“可您是公主啊。”他转过头来，“您逃难的时候，心中其实清楚自己的目的地吧? 您知道哪里会有人接应您，也知道再走几天就能有食物和马匹，而且您还那么熟悉地形……”

她看着他。他平和的话音里好像有一道裂隙。

“而我，我总不知道自己要去哪里。”他的声音渐渐低沉下来，“没有人追我，但也没有人等我。我也不知道，倘若自己立刻便死了，是不是也没有人发现。”

她动了动嘴唇，却没有说出什么来。

他一次说了这么多话，一时也有些累了似的，眼帘垂下，神色安静。那只雪白的小兔子不知何时挪到了两个人中间，前腿搭在他的脚上，一双红红的眼睛看着他。

柳斜桥正伸出手去，却被她抢先一步将兔子拎走了。

“我不知道该如何安慰你。”徐敛眉的语气很镇定，“但我也并非生来就知晓自己要做什么的。”

他抬起头来，她的脸庞在火光的映衬下明暗莫辨。她却没有接着说下去。他等了一会儿，终于浅淡地笑笑，道：“殿下是天之骄子，何须同我相比？”

“可是你却救了我。”她转过头来，凝视着他，他笑得很平静，眼底如一片荒芜旷野，没有丝毫的笑意。她想从那旷野上翻找出一星半点情绪，却无果，反而教自己迷失了路径。

“是啊。”柳斜桥大约也有些累了，话里带上了感叹似的，“是我放心不下。”

其实像柳斜桥这样面无表情的人，常人看了，反而会觉得他一定藏了很多心事；而像她这样将什么都写在脸上的人，却会更易于伪装。

徐敛眉垂下眼皮，身子往火堆旁凑近了些，也就往他身边凑近了些。相比火堆毕剥燃烧的声音，男人要平静得多了，可她偏偏能够听见他的呼吸略微乱了一瞬，她低着头，也感觉到他望过来的目光。

她缓缓地伸出了手，拉住了他垂在地上的衣角，然后一点点向上攀缘。然后听见他笑了一下，她的脸色稍变，手将要缩回去了，他却伸长了手臂揽住她，让她的头靠在了自己的肩上。

方才那言语和动作的小心翼翼仿佛都被他这个拥抱所消解，她忽然就不知道自己为什么要那么忐忑了。

柳斜桥的肩膀很宽，臂弯温暖，他根本不在意她的不善言辞或傲慢无礼。她过去所见识过的男人或多或少都会被她所影响，他却全然不会。反而，他只会影响她。

“睡吧。”他低低地道。声音在空气中仿佛变了，变成了温柔的。徐敛眉的心于此时奇异地安定下来，仿佛进入了一个无风无浪的港湾。

“母妃！”

夏日的鸣霜苑里，姹紫嫣红一时齐绽，随着天边的彩日流云一同变幻出无穷的梦影。她沿着记忆里那条长长的缤纷的花廊奔跑，脚底的小屐啪嗒啪嗒踏出吵闹的声响，将花丛中的白色蝴蝶都惊了出来，翩翩飞动到垂柳深处去了。

“阿敛？小心一点！”母妃就在花廊的尽头笑着等她，朝她张开双臂。她欢喜地叫了一声，一下子扑进了母妃的怀里，拉着母妃的袖子撒娇道：“母妃母妃，陪阿敛去捉知了吧！”

母妃还未作答，却先听见一旁父君和蔼的声音：“怎么又闹你母妃？你母妃的身子不好，让鸿宾陪你玩去吧！”

徐敛眉一听便急了，连忙从母妃身上下来，拉着母妃左看右看：“母妃您生病了吗？什么病？重不重？”

母妃却脸红了，不说话，拿眼斜觑凉亭上的父君。父君笑了起来，道：“你母妃要给你带个弟弟妹妹来，你得乖一些。”

徐敛眉的眉头皱起来了：“弟弟妹妹？”

父君笑着点点头：“是啊，阿敛想要弟弟还是妹妹呀？”

她低下头盯着自己的脚尖，想了想，才说：“阿敛想要个大哥哥。”

父君和母妃愣了一下，旋即便开心地笑出了声。她却好像有些郁闷，一脸没好气地看着他们俩，全不明白这有什么好笑的：“要是能有个大哥哥，父君就不用这么辛苦了！”

她以为自己叫了出来，其实却没有，暑热的气流从她眼前浮动而过，她在父君和母妃的眼里仍然只不过是个异想天开的小孩子。他们还在笑，好像根本没有注意到她说的话。

笑声，蝉鸣声，风声，鸟语声……那是一个再也回不来的夏天。

徐敛眉睁开眼睛，便立即被火光耀了一下，她发现自己正侧躺在火堆近旁，连发梢都沾上了一点火星子，难怪梦里那样热。然而腰身上却被一只手臂圈住了，似乎是在睡梦里拉着她以防她掉入那火焰的深渊。

男人的呼吸在她身后均匀地起伏，他已是睡得熟了。

天仍未晓，篝火仍未燃尽，而梦中那阵眩晕的心悸仍未过去。她静静地躺了一会儿，才轻轻地挪开了柳斜桥的手，一个人走到一边去。

天亮的时候，柳斜桥从洞里出来，便看见徐敛眉正抱膝坐在洞口边的石头上，望着白雪皑皑的山林，不知道在想些什么。

路过的风吹起她的头发，间或露出她那白得几近透明的脸，一双深潭样的眼底波澜不惊。他走上前几步，脚底踩碎了积雪，她才回过头来看了他一眼。

“殿下没有睡好吗？”他轻声问。

她轻轻笑道：“梦见了一些事情，便起来坐一坐，谁晓得坐到了这个时候。”说着将手边的东西往前一推，“顺道去摘来的野果子，权充早饭吧。”

柳斜桥拿起野果子瞧了瞧，她却笑得好像更开心了：“你大约没见过，放心，我方才也吃了。”说着还拿起一颗咬住，朝他眨了眨眼睛。

他有些赧然，也觉得饥饿，便默默地吃了起来。她一边颇感兴趣地看着他，一边道：“冬日在狭道里行军，有时同粮车断了联系，便可以让士兵们去找这些果子吃。它们都长在阴凉的地方，往往还能引导军队找到水源。”停顿了一下，又道，“这也是我大哥教给我的。”

柳斜桥抬起头来，看见她的双眸如水，因为他的闯入而泛起些微的涟漪。他低声道：“您昨晚梦见什么了？”

这话问得有些僭越，但话里的关心却让她的心中微微有了暖意。她转过头去，云淡风轻地道：“梦见了我的母妃。”

他一愣：“徐夫人？”他过去从未曾听说过。

“我父君继位的时候她已经死了，所以她算不上徐夫人。”徐敛眉淡淡地道，“我梦见我们一家人在鸣霜苑里游憩，我的母妃怀了身子，父君便小心地呵护着她……”她抬起头来，没有叹气，就让话语突兀地断在了这里。

柳斜桥道：“殿下还有弟弟或妹妹的吗？”

“没有。”徐敛眉说，“那一年恰逢上莒国来袭，父君在战斗中受了重伤、双腿残废，母妃受惊之下便小产了。从那之后，母妃便再不能怀孕了。”

柳斜桥沉默下来，走到她的身边，想了很久，却是把她昨晚说过的话原封不动还给了她：“我不知如何安慰您，但若我说，我的父母家族都已经一个人都不剩了，您会不会好受一些？”

闻言，徐敛眉竟然笑出了声。转过头看他，眼眸中烟波流转：“这还是你第一次同我说起你的家人。”

柳斜桥说道：“日子过去得太久，我也很少会想起他们了。”

徐敛眉沉默了片刻，才道：“莒国攻徐，那都是十八年前的事了，那年我才五岁。可我总记得那么清楚，好像一切都发生在昨天一样。”

莒国攻徐，在当时并不曾有外人特别注意；但后来徐公甫一继位便灭了莒国，轰动天下，众人也才记起原来更久以前还有过这样一桩耻辱。

总是要在强大起来以后，才有资格让人记住自己。人如是，国家也如是。

梦里的那个小女孩如今已经长大了，她已经知道了父母亲的笑声里，并不全是那些轻松愉快的事情。

柳斜桥将挪出洞来的小兔子抱到了腿上："不论如何，您还有徐公和世子，还有徐国百姓。"

徐敛眉低垂着眼睛，也看着那只小兔子，半晌，才道："哪知到了此处，却只能同先生相依为命了。"

柳斜桥微微一笑："承蒙殿下关照。"

闻言，她也浅浅地笑了起来。

援兵不来，追兵也不来，洞中的日月就仿佛凝固了一般。徐敛眉倒是毫不着急，还自到谷中猎野味去。柳斜桥也出门去，找来了一些干燥的木柴收好，还搬进来几块平整的石头。又将两个人的范军的甲衣拿去溪涧里洗了洗，裁出铠甲下的布料，和着干草塞成了一床褥子。

两个人就这样各自忙碌了一整天，到傍晚时分在洞口相聚时，心头竟生出归家一般的错觉。

徐敛眉看着柳斜桥堆出来的褥子，皱着眉又道："这……这有些小。"

"那就是给您做的。"柳斜桥一边清理着她带回来的野鸡一边道。

"那你呢？"她在洞中转了转，"你睡哪儿？"

他不答，反而将那只野鸡提起来，又看了看道："这是雪地里冻死的？"

"啊，"她躲开他的目光，小心翼翼地笑了笑，"可不是吗？大雪天的，难道还有活蹦乱跳的野鸡不成？"

他盯着她的侧脸，像是很严肃，其实心里早已想笑："你知道野鸡很难烹调的吗？"

"我知道。"她对着他那似笑非笑的神情，没来由地觉得气短，索性一把将他手中的什物夺了过去，"——我这就去给它拔毛。"

说着，她便提着野鸡要往外走去，他却忽然从后头伸过来双臂，她震惊得僵住——

他轻轻巧巧将她手里的东西夺下来，漫不经心地道："天底下哪有让堂堂公主殿下打下手的道理。"

那个怀抱旋即就离开了，她的一颗突然跃起来的心又轻飘飘地落了下来。

两个人吃过了烤野鸡，月亮已经挂在中天，夜晚的山谷里寂静一片，只有这个小小洞穴里散发出轻柔的暖意。

小兔子倚靠在徐敛眉的怀里，伤腿蜷了起来，歪着小脑袋睡得正香。徐敛眉一手护着它，一手拿起一截顶端烧焦的干柴在沙石地面上画了起来，时而停下陷入沉思。柳斜桥看过去，却是许多他看不懂的线条，像是国境山川的舆图，却又比舆图多了一些东西。

“这是什么？”柳斜桥问道。

她看他一眼，笑道：“这是我自己做的沙盘。”

他怔住：“沙盘？”

“是啊。”徐敛眉往某个地方点了点，“看，这是繇城。驻地离繇城最近的骑兵是临凉骑，在繇城与临凉郡的交界处。昨日范侯为了对付我，将骑兵都调出来了，可见临凉郡对此早有准备。这样的时刻，范侯不可能不提防着西凉，所以势必还要从别处调兵排布在与西凉交界的一线上……”

不知不觉中，她将自己方才正在思索的问题都自问自答了出来，偶尔往那个只有她自己才看得懂的沙盘上添些东西，话音渐低，目光渐深。柳斜桥听得似懂非懂，心里却被她那自信满满的模样勾起了一簇细小的火苗，他抑住它，认真地、不动声色地，带着一副寡淡的神情。

徐敛眉忽然停下来，看了柳斜桥一眼，脸上难得地有了些羞赧：“献丑了。这是我……从小爱玩的……游戏。”

游戏？柳斜桥不禁失笑：“原来殿下小时候便是心怀天下了。”

徐敛眉静静地看着柳斜桥的笑，虽然明知道找不见他这笑容的底细，却还是为之心动神驰，于此，她竟无计可施。

柳斜桥又道：“可惜在下没有世子那样的谋略，能同殿下一起纵横这沙盘。”

她看着他那微微露出寂寞似的表情，心头像被什么拉扯了一下，鬼使神差地，她一手撑在地上朝他靠过去，仰着头去凝视他的脸。他没有后退，眼睛轻轻眨了一下，像是蝴蝶扇动了一下翅膀，然后那清亮的泛着涟漪的眼眸便凝视着她。

徐敛眉抿了抿嘴唇：“先生何须那样的谋略，先生已经是最好的了。”

她沉静的目光中带着几分郑重，他却好像全无所觉，沉默了片刻，声音清冷下来：“您对范将军也会说这样的话吗？”

“什么？”她的瞳孔微微放大了，像是惊讶，旋即又回缩，像是在冷静地思量。

他慢慢地道：“您明明知道，这样的话会让人误会。”

方才心底浮现的片刻温存好像从来没有出现过，她冷冷地道：“我从不说假话。”

他背转身去，向火堆里添了一根干柴，声音在火光里有些飘忽：“在下问的不是真假。在下曾说过，范将军对您，是一往情深的。”

她的脸色变了几变。连日以来的忙碌让她没有余暇去想范瓒，此刻被他提起，她才惊觉那个人已经成了一个令她羞耻的禁忌——范瓒是她曾嫁过的男人中，看起来，最接近于爱她的那一个；可也是她曾嫁过的男人中，最接近于杀了她的那一个。

徐敛眉闭了一下眼睛，终于还是感到有些乏力的惘然："范将军——我只说我要嫁他，不曾说我不会杀他；他却说要保护我一辈子，转眼便在我的酒杯里下毒。你们男人究竟想要什么？"

徐敛眉的语气是迷茫的，仿佛还要向他求解；她没有听见他的辩驳，于是这迷惑中还混杂了她自己也说不清楚的恼怒和冷嘲："我说过我不想再守寡了。他想要什么我给不了？他娶了我，储位唾手可得，便是西凉，我也可让他们不再袭扰范国边境。他想要什么我给不了？"

她转过头，蓦然间，却被堵上了双唇。

她震惊得忘了呼吸，只见他的眼睛专注地凝视着自己，仿佛深海里落了漫天的繁星。下一刻她便觉得不适，他稍稍放开她一些，却一手扣住了她的后肩，辗转又吻了上来。

柳斜桥的唇碾过她的，轻轻试探她的齿关；却在她即将开门投降的前一刻，善解人意地退了出来。

不过是刹那间发生的事。

他自己也在微微地喘息，目光却更亮了，好像有火在烧："您问男人想要什么？男人想要的，都是这个。"

柳斜桥出去了。

徐敛眉愣愣地伸手触碰自己的嘴唇。还有些微妙的湿意在上面，那是被他亲密触碰过的地方，像拂晓时半开的花。她逼迫自己去回忆那个吻，去回忆那一刹那间仿佛魂魄都会因此而投降的感觉，火光在她的脸上映出了沉默的光晕。她不由得转过了头去，不言不语地只是盯着那已经乱掉的沙盘。

这不对……徐敛眉想。这是什么意思？她嫁了五次人了，却被一个吻打乱了阵脚。她的那五个丈夫都不曾吻过她——也许他们是想要的，只是他们不敢。她熟悉他们眼中的欲望，却是在今日才知道这欲望具体是什么。

是那半明半暗的火光，是那难以压抑的轻喘，是那额头忍耐的汗水和温柔如动物的舔舐。可是他接着便放开了她，很快地走到了洞外去，好像在逃避着什么一样。这欲望，让人冲动，也让人感到恐惧。

还好他及时地逃了出去。徐敛眉不由得想。不然下一刻，她会做什么，他会做什么，他们谁也无法预料。

可是刚才的那个吻好像还压在自己的唇上，触感鲜明，她无论如何都不能无视它。火还在静静地燃烧，温顺的白兔依赖地躺在她的衣角，她伸手一下一下地给它捋顺了雪白的毛，心却成了一团乱麻。

柳先生，原来可以是一个很温柔的人。

徐敛眉越是与他相处，越是觉得自己过去看待他太过苛刻。从那一晚的那个吻过后，他再没有任何逾矩的行为，但每一个眼神、每一个动作似乎都放得轻轻的，让她感觉到自己是被人照顾着的。撑持着徐国这么多年，她竟然不知道自己还是一个需要被照顾的人，夜里需要有人暖着她，白日需要有人陪她说话，甚至连走着、坐着也需要有个人相陪——她几乎感到慌张，她有些害怕他把自己变成连自己都不认识的样子，可又觉得好像这样也没什么不好。至少在这个地方，再没有第二个人看到她的这副窘态。

何况徐敛眉每次以为柳斜桥对她温柔得过分的时候，再抬头看进他的眼睛，却又是一片捉摸不定的迷雾了。

她原本是一点希望也不留了的，可是他却吻了她；吻了她之后，他却又再没提起过，就好像这件事从来不曾发生过。

她一遍遍地劝自己说，这次是不一样的。柳先生和其他男人不一样，自己对他的感觉……也和对其他男人不一样……

深夜里，二人一兔仰天躺在洞口之外的干燥地面上，夜空中星子稀疏，弦月将冷冷的银光洒遍了山岗。她偶尔侧过头来，看着他一派平和的侧脸，心头就像被小爪子挠了一下，然而他转过头来了，她却又慌张地别开了目光去。

徐敛眉听见柳斜桥清朗的笑声，耳根瞬时红了，手却一把拎过那只兔子，摆在了两个人中间。

小兔子不耐烦地往她的身上拱了拱，她被蹭得心浮气躁，干脆将它抓到了身上来。小兔子却又拱上了她的胸口，才终于安分地躺了下来。

这一下，可让她连心都有些发堵了。可看着小兔子好不容易躺下安睡，却又不忍心再闹醒它。柳斜桥饶有兴味地看着她纠结的样子，他过去竟不知道她的表情如此丰富。

然而下一刻，小兔子将腿一伸，徐敛眉的领口被拖开了些许，柳斜桥就笑不出来了。

徐敛眉连忙将衣衫拉好，根本不敢去看柳斜桥的表情。她此刻只想把这只兔子摁死在怀里。

柳斜桥的眼神一时有些深沉，他不像她，在这种时候会移开目光；他反而会越发专注地盯着她看，仿佛毫不在意，又仿佛极其在意——她总是摸不清楚，可是最终，她总还是会朝他靠近一些。

徐敛眉小心地护着小兔子，倚向柳斜桥的身边。他曲肱而卧，她将头悄悄靠了过去，他没有说话，她就一个人开心了起来，嘴角沁出了柔柔的笑意。

这是一份极珍重，又极缥缈的欢喜，在这几乎没有什么是确定的人世间，她得到了这样的欢喜，就好像得了一切。

这样的时光对她来说很新奇。在这个与世隔绝的地方，他们没有什么重要的事做，只是发着呆看星星，他会对着她笑，而她可以偶尔任性。她不需要任何戒备与计算，就可以活下去。她想，或许这种活法也很好。

“世子大约会来接您吧？”很久之后，他开了口。

她“嗯”了一声。

“出了这样的事，”他顿了一下，“徐公和世子想必很担心您。”

“我自有盘算。”她生硬地截住了他其他的话。此时此刻，她不想听他说这些。他却半撑着身子侧过来，看着她道：“出了这个山谷，您便是徐国的公主，整个徐国都在担心着您。”

她被他这样注视着，不由自主地竟然感到心虚：“不出这个山谷，我也仍然是徐国的公主。”

柳斜桥的眸光一暗：“不错。”

她的心好像被什么挠了一下，不知为何，她很害怕看到他这样的神色，不由得靠近他一些，低低地道：“柳先生。”

“嗯？”他应道。

“我……”她凝视着柳斜桥那浅色瞳仁里流转的星光，心如擂鼓，话音却是呢喃着，“我很高兴你没有走。我再不想放你走了。”我再不想放你走了。她几乎用尽了全身力气，才说出这样的话，她若有所思地看着他，在他的表情中寻找自己想要的东西，一遍又一遍。

柳斜桥不说话。也或许他是想说些什么的，可在对上她的眼神的那一刻，他却避开了去。

“你救了我的命，”徐敛眉深吸一口气，希望让自己看上去不那么狼狈，“回徐国之后，你尽可以提要求……”她希望柳斜桥提怎样的要求，已是呼之欲出。可是她有些胆怯，她再没有说出这个要求的勇气。你会明白的吧？她望着他，眼中不自觉地充满了希冀。

他却始终只是沉默着。

被困在谷中的第十七日，徐敛眉终于收到了鸿宾的飞鸽传书。

她扯下自己外袍刺绣的一角，绑在了鸽腿上，将它送了回去。转身，便见柳斜桥一身青衣，懒散地倚着山壁，眼帘微垂，好像并不在看她，开口却道：“他们何时到此？”

她道：“不出三日。”

“怪不得您坚持往东走。”柳斜桥低声道，“范国想必将所有兵力都布置在西境防范西凉，哪里知道徐国会从东边乘虚而入。殿下谋略，远胜列国。”

徐敛眉看他一眼，轻轻一笑：“还不是被你看穿了。”

“世子要坐镇岑都，大约不会轻易亲征。”他道，“来的是褚将军，还是易将军？易将军与范将军有故，所以在下猜测，来救驾的当是褚将军。”

她不置可否，一手捋着兔子身上柔软的毛，却听他又道：“殿下从来不曾想过会被困在这座山谷里吧？殿下总是胸有成竹，想必早已算好了今日的吧？”

柳斜桥的语气仿佛有些急，她抬头，却看见他的嘴角掠过一丝淡淡的笑：“可在下却险些以为，可以一直留在这里。”

徐敛眉的嘴唇动了动。她想说，我也是这样以为，可她知道这话不能说。

“至于那天晚上，对您的冒犯——”他开口。

她怔怔地看着他。

“是在下一时糊涂，请您不要放在心上。”每一个字都安静、沉稳、平淡，就像这座山谷里苍灰色的天空和一望无际的冰雪。

第五章 不复返

得知公主被骗、下落不明，愤怒的徐国世子派出三十万大军在范国境内长驱百里，兵锋直犯繇城；范侯大惊失色，急忙从西境撤军回援，奈何万事已晚，繇城沦陷，范侯在回师路上被突袭的西凉军所杀，夫人、世子尽成了徐国的囚徒，范氏宗亲数百人俱被押送到岑都。

范国，亡。

徐国左将军褚功明在谷道前列好了阵，自己下马亲迎公主回銮。

公主走出这座山谷时，还穿着许久以前那套成亲的喜服，虽然干净，但已经破烂不堪。发暗的红色映衬着她如雪的脸颊，一双眼睛含着冷冷的锋芒，扫视过这漫山遍野朝她铿然跪下的千军万马。

“殿下！”燕侣、鸿宾从褚功明的身后奔了出来，给她披上了长袍。她的下巴往后一指，她们便看见了柳斜桥。

燕侣捧着另一套衣物走过来，低头道：“柳先生，多谢您救了公主，徐国上下都感念您的恩德。”说完，她也将那衣袍给柳斜桥披上。他一言不发地任燕侣动作，目光一眨也不眨地凝望着公主的背影。

徐敛眉站得很直，半个多月前受的伤似乎是彻底好了。鸿宾陪着她上了朱轮的马车，她的裙裾逦迤地拖过雪地，又消失在车门之后。

“柳先生？”燕侣在轻轻地唤他，“请您也上车，在后面。”

柳斜桥安静地跟着燕侣走过去。上车坐定，马匹起行，车帘在身前晃荡，间或漏入外间积雪的光。他沉默了许久，才低下头，看着那只从自己袖管里一瘸一拐地走出来趴好的小兔子，它好像完全没有感觉到他们已离开了那个安全的山谷，正去往一个陌生的世界。他的手在新袍子的玉带上摸索了一下，“咔嗒”一声，玉带钩里弹出来一个纸团。

徐国的军队闻名列国，一靠纪律，二靠速度，三靠主帅。如今那盛名在外的主帅留守国都，但有公主坐镇的徐军仍然纪律严明，行进如风，她来时花了半个月才走完的路程，归去时只花了十天，这还是算上了她下车安抚路边百姓的时间。

徐敛眉知道若不是范侯太过大意，徐军原不能如此轻易取胜。她三令五申，如今的范国百姓便是徐国百姓，徐国士卒不可掠取一分一毫。而范国人渐发现这个徐国公主比之前横征暴敛的范侯好得多，乃至于夹道欢迎她的车马，这也是令槛车中的范国贵族始料未及的事。

柳斜桥稍稍掀开车帘，便见到公主正与路边的百姓交谈，那农夫模样的老人将怀中的枣子捧了出来，公主便笑意盈盈地拿了几颗来吃。一旁的卫士紧张地欲拦阻，公主却装作没看见。

徐敛眉在世人面前，其实颇爱笑的。那样笑起来的她，甚至还有几分孩子般的可爱。

笑是女人的武器。柳斜桥想起在那座山谷的溪涧中，赤裸的她如某种男人无法抵挡的妖物，朝他笑得千娇百媚的样子。那时候他几乎可以确定，她在有意地引诱他。

但他们已经走出了那座山谷，一切也就回到了原点。她是高高在上的徐国公主，而他只是个无官无爵的卑微谋臣，他们在路上甚至绝不交谈。他必须谨慎，他知道所有被妖物迷惑了心神的男子都活不下来，如果他要迎合她的引诱，他至少要保持清醒，要占据上风。

这一晚军队在范国的边境上扎营。徐敛眉清点了三分之一的人马在此处守望屯候，剩下的带回徐国。忙完大小事务时夜已过半，她走入了柳斜桥的营帐。

柳斜桥正在看书，听见声音略微抬了下头。

徐敛眉穿着一身轻便的戎衣，黑衣结束，外罩黑甲，凛然生威。她走过去，看见柳斜桥在读《吕览》，微微一笑：“先生欲做吕不韦吗？”

柳斜桥摇摇头，合上书：“吕不韦总不会将自己的经验写进这种书里。”

她在他几案对面坐下来，便有侍从上前斟了两杯茶。待侍从退下了，她才缓缓开口：“本宫此来，是有话问你。”

“殿下请问。”他彬彬有礼地道。

“本宫听闻，楚国半个月前突然攻占了与丰国接壤的芸城，丰国原本不过两县之地，芸城便是其中一县的县治，是也不是？”

他的表情微微一僵。这一微妙的变化自然落入了她的眼中。她低头抿了一口茶，便听见他道：“楚国十年前因内乱而元气大伤，如今倾力进攻丰国，大约是得知徐、范结盟，内不自安，要另辟一条往西的商道吧。”

很精到的分析，徐敛眉点了点头，漫不经心地道：“不错，楚国当年的内乱还是因为本宫而起。那你为何回范国来找我？”

他沉默了。

她看着他，男人沉默的时候，仿佛会更显出几分棱角，可又偏偏掩饰成温顺的表象。她深吸一口气，继续说道：“你回来是打算找本宫救援丰国的吧？你原本想回家，却发现家国危殆，才不得不求助本宫，是不是？”

“……是。”柳斜桥道，“丰国位于多国交界之要地，殿下若放任楚国攻占丰国，势必危及徐国西南。”

徐敛眉的眸光暗淡下来，可她知道柳斜桥是讲道理的。虽然在烈焰熊熊的范宫，在白雪皑皑的山谷，她曾经幻想过他是专程为她披荆斩棘而来，幻想过他或许还是舍不得离开她——

可是不讲道理的感情终究只能是幻想。

“可惜如今半个月过去了，丰国一半地盘都已降楚。本宫虽然不怕楚国，但也不想得罪它——”徐敛眉闭了一下眼睛，话音冷静，“最多出一千人，送你回家。你的家乡所在何城，本宫可以保证夺回来。”

他飞快地掠了她一眼，那一眼中带着毫不避讳的诧异。她承受住了，还补充了一句：“柳先生不想回家吗？”

“我——”柳斜桥的眉头微皱，仿佛染了清淡的愁绪，“若是如此，那在下不想回家，殿下。”

“半个月前你还想向本宫借兵，而今日你却说要放弃丰国？”她紧紧盯着他。

“不是放弃。”他摇摇头，“楚国出兵占领芸城之时尚未站稳脚跟，我回繇城找您，是因为那时候出兵丰国正好可以打击楚国；但今日楚国已经攻占了丰国一半的疆土，徐国再出兵，就得不偿失了。”

她慢慢地道：“看不出来，你每一招还都是为徐国着想的。”

他微微欠身。

她嘴角微勾，半带着嘲讽道：“有时我真怀疑，你究竟有没有祖国。”

他看她一眼，眼神里竟然毫无波澜：“与其救丰，不如伐楚。”他缓缓地说道。

一时无人说话，空气好像凝固了一般。

“本宫毕竟是先楚王的孀妇。”她冷冷道。

“是。”

“先楚王为了本宫，先灭莒，后灭南吴，最后，死在了东江水里，谥号厉。”徐敛眉冷淡地道，“如今的楚王是先楚王的叔父，对本宫的仇恨不小。”

“是。”柳斜桥的回答恭谨，神色从容，似乎很有些书生的底气。徐敛眉不免有些想笑，“楚国即使国力大不如前，毕竟坐拥东南四十多座高城大邑，曾经又是多年的霸主；你让本宫伐楚，可想清楚了没有？”

“只要殿下有意，在下可草拟伐楚方略，交殿下审阅。”柳斜桥道，“楚国虽忝列强国，其实不过百足之虫，早在十年前便大势已去——”

“不必了。”她冷睨他，“本宫只答应为丰国救一次急，而先生不愿意便罢了。父母坟茔所在的地方，先生也不想回去看看吗？”

“不想。”他回答得很平静，“父母只会以我为羞。”

她听得有些不自在，也许是此时此刻的柳斜桥，完全变成了一副陌生的样子。她于是寥寥地应了一句：“天下无不是的父母。”

他看她一眼，眼中浮出极淡的笑意：“是啊。殿下有父兄的宠爱，自然会这样说。世子一听闻殿下在范国出了事，便立即派出三十万精锐，不惜与范国铁骑在范国境内硬碰硬。如此的手足之情，不是人人都能有的。”

徐敛眉盯着柳斜桥：“柳先生想说什么？”

“很久以前，在下也有几个兄弟。”柳斜桥淡淡地道，“我与他们感情虽然不算坏，但无论如何，也做不到像世子与殿下这样同心同德。你们就从来不会发生争吵吗？”

“不会。”她生硬地回答。

“那等到世子娶了妻子，得了小世子，而殿下依旧大权在握，你们仍然不会发生争吵吗？”他望向她，“等到徐公不幸——”

“柳先生，”徐敛眉陡然打断了柳斜桥的话，目光冷厉地射过来，“这些都与你无关。”

“是。”柳斜桥低下了头，做出臣服的姿态。他反应得如此之快，甚至于让她觉得烦躁。

“本宫不会让徐国有那样的一天。”她站起身来，冷冷地道，“本宫宁愿自裁，也不会毁了徐国。”

柳斜桥低着头，叹息般地道：“殿下，在下伐楚的提议，便是诚心为您的未来着想啊。若世子将来同您——您总要有力气自保。”

徐敛眉再不想听，径直拂袖而去。

公主车驾回到岑都的那一日，徐国世子徐醒尘来到了西城楼上，亲自迎接妹妹入城。

徐醒尘除了带兵出征外，很少抛头露面，若不得不出面时，也往往身穿盔甲、戴着头罩、面具。据说这是因为他十三岁首次随楚王出征南吴国时被南吴世子一剑刺伤了面部，从此他便再不肯让人看见他的脸。但也有人说，其实那位南吴世子的将死之躯，根本伤不到徐国世子，那一剑的伤很快就愈合了，徐国世子仍然是英俊倜傥的好相貌……

徐敛眉在马车中一言不发，柳斜桥骑马在旁，行入城门时，他抬头望向城楼上那个沉默的身影，那个徐醒尘，整个人都藏在重重的甲胄之下，只在盔甲之间露出一双深沉而冷酷的眼睛。

柳斜桥其实看不清楚那双眼睛，但他对车中人说："世子的眼睛与您很像。"

车中人没有接话。

柳斜桥仍然住回了宫中的鸣霜苑。在他以公主救命恩人的身份扬名徐国之后，这样的安排便激起了许多议论。其中最是言之凿凿的，便是徐公有意将公主许给他，让他成为公主的第六个丈夫。

柳斜桥恍如未闻，回来之后，他先是好好地喂了一番兔子，然后找出一套赴宴的新衣。那是丰国制式的衣衫，青色长襟，靛蓝箭袖，衣衽比徐国的要高一些，上面暗绣着大片大片的菖蒲花。他穿着这样的衣衫去了宴会上，当即引来了无数人的注意。

徐敛眉在大殿遥远的彼端站了起来，目光朝他投射过来。柳斜桥一步步走上前去。徐公果然来了，不知道是病还是懒，斜斜地倚着至高处的软罗金榻。他能感觉到这个老人也在打量着他。

徐公确实在打量着柳斜桥。然后，他对身边的女儿道："此人不好，有戾气。"

徐敛眉抿了抿嘴唇，不说话。

待走到距离丹墀上的主位数丈开外，柳斜桥停住脚步，而公主举起了酒杯："柳先生单枪匹马勇闯繇城，救本宫于水火之中，千钧一发之际不改其节，本宫须同众卿一起，敬柳先生一杯。"

她的声音不高不低，不软不硬，但在这刹那间安静下来的大殿上，好像还激出了数重回响。

徐国公卿的脸色顿时严肃起来，大家都站将起来，在公主的带领下向柳斜桥敬酒。

柳斜桥觉得这个场面颇有些滑稽，像一场傀儡戏，但一转念，他自己也不过是个戏中的傀儡。他喝光杯中酒，润了润喉咙，道："士为知己者死，在下得公主知遇之恩，死而不悔。何况公主英姿天纵，为公主执鞭，是在下的荣幸。"

她高高在上地凝视着他。他们彼此心里都知道，方才这一来一往，都不过是客套话罢了。但她仍然忍不住揣摩他这话里有几分真心，有几分预示了他接下来的回答。

徐公摆摆手道："今日且由寡人做主，柳先生，你想要什么赏赐？尽管说来。"

柳斜桥看了徐敛眉一眼，上前一步，跪倒在徐公面前的台阶上，整个身子都伏下去。

"在下只有一个请求。"柳斜桥一字一字地道，"请徐国发兵伐楚。"

"哐啷"一声脆响，白玉酒杯被拂落在地，碎玉飞溅。

奉明宫后边的寝殿里，徐敛眉沉默着侧身坐在桌边，眼里泛着冷酷的光。鸿宾默默地走过来，持箕帚扫去了地上的碎片，又直起身道："殿下，您吃点东西吧……"

"外边的人可看够本宫的笑话了？"徐敛眉冷笑，"他倒是给本宫出了个好题目。"

鸿宾停顿了一下："柳先生将军国大事当作邀功的把戏，这若是叫楚国知道了……"

她却径自站起身来："本宫去一趟鸣霜苑。"

经了一冬的萧瑟，暗淡的鸣霜苑里刚刚探出些极浅的绿意，又被她踩踏了下去。

他仍如过去一样，站在院门口相候。恭恭敬敬的样子，就好像他从来没让她为难，又好像他从来没让她产生过不恰当的期待。

走进厅堂，沏了茶，徐敛眉才道："你知道本宫是可以反悔的吧？可以装作从不曾听见你在宴会上的请求。"

他欠身道："是。但在下过去从未见殿下对内臣出尔反尔过。"

她清冷地一笑："你不是内臣。"

他不言语了。

"本宫此来，是想听你的理由。"她放下茶盏，专注地盯着他道，"伐楚是件大事，你必须说服本宫。"

他看她一眼，起身去书架后取来了一册文稿，双手呈递上去："这是在下这几日来拟出的方略，请殿下过目。"

她一动不动地道："本宫问的不是这个。"

"此时此刻伐楚，对徐国而言将是最合适的。徐国有南吴四郡，又刚收了范国的精兵，西边与丰国结盟，即可对楚国形成包围之势。只消南吴四郡在东南做出点声势，殿下从西北线突破，楚国便会左右掣肘……”

“本宫问的不是这个。”徐敛眉冷淡地打断柳斜桥的话，“本宫问的是理由。本宫问的是你为什么坚持伐楚？是你，不是徐国。”

柳斜桥叹了口气，将那册文稿放在了两个人中间的桌案上：“楚国是丰国的强邻，多年来欺压丰国，如今更是径直攻城拔寨。殿下若再不出手，丰国便要灭了。”

“我以为你不在乎丰国的存亡。”徐敛眉冷笑道，“何况你的风格向来畏手畏脚，怎么会仅仅为了救丰国就去动楚国？”

被她这样毫不留情地点破，他的表情也没有分毫变化：“这是其一，殿下。其二是，在下的父母兄弟，就是被楚厉王的军队杀死的。”

她的眼睛微微眯了起来，沉默地审视着他。

“不知这个理由，够不够？”他平静与她对视。

这是柳斜桥第一次说起他的身世。徐敛眉曾经试图查探他的底细，但只知他浪迹天涯，萍踪辗转了大半个中原，甚至还去过极北之地，却就是查不出来他是从何处启程的。他说他是丰国人，她也只能姑且相信。

她想从他的脸上找出破绽，却无果。

“在下旧家在沐城。”他续道，“沐城与楚国接壤，十年前，楚厉王在楚国西陲围猎，出了边境，口渴而进入一个农家。农家招待不周，楚厉王便杀了他们全村。”

她记得这件事。十年前，她十三岁，刚刚成为楚厉王的王后。

“只有你逃了出来？”徐敛眉面无表情地问。

“只有我逃了出来。”柳斜桥点点头，“我在亡父的尸体下躺了两天才逃出来，连家人的尸首都不敢收殓。所以殿下问我父母的坟茔所在，我确实是不知道的，因为我的父母没有坟茔。”

柳斜桥的脸色坦然，好像那十年前的阴霾已经完全不能侵扰到他。独自偷生的羞愧，含垢忍耻的压抑，这些逃难者惯常应有的情绪似乎绝不会出现在他的脸上。

徐敛眉忽然笑了起来，明眸里波光流转，艳而近妖：“柳先生，现下是你在求我。求人，便要有求人的样子。”

“不错……”柳斜桥的手指摩挲过案上的酒杯，“殿下需要什么凭证？”

徐敛眉笑道：“其实本宫也不那么在乎你究竟是哪里人，做了什么，族人怎么死的，你的一切言行背后都有什么样的目的。本宫只要确信一点，那就是你同本宫一定在一条船上。本宫若是翻了船，你也不能幸免。”

说到这里，柳斜桥终于露出了微微惊讶，甚至于欣赏的神色。

“殿下是明白人。”他礼貌地道。

“坦白说，本宫不想伐楚。费力太大，而且结局难测。更何况出师无名——只是为了酒宴上对救命恩人的一个承诺，就要牺牲千万将士的性命？那未免太儿戏了。”徐敛眉一字一顿地道，声音清冷而有力，“可偏偏是父君有言在先，也就是徐国有言在先，本宫不得不履行诺言。但本宫在出兵之前，必须得先知道你不会背叛本宫。”

柳斜桥的眸光渐渐平静下来了：“殿下想如何做？”

“你娶我，”徐敛眉盯着他，目光冷得像冰。明明是撒娇一般的话语，从她的口中说出来，却成了大国强兵的威胁，“我便发兵。”

他沉默了很久。

她嘲讽地勾起嘴角：“先生娶了本宫，徐国发兵伐楚便是为驸马旧家报仇，丰国得了徐国臂助，又怎会灭亡？而若徐国失势，你也再无法逃往别国——你知道，徐国在天下间的名声可不怎么样。本宫将这些都告与你了，你可不能说本宫言而无信。”

他抬头：“您这是在赌。”

徐敛眉毫不在意地道：“本宫一直在赌。本宫给过你机会放你走，你却自己回来了。”

柳斜桥轻轻地道：“是，我不会走。”

“那你要证明给我看。”她毫不妥协。

他怔怔然望向她。此刻的她姿态高傲，神色冷漠，犹如一只金色的凤凰。她的每一句话都有着十成的把握，每一个语气底下都埋着机关和陷阱。他过去竟然太小看她了，她偶尔在他面前露出小女儿的模样，原来竟然只是他看走了眼。

他怎么就会看走了眼的？这个女人从十二岁时起就掌政治国了，她美丽、狡猾、无情，像只心机深重的狐狸。可是他明知如此，心却仍然动了一下，在她说出那句冷酷的承诺的时候。

“在公主心里，嫁娶总是这么轻易的吗？”柳斜桥低声喃喃着，“只要是为了徐国，公主可以嫁给任何人吗？”

她的表情好像动摇了一下，但他没有看见。她微微抬起下颌，声音从高处传来：“是。只要是为了徐国，本宫可以嫁给任何人。”

她已经站了起来，准备离开了。侍从在屋外等候。

“好。”他道，“我娶你。”

她掠了他一眼，转身便走。脚步飞快，好像再也不想多停留一瞬间。

柳斜桥望着她的背影消失在院落之外，才觉得浑身力气好像都被抽走，一时间就像骨骼都松散下来。与徐敛眉说话，真的是一件很累的事情。

他踱到后厢房里，那只雪白的小兔子正倚靠着笼子边上的栏杆发呆。见到他来，它抬起了头，鼻翼一动一动的。

“她没有问起你。”柳斜桥伸手进去摸了摸它的脑袋，淡淡地道，“她大概忘了你了。”

“好。我娶你。”

徐敛眉站在窗前，看院子里积雪渐消，老树上点缀着几朵红梅，明明是冷硬的幕景，却偏要显露出温柔。她哪里知道，柳斜桥会答应得如此容易？她想起他那一刻的模样。清俊的长眉下一双浅色的眼眸，总是很专注，却是一种理智的专注。他的嘴唇微微开合，语气一丝不苟，就像他这个人，从内到外，都是干净而无情的。

她何尝这样逼迫过一个男人来娶她？最初提起来还有些儿女情长的羞涩，待见了他这样公事公办的态度，便觉得也不过如此。比起列国来向她求亲的男人们一副为她神魂颠倒的模样，她也不知道哪一个更为可悲。

徐敛眉明明也见过他动情的样子，在那座山谷里。可他们却回不去了。所谓嫁娶到了这样的境地，已经没有了任何浪漫的意味。只有控制，只是为了控制。伐楚之事，不成功便成仁，为了保障后方，她必须将他困在自己身边。当然，徐敛眉也不会否认，她的确为柳斜桥描述出来的远略而心动了一瞬间。

她转过头来，看向地上新换的舆图。面积不小的素色绢帛，直铺满了整个房间。她赤着脚踩了过去，站在了楚国的位置，目光一一掠过周遭数国。

徐国公主在不到一年的时间里许嫁三次，这一消息带给列国的震动，远大于徐国准驸马曾经在宴会上请求讨伐楚国。

楚王婴何还是派了使者来庆贺，同时也是为了试探。徐国公主笑笑，只问道：“叔父安好？”

见她这样卑躬屈膝地承认了楚王尊长的身份，楚国使者顿时气势大涨，言辞也不逊起来，质问徐国为何不同楚国和睦相处，而要挑起攻占的流言。徐国公主笑得眯起了眼睛：“攻占的流言？何时本宫与柳先生的闺中话也会成了流言？”

满殿哄笑。楚国使者起初还没听懂，待耳边徐国人的议论越来越难以入耳，才突然明白过来：“这——这——”不知廉耻！

公主待众人都笑得够了，才款款地道：“只是因为柳先生来自丰国，所以有此流言。但本宫总以为尊强之国如楚总不至于贪恋两县之地，明眼人都该明白。”

话题转到了楚国攻丰的战略上，让楚国使者应也不是，不应也不是，只好尴尬地搁置了。

公主这次大婚不同以往，这是第一次在本国国都举行的，有意要大操大办，婚期乃定在了半年之后，这一年的秋天。岑宫附近早已修好的公主府终于再次起用，又修缮一新，首先便让准驸马住了进去。

公主府的奢华比之岑宫有过之而无不及，徐敛眉听闻外边还传出个笑话，说公主金屋藏“娇”，还没成亲就等不及了，只怕那个男人一早就是她的男宠，乃至于她什么都不顾了。她听了也就笑笑而已。她已经很久没有见柳斜桥了。

徐国的天气是四季分明的。时间并不肯安然地走，总是在远近山水间留下各色痕迹。春水落后，芙蓉褪色，群鸦飞去。柳斜桥想，这里和他所熟悉的那个家乡，真是太不一样。不过从这狭窄的窗格里望过去，那冷清清的月亮，倒是永远没有变过。

大婚的前一夜，柳斜桥做了一个很久不曾做的梦。

冲天的大火。杂沓急乱的马蹄声。兵戈交击发出一连串刺目的金光。月亮。

他的右手突然痛苦地痉挛起来，可是睡梦之中的他，除了忍耐之外，再无他法。

金色的龙。鳞甲闪耀在玉的光泽里。面具。三尺长的剑。号哭的宫女和戛然又止住的哭声。

“你不想回家吗？”

“父母坟茔所在的地方，先生也不想回去看看吗？”

“有时我真怀疑，你究竟有没有祖国？”

只有从小受惯了家人宠爱的人，才能问得出这种话吧。他苦笑着欲辩驳，眼前却看不到发问的人。仍然是无数人在混战，厚重的帘帷飘起又落下，血肉飞溅在半空中……他突然又被抛回了那个冰冷的地方，十九岁的他躲在祖宗的神位之后，看着身披铠甲的楚王提剑朝自己的方向一步步走来，那垂地的剑尖上不断地流着鲜血，他的亲人的鲜血。

“不可！”一声压抑的低喊，是父亲！父亲整个人扑了上来，他被挤进了神龛与墙壁之间的缝隙里，父亲宽阔的脊背挡住了他的视线。

楚王注意到这边，停下脚步，微微眯起了眼睛。

“婴仲！”父亲对楚王大喊，苍老的声音隔着岁月回响过来，令柳斜桥的太阳穴跳得发痛，“你中计了，婴仲！我们也算相交多年，你怎么为了一个女人就——”

“大王，小心！”突然间一声清亮的断喝，楚王被一个人从后方推到一边，而那个人生生用后背为他挡了一剑！柳斜桥睁大了眼睛，透过神龛下的小孔，他看见那个英勇护主的人摇摇晃晃地站起来，那竟然还是个孩子的个头，却披着一副极其沉重的银甲，那是与楚国不一样的、徐国的战甲。

鲜血飞溅上来，模糊了他的视线，他却清楚地看见那个人的铁面具底下那双近乎成人的眼睛，深黑色的漩涡，冷酷的色泽和一点点年少轻狂的清光。

那是十三岁的徐醒尘，柳斜桥知道，他在十年前和十年后，都从来没有忘记过那双眼睛。

原来徐国王室的人都是如此，有一副天生聪明而毒辣的心肠和一双深不可测的眼睛。

躲在父亲身后的十九岁的柳斜桥，明明应该恐慌的，可此时此刻，却在无尽的耻辱中感到了莫名的钦敬。他比不过这个孩子，甚至也比不过他的妹妹。他愣愣地看着惨剧的发生，因为无能为力，以至于面上镇定得好像一个局外的人。

啊，是的，他确实已经成了一个局外之人。他已经没有了祖国，没有了家，甚至没有了自己。他不过是天地间一缕漂泊的孤魂，靠着所有人的牺牲苟延残喘下来，却……

“哐啷”一声，是长剑坠地的脆响——

“阿喻！”父亲撕心裂肺地吼道！

柳斜桥的哥哥，在这失败的拼死一击之后，终于无力地瘫倒在地，后背上插满了箭镞，他倒下之时，便根根贯穿心胸。

哥哥的鲜血从身下流淌出来，渐渐地，浸没了这祖宗神灵飘荡来去的祠堂，汇流到了柳斜桥藏身的神龛下，将他身前的父亲的衣衫全部染作了红色。

柳斜桥想举手擦擦眼睛，他眼前像蒙了一层红色的雾，再看不清楚了……

楚王举起了剑。

柳斜桥突然睁开了眼睛。那一轮明月仍然好好地悬在窗外，而他竟然在窗前的地上睡了半夜。他睁眼看着月亮，许久，一动不动。右手的经络里仍泛出细细密密的疼痛，那是父亲的尸身在他的手掌上压了太久，留下的一种生不如死的幻觉。但这比梦中的撕心裂肺已好了很多——奇怪的是，在梦中以为是撕心裂肺的事，醒来之后，却反而不觉得有多么可怕了。

一杯水递到了柳斜桥的面前。他眼帘微垂，声音沙哑地道了句：“我动不了。”

那个人娇小的身形便从黑暗中一点点现了出来。她扶着他半坐起来，将水杯凑到他的唇边。他抿了一口，听见她问道：“明日便是大婚了，今晚你是想让自己病倒吗？”

柳斜桥摇摇头。

那个人压低了声音说道：“徐国最近又抓了几个齐国的细作。好歹徐和齐还算结了盟的，徐敛眉却径直把那些细作的人头送还冯皓了。”

“细作吗？”柳斜桥将水杯放下，勾了下唇。

“其实，徐国公主看起来刀枪不入，”那个人停顿了一下，才道，“同你我却是比不了的。”

柳斜桥：“哦？”

“虽然徐文公冷酷了些，但徐公和世子对她从来是捧在手心里，后来她嫁的几个丈夫，哪一个不是对她千依百顺？她从没有吃过苦头，做起事来难免太过自信。”

柳斜桥往黑暗里瞥了一眼：“看来你是很了解她的了。”

那个人“哼”了一声：“虽然你娶她不曾同我商量，但只要能对楚发兵，娶她也无不可。你若能让她全然信任你，事情便好办很多。”

“她怎么可能全然信任我？”柳斜桥露出好像听到了一个笑话似的神情，“她根本不会信任我。”

那个人愣了一下，旋而又道：“那也无妨。她嫁了五个男人，哪一个留得住她？同样，你娶了她，她也不见得能留得住你。就算眼下她是有些怀疑你，但明面上毕竟不曾撕破脸不是？”

“我并非担心这点。”他道。

“那是——”那个人停顿了一下，“担心她出尔反尔，嫁了你后不肯发兵？”

“她不会。”

那个人沉默下来。忽然，她站了起来，冷冷地俯视着他道：“你该不会是心软了吧？”

“我——”柳斜桥动了动嘴唇，只觉嗓子干涩，他闭上了眼睛，“我不会。”

不知道过了多久，那个人离去了。空气里的秋意一层层地渗入了肌肤，他确实觉得有些冷了。可他仍没有动弹，就这样守着月亮坐了一夜。

第六章 曾轻别

九月庚子，日色晦暝，天阴不雨，宜嫁娶。

公主府早是一片喜庆的大红色。与过去不同的是，这一次徐敛眉没有守在房中，而是和柳斜桥一起招待喜宴。他们已经行过了礼，也敬过了酒，可不知为何，直到这个时候，两个人一同应对着来来往往的宾朋，她才感觉他们真的是一对夫妻了。

“微臣敬公主、驸马，愿公主、驸马永结同心，徐国国运昌隆，天祚无极！”

“多谢庞大夫。”徐敛眉微笑应和，举杯欲饮，却被柳斜桥拿过去，他竟然也在笑：“公主已经喝得太多了，便由在下代她三杯吧。”

众人自然是轰然叫好。但见公主转头看向驸马，神色温和，而驸马的侧脸却还泛了红，两个人之间情意流连，众人一时都觉无比新鲜。这些同公主运筹帷幄多年的宿臣们，即使在过去送公主出嫁时，也从未见过公主这副样子，在温暖熨帖的同时，也不免感到危险。

公主是公主，公主是不应该太动感情的。

灯影摇红的喧嚣之中，徐敛眉望着柳斜桥的笑容，心里涌起一种异样的柔软的感觉。她过去是太过珍惜他的笑了，哪知道今晚他会笑得如此轻易。他们之间从来不曾这样和谐，就好像他们真的很恩爱；可是她偏又很喜欢看他这样，她害怕他下一刻就会变回那个冷冰冰的柳先生。

真是奇怪啊。她自以为是喜欢他的，却只喜欢这个如幻象一般温柔幽静的他，而抗拒着他的所有的冰冷的秘密。

寻常人嫁给自己想嫁的人，难道也是这样的心情？她问自己，却得不到答案。半个月前她还如此问过鸿宾，鸿宾只说："殿下为何这样着急呢？"

徐敛眉一愣："着急什么？"

"着急嫁给他呀。"鸿宾悄悄地道，"我看柳先生对您，也不是全然……您何不等上一阵子，让他自己来求亲呢？您这样……逼迫他，算什么呢？"

她沉默了下来，刚才还有些忐忑的心情，此刻都变得苦涩了。鸿宾有些慌神，忙道："我，我也是随口一说，殿下……"

"我是着急啊，"她却道，"无论如何，我要在伐楚之前嫁给他，我怕……"

"别说了！"鸿宾立刻伸手虚掩了她的嘴，几乎要哭出来了，"是婢子口无遮拦，您不要说了！"

徐敛眉沉默下来。她其实知道，一定是有什么错了。她轻轻地抓紧了身边男人的手，引来他微微关切的眼神。她笑了笑，他却别过了头去。

如果柳斜桥在回国的那场宴会上，提出的请求就是娶她为妻，那她仍然会为他出兵伐楚，从结果来看不会有任何变化。可是次序颠倒，这一切的悲欢却就此完全不同了。

待宾客散尽，新人在洞房里坐定，已经是后半夜。

桌上没有酒，床上也没有撒什么豆子，新房里除了一对红烛，再看不出什么特别的模样。可当柳斜桥揽着她走进来，又关上门的时候，她还是微微地脸红了。

柳斜桥让她在床边坐下，自去端来了醒酒汤，站定了微微一笑："再没有旁的新人像我们一样，洞房夜只顾着醒酒了吧？"

她低声道："是我让她们准备的。"

他眼神微微变化，在她的身边坐定，她感觉床铺稍稍下沉，心有些慌，又往旁边移了些，却被他一把抓住了手腕。

她转过头，却撞入了他的眼眸里。他正紧盯着她，目光谨慎而探究。

他一点点掰开她的五指，将自己的手指扣了进去。另一只手将醒酒汤放在桌上，然后一笑："我尚未醉，您呢？"

徐敛眉摇摇头。慢慢地，她逼自己平静下来，可新房里或许是太热了，手指尖上像是点着了火，映得她双颊上的温度迟迟不退。她将眼神掠向别处，过了很久才轻轻开口："柳先生，你娶了我，会后悔吗？"

清亮的烛火撩动着软红的纱帘，明暗扑朔在徐敛眉的侧脸上。那是一张近乎完美的侧脸，微挺的鼻梁，柔润的唇，只是下颌微微扬起的弧度仍显得过于倔强。柳斜桥安静地看着，他想，那些为了她亡国灭身的公子王孙显然也不是瞎子，他们都知道她美，都知道她独一无二。而现在这个独一无二的女人，是他的了。

柳斜桥已经排在了第六个，他甚至也没有把握自己会是最后一个。他的手稍一用力将她拉过来一些，声音就响在她的耳畔，低低拂出些痒来："现在后悔，来得及吗？"

徐敛眉笑起来，眼睛里清光闪烁，话音有些仓促："怎么来不及？我们虽然行了礼，但毕竟还未圆房——"

"那便现在圆房吧。"他说。

她呆住。刹那间变得雪白的脸，又变得通红。他几乎有些迷恋地看着她的表情变化，她过去从来不曾这样失控过。也许即使是徐国公主，在这满目大红色的喜庆的新房里，也该要有些新妇的娇羞的吧。也不知道她从前的那些男人，有没有见过她这样？

徐敛眉抿了抿唇，便想甩开他的手，也想站起来。他连忙稳住了她，动作间将她的头拥入了自己怀中，按住了，他还未开口，却听见她闷闷的声音轻轻响起在他的心口上："娶我的人，可没一个有好下场的。"

明明是句恐怖的声明，却被她说得有些悲伤。他感觉自己被她蹭过的胸膛有些发痒，声音也哑了下去："那是他们太贪心，想要的太多了。"

"那你呢？"她贴着他的心跳，喃喃着道，"你想要什么呢，柳先生？"

柳斜桥愣住。他想要什么？想要功成名就，想要报仇雪恨，想要……她？他不知道该回答些什么，最后说出来的答案好像也没有经过很多思考："我想要我的家人回来，殿下。"

徐敛眉沉默了片刻，道："先生比他们都要贪心啊。"

柳斜桥苦笑起来。女人慢慢地伸出手来，试探着环住了他的腰。他的身子略微僵硬了一下，然后便放松下来。鼻端传入她发间的幽香，像是一种梅花香，又好像只是山野里新雨后天地间的一股清气。他的手轻轻抚上去，那触感柔顺如水，几乎令他流连忘返。

"我还应该向先生道歉。"她的话令他的动作停住，"我不该讽刺你没有祖国。先生说得对，我一直以来，都被人宠爱着，我不知道真正的绝望是什么样子。"

柳斜桥一言不发地听着。

"因为有家人，所以即使刀剑横在我的脖子上，我也不会害怕。"徐敛眉低低地叹了口气，"曾经在申国就是如此。他们恨我挑拨他们的君王和世子，要将我枭首示众。可我知道，父君和大哥一定会为我报仇，我就不怕去死。"

徐敛眉从柳斜桥的怀里抬起头来，眼睛一眨也不眨地凝视着他："所以，柳先生，你的家人，在为你而死的那一刻，一定也是这样想的。如今你娶了我，你便可以为他们报仇了。”她如发誓一般坚决地道，“因为从今日起，我也是你的家人。”

家人——家人？这却是个太容易让人肝肠寸断的词啊。

他认真地看着她的眼睛，发现那里竟然纯净得没有一丝欺骗的痕迹。过了很久，他终于生硬地将话题换了个方向：“听闻申公和申世子都为公主辗转反侧，市井里还将这段父子争美的故事编成了戏本。”

她眉头古怪地一皱，嘴角微撇，像是想笑又没有笑，最后嘟囔着道：“小民无赖。”

他眉梢微微一挑：“莫非不是这样？”

“是……是离间计。”她承认，“但申世子早有夺位的打算，说他父亲欺负我，也不过是个借口。”她仰起头，轻轻地一笑，“我送给他一个弑父的借口，不好吗？”

一瞬间，他不知道该如何回答。她光明正大地笑，眉眼里带着高傲，这样的女人谁都想要，可谁又敢要？

你爱上了我，你弑父弑君，这都不过是你自己的选择，与我何干呢？柳斜桥再没听过比这更无情的说法了。

他无端又想起楚厉王，想起齐王和夏公，想起范瓒……想起了那么多个因她而死的男人，他们在她这里，是不是连一滴眼泪都赚不到？

“可是，”他艰难地道，“不论有多少利益权衡，他们最开始，也的确是爱您的。”

“爱？”她微微皱了眉，好像明明是很不屑的，却因顾及他的脸面而只是挑了挑眼角，“若只是最开始那一瞬间的心动，能有什么益处？”

她说得如此冷漠而轻慢，目光是下掠的，显出一种不可一世的遥远来。可是他却感觉到她被自己握着的那只手在颤抖。他没有低头去看，只是伸出手去抚摸她的脸。

她脸色变了，却没有阻止他放肆的动作。

柳斜桥叹息般地道：“您爱过他们吗，殿下？”

徐敛眉冷淡地道：“没有。”

“那您如何能嘲笑他们呢？”他凝视着她，好像能看进她那双深黑的瞳仁里去，“您都不知道，他们见到您时怎样心动过，您如何能说他们的心动都是虚假而无益的呢？”

我知道。我知道心动是什么样子。徐敛眉想反驳，可是在柳斜桥的触摸下丧失了说出口的勇气。他静静地抚过她发烫的脸颊，好像在上面寻找着什么痕迹，又好像要把她的容颜镌刻在掌心里。她想说她现在就知道，她的四肢已经僵得无法动弹，可她的一颗心却跳得那么快、那么快，这难道还不能算心动？

徐敛眉很害怕，恐惧自己再也不受自己的控制，可这恐惧中却又滋生出隐秘的向往，让她总不由得蠢蠢欲动。

大约感情这东西也就像权力，若一无所知也还罢了，怕就怕尚只沾了一星半点就被悬置在欲望的火上，她越挣扎，那绳索便缠得越紧。她不想死，可她更不想求饶。

徐敛眉突然抓住了那只抚摸自己的手。手心手背贴合，一个陌生的战栗让两个人都愣了一下。然而柳斜桥看见她的眼里亮着光，好像在等待着他，而且等待他很久了。从未有人用这样的眼神看着他过，从未有人这样安静而孤勇地等待他过。

柳斜桥的手从她的鬓边滑落，搭在了她的肩上，整个人倾身过来。她睁大了眼睛。他却从容不迫地笑了："闭眼。"

她只看了他一下，竟然便闭上了眼睛。他的声音在她耳畔呵出一股湿气："上回你忘了呼吸了，是不是？"

上回？她怔了一瞬，没有想到柳斜桥还能用这样轻松的语气谈起雪谷里的那段时光，好像从那时到现在他们之间什么都没有改变。

可谁知道呢？也许的确什么都没有改变，只是她一个人在原地庸人自扰。

柳斜桥的手在她的肩背上悄然滑动。虽然看起来比她镇定很多，但他都忘了去端详她的神情。他只伸出舌尖轻轻舔了一下那发红的地方，她便急促地喘了一声。他只觉得自己的五脏六腑仿佛被什么轻轻挠了一下，却刹那就沸腾了起来——

没有关系吧？他想。在这一刻，不会有第二个人知道他内心里隐约的放纵，就算是他无耻在先，那也将是个永远的秘密——他悄然吻到她的左颊，最后，轻轻地吮住了她的唇。一股无明火在他的胸腔里游走，抚在她背后的手从那衣领子里缓慢地探了进去，仿佛即将死亡的蛇在沙漠中寻找最后的泉源。他的身子越发压得低了，她撑在床上的双手险些支持不住，惊得她一下子抱住了他的颈项。

这一刻，徐敛眉整个人都依赖着他。她的眼睛闭得死紧，眼睫毛却在发抖，十指在他的衣料上抓出了皱褶。

他微微一愣。她好像……很害怕。然而她却没有拒绝他，在他轻叩她齿关时便悄然打开自己，虽然不知迎合，却已经如同献祭。他放开了她，微微压抑着道："您不曾做过，是不是？"

徐敛眉不说话，脸色里却隐忍着深深的伤楚，是他看不懂的伤楚："我……我过去不惯……"那样低沉的语气，好像她真的对床第之事有着极度的恐惧感。

柳斜桥的心突然被刺了一下。这样恐惧，却还要给他吗？他有些无措，更深处还有些不能细想的欢喜，他仓促地掐灭了它，又为自己这种莫名其妙的慌乱而有些恼怒，以至于根本不愿再细想她的异常："其他便不说了，您嫁到楚国五个月，难道楚厉王竟不曾碰您？"

她脸色突然变得发白，睁开眼睛时，眼底已是一片绝望的清醒："我不会让他碰我。我早已想好要杀了他的，怎么可能留下隐患？"

柳斜桥沉默了很久，直到所有旖旎的余韵都在烛火中消散干尽。一阵风吹来，将那烛火吹得飘忽了一下，在帘幕上荡漾出千万重明暗交错的影子。

最后，他也没有问出口，她会不会容许自己碰她。他总觉得，方才自己只要再用些力，她就会配合下去了；他所有的那些卑鄙的愿望、庸俗的意趣、低劣的想象，在这一夜，她都会宽容。毕竟在那座山谷里的时候，她就曾无声地宽容过他一次了。可是方才，到底是什么力量让他放开了她，他竟然也感到了迷茫。

她平静地凝视了他半晌，然后脱了鞋履，躺上床去，又拉下了床帘。

"本宫累了。"徐敛眉的声音透过薄纱传来，显得有些不真实，"歇了吧，柳先生。"

柳斜桥沉默地望着那轻轻摇晃而终至平静的帘帷，直到眼睛都发酸发疼，才闭了一下眼睛。"毕剥"一声轻响，是那红烛爆了个热闹的灯花。

待列国来贺的宾客、使者都离开徐国，柳斜桥也很少再见到公主了。徐国厉兵秣马，准备出征楚国，公主大约每隔半个月会回府里来一次，问问他的生活如何，有何缺欠，偶尔也问问他对战事的看法。但他已经知道自己献上的平楚方略她并不看好，也就不再献丑。说到底，论战场上的谋略，他们兄妹都比他强太多了。

这样的日子平静安好，似乎和柳斜桥娶她之前并无什么两样，有时他几乎要以为时光停滞了，而新婚那夜的尴尬从未发生过。公主在他面前笑得得体，每一字每一句都合乎身份，时而还显露出款款的柔情。但柳斜桥却知道，在自己面前的这个女人，并不是真正的她。他也觉得自己不知好歹，本来不曾期待过她真实地对待自己，可是在当真见过了真实之后，就本能地反感她的一切伪装了。

过了三个月，到正月里，徐敛眉又来了一次，陪他吃了顿饭。她说，徐醒尘马上就要出征了，她问柳斜桥想要什么。

柳斜桥沉默了片刻，说道："在下希望从军。"

她想也不想便道："不行。"

他大约也料到了这样的回绝，只是仍有些寥落似的："殿下是想这样让我留在岑都一辈子吗？"

"倘若可以我还真想这样做。"徐敛眉冷冷地睨着他，"但你会留在岑都一辈子吗？

柳先生？”

他不想再争辩下去。当她浑身竖起了防备的刺，对话就总是变得毫无意义。于是他说：“那在下请求，若世子得胜了，便将楚王全宗灭门吧。”

她的眼神微微一沉。她是感到有些惊讶的，柳斜桥从来没说过这么狠毒的话。可是他的眼睛发亮，冷冷的光亮，那是仇恨的光，她很熟悉。她于是知道他是认真的。

“依军礼，降虏不杀。”徐敛眉道，“他们若是投降了，本宫必须将他们带回来。”

柳斜桥深深地吸了一口气，又慢慢地吐出来。好像只要想到楚国王族还会活下去，就会让他十分难受似的。

她端详着他，慢慢地道：“本宫可以答应，将他们带回来后便交给先生处置，如何？”

柳斜桥离座行礼：“多谢殿下。”

用完了膳，她便要离去，冬春之际天色昏黑，外头的灯已挂起来，映着雪地里新踩的足印。他送她到门口，问道：“殿下下回何时来？在下也好做上些准备。”

这话让一旁的鸿宾都红了脸。徐敛眉倒是坦然自若，将长衣的风帽戴上，只露出巴掌大一张清丽的脸，脸上一双深黑的眼睛盯着他瞧：“三日后世子出征，本宫会去南境的赤城督战；待灭了楚国，本宫再来看望先生。”

柳斜桥的神色微动：“那今日竟是要同殿下告别了？”

徐敛眉抿着嘴唇微微颔首。

他微笑：“在下毕竟是殿下的夫君，如此作别，未免也太唐突了些。殿下可在意多喝一杯酒？”

今年的雪，同去年的雪，好像并没有什么两样。

徐敛眉命人在后苑的梅树下铺了一张席，她靠着树干而坐，柳斜桥就在她的对面为她斟酒。越过男人的身影望过去，冰封的小池上，花廊中残雪零落，竹篱间缠绕着枯死的藤，更远的地方云如纤缕，飘飘荡荡地拂过四方寂静的惨白的天空。

男人忽然伸手碰了碰她的头发，然后指尖便夹着一朵半开的梅花给她看。他举杯：“祝世子与殿下旗开得胜，为徐国再开疆土。”

徐敛眉莞尔一笑，一饮而尽。她的笑容就像是面对一个不知天高地厚的小孩子，宽容，不计较。

旗开得胜，再开疆土？

“本宫不在意那些。”她低笑，酒意流转在她深幽的眸子里，“你知道本宫是为了什么发兵的。”

柳斜桥竟然也随着她笑，一边笑，一边还凝望着她，眼神浮动，像是十分温柔。她移开视线，放下酒杯道：“依先生的才能，不如多想想，待得了楚国那四十多城要如何治理。”

“在下听闻楚人桀骜，最好是分而治之……”

谈起政事，两个人之间的气氛顿时就变了。她想她喜欢这样，她喜欢听他有理有节地侃侃而谈，她喜欢看着他发挥自己的长处在最紧要的地方，她同时也对自己说，这种喜欢，也无非就是求治的主君对优秀的臣下的喜欢罢了。这让她感到轻松，无拘束，她想他们之间或许本来就应该是这样的。

而新婚夜的刹那间的绮念，雪谷里的数日柔情，那些，都是不对的。

徐敛眉也感到有些迷惘，自己为什么一定要嫁给他呢？如果嫁给他之后，他们仍然是以这种方式，在虚与委蛇，而心照不宣地相处着——

啊，是了。自己一定要嫁给他，是因为自己马上要出征了。

不论如何，她总是有可能死在战场上的。她想抓住他，在这连生死都不能确定的世界上，这样的想法，总不会很可耻吧？

月亮隐在云层之后，枯枝之间飘着残剩的雪，偶尔落进杯盏中化开，又不慎入了口，便是一片冰凉。

柳斜桥：“殿下在楚国生活了五个月，想必对楚国风土是有所了解的。”

徐敛眉：“不错，可先生是南方人，老家还在丰国与楚国的边境上，想必比本宫了解得更多。”

“啊，”他笑起来，“在下不过是乡野人。”

“一些圣人最初也不过是乡野人。”徐敛眉扬眉。

柳斜桥颇有些出神地看着她的表情，他就从来不会像她这样自信、无畏：“公主说笑了，在下如何能是那样的人物？”

“你是我的丈夫，如何不能是那样的人物？”

他复失笑：“公主这话未免前后矛盾。”

徐敛眉皱着眉头想了想，点点头：“不错。”举起酒杯，“本宫自罚一杯！”

他又一手拦下了她：“其实在下不曾说过，”他的眼睛里笑意盈盈，好像有万千星光浮动，“按南人的风俗，可不该让女子饮酒。”说完，他握着她执杯的手，往自己唇边饮了一口。

两只手交叠的地方像是酥麻的，她体会不到任何的感觉，可能是因为酒意而全然地痴迷了。他将酒杯拿出来，手却仍握着她的手，她望进他的眼睛里，轻轻地道："先生……可醉了吧？"

柳斜桥摇摇头，又点点头："早已醉了。"他轻轻地放开了她的手。她低下头，许久才道："我会回来的。"他笑一笑，不置可否。

"我曾经在祖父面前发过誓，一定要让徐国成为天下最强的大国，其他国家，谁也不能来欺辱徐国。"他朝她看去，她低垂着眼帘，表情很晦涩，"为达此目标，我不介意自己要嫁多少次，也不介意天下人会怎么看我。我总是谨慎地算计着，一步步走来，将徐国治理成了今日的样子——可是嫁给先生，唯有嫁给先生，是一件我明明忐忑不安，却仍然一意孤行的事。"

柳斜桥沉默着收回目光，手指摩挲着陶酒壶上的纹路。

"先生心中挂牵死去的家人，为了给他们报仇，甚至愿意牺牲自己。"徐敛眉冷淡地笑了一下，柳斜桥下意识地想反驳，竟然找不出合适的话来。徐敛眉停顿了一下，"你既有这样的心意，便应该明白，我对徐国的感情。"

"在下仍是要感谢公主的。"他低声道。

她看他一眼，带着蔑视一笑："都这时候了，还说什么感谢？先生看来从未把本宫放在眼里过啊。"

柳斜桥生硬地道："在下……哪里敢？"

"其实徐国和楚国终有一战。"徐敛眉冷淡地道，"你只是让这一战提前了而已。我虽说是为了先生，可我其实也自私得很，我也想要那四十多座城。若非先生的建议确实合理，我也不会答应。"她喃喃着道，"我没有那么傻。"

说着徐敛眉便要站起来，脚底下却趔趄了一下，立刻就被人扶住了。柳斜桥就站在她的身边，两个人肌肤相贴的地方散发出醉了的热气。他忽然就在这极近的地方了，她伸手欲推挡，却被他抓住了手。他说："我相信您。我等您回来。"

她愣愣地看着他。指尖相触的温度让她想起他们的洞房花烛夜。她已经很努力地去忘记它了。

"我行南走北，从未见过……似公主这样的女子。"柳斜桥有些不自在地笑笑，"我相信您一定能得偿所愿。"

得偿所愿？我所愿为何，连我自己都不知道。

她忍不住想反唇相讥，可是已经没有力气。也许是这雪地太冷，让她的情绪都冰冻住了，只剩下一脉细细的泉流，透明的，什么也不沾染。

徐敛眉闭上眼睛："先生真是醉得不轻了。"

柳斜桥伸手去揽她，她没有抗拒。他用下颌轻轻地摩挲着她的头顶，低声道："你又知道了？"

她轻笑道："若不是喝醉了，先生何尝会这样对本宫笑？"

柳斜桥或许真是醉了。

这一晚，他睡得很沉。没有噩梦或美梦来侵扰，也不见得寒冷或燥热，竟然就这样安然地睡到了日上三竿。醒来时，他发现自己和衣躺在卧房的床上，鞋履整齐地放在床头，床帘妥善地拉下。

柳斜桥扶着尚有些昏沉的额头坐起身，燕侣端着水盆和毛巾走了进来。

"公主呢？"柳斜桥发问。

"殿下回奉明宫了。"燕侣低声回答，"她后日便要出发，有许多事要准备。"

他点点头，太阳穴有些发痛。燕侣给他洗了脸，又道："昨晚你睡着后，她一直陪着你。"他一愣。

"……后半夜才离开。"燕侣看着他，却又不再多说什么，转身去换水了。

柳斜桥凝视着虚空，发了很久的呆。

两日后，徐国大军出发。公主府的侍从们似乎都变得心不在焉，十分埋怨这个差事让他们不能去观看大军出征的盛况。柳斜桥换上一身锦袍，收拾了一个包袱放在柜子里，这时候，燕侣来了。

侍从犹疑着道："是公主处来了吩咐？"

"公主敕令，驸马可去城楼送行。"燕侣声音冷冷地说着，向他们出示了公主发给的腰牌，然后又压低了声音，"虽然这是公主的意思，几位最好还是看紧一些，跟上来吧。"

大半年来，第一次走出公主府，脚底都似有些虚浮。柳斜桥听见身后两个侍卫无声地倒下，脚步丝毫不停。这条路他已经在空房间里回想了半年，闭着眼睛都能走。到一处隐蔽的巷子里他将锦袍换下，穿的仍是那身不打眼的青衫，燕侣跟上来，不动声色地将包袱递给他，转身便离去了。

柳斜桥随着群情激奋的人潮一同涌向城门口。

徐公破天荒地出现在了城楼上。城楼之下的队伍，兵戈整齐，甲光耀日。徐醒尘一身红衣银甲，骑着高头大马，铁面具在日光下反射着冰冷而璀璨的光。

徐醒尘抬起手，下巴微微上扬，是柳斜桥曾在徐敛眉身上见过的冷漠的弧度，棱角锋锐得足以伤人。难得的好天气，冬日冰冷的太阳照进徐醒尘的眼底，深黑的荒芜渐渐与柳斜桥记忆中的那个冷酷的孩子重合。

人山人海之中，徐醒尘仿佛朝柳斜桥的方向望了过来，旋即又转过了头去。人群欢呼起来，他的手重重劈落。

旌旗高振，大军起行。

死在岑都小巷里的几个侍从的尸体很快被人发现。不出两日，驸马从公主府逃走的事情就汇报到了徐公的病床前。

徐公半倚着床榻，沉吟着道："有内鬼。"

几个心腹之臣面面相觑。

徐公低头看着自己残废的双腿，面色暗沉。他一早便不赞同阿敛嫁给那个人——那个人，看起来温润平和，其实有一种生人勿近的戾气，就好像孤独了太久，都已经不知该如何与人为善了那样。

可是徐公也知道，长大了的女儿，不会再听父亲的话；末了，他也只有摆摆手："此事须得保密，尤其不可让公主和世子知道，以免军心动摇。此时此刻，一切应以前线为重。"

几个人领命而去后，徐公愣愣地望着虚空，重重地叹了口气。

徐醒尘的大军从与楚接壤的南境出发，徐敛眉也坐镇在南境的赤城，楚国早有准备，将雄厚的兵力在北部徐楚边界上一字排开，阵如水桶。楚王婴何不是傻子，他也防范着徐醒尘从他路奇袭，国都绉城的守兵并未调开。

可谁知道，徐醒尘的第一战，竟是绕道楚国西境，在楚国接管的丰国芸城打响的。

这一下婴何是真的措手不及，待被打蒙了才想起来徐国发兵的初衷，一时只痛骂自己糊涂。徐国攻打楚国，竟然当真只为了给那个男宠报仇？婴何只道徐敛眉绝不会为了区区男宠就感情用事，哪晓得她不仅荒唐，还要连带着她大哥一起荒唐？

攻下芸城之后，徐醒尘却也不急着东进，反而绕道去了趟丰国的国都，与丰伯签了不知道什么协议。然后徐军便以丰国与楚国交界的沐城为根据地往前推进，一尺一丈地碾压过来。

婴何原本是瞧不起徐国的。在他看来，徐国无非是凭卖女儿走到了今日，徐醒尘的战功基本靠捡；可现下真正的硬仗打起来了，没有任何缓和的余地，他才惊慌地发现徐军的战斗力已远非数年前可比。

徐醒尘的目标很明确，他只要楚国的国都，只要楚国的王。

“这什么狗屁！”婴何在大殿里骂出了脏话，将战报往地上狠狠地一摔，“什么不伤一草一木，只要什么——只要本王的人头？他想从内部策反本王的国家？”

殿上议事的贵族们一言不发，气氛沉重得如同凝固一般。

婴何当机立断，派宗室去前线守城。理由很简单，徐醒尘的话都放出来了，只有姓婴的宗亲才与这场战争性命攸关，也就只有他们才会死命抗敌。可他没有想到的是，徐醒尘却又向这些人承诺，只要投降就可以活下来享尽荣华，所过之处，降将都被他随手封侯，这份诱惑不是谁都能抵挡的。

若不是确实有几座城池殊死顽抗，徐国大军只怕早已推进到绉都了。可讽刺的是，那几座城池的守将都是无爵的平民出身。

婴何想不明白。徐敛眉害死了他的侄儿，怀有满腔仇恨的那个人应该是他吧？如今徐氏兄妹这究竟唱的哪出？楚厉王死后，元气大伤的楚国休养生息，除了攻打丰国以外不曾有别的举动——徐国总不能真的是为了那个庶人驸马吧？

前线那几座城还可以守上至少三个月。婴何计算着……

可是徐醒尘留着围困那几座城的军队竟然只是幌子，他一个人领着三千精骑，从绉都背后楚王室围猎的云落山上抄狭关小道疾速奔来，直捣婴何的王宫！

一样的计策。和对付夏国、对付范国一样的计策，声东击西，迂回奇袭。一样的计策，竟无人能破解。徐国的军队好像可以从任何方位冒出来，根本防不胜防。

徐醒尘是如何知晓云落山上那条只有楚王室才知晓的道路的？

楚王宫内外一片惊慌。以一当十的徐国兵卒根本不管乱走的宫人，只杀披甲的士兵。一时楚国的甲胄都被人丢弃，还有顽抗的，见到徐醒尘已经扼住了楚王的咽喉，也不得不投降了。

徐醒尘仍戴着那副了无装饰的铁面具，站在大殿的王座之前。婴何被他掌控在身前，他一手扣住婴何的喉咙，另一手持短匕抵在婴何的胸膛。

“这不过是一场私怨。”徐醒尘说得云淡风轻，那声音悦耳得出乎众人意料，“放下武器，徐国向来优待俘虏。楚地四十三城，皆免税三年，有爵者不夺其爵，有田者不售其田。”

“哐啷”“哐啷”，是一把把兵器被扔在地上的声音。婴何目眦欲裂，却因为咽喉受制而发不出声音。徐醒尘低头看了他一眼，他的心底便冒出来一股寒气。那目光好像根本没有把他当人。徐醒尘不是仇恨他，是完全不在乎他。

徐醒尘在前方的战绩，传到后方时，已是神乎其神。

柳斜桥都听说了。三个月，没有多一天，也没有少一天。三个月，曾经不可一世的楚国，国都竟然就这样陷落。虽然楚国各地还零星有反抗，但无论如何，他曾经以为，这件事至少要花上三年的。而如果让他自己来做……可能，一辈子都不过是痴人说梦吧。

“借刀杀人，并没有什么可耻的。”燕侣曾经对他说，“三十六计，哪一个是光明正大的？徐醒尘全都用过。你若忘了，我可以提醒你，他杀了你的全家，用的就是借刀杀人。”

而如今，徐醒尘终于也成了他手里的一把刀了。

柳斜桥站起身，整理了一下衣襟，丢下两个铜板，走出了这座茶楼。这是徐、楚边境的一座小城，正因为迎来了凯旋的徐国世子而欢呼雀跃着。

徐军为了不扰民，在城外扎营，预备明日便走。留给他的时间，只有这一晚。

出征楚国已经三个月，这座近南的小城外，已是夏意盎然。

徐国的士兵们大约也没料到攻克绉都如此轻易，眼角眉梢都颇有得意之色。柳斜桥候在半里外的树丛中，看这些放松下来的士卒在营地间来回走动，正中间是主帅的黑帐，周围却没有人。

徐醒尘偶尔会出来一下，吩咐几句话。柳斜桥冷眼打量着，徐醒尘的身材不高，然而即使在半里之外，柳斜桥也能感受到他身上传来的压迫感觉。就和他的妹妹一样。

士兵们似乎都很惧怕徐醒尘。至少柳斜桥就听说，徐醒尘带兵，从来不会与兵士打成一片。即使是跟随他最久的老兵，也不了解他究竟是一个怎样的人。

这对于主帅而言其实是很危险的事。比如现在，柳斜桥就能很容易地计算出去主帐而不打草惊蛇的路线，因为徐醒尘根本没有让人看守他的营帐。

柳斜桥将匕首用青布缠在左臂上，衣袖披下来掩住。然后他嚼了几口干粮，便闭目养神。柳斜桥并不感到激动，只是初夏的气候让他略感不适。郁郁葱葱的丛林里，鸟语虫鸣，充满了盎然生机。这曾经是他所熟悉的南方的天气，潮湿，炎热，躁动，轻浮。可是十年过去，他竟然已经变成一个不耐流汗的北方人了。

柳斜桥闭上眼睛，感觉阳光在他的眼皮上跳跃，静谧的时光像是偷来的一样。鼻端浮来极淡的血腥气，营地附近有一条河流，大约是有士兵在洗濯伤口或武器。他曾一度不能闻见一丁点这样的腥味，为此燕侣逼他在满是屠户的街道上住了一个月。燕侣说，不管是鲜血、刀剑还是尸体，你都不能害怕。最好是像十年前一样，你的父亲死在面前，你也能眼睛都不眨一下。

可十年前的那个时候，他记得很清楚，他分明是吓傻了。

燕侣的心肠比他硬太多了。为了大哥，哪怕只是死去的大哥，她都可以牺牲一切。为什么她只是个仆人？他想，如果燕侣能够有他的血统，也许她早就已经成功了吧。

也可能女人都是这样，平日里表面上看似温和，当真狠下心的时候，却比男人强悍很多。他的眼前又浮现出一双深黑的眼睛，带着研判凝视着他。公主在赤城，想必早已听闻自己逃走的事情了吧？她迟迟没有动作，是不愿动摇军心吗？待大军回朝，针对他的搜捕便应当要公开进行了吧？

若他能杀了徐醒尘，徐敛眉一定会迁怒楚人，楚国俘虏是必杀的了；而徐国失去了世子，宗亲里的孩子都还年幼，徐敛眉将大权独揽——他想，若是这样的结果，她或许会高兴也说不定。

若自己死了也就罢了；可若自己赢了，那也只能满天下地逃亡，也只不过是将他过去十年走遍的路再走一回而已。

世人都道行走天下是多么潇洒的壮举，可只有真的走遍了天下的人才知道，那其实只有不能回头的寂寞。

——若真如此，他还有没有可能，再见到她？

大约不会了吧。

想到这里，柳斜桥莫名觉得心里空了一块。说到底，公主还是要守寡了。他感到有点抱歉。但也还好，他不曾让她对自己有过太多的期待，她甚至无时无刻不是怀疑他的——这样总归是好事，她可以更坦然地活在没有他的世界里。

那个世界，那个辉煌、宏伟、充满了野心和豪情的世界，本来就从来不曾属于他过，不是吗？

今晚没有月亮。黑暗的夜色里，连星子都被层云遮蔽了，大风刮起来，似乎会落一场暴雨。半里外的营地篝火密布，却又时不时被风吹灭。浓墨一样的云从原野上压了过来，远方农舍的风灯摇摇晃晃的，近处的丛林千枝万叶一起沙沙作响，到后半夜，几乎能隐隐听见雷声了。

主帐的灯火已经熄灭了两个时辰。他按照计算好的路线躲开当值的士卒，直奔主帐而去。

“站住——”他一刀割开了挡路士兵的咽喉，在引起更多人骚乱之前探身窜入了帐内。

帐内一片漆黑。

风雷滚滚，将飘摇的篝火影影绰绰地投射过来。主帐并不大，绕过屏风，几步之外便是一张简易的床，床帘被风吹得直直飘起，现出床上的人侧身向外而卧的一点轮廓。

柳斜桥屏息走到床的侧面，听了一会儿外边的声音。似乎还没有人发现方才被他杀死的士兵。他的目光微动，看见床帐钩下叠着的战袍。袍带的一侧压着一块玉佩。一块通体天青色的大玉，上面用金线勾勒出一条张牙舞爪的龙，傲慢的姿态几乎刺伤了柳斜桥的眼睛。

柳斜桥一步、一步地挪过来。身影挡在了床前，袖中的青布褪下，匕首的柄握在了左手心。这一日，他已经等待了太久了。

柳斜桥低下头，鬼影幢幢的昏暗夜光浮来又掠去，时断时续地映出床上人那泛着冷光的铁面。

徐醒尘的面具，竟当真是从不脱下的。

柳斜桥冷静地将匕首在床上人的下颌处轻轻一挑，宛如挑开新妇的盖头——

刹那间，他脸色变得煞白，往后退了一步！

正在这时，外边发生了骚动——

“将军！”有兵士在主帐外厉声嘶喊，“楚国人攻过来了，请将军示下！”

第七章 几分真

那张幽丽的脸，即使在睡梦之中，也似乎带着倔强的清愁。那双过于冷酷的眼睛此刻闭着，长发散乱地拂在枕边，她显然睡得很浅，乱军声中，她的眉头微皱，似乎马上就要醒来。

“——将军！”

“烦请通报一下，我军正在抵抗——”

“但楚军人数太多了！”

“将军，我们要不要撤？”

柳斜桥以为自己呆立了很久，但待他回过神来，也不过一瞬间——一道寒光突然掠至他的眼底，他闪身避过，那道寒光却不偏不倚地劈向了床上的人！

柳斜桥一见大惊，整个人一扑而上，那一刀便砍在了他的肩膀上。他咬住牙关，挡住床上的人，一个转身，那个人却正欺近过来，一刀刺向他的腹部！

柳斜桥将匕首交到右手，用左手死死地抓紧了对方持刀的手腕，对方的刀割破了他的衣衫，将将就要刺入他的身体，却再也动弹不得。

柳斜桥死死地盯着他，在这个再无第三个人能看见的瞬间，他的眼眸里，猝然亮出了陌生的火光。

柳斜桥深呼吸了一下，那几乎是残废的右手集聚起一股不知何处而来的力气持着匕首横掠出去，割破了对方的肚腹，再狠狠地一搅！那个人惨叫一声，手中的长刀掉落在地上，倒了下去——

外边的将士听见那声惨叫，慌乱起来：“将军？将军怎么还不出来？方才是谁？”

终于有人下决心道："顾不得了，我们进去看看！"

帐帘哗啦一声掀起，几个将士一边大声通报着一边执着火把焦急地走了进来。见到内里一片黑暗，他们的心中无不腾起恐慌，交换了一个神色，便绕过屏风："将军！末将——"

声音卡在了喉咙里。

床边，一个楚军士兵肚腹被剖开，鲜血流了满地，死前的一瞬间表情狰狞而无措。

将军已经坐起身来，铁面具戴在脸上，披落的乌黑的长发之下，只露出一双射出寒光的眼睛。她扫视一圈众人，又低头，拿脚踢了踢地上的楚兵，提剑站了起来。

"把俘虏的囚车移到河边去。"她冷冷地道，"他们是来救人的。"

众人的面色一凛，方才还慌乱的心情立刻镇定下来，各自领命而去。主帐里平静了一瞬间，然后徐敛眉站了起来，铁靴踢到了那个楚人的尸体。她低下身子，将那个楚人的衣襟拨开，眉头渐渐皱起。

有个人潜入她帐中、救了她一命，却又悄无声息地离开了。

两万楚军奇袭徐军营地，初时打了徐国军队一个措手不及，颇占上风；但因为他们是为解救被俘虏的楚国贵族而来，当徐军将囚车推向河边，他们也就跟了过去——

夜空被撕裂一个豁口，瓢泼大雨终于下来。暴涨的河水成了徐国的援军，将楚国背水一战的队伍冲得七零八落，溺水而死的，踩踏而死的，战斗而死的，尸骸几乎堵住了滔滔的河流……

柳斜桥躲在风雨飘萧的草木丛中，看见那个人从主帐里出来，厉声指挥着徐国士卒往河边去。徐敛眉连头发都未来得及束好。风雨吹打着她纤细的身形，倒映在他浅色的瞳仁里，却仿佛是顶天立地的模样。

她又赢了，她永远能赢。

他终于不再看她，转过身去，一只手按着伤口，另一只手紧握着鲜血横流的匕首，头也不回地沿河往下游踉跄奔去。

风声凄厉地呼啸过耳，大雨如一根根毫不留情的针刺在他的脸上。他闻见了空气中飘来的血腥味，也看见了脚边的河流里混杂着浓稠的红色。肩上的血被大雨冲下，坠入泥土，又汇进那河水里去。

柳斜桥想起那个面具，想起那双眼睛，想起两年前自己在帘后看见的那个身影，和她那句淡淡的"多谢大哥出手"……他想起她每一次神乎其神的出兵，想起她对天下地形地势熟悉到可怕的记忆力，想起她斩钉截铁地说，她的大哥永远不会猜疑她……

他甚至想起她这次从云落山突袭楚宫——她走的是楚王私人的围猎道路，若是那个从未去过楚国的徐醒尘，如何能记得如此清楚？

当然不能。

因为徐敛眉根本没有大哥。那不是她的大哥。那只是一个傀儡的空壳……真正的徐醒尘，其实是她自己！

肩上的伤好像骤然连接到心脏，刹那间痛得柳斜桥弯下腰去。适才在帐中过度使力的右手在这时剧烈作痛，好像即刻就要断掉了一般，他不得不用左手紧紧地抓住右手，任大雨把肩伤冲得几乎溃烂。

那个女人……柳斜桥原以为，今夜过后，自己就可以再不与她有任何绝望的牵扯。所有黑暗里曾涌动过的爱慕，所有梦寐中曾潜生出的怜惜，所有机锋中曾遭遇到的欢喜，所有的崇敬、欣赏、快慰，与恨。可是如今，这一切，却又要悔棋重来了。

他抬起头，看见天际乍开一道微光，又转瞬消失不见。

第二天。也许是过了一整天，也许只是短短的几个时辰。风雨仍然不歇，但声势已经小了很多。柳斜桥睁开眼睛时，先是愣愣地望了一会儿那滴水的叶梢，然后，才缓缓地将身子挪动起来。

如此一夜，肩上的血都已流到无可流，但所幸右手也不再作痛。所带的行李已尽失，他撕下衣角自己将肩膀包扎了，用牙咬掉了布头。

这个时候，柳斜桥才发现，他的匕首也不见了。他扶着树干，摇摇晃晃地站起来，湿漉漉的黑发披下来，浑身都是泥泞，却显得一双浅色的瞳仁特别明亮。他向这莽林四周望了望，没有瞧见自己掉落的匕首。

脑仁在发痛，肩伤在溃烂，全身上下仿佛一张被撕碎了又草率地粘贴起来的纸。他闭了一下眼睛，却也并未觉出特别的不适。他也许还可以忍受下去。

他慢慢地往外走。没有听见人声，只有血腥味在弥漫，昭示着此处刚刚发生过一场大战。他走到丛林的外缘，看见旷野上尸体横陈，旌旗残破，徐军早已拔营而去了。

然而与此同时，身后却传来了人语声。

他来不及躲避，便被人叫住：“你是谁？”

柳斜桥挤出一个笑容来，转过身，见是两个平民装束的人。

这两个人衣装整洁，还撑着伞，但眼神中却流露出不安分的气息，往柳斜桥身上打量半晌，又问：“你是谁？”

柳斜桥低着头，一副讷讷不知其所以然的样子，一开口说的却是地道的徐国南境方言："我，我从左近榆树村来，打柴上城，结果遇上打仗……"

他脸色本来苍白如雪，身上又沾了泥，声音更显得虚弱无比。那两个人对视一下，忽然笑了："原来是个乡下人？想进城去是不是？爷带你去，怎么样？"

另一个人看起来年长一些，说话也比较沉稳："爷两个是外地来的，你给我们带三天路，我们给你的酬劳比你打一年的柴都多，如何？"

柳斜桥抬起头，仍有些犹豫似的，眼里却藏着光："你们，你们要去哪儿？"

"我们要去这条河的下游。"那个年轻的人指着一旁的河流说道，那位年长者向他使一个眼色。

"那不就是璇玑口？"柳斜桥真诚地笑了，"这个容易，你们打算给我多少钱？"

璇玑口是这条弥河流入岑河的交界处，但因为弥河中流绕过茉城转了个弯，所以去璇玑口最便捷的道路是先入城，再从城北出去。这两个人却似乎并不愿意入城，只让柳斜桥带他们走当地的小道。

柳斜桥原本不是当地人，但当初为徐敛眉拟平楚方略时，这一带的地形他极仔细地研究过，那时心里或许也存了与徐敛眉一较高下的意思，谁知今日却派上了用场。只是这两个人赖上他也不全是让他带路，他们让他做饭洗衣、驾车驱马，似乎是打定主意要拿他当下人使了。

有时候，柳斜桥听见他们用另一种方言说话。

"这个乡巴佬，看起来阴恻恻的。"那个年长者道，"到了璇玑口便甩脱他吧。"

"大哥也是多虑了。"那个年少者却似乎心宽得很，"这个乡巴佬对地形如此熟悉，说不得，或许能直接带我们往岑河上游去呢？"

"总不能带他一路进岑城吧。"年长者皱眉道，"许多事做起来都不方便了。"

"多一个人使唤有何不好？"年少者满不在乎地道，"到了岑城就杀掉。何况岑河上风险也不少，让他帮我们喂刀子，也算是干掉了一个徐国人。"

年长者眉头锁得更深，压低声音道："你莫忘了，冯将军交代了……"

"茶水呢？"年少者却极不耐烦地敲起了桌子，借此打断了对方的话，"乡巴佬，去给我们催催！"

柳斜桥低头道："是。"便走到了茶楼的外间去，吩咐小二加紧上茶水来。

等候的空隙里，柳斜桥转头，望向那阴雨连绵的天。他漂泊南北方各地十余年，却是任何地方的话都能听懂七八分的。

三日后，柳斜桥带两个人走到了璇玑口。

经暴雨而上涨的弥河滔滔流入岑河中，河面骤然变得宽阔，长风将河上的船帆都吹得鼓起来，不停歇的雨点点滴滴地在河水上惊起无穷涟漪。或许是因为这几日水流太急，河边并无渡船，更无行人。

“两位爷，”柳斜桥恭恭敬敬地躬身道，“璇玑口到了，议好的价钱，可不可以给小的？”

那两个人却突然争吵起来。柳斜桥仍保持着躬身的姿势，好似在谦卑地等待着他们吵完，而那极具特色的齐国方言已窜入他的耳中：

“不能带他！”年长者沉声道，“万一如你所说真的被岑河上的人发现，这个人知道我们的行踪，就是无穷祸患！”

“可他又不知道我们是做什么的。”年少者嗤笑道，“谁能想得到冯将军会做徐、楚之后的黄雀？徐醒尘当初可是瞧不起我们冯将军的，就算是他本人见到这个乡巴佬，怕也问不出什么东西来。”

年长者的手按在了腰间，袍襟底下的剑柄露出来，他的声音也冷了下来：“你自去看看他衣带里挂着什么，我不同你分辩。现在就杀了他。”

年少者微微眯起眼睛看了他半晌，旋即又笑一声：“杀就杀。老东西恁多讲究。”转过身，走到柳斜桥跟前，“乡巴佬，你是要多少钱？”

“五十文就够了。”

对方许久没有答话，柳斜桥便又道：“或者……三十文也好啊。”

那年少者却径直伸手过来在他衣带里侧一抓，从衣襟里掏出一块大玉来，倒抽了一口气：“你怎么会有这种东西？”说话间，他的手指牢牢地扣住了这块玉，望向柳斜桥的眼神也阴沉了下去。

“这是我的……媳妇儿，给我的。”柳斜桥想了想，加了一句，“这是她家里的传家宝。”

那个年少者回头挑衅地看了看年长者，又对柳斜桥笑道：“小爷同你说，小爷刚才啊，本来想杀了你的——”看见柳斜桥躬下的身子在发抖，他笑得更开心了，“但既然你有块这么好的玉，便拿它抵了你的命吧！”

“这是我的媳妇儿给我的。”说过了一遍的话，再重复时，似乎就不那么难了，“你不如将我的命拿走吧。”

那个年少者睁大了眼睛，笑闹般地道：“你是真傻还是假傻？”话音未落，他一只手抓着玉，另一只手便一个巴掌朝他横削过去！

柳斜桥头也未抬便侧身避开，左手一拳直接击向年少者的腹部！这一下出其不意，年少者脚底不稳立刻痛呼着跌倒，衣袍里藏着的剑被地面顶了出来。年长者见状大惊，拔剑便要上前，柳斜桥却一脚踩在年少者的身上，一手“唰”的一下从年少者腰边拔出了一把剑，便直直地送入了年长者的胸膛！

那玉佩跌落下来，被柳斜桥一手接住，在衣襟上轻轻擦了擦，又揣了回去。他的眉眼依旧压得很低，晦暗的风雨天色里看去，就像是个平凡的乡野人一样，任是谁都很容易认错的。

鲜血从年长者的胸口不断地涌出来。年长者一手抓着剑锋，脸上的血色迅速流失，大喘着粗气道：“尊驾究竟……是何来历？”

柳斜桥面不改色，左手将剑拔出来，年长者的手掌便被割破，无力地垂了下来。柳斜桥脚底用力，那个年少者痛得身子都仰了起来，柳斜桥平淡的声音从高处传来，似是沁在寒冰里的玉：“冯将军为何如此关心岑河？”

“你杀了你小爷得了！”年少者破口大骂，“徐国人果然都是这副无耻的德行，总有一日冯将军要踏平岑城，把你们那公主拉出来给——”

“刺啦”，极细小的声音，柳斜桥一剑割断了他的喉管。那持剑的左手很稳，风中的衣角却似乎在轻轻地颤抖。

年长者那双渐渐灰暗下去的眼睛却仍然死死地盯着他，似乎还在等待着他的回答。

在鲜血飞溅上天的时刻，在生与死的恍惚的间隙之中，年长者似乎听见这乡野人说了一句话：“在下姓柳，是徐国公主的丈夫。”

大军班师回朝，徐醒尘在赤城与妹妹“会合”，然后一同北上还都。

此番出征，楚国四十余城尽入囊中，徐国的疆土扩大了近一倍。大军凯旋入城，她先去向徐公汇报了战况，便急急地赶往公主府。

柳斜桥却仍是如往常一样，得了消息便恭恭敬敬地站在门口迎接她，就好像他从来不曾离开过。

徐敛眉在台阶下停住脚步，抬眼，他的脸同三个月前比好像没有变化，又好像变了一些。柳斜桥或许是变瘦了，显得孤零零的骨架，仿佛随时都会被风吹散。浅色的瞳仁深邃，宛如映着天空的井。

“我——”她停顿了一下，宣告般地道，“本宫做到了。本宫拿下了楚国。”

“是。”他低声道，微垂的眼帘下，一双深海般的眸子沉默地凝视着她，“在下须得感谢公主，为在下的父母亲人报了仇。”

她却不想听他这种无益的感谢，从他的身边走过去，声音已经恢复了冷硬：“本宫回来时听说，你竟然私自外逃了三个月。”

柳斜桥没有回答。

徐敛眉的声音变得更加冷硬：“本宫倒是好奇，你是如何逃走的？”

“殿下或许比在下还要清楚了吧。”柳斜桥轻轻地道。

她尖锐地指出：“若无人帮你，你逃不出去。”

他笑笑：“那只是您没有尝试过。”

她停下脚步，在游廊上转头看柳斜桥：“为什么要逃？”

她的目光似乎有些复杂，柳斜桥垂下眼睑不想与她对视。她也觉这个问题实在很没有必要，于是她换了种问法：“那既然逃走了，为何还要回来？”

柳斜桥沉默了片刻，才缓缓地道：“因为……在下记起，在下曾承诺过，会在此处等您回来。”柳斜桥站直身子，温和的目光凝视着她，仿佛在期盼她明白什么，又好像只是无意义地保持着沉默。她被他盯得莫名有些不自在，别过了头去。

“父君说你杀死了两个下人，”她咬住嘴唇，“你真的会杀人吗，先生？”

他道：“殿下会杀人吗？”

她飞快地看了他一眼。

“你若就这样逃了，本宫反而轻松。”她低声道，“可是你却回来，本宫总不由得怀疑你用心深毒。”

柳斜桥看着徐敛眉微露迷惘的神色，心跳重重地停跳了一拍。像是在晦涩的荒原上，前后俱已无路可走，却还是一言不发地凝视着她。

“殿下。”侍从在几步外通报，“丰国来信。”

她看了他一眼，同那个侍从往房中走去。

不出多久，她又走出来，见柳斜桥还等在廊上，不由得停住了脚步。草木微黄的背景掩映着他的青衫，未束的长发披落腰际，清俊的侧脸苍白如雪，相处这些年，她很少在他身上看到类似斗志的东西，即使他杀人逃窜，她也感觉他在做这些的时候，满心都是孤独的愁闷。他只是从不怨怼。

柳斜桥转头望向徐敛眉，神色平静。

徐敛眉轻声问道：“柳先生，你真的是丰国人吗？”丰伯来信说，已经彻查了本国全境二十年的户籍册，没有找到一个叫柳斜桥的人。至于十年前在沐城被楚王屠杀的那个农户，登记在册的只四口人，都已死亡，没有一个活下来的。

徐敛眉盯着他。

他垂下眼帘，道："公主不相信在下？"

这话真是问得有些可笑了。她终究没有再说话，只是深深地看了他一眼，便转身离去了。

公主走后，柳斜桥一个人，茕茕孑立在秋意微凉的院子中，似乎愣了很久。她这样一连串的问题抛过来，及至最后，他也未能问出那些有关岑河与冯皓的问题。

柳斜桥回到此处，原本是为了提醒她留意岑河的动静；可如此一来，却让他的心得以缓慢地冷却下来了。冷却是好事。或许也只能就这样，继续这场互相猜疑的局，她不相信他说的任何话，而他也就渐渐地缄了口。再渐渐地，他就可以忘记自己曾在一闪念间拼死保护过这个女人，说不定到了肩伤全部愈合的时候，他就能成功地让仇恨将自己麻木掉。

麻木，也是好事吧。

燕侣走到了柳斜桥的面前。她整个人愤怒得几乎发抖，声音却仍是克制的："你为什么回来？"

柳斜桥不言。

"你为什么回来？"燕侣质问道，"你既然……做不到，就该走得远远的，你回来是送死！"

柳斜桥的脸色泛出仿佛伤重的苍白："我回来自有我的道理。"

"什么意思？"燕侣微微眯起眼睛。

"我这趟出去，知道了一些有意思的事。"柳斜桥淡淡地道，"徐国不敢杀我的。"

"什么事？"燕侣的语气急促了起来。

他看了燕侣一眼。她是公主身边最近的人了，可这个秘密，连她也不知道——或许那个鸿宾知道，公主待她们二人到底不同。这些日子以来，柳斜桥想了很久，公主是如何将这个秘密保守了二十多年的——他越想越觉得可怕。

他摇了摇头，冷淡地道："你最近与齐国联络过吗？"

"齐国？"燕侣狐疑地看了看他，声音忽然诡异地低了下去，"你是说冯皓？"

柳斜桥的声音很平和："原来真有此事。"

燕侣上下打量了柳斜桥几眼，难得地露出了些赧然的神色："此事也并非有意瞒你，冯将军找上我时，你已经走了。"

那我若是一去不回……柳斜桥终于没有这样问。他不习惯这样针锋相对地说话。

他若是一去不回，不论是死是活，燕侣与冯皓联手，总可以继续同徐国作对。可谁知道，他这三个月一去一来竟都如此平静，连一点涟漪都不能惊起？

想到此处，燕侣又有了些底气去指责他："这回你失了手，往后可再不会有这样好的时机了。"

"失手就是失手，我做错了，我无话可说。"

燕侣抿了抿嘴唇。许久，她往前走了两步，在咫尺之间直视着柳斜桥的眼睛，轻轻地道："你怨我了，是不是？我让你一个人去抵挡徐国公主的猜疑，却绕开你去找了齐国，你怨我了？"

"不敢。"他说。

"阿欢，"燕侣一个字、一个字地道，"我们只有彼此，你知不知道？我只是在你离开的时候去搭上了齐国，你回来我不就同你说了？阿欢，在这个世界上，再不会有第三个我们的人了。"

柳斜桥平静地移开了视线。

"我知道。"他回答，"阿嫂。"

六月十五，徐公为世子和公主摆上了庆功宴，同时也宴请了那些来自楚国的阶下囚。

徐醒尘照例是不会出席的。这是在岑宫的御苑里，透过浓郁的花香和繁密的松枝，可以看见一轮圆而苍白的月亮。灯火翩跹在林木之间，照映着四五道长长的筵席和人们足边渐浅而冰冷的脉脉流水。

在这样的圆月下，亡国的俘虏，心情自然不会很好。楚王婴何被引入座时，面色黑得像铁。在他身后渐次坐下的是十数名楚国贵族，身后还立着楚国的宫人。物是人非固然痛苦，却不知人是而物非感受何如？

徐公慈和地笑着举杯，向楚王一一介绍徐国这边的人物。几位贵族之后是公主徐敛眉，婴何隔着数尺的距离盯着她，然后桀桀一笑："公主比十年前更美了。"

话里透出的猥琐之意对徐国无疑是一种挑衅。但徐公却只是笑笑，公主还低头道："多谢您了。"

婴何的目光移到公主身边，微微定住了："这位就是公主的庶人驸马了？听说公主执意与楚国作对，就是为了你？"他站起身来，两手按在案上，身子前倾，目光透着威胁，"不知你的命运，比起她的前五个丈夫，能好到哪里去？"

一声低低的惊呼，却是他身边的楚国宫人不留神将酒盏打翻。那个宫人连连赔罪道歉，婴何怒道："给我下去！"她低头掩着脸匆忙退开。

柳斜桥一直看到那个宫人的背影消失在树林里的小径上，才回过头来，温和地一笑："这要看公主，她愿意让我陪伴她多久了。"

徐敛眉似乎没有听见柳斜桥这句若有情若无情的剖白。她轻轻地晃着酒杯，目光出神地凝视着酒水，不知道在思考什么，眸中光芒冷静，一点醉意也无。柳斜桥并不喜欢这样的她。过不多时，她便一声不吭地离席了。

徐敛眉在筵席的另一个角落里找到了那个惊慌失措的楚国宫人，将她带到了僻静处，才平静地道："你是南吴人。"

那个宫人低着头，手指绞着衣襟，身子在克制不住地抖："是，是的，殿下……婢子是先王——先楚王伐南吴时俘虏过去的，如今——如今又被您俘虏了……"

乱世里的一个小小宫女，若得不死，最好也就是像她这样，辗转在各国宫廷之间，做最卑贱的工作吧。

徐敛眉盯着她。怪不得，她觉得这个宫女的眉眼有几分熟悉，自己是见过她的……

"你方才为何惊慌？"徐敛眉皱起眉。

那个宫人的声音更细了："我——婢子错了！"她突然扑通一声跪下来，低声哭喊着就去拉她的衣角，"婢子什么都不知道啊，公主，婢子什么都不知道！"

徐敛眉不动声色地甩开她的手："说清楚，本宫就饶了你。"

后半夜，筵席终于散去，驸马与公主二人同车离去。

车顶上嵌着一颗夜明珠，莹润的清光随马车的颠簸在两个人的脸上、衣服和头发上流转。柳斜桥一手撑在车窗上，身子微微靠后，眼帘微合，清俊的面色微露疲倦。徐敛眉坐在他的对面，沉默地盯着他看。

"公主真是精力过人。"柳斜桥淡淡地道，"往日在下总为您挡酒，如今想来，真是自不量力。"

可悲的是一个戏子入了戏，即使明知一切是假的，却总忍不住悲欢的变换。

她只是笑了一下："先生确实比我更易醉些。"

他不说话了。

两个人就这样一路沉默着回到了府上。下车的时候柳斜桥趔趄了一下，被一个温柔的臂膀扶住了。他没有挣开她，虽然他实在没有醉到那个地步，但他的确也很乏了。

她扶着他走到房中坐下，鸿宾在外头通报热水已经烧好。徐敛眉点上了灯烛，便来给他更衣，动作似乎理所当然。他愣了一下，下意识地后退两步。烛火都被他的衣风带得偏斜了一下。

他的衣衫稍乱，发冠下的脸一半蒙着阴影，教她看不清虚实。她于是放柔了声音道：“先将衣裳宽了。”

他摇头，声音十分清醒：“我自己来。”

她的微笑里带着隐隐的威压：“你自己来是可以，但本宫要看着。”

他愣愣地看向她。

“我们是夫妻，先生。前一阵本宫忙于战事无暇内顾，但本宫心里是有你的。”她说这话出口，面不改色心不跳，只有一双眼睛沉得发冷。

柳斜桥觉得这样的她有些陌生，她好像在看着一个敌人。他感到肩后的伤又泛起细密的痛楚，仿佛是直连到心脏上去的。他摇了摇头：“多谢殿下。殿下……不必如此。”说着，柳斜桥抬起手，自己将束发的木簪解了，长发披了下来。他将木簪搁在桌上，便自行往浴房走去。

“——先生！”徐敛眉竟然一把抓住了他的手，“我愿意这样。”她的神色似乎在隐忍着什么，眼底幻动着深渊里的冷光；然而说出口的，却偏偏是这样一句奇怪的话。柳斜桥侧头看她，竟看不清她的底细，一时间，犹疑着止住了步子。

徐敛眉抓紧了他的手，闭着眼睛，用尽所有力气一般，一分分往上，在长袖底下抚摸过去，他的手臂虽然瘦但结实，筋脉都在她的手下发抖——

柳斜桥的脸色终于变了，盯着她的眼神里仿佛涌动着千万种感情：“您会后悔的。”

“不会。”她冷冷地反驳。

柳斜桥看了她许久，却觉得此刻的她是如此遥远，明明肌肤相贴，她却像是把所有的藩篱都竖了起来，所有的刺都张了开来，这个样子的她就如一条神秘的河流，他不知底下涌动着什么，也不知最终她将去往何方。可是却令他心痒难耐。

徐敛眉上前一步，低着头，两只手生硬地抽开了他的衣带。她发现他仍将那块金凤玉佩佩在腰间，衣带一松，那玉便悬了下来，像一轮孤零零的月亮，哐啷一声落了地。

好像终于不能忍受了一般，柳斜桥突然揽住她往自己身上一带，她皱眉“嗯”了一声，手臂抵在了他的胸膛。他一只手搂紧她的腰，另一只手沿着她的脊背抚摸上去，指尖微微发抖，好像能穿破她的肌肤直刺入她的心脏。她正低着头，后颈露出一个微妙而诱人的弧度，她的手慢慢地探进了他微敞开的衣襟。一片平滑的肌理上，她的指尖所触碰之处都会微妙地收缩一下。

两个人，什么话也没有说，目光也没有对视，只好像达成了一种各怀鬼胎的默契，在这烛光明灭的秋夜里，在一条不能往返的河流上，无声无息地溯回。

“在他的左胸下三寸，有一块月亮样的胎记……”那个宫人抽抽搭搭的声音盘旋在空气中。

徐敛眉的手掌覆在了柳斜桥的胸膛，轻轻碾过。他微微嘶了一声，她终于抬起头来凝视着他。她从认识他起，便从来不敢想象这个男人脱光衣服的样子。

柳斜桥正低着头看她，目光回复了平淡的从容，甚至有了些笑意。这个男人，他好像——他好像因为她的触碰而快乐着。

她没有想到他会这样纵容自己，更没有想到在这一刻他会是这样近乎温柔的表情，他认真地凝视着她，就好像凝视着他在这世上仅剩的最后的珍宝。她的心头突然慌乱起来，像是手心底下那沉稳的心跳传到她的身体里就改变了速度，脸颊烧起来的前一刻，她突然抽出了手后退一步。

他衣襟大敞着，锁骨下一小半光洁的胸膛在烛火的映照下显得微红，他颇有些无辜地看着她如此不负责任地抽身而退，口鼻间的喘息清晰可闻。

一瞬间，她不敢面对他如此复杂的神色，就好像自己辜负了他什么一样，内心里莫名升上一种不安之感。她仓促地转过身去背对着他，声音嘶哑：“去……去洗洗吧。”

柳斜桥沉默地看着她的背影，夏末秋初的寒意从脚底袭了上来。他安静地拢好衣襟，礼貌地欠了欠身，掀帘而去。

待柳斜桥从浴房出来，卧室里已只留了一盏小小的豆灯。他走到床边，徐敛眉已睡下，侧身向内而卧，给他留出了一个枕头和一大半的余裕。

柳斜桥坐下来，伸出手去碰了碰她的头发。她似乎连头发梢都在颤抖。他不再说什么，吹熄最后一点灯光，也就这样躺了下来。

黑暗之中，她感觉到他的背贴着自己的。这大约并非因为床小，而只是出于汲取温暖的本能。她的牙齿已将嘴唇咬得发白。她闭上了眼睛。

“你在玩什么？”一个粉雕玉琢的小男孩走到了她的面前，低下脑袋好奇地看着她的地盘。

她连忙伸双臂护住了，大声喊道：“你走开，走开！不要踩坏我的沙盘！”

小男孩虽然一身华贵的衣服，却是很有礼貌的。他连忙道着歉往后退了几步，再抬头看，沙砾上原来画了一幅巨大的——

“这是地图吗？”他又忍不住发问。

“这是沙盘！”她纠正，“是打仗用的沙盘！”

“喔。”他装作听懂似的点点头，又去看那幅地图。看了半晌，他发觉不对：“南吴国在哪里？”

她懵懵懂懂地抬起头：“什么？”

“南吴国！”他有些生气了，“你怎么能漏了南吴国！”

“什么南吴国？”她却没听说过，但她很感兴趣，“在哪里？你告诉我，我把它添上！”

“在这里。”小孩子的怒气转眼即逝，他凑了过来，和她挤着坐在沙盘的边缘，伸手在沙盘上划拉着，“在江水之东，楚国东南，东到海滨，南抵千岛……临椤郡与徐国接壤……国都在这里，叫旸城……”

她歪着脑袋看那个不认识的字。

“日出旸谷，浴于咸池。”男孩子笑起来，眼睛里落着璀璨的光，“南吴国在列国之东，是太阳升起的地方。”

两个小孩言笑晏晏的身影渐渐模糊在回忆的云雾之中。徐敛眉睁开眼睛，发现天已经亮了。枕边没有人。她抬起手，挡住帘底漏进来的秋日晨光，思绪在有无之间飘荡。那个男孩是跟随他的父王来拜访徐国的，那时徐国的国主还是她的祖父。两位国君在大殿上交谈的时候，孩子们就在后苑里玩耍。

后来他走了，她记得，是被他父王生拉硬拽走的。她还记得他父王冷笑着对她的祖父说，不可能，徐国如此一个蕞尔小国，竟然还妄想攀上南吴的姻亲？

徐敛眉的眸色渐渐变得幽深起来，仿佛一直沉入了不见天日的海底。

卧房的门被推开，柳斜桥一边低头系着衣带一边走进来。他似乎刚洗了脸，额头上还沾着水珠。他对她道：“殿下醒了？早膳已备好了。”

徐敛眉慢慢地挪开手，眼睛一眨也不眨地盯着他。他的身子背对着窗，黎明梨花白似的光晕笼罩在他的身上，阴影交错间，他仍是那么温和、清淡。可谁知道这温和、清淡的背后是什么？他还有多少后招，他出门三个月做了什么？南吴王室还有多少残党？她必须留住柳斜桥，才能看清他；她必须将他锁在自己身边，才能保证徐国的安全。不管怎样，南吴国早已消失十年了，而他昨晚与她同床共枕，却没有杀她。

他们都在等待对方下一步动作，就像同一牢笼中两只相距半尺的野兽，耐心地等待，冷酷地计算着。

她坐起身，道：“让鸿宾进来。”

他的表情略微僵硬了一下，便恭顺地退了出去。

第八章 一样月

“殿下，”鸿宾小心地给徐敛眉理顺长长的头发，一边低下头在她的耳边轻声道，“先生一直在外边等您一同用早膳。”

她的眉头皱了一下。“知道了。”

“殿下，婢子斗胆……”鸿宾瞥了一眼她的表情，继续说道，“婢子觉得，您回国以后，和先生相处得有些……奇怪。”

她淡淡地道：“难道我们过去便处得很妥当了？”

“不，”鸿宾忙道，“婢子是觉得……殿下，您若真心喜欢先生，先生他，他不会感觉不到的。虽然先生逃了——出门了三个月，可他却还是回来了，不是吗？他知道回来会有什么后果。但他的心里放不下您。”

徐敛眉沉默下来了。她不由得想起昨晚，想起昨晚他那个宠溺的眼神。她想起他提议她拿下楚国，与其说是为了对抗徐国，不如说是要与她联手对抗她的“大哥”。虽然灭楚是帮他报了仇，可是徐国的版图也扩大了一倍，南吴国仍然不过是徐国的四个郡，他能得到什么好处？

——除非，他所谋者大。

她的脑中在计算着，心头却有些发怵。

“殿下。”鸿宾不知道徐敛眉在想什么，还道她只是胆怯，“鸿宾眼中的殿下，一直是胸有成竹的。柳先生原本是个一无所有的浪人而已，是您给了他今天的一切，他没有理由对您不好。”

徐敛眉闭上了眼睛，唇边沁出清冷的一笑：“呵，都是报应。”

鸿宾没有听懂。她站起来，拍拍鸿宾的肩，走到门外去。柳斜桥当真仍在走廊上等着她。听见声响，他回过头来，眸光平静。

“先生今日，打算做什么呢？”吃饭的时候，徐敛眉不动声色地问。

柳斜桥停下筷子：“殿下有何吩咐？”

她道：“本宫答应过，那些楚国俘虏，都交由先生处置的。”

他静静地道：“在下浅薄无知，哪里晓得怎么处置敌国战俘。还是请殿下代劳吧。”

“你原说让我杀了他们的。”她微微眯起眼睛。

他有些吃不下去似的放下了碗：“殿下随意吧。”

“那是你的仇人。”她不知怎么犟了起来，“我是为了你才去攻打楚国的。”

“不是的。”他的话让她愣住，“您是为了让我娶您，才去攻打楚国的。”

所有机锋都突然变得迟钝了，她张了张嘴，只问出笨拙的一句：“先生……不开心吗？”

柳斜桥抬眼看了她半晌，叹口气，又拿起碗来，还给她夹了点菜：“在下不敢。”

“不敢不开心，那是什么道理？”她却追问，“本宫莫非是如此的暴君了？”

他不言语，反而让她有些想笑。

“那往后，既然无事，”她盯着他道，“我都来陪你吧。”又补充一句，“我们毕竟是夫妻了。”

他的筷子停顿了一下：“是。殿下随意。”

柳斜桥不明白公主在做什么。六月十六，他在房中读了一天的书，她竟然也就陪着他在书阁里待了一天。她命人将新赶制的地图送到了这里来，长五尺，宽两丈，铺满了窗前的整片空地。这张地图上的楚国已经消失了，代之以九个郡的名称。

这九个郡里，至少还有三分之一并未彻底屈服，郡治总处于被暴动颠覆的危险边缘。柳斜桥坐在重重书架后边读书，听见外边公主与来来往往的大臣议事，说的都是新征服的楚地如何骚乱难以控制的事。

“这次太快了，殿下。”国相周麟显然颇为担忧，“以徐国的国力，很难负担得起这样广袤的疆土，老臣只担心这一口吃得太急啊。”

“那就送出去一些。”徐敛眉脸色不改，在地图上放上两块铜镇，“这一部分，给丰国；这一部分，给滇国。”

几个大臣大惊失色，面面相觑。

“殿下，”仍然是周麟发话，“如此不妥……”

“本宫听闻滇国与楚国素来不合，边境上吵嚷了数百年？”徐敛眉笑着打断了周麟的话，“这个容易，把楚国与滇国相邻的土地送出去后，便说是感谢滇国帮了我们的忙，如此一来，你说那些地方的楚人会更恨谁？”

周麟沉默了起来。然而，褚功明站出来道：“那丰国……”

徐敛眉往书架那头看了一眼。众人会了意，只好不再言语。

这些人走后，她揉了揉太阳穴，便听见一个温和的声音问道：“在公主心中，徐国最大的敌国是谁？”

她转头，看见柳斜桥已经站在地图的边缘，正垂首打量着地图上那两块铜镇。他的长发垂落下来，遮挡着表情。

“天下皆敌国。”徐敛眉选择了一种审慎的回答，“认定其中的最强者只会让本宫对其他敌人放松警惕。”

“认定其中的最强者会让您更明了刀锋所向。”柳斜桥却说道。

徐敛眉愣了一下。他似乎已经很久不曾以这种谋士的铮铮之骨来同她抗辩了，以至于她一时反应不过来。

“今之徐国，已是天下一霸。但唯因如此，更需担心其他国家一起联手抗徐。”柳斜桥平静地道，“而在当今剩下的大国之中，西凉、滇国地处边陲，郑国长年受制于徐国，邶国、越国却是唯齐国之马首是瞻——在下以为，有能力、更有野心逼得列国联手抗徐的，是齐国。”

徐敛眉微微眯起眼睛，听完了柳斜桥的话，才道：“当初本宫受你之计，灭夏削齐，齐国如今只剩一个孤儿——”

“以及冯皓，冯将军。”柳斜桥停顿了一下，“殿下，孤儿的斗志，有时是最强悍的。”

徐敛眉飞快地看了他一眼：“本宫不明白。冯皓没有必要这样做。”

“冯将军恨您。”

“难道先生便不恨我了？”

柳斜桥愣住。

徐敛眉看着柳斜桥的神情，嘲弄地笑了一声：“这世上大多数人都恨我，我早已习惯了。”

柳斜桥回头看向地图，仍然不放弃：“殿下且看，岑河这一条大河，大半在徐国境内，但支流分散各国，下游更是在齐国入海——这样的河流却是贯穿王都的，殿下难道从不曾担心过它？”

徐敛眉的目光突然一冷，仿佛一把刀从冰水中提起来指向了他：“此事本宫心中有数，先生便不必再谈了。”

柳斜桥沉默下来了。

徐敛眉咬了咬嘴唇，忽然故作轻松地一笑：“与其去谈那样久远的事，不如来谈谈眼下这四个郡。”她在舆图上指出来，“本宫方才说要让出它们，先生可有指教？”

柳斜桥看了她一眼，好像有些不能理解她，但他仍旧只有恭顺地低下身子看过去，“这的确是釜底抽薪之法，但……但百姓不是傻子。”他的声音渐渐低了，“他们知道是谁灭了他们的国家。被当作礼物一样抛来抛去，他们不会高兴。”

徐敛眉笑了笑，显然并不同意他的话，但仍点点头道：“那先生以为本宫当如何做？”

“殿下已经减免了楚地三年的赋税，却还有人闹事，这只能说明两点：一是殿下吏治未达公允，二是楚地贵族余孽犹存。”他抬起头，“寻常庶民得知免税只会欣喜若狂，哪里来得及去造反？一边有贪官污吏上下其手，一边有旧国残毒煽风点火，才会生出这样大的事端——”

“那本宫该如何做？”她饶有兴趣地道。

柳斜桥沉默了片刻，说道：“杀了楚国的俘虏。楚地只剩下几个不成气候的小贵族，依托着楚王的名号才能兴风作浪；杀了所有俘虏，再传檄天下，他们自然再不能作怪。”

“他们难道不知自立为王？”她淡淡挑眉。

他摇摇头：“楚人十分重视王室正统。楚地巫风盛，楚王兼掌神巫之事，除楚王一脉，无人可以——”

“本宫曾经是楚王后。”她的眼里扬起轻蔑的笑意，“本宫比你更清楚，楚地婴氏掌权百年，哪怕只是一个小贵族也都姓婴。”

“但楚国的婴氏，也有大姓小姓、神姓俗姓之分——”

“你只是想杀了楚国的俘虏而已。”徐敛眉再次打断柳斜桥的话，清冷下来的声音没有了丝毫波澜，“你只是恨极了楚王，想借本宫的手将他灭宗而已。”

他忽然抬眸掠了她一眼，那眼神里仿佛沉淀了一些她不认识的东西。她感到有些害怕，却意识到在这一刻，任性的人是她，而他在纵容着她。她反而咬紧了牙。

柳斜桥终于只是苦涩地笑了一下，退后两步，躬身行礼道：“是在下僭越了。”

公在傍晚时出门，对晚膳未做吩咐，侍女来请驸马时，后者便道：“待公主回来再吃吧。”

这样，一桌晚膳冷了又热，热了又冷，直到半夜，她也未曾回来。

柳斜桥颇有些抱歉地看了看等在餐桌边的侍女，执筷尝了两口，便放下道：“都倒掉吧。”说完，他便一个人回了房。

夜空无云，月光朗朗地照进房中，一地银霜似雪。他在窗前伫立片刻，欲转身时，忽然听到“叮叮”两声，是石子敲在窗棂上的顽皮声响。

他站住了朝外面望去，却见一架悬梯从房檐上伸了下来，兀自在半空中晃荡。他走出房门一看，那个女人已经坐在了屋脊上，一轮圆月在她身后光辉澈亮。

徐敛眉的身边还摆了酒壶，此刻她俯下身来，朝站在庭院中的他笑了一下。

“本宫请先生喝酒。”她的话像一种挑衅，“先生喝不喝？”

明明白日里才疑似吵了一架，半夜又来请他喝酒。柳斜桥向来摸不准这女人的用意，尤其在她这样柔和而胸有成竹地微笑着的时候。

柳斜桥从悬梯攀上了房檐，脚底的琉璃瓦十分光滑，他从未做过这种事，小心翼翼中总不免踩空一两回。她突然就笑得很开心了，上前一把拉过了他，他还来不及抗议就被她按在了屋脊上，然后转个身坐好。

两个人之间隔了一只酒壶和两只酒盏的距离，面前的月亮忽然又远了许多，仿佛是漠然地立在那重重云山之外了。深秋的夜晚，风凉如冰，他咳嗽稍停，才发现她已经盯着他瞧了很久。

她道：“听闻先生去过极北之地。”

“是。”他沙哑回答。

“那里有什么？”

“雪。”

“只有雪？”她眨了眨眼睛，“没有人？没有君王，没有国家？”

他道：“只有雪。没有人，没有君王，没有国家。”

“那真是个好地方。”她说。

两个人同时沉默下来了。

柳斜桥低头看徐敛眉，看见她的脸在月光的映照下竟然现出微红，便知道她在自己来之前已经喝了不少。可她却又斟了两杯酒，低吟道：“我有一樽酒，欲以赠远人。愿子留斟酌，叙此平生亲。”

他接过一杯来，“这是离别的诗。”

“不应景？”她笑。

“殿下又要出远门了？”

她摇摇头，“何必出远门才算离别？”

柳斜桥沉默了片刻，朝她示意一下，仰头一饮而尽。

徐敛眉望着月亮，手中无意识地转动着空杯：“本宫虽说先生易醉，可也从未真见先生喝醉过。”

“任何人醉了都不好看的。”柳斜桥说。

“不错，先祖父也是这样说的。”月光洒在徐敛眉的脸上，几缕发丝拂过她的脸颊，“本宫很小的时候，就被他逼着练酒量了。”

“原来徐文公对后辈如此严格。”

“你上回说，在你们南方，姑娘家是不让喝酒的？”她笑笑，“那可真是遗憾，姑娘不知道酒有多好，你们也见不到喝醉的姑娘。”

“南人始终记得醇酒亡国。《尚书》谓殷人好饮，周人禁之……”

“那都是禁百姓饮酒。你看周公自己，祭祀饮宴，难道滴酒不沾？”徐敛眉说话的声音慢了下来，“先祖父总希望，我能学会所有男孩子都会的事情。”

他飞快地瞥了她一眼。

徐敛眉恍如未觉：“那时候徐国只有三县之地，比丰国虽然大些，但先祖父的爵位与丰伯平级，都是教别国瞧不起的。先祖父文韬武略，远交近攻，在位期间徐国的领土扩大了两倍，到临死前，乃进爵为公。”

这些他都知道，于是“嗯”了一声。

“可先祖父一直有个遗憾，就是父君的身体太虚弱了。”她喃喃，“父君其实是我见过的最有才华的人，可是这样的一个人，却受了莒国人的陷害，一辈子只能躺在床上。”

“所以您执政以后，第一件事便是灭了莒国？”柳斜桥低声问道。

“虽然莒国不大，可当时先祖父刚刚去世，父君在病榻上即位，徐国的人心很乱。这样的情势下，要灭掉一个偌大的侯国固然很难，可若是做到了，便能敲山震虎，事半功倍。”徐敛眉迷茫地笑起来，“我还在伤脑筋呢，莒侯竟然来向我求亲了。我也是在那一刻才知道，原来身为女人，还能有这样的用处。”

他看着她，喉咙有些干涩，像是酒气沿着嗓子蒸腾上来的：“殿下以一己之力将徐国整治为天下霸主，列国之间，谁都知晓殿下是个奇女子。”

徐敛眉转过头来，幽丽的容颜上一双孤清的眼睛默默地凝视着他：“你羡慕我？”

“是。”他哑声道，“我羡慕您。”

她嘲讽地笑了一下，却不继续说下去了。

他想，她大概永远不会知道他在羡慕她什么。他羡慕她那一往无前的孤勇，羡慕她那毫不留情的果决，羡慕她明明已经那么聪明了，却还可以漠视自己受到的伤害。

高处的夜风刮过，徐敛眉有些冷似的缩起了腿，双手抱膝发着呆。也许真是酒的缘故，她的话变少了。柳斜桥放下酒杯道：“若是太冷，便回去吧。”说着他便站起来，打算过来扶她。

“本宫听闻很南的地方，一年四季温暖如春，没有雪也没有北风，但是有大海。”她突然开口，说了这样毫无章法的一番话。

他的身子僵住。就这样站在高高的屋脊上，冷风彻骨而过，月光好像能将他整个人的骨肉皮都照个通透，可是这些，这些全都不如他面前这个深不可测的女人来得可怕。他的右手又开始发抖。

“你见过大海吗？先生？”徐敛眉似乎仍沉浸在自己的世界里，微微眯起了眼睛，目光落在很遥远的地方。

“见过。”柳斜桥将自己的声音控制得很平稳，“在下是从东边过来徐国的，东边也有大海。”

徐敛眉点点头：“可是东边的海同南边的海是不一样的。本宫曾经缠着楚厉王，说想去看看南海之滨，他也真是不分轻重，就为本宫的一句话灭了一个国家。”

柳斜桥的神色只僵硬了片刻。

“楚厉王，”他一个字、一个字地，缓慢而平淡地道，“他是爱您的。”

她低着头，似乎思考了一会儿，然后微妙地笑了一下：“可我却只想骗他而已。”这时候，她才拍拍身上的灰站了起来，他比她高一个头，她抬起目光直视着他眼睛的样子却好像与他平齐，“你呢，柳先生？”

“什么？”柳斜桥的嘴唇动了动。她靠得太近了。

徐敛眉的眼睛里凝聚着朦胧的醉雾，渐渐地似乎有些看不清他了。试探到最后，又回到了那句无法证伪的话上。

“他们都说，只要我愿意，任何男人都会爱上我。”她慢慢地收回了目光，片刻前还不可一世的女人此刻好像是真的醉了，眼底是潮湿的红晕，“我过去以为他们是对的，现在才知道，他们是骗我的。”

她后退一步，他连忙伸手拉住她，两个人在屋脊上危险地趔趄了一下才站定了。“他们是谁？”他喘着粗气问。

“男人。”她说。

柳斜桥花了很大的力气才将喝醉的女人从屋顶上弄下来，悬梯的绳索都险些被他拽断了。徐敛眉喝醉以后竟然出奇的乖巧，不哭不闹，就任他半扶半抱着带进了卧房。他真不知道她这是喝了多少了。

他带着她在床上坐好，亲自去打了盆水过来，正要给她擦脸，却发现她已经躺倒在床上。他只好俯下身去亲力亲为，温热的毛巾触上那张柔软的脸时，她突然睁开了眼睛，一眨也不眨地凝视着他，眼神清亮，好像流动着的幽凉的泉水。

柳斜桥忽然又怀疑她其实根本没有喝醉了，但她的呼吸确实很急促，酒气上涌令她整张脸染着虚幻的红，柔婉得像是夕阳边的云朵。一点烛光根本照不清她的样子，只能看见帘影在她的肌肤间摩挲拂动。

柳斜桥觉得这样也无不可，他不需要将她看得更清楚，她最好也不要将他看得太清楚。他们就在这样一个光影模糊的地带里呼吸相闻，彼此诱惑，明明互相警惕，但谁也不先加害对方。

因为谁也不先加害对方，就以为可以永远如此相安无事地存活下去。

徐敛眉的目光渐渐变得复杂起来，那是她从醉酒中清醒过来的预兆。然而她又乖顺地闭上了眼睛。

柳斜桥的心好像快要跳出嗓子眼了，近三十岁的成熟男人，在自己的妻子面前笨拙得无所措手足。他缓慢地俯下身去，鼻尖几乎就要碰上她的鼻尖，唇与唇之间的缝隙一点点地变小——

“哐啷”一声，重物落地的声音将两个人从迷梦中惊醒。

他突然站直了身子，手中的毛巾被自己攥得发了凉。她揉了揉额头撑着床坐起来，迷糊地问：“什么声音？”

那种迷瞪的模样，真是半点也不像平素那个威严的公主殿下了。声音也软糯糯的，便连那微醺的酒气竟也显得可爱而温柔。

柳斜桥愣了一下：“好像是后院里的兔子……”

“啊，”她笑得眯起了眼睛，“是它！”

这种如见故人的口吻是怎么回事？她突然精神百倍地跳下床来，跑去后院看那只将笼子抓得吱吱作响的野兔子。更深露重，院落里晚风微凉，原本放在长案上的兔笼子被带得撞在地上，那只兔子见他们过来，更加急不可耐地用头拱着笼子的铁栏杆。

她笑道：“原来你在这里！”便要伸手去摸它——

“小心！”他话刚出口，她那白皙的手指头已经被兔子恶狠狠地咬了一口！

徐敛眉立刻缩回手，脸上的笑容消失了，眉头古怪地皱了一下，神色变换了一瞬。

柳斜桥忽然想起她曾经说过自己被兔子咬的事情。心没来由地颤抖了一下：“它是饿极了，平日它从不咬人的……”说着他便将笼子打开，那只兔子立刻跳出来吃草，再也不看他们一眼。

徐敛眉愣愣地低头看着那只兔子一摇一摇的雪白的小尾巴，手指头上还在滴血。

“可是你说过的，”她低声道，“你说这只兔子是喜欢我的。”

那是他在山谷里说过的话了，她竟然还记得。看她这个模样，像是迷了路的小孩子，或许连自己迷了路都还不晓得，只是惘然地看着她所能求助的唯一一个人。他叹口气，抓起她的手指，放入口中吮了一下。

酥麻的感觉突然直通心底，逼得她突然清醒了一半。她睁大了眼睛，立刻就要收回手去，柳斜桥却不放。

她感觉到他的舌头轻柔地舔舐过那个极细小的伤口，她不由得发出了声音：“先生……”

他终于放开她，示意她去看那地上的小兔子：“您再摸摸看。”

徐敛眉迟疑着低下身子，抚了抚白兔背上柔滑的毛。它回过头来，嘴里还在咀嚼，红红的眼睛不知望到了哪里。忽然它伸出舌头舔了一下她的手指头。

“唑……”她没有料到，看了一旁的柳斜桥一眼，“原来你是属兔子的。”

“兔子舔您，说明它喜欢您。”他低声道。

她的脸红了，不再看他。

“我……我也想喂兔子。”她喃喃着。

“我教您。”柳斜桥凑过来，将草叶放在她的手上。两个人的声息明明都很轻，可她却觉得这个夜晚热闹得厉害，草上露珠落下的滴答声，草底促织有气无力的最后的鸣叫声，实在有些肥胖的兔子慢吞吞地移到他们手边来的脚步声……她总害怕它还要咬自己，不知何时竟然抓紧了身边男人的手，男人没有言语地回握住。

醉与醒的界限里，徐敛眉想起了黄昏时分，她一个人走入了岑宫后的地牢，潮热的地底下暗火重重，那个被多年牢狱生活折磨得体无完肤的南吴卧底干瘪的声音：“三王子吗……呵，那是个废人。他同先王和世子都没什么感情……他的尸体是我收的，你知道吗？他竟然躲在先王的尸体背后，到死也没有出来战斗过……”

月影从疏枝间筛落，这个夏天就要过去了。

第二天，柳斜桥是被兔子舔醒的。他迷迷糊糊地睁开眼睛，兔子还大力地用脚拍了拍他身边的枕头，似乎是在示意他的女人已经离去了。

柳斜桥笑起来："是她将你放到床上来叫我的？真是胡闹。"

六月十七，徐公下诏，将新得的楚地分出两郡给丰国，两郡给滇国；同时宣布，楚国的十八个贵族俘虏已于昨夜自杀于牢狱之中。

一支鲜红的羽箭带着猎猎长风呼啸而过，"笃"的一声，正中靶心。

黎明时分，空旷的演武场上，只有徐敛眉和几个陪侍的将官。她将长发束在冠中，一身挺括的戎装，长弓在手，双臂还保持着拉伸的动作，拇指扣住的弓把上镶嵌着亮银的箔片，那光芒反射到她的瞳仁中，冷静的神色几乎就像男人一样。

徐国的将领们对这样的公主已是见怪不怪了。有时他们还感慨徐国的幸运，若说世子是将才，那公主便是帅才——只可惜，是个女人。

"好箭法。"有人脱口赞道。

徐敛眉冷冷地望过去，眉眼却在看清来人的一瞬间便奇异地舒展开了。女人的光彩回到了她的脸上，她将长弓丢给侍从，迎过去笑道："先生怎么来了？"

"来看看殿下。"柳斜桥的笑容清淡得几乎看不见，可是他就这样立在秋风里，青衣柔软，神色平和，就好像一道宽容着她闯入的风景。

可是，一直禁锢着他的，是她。让下人将醒后的他引到演武场来的，也是她。

此刻的两个人两种笑容，又究竟是做给谁看的呢？有时觉得不必再计较这许多，有时却更难以细想其中的差别。谁是真的，谁是假的？刹那间的欢喜，却让人迷恋得不敢放手。

"先生也来玩玩吗？"徐敛眉吩咐侍从再取来一副未开的弓。

"多谢殿下的好意。"柳斜桥欠身道，"在下不通武艺，要叫各位将军笑话的。"

她微微愣住，目光扫向他，他的脸色平静。然而她又笑起来："便试试吧，何况还有本宫教你。不过本宫总知道你是谦虚的。"

说话间，她已不由分说地将他拉上了场，寒风压草低，用稻草扎出的小人在十丈开外，背后是茫茫天地旷野。他接过她递来的弓和箭，仍欲辩解："殿下，我真的……"

她已抓住他的左手持起了弓，并将他的右手放在弦上。她好像觉得这是件很有趣的事情："过去都是我大哥教我，如今可轮到我教别人啦。"

女人顽皮的气息蹭上他的颈项，身体贴着他的后背给他校准动作，可他无法专心，不仅因为她在，也不仅因为她的话语。他的右手，不要说引弓射箭，根本连一桶水都提不起来。

女人给他摆好姿势，便后退两步，若期待、若信赖地看着他。

一时间，柳斜桥竟不想看到她对自己失望的样子。他转过头去凝望远方的靶心，清晨的光束从裂开的天际坠落，正笼罩着眼前的荒野平畴。右手在弦上张开了又握紧，最后下定决心狠狠地一拉时，却只得一下短促刺耳的划弦声—— 一声轻响，羽箭还未飞出，便落在了地上。

几位将官惊讶了一瞬间，随即便宽慰他道："驸马是治国的大才，文质彬彬，这等武夫的粗事，不会也罢！"

"依你们的意思，本宫是个武夫了？"徐敛眉眼角微挑发了话，众人立刻噤声。

她走上前，将他手中的弓箭扔掉，道："你不喜欢，我便不玩。"

这话说得有些蛮横，好像片刻前她不是在逼着他"玩"似的。但无论如何，她用这种小孩子般的语气把他的难堪遮掩了过去，而没有露出那种失望的表情，这让他松了口气。

她带他走出了演武场，自去将戎装换下，穿上一身月白襕袍，发冠未解，手摇折扇，便换作了翩翩佳公子的模样。他看着，温和地道："殿下如此男装打扮，倒能将岑都的公子王孙都比下去了。"

她笑道："但教你在我身边，女人们便不会看我。"

"殿下要去都城里吗？"他问。

"你不想去看看？"她眨了眨眼睛，"看看本宫治下的徐国，是什么模样。"说着又拿折扇拍拍脑袋，"本宫忘了，那几个月里，你大约早已看够了。"

柳斜桥的神色微微一僵。徐敛眉却握住了他的右手，双眼笑得眯了起来，像一只明明在耍赖却仍让人不忍斥责的小狐狸："冷了吧？再过些日子，便要降霜了。"

"柳先生，我们已认识四年了。"

今年的天气冷得也太早。走在干燥的街道上，扑面而来的空气都像挟着寒光的刃。柳斜桥出门时未来得及多想，此刻才发觉穿得少了，冷风袭来，逼出他一连串的咳嗽。她不说话，只是将他的手焐在了手心里。

拐过几个弯，道路变得空旷，地势低下，是临近岑河了。徐敛眉熟门熟路地走进一家临街的茶楼，他跟在她后边半步，倒像个小厮。

"是梅公子！"小二看到徐敛眉进来，笑着回头朝掌柜的喊了一声，"梅公子可有日子没来小店啦！还是二楼的雅间？还是铁云根？"

徐敛眉颔首道："近来忙于俗务，真是惭愧。"

小二道："梅公子忙的俗务，想必都是大事，我等升斗小民哪里想象得出呢！"一边说着一边领他们上了二楼，顿时清气扑面，原来二楼四面轩窗大开，江上云气穿窗来去，直如神仙之地。不过也因为天冷，虽然放下了隔帘，仍是寒风肆虐，所以二楼不见几个客人。她停了步子，深呼吸了一下，回头朝柳斜桥一笑："这茶楼的位置选得巧妙，江上风云对冲，都在此间化为具象了。"

柳斜桥衷心地道："表独立兮山之上，云容容兮而在下。怪不得此地题名'容容阁'，闹市之中，乃有此山人之野趣。"

徐敛眉愕然："我只记得容容是此间老板娘的闺名。"

一旁的小二忍不住闷笑出声。柳斜桥难得地脸红了，连着咳嗽了几声，直到两个人在雅间里坐定，还不肯再说话。

雅间是由嵌着珠箔的竹帘隔开，江风来去，便听见珠箔交击的清贵而悦耳的声响。从窗边望去，一条长河在底下蜿蜒而过，河的两岸俱是炊烟人家，河上桥梁处处，河下小舟停泊，云雾垂落，将眼里的万事万物都点染得有些缥缈。

"岑河是岑都的母亲河，也是徐国的母亲河。"她看着他的神情，微微一笑，"当然它不够大，也不够长，到了冬日里，还会结冰的。"

"足够了。"他低声道，"岑河贯通徐之南北，一年四季商旅来往河上，是殿下的大功臣。"

"先生慧眼。我曾说过，都城首要是四通八达；譬如东南边上的梓城，通往岑都的陆路邮驿最快要走五日，而水路只需两日半。"她淡淡地道。

"少了一半的时间。"

"所以徐国十八年前败给莒国的那一场战事，莒国便是在冬日进攻梓城，岑河结冰不通，消息传到岑都时，梓城已经陷落。"徐敛眉的目光很冷，窗外的风吹起她鬓边的发丝，将她的肌肤显得剔透。

他点点头："原来如此。不过今非昔比，如今莒国已灭，像莒国那样的侯国，殿下也不再放在眼里了吧？"

她转过头来看着他，过了许久，才开口道："不错。如今我连王爵之国都不再放在眼里了。"

柳斜桥的手颤抖了一下。就在这时，小二在竹帘外吆喝一声："铁云根——"奉上了一壶清茶。

"这茶名，总得有些说道吧？"他移开视线，转移了话题。

徐敛眉笑了："你尝了便知晓。"

他执起茶杯，饮了一口，当即皱起了眉头：“好涩。”

她悠悠然地品了一口：“这茶叶极硬，须长时间泡在水里才稍微见软，气味苦涩枯涸，却是提神的绝佳好物。”

“云根乃山上之石，铁云根，是说这茶坚如铁石？”他微挑眉。

她笑道：“先生是南人，想必喝不惯这样的茶吧？据说这茶喝得多了，人的心肠也会变硬。”

他的眸光从容：“原来殿下披靡列国，法宝都在此杯中。”

这话像是投机的称赞，又像是平静的反讽。徐敛眉沉默了片刻，轻轻地道：“我总希望这个说法是真的。”

柳斜桥不言语了。

时至近午，日隐不出，天际压下冷漠的阴云，秋风清峭，河水沉滞。柳斜桥忽然看见一艘小船从岑河上游而来，船上人披甲执戈，溯流而下，而下游一座旗亭旁正站着几个兵士，准备替换这艘小船上的人。

徐敛眉顺着柳斜桥的目光看去，语气微妙：“就如先生所言，这条河对徐国太过重要，所以守河的将士每日须轮岗三班，巡逻十二次。”

他低头寂寥地一笑：“原来岑河上自有岗哨，在下还多此一举地提醒您。”

她大度地笑起来：“这类事情，自然不能随意让人知晓，军船都须掩蔽起来。”

柳斜桥看了她一眼。她绚烂的笑容里仿佛带着钩子，诱惑着每一个不慎望了进去的人。他收回了目光，手指在衣襟上擦过：“那您便不应当让我知晓。”

她的笑容渐渐地隐去了。

“我不是徐国人。”他又道。

“那你是哪国人呢，先生？”徐敛眉的眼睛一眨也不眨地盯着他。

“丰国人。”柳斜桥回答得很快，也许有些太快了。

她点头：“说得是。我险些都要忘了。”

此后，徐敛眉便再没有说过这样试探的话，她笑着给柳斜桥夹菜，向他介绍岑都风物，带他在岑河边悠闲地走了一遭。阴天的河流另有一种摄人心魄的美，云层堆积之下浑浊的水浪裹挟着尘埃缓缓流动，不远处云霭之中偶尔探出一方徐国的旗帜。他想，这条河大约是被鲜血漂染过无数次了，才会显得这样淡漠而克制吧。

而就这样和她平平静静地谈天说地，好像也是不错的。他咳嗽的时候，她拉着他的手就会紧一些，目光投注过来时，当真带着紧张。最后她好像再也无法忍受，到近黄昏时，带他走进了一家医馆。或许是因为天气的缘故，医馆里的病人略多，她还耐心地拉他坐下等候了一会儿。柳斜桥问她：“为何来这里？”

徐敛眉理所当然地道：“你都咳了好几日了，自然要看看。”

他却忽然缩回了手，站起身来，有些不自然地道：“算了吧。”

她不解地道：“为何？此处无人认识你我，也不给那些大臣留口舌，你让大夫看看，咱们开了药便走。”

“治不好的。”他道，“这不是寻常的风寒，我自己清楚。”

他说这话的时候平淡得好像在说别人的事，她的心却突然颤抖了一下。她按着他的手臂，关切地道：“究竟是怎么回事？不论如何，试试看吧。”

“不劳您费心了！”柳斜桥的话音似乎发狠，嘴唇抿紧，脸色微微发了白。她的脸色微微变了，她拉着他走了出去，到一条小巷里，才低声道：“柳先生。”

这一声唤，竟让他整个人晃了一下。他低头看去，她愣愣地凝视着他，好像也在猜测着他的心思。对她而言，他又何尝不是个谜？她已经不再直接刺探他的底细，也不再随意揣测他的用心，她只是想给他看看病，难道也要被他排斥？

他恨她，她一直都感觉得到，她只是从来不敢去想，他恨她有多深。

今日带他出来，她是想求和的，可是他高墙坚壁，根本不容许她往内里窥探一丝一毫。她感到有些丧气，话语也是发软的。没有得到他的回答，她索性转身便走。

他一把抓住了她的手腕。

她回头，他看见她眼中含了委屈的水光，一时呆住。她这是在演戏吗？她要用这种感情的伎俩骗他到什么时候？一身男装的她，却在此时显出楚楚可怜的风韵，这是在玩什么新鲜的局？他的脑中一片闹哄哄，身体却先于神智做出了诚实的反应——他伸手揽住她的肩膀，小心地吻上了她的眼睛。

第九章 销魂底

唇底是渐渐浸润过来的咸涩，然而并不过分，她是流了泪，但不多，只是一点零星闪烁的碎光。他想这样一点点泪水，对她来说大概很容易做到。他感到她的眼皮在颤抖，于是他将手臂渐渐收紧了，直到将她整个人圈在了怀抱里。

柳斜桥的下颌轻轻点着她的头发，声音不禁变得柔和起来：“我知道殿下关心我的身体，这是许多年的老毛病了，其实没有大碍的。”

徐敛眉闭着眼睛：“你不懂。”

“是，我不懂。”他哑然失笑，放开了她，“可以回去了，嗯？”

她闷闷地点了点头。自己真是没出息，只是得到了他的一个吻，就好像什么都可以原谅了。

两个人慢慢地走回公主府。气氛好像悄然地变了，长袖之下，十指紧扣，深冷的秋风中，却没有一句言语。她的心跳快得可怕，指尖上的一点颤动仿佛就能乱了整个的步伐，却偏偏还有一个冷静的身影在头脑里沉默着，不知在何时就会跳出来反噬了自己。迈入府门时，徐敛眉犹豫了一下，柳斜桥退后半步让她先走，她却也在这时往后退。两个人同时反应过来，笑起来，又各自别过头去，一同往前走。夜幕在他们身后降落下来，像一个巨大的罩子，将这一点卑微的时光小心翼翼地护住了。到得内室，她吩咐燕侣去烧水，自己将发冠解下，又到书案前翻了翻今日的公牍，腰身便被他从后面抱住了。

柳斜桥腰上的玉佩轻轻叩击她衣带上的铜扣，胸膛贴在她的后背上，气息蔓上她的颈项，感觉是滚烫的，她的耳垂在不自主地跳动，然后被他轻轻地衔住了。她的心大力地跳了一下，她猜想他一定听见了，不然他不会低低地笑。善意的嘲笑，像是在笑她，又像是在笑他自己。

整个世界在他的嘲笑前分崩离析。所有的计算都乱了阵脚，她想回头看他却看不到。只有发红的耳根上感受着他轻飘飘的呼吸，他的声音好像是直接透进了她的耳膜："殿下……其实什么都不懂吧？"

"什么？"徐敛眉微微一愣。

柳斜桥的嘴角微勾，像一个笑，瞳仁里却流转着危险的光："您总以为自己很懂男人，其实根本什么都不懂。"

明明是句有些挑衅她的话，可是在他的怀抱里，在他的气息间，她似乎也不那么在意了。她终于挣脱出来正面对着他，微微仰起了头，眯起眼睛道："那，你教我？"

他的眼睛突然一暗，扣在她腰上的手又紧了几分，她被他带得往前了一些，以至于不再能看清他的表情——

"殿下。"侍卫在门外通报，"易将军求见。"

腰上的力道消失了，她竟然还有些恍惚，半晌才应了句："知道了。"说着，她往后退了一步。

他仍旧是没有表情的表情，眼神在暗处幽微发亮："您要穿这一身去见易将军？"

她还穿着白日里的男装，只是披下一头长发，映得肌肤明丽如玉。她回眸朝他一笑："先生提醒的是。"

她喊了一声，燕侣便从后边的浴房里出来。他的眼皮一跳。

燕侣目不斜视地伺候她脱下襕袍，又给她换上襦裙。虽然穿着里衣，他仍下意识地背过了身去。

然后徐敛眉走到门边，停了一下，伸手轻轻拉了下他腰间的玉佩。她始终低着头，他看不见她的表情，只看见她唇角含笑，那笑容仿佛一道青涩却诱人的邀请。

她走了许久了，他才转过身来。

燕侣冷冷地看着他。

柳斜桥停顿了一下，默默敛了衣襟，燕侣伸手去扯他的衣带，被他一把拂开。她声音冷冷地指着那块玉佩道："她竟然将这个都给了你？而你竟不告诉我？"

他低头，将那枚金凤玉佩收起来，走到书案边磨开僵冷的墨。燕侣的话音变得急促起来："你们刚才在做什么？我都看见了，你——"

"你不必管。"他似乎不再想和她说话了，"做好分内的事。"

她突兀地冷笑了一下："我从来只做分内的事。"

柳斜桥闭上了眼睛，轻轻地道："你不必如此激我。"

"阿欢，"燕侣咬着牙，说出的话却似叹息，"那个女人，她的手段太多了。你可一定不能让自己陷进去……"

柳斜桥没再答话。

易初此来，是为了表忠心的。他是地道的徐国人，但因曾经同范瓒交好，如今在朝中的地位岌岌可危。

"原来是这件事。"徐敛眉笑了，将茶盏放下，"本宫何尝怀疑过你？岑河上的防务是徐国至重，本宫不是从未将你撤换下来？"

年轻的将领愣愣地看着她的笑容，谜一样的笑容，他却只能选择相信，一时赧然地答道："是……末将定不负殿下所托！"

"冬天就要到了。"公主收敛了笑容，"你也该明白，本宫是赏罚分明的。若岑河上出了半点闪失……"

"末将明白！"易初拱手大声道。

夜色渐沉，徐敛眉往寝房走去。路过后院时她经过了那只白兔的小笼子，嘴角沁出来一个微笑。不同于她刚才勾引柳斜桥时的微笑，那是个温和而坦荡的微笑，仅仅是因为她想起了昨夜那毫无负累的回忆，虽然染着酒气和傻气，但却有着真实的欢喜。

徐敛眉推开门，便撞上刚从浴房里走出来的柳斜桥。他刚穿上里衣，正低头系着衣带。湿漉漉的长发沾湿了他半开的前襟，仿佛从那英挺的身材上散出夜的清气。

他显然也愣了一下，而她感到心慌，突然就关上了门，那"嘭"的一声让她的心都震了一下。她抿着嘴唇，脸是红的，那笑意还未退去，血液在加速奔流。她感觉到他身上的水汽一分分逼近，房中只有一盏暧昧的青玉灯，灯下男人的影子压了上来——她转过头去给自己斟茶，手却拿不稳茶壶。他伸手握住了她的手，又将茶壶缓缓提起来，一道银亮的水柱无声地注入茶杯中。

"哐啷"一声，徐敛眉的手一松，茶壶被扔落在地，滚烫的茶水泼溅出来。

柳斜桥一把抱住她，退开几步，紧张地抓起她的手："烫着了没有？身上呢？"她低着头不看他，很久，才缓缓摇了摇头。

气氛在这一刻显得有些诡异。

他的头发还在滴水，沿着喉结往下，在锁骨上滑了个圈，然后坠入衣领。她低头时正抵着他的胸膛，那发丝好像就在他的心口上方拂过，轻轻地、悄无声息地挠着。

茶水在地面上漫过，漫了一摊后不动了，在袅袅烛烟中跳跃着寒冷与火热交替的影子。

她想找些话来说，一时竟然口拙，只道："我……我一时累了，我叫人来收拾……"

"不用了。"柳斜桥停顿了一下，抬手放开了她，"您无事便好，这些过会儿再让人收拾。"

徐敛眉重复道："过会儿？"她没有去看他的表情。如果她抬头看了，她便知道，此刻他的表情里满是她所熟悉的那种欲望。可是他偏偏用那种柔软、温暖的外壳，将那种欲望层层包裹了起来。

他深吸一口气，故作轻松地道："易将军是来谈他自己的吧？"

她只得道："易将军是范瓒的旧友。他总是有些害怕的。"

他"嗯"了一声，似乎也不关心这件事，笑了笑道："他将您拉去了一个时辰，我原想同您说些什么的，却全都想不起来了。"

她的手指无意识地摩擦过他的手背："那就慢慢想。"

他的笑声在她头发上撩动，她也莫名其妙地笑了起来。他已经不再是她最信任的人，可是她发现，不需要信任，她也可以在他身上感受到这样一种虚妄的快乐。周遭明明是冷的，两只手相触的地方却散发出暖意，她在他的怀里，就像在一个清香的梦里，她不知道他会不会也有这样的幻觉。

徐敛眉猜测不会，因为他就是那个为她制造幻觉的人啊。她忽然踮起脚来，他还未来得及看清她眼底的东西，她就突然在他的唇上咬了一口。她又退得太快，那一口不轻不重的，就像被什么虫子蜇了一下，痛只是一刹那，痒却在蓦然之间蔓延开去。

柳斜桥的眼神终于变了，像是黑夜里裂开了一道光亮的罅隙，他再也压抑不了。他一把将她打横抱起，身子凌空的一瞬间她感到有些恐惧，更多的却是冲破牢笼的兴奋，仿佛她已经等待了很久，等待他同自己一样失去理智的这一刻。

柳斜桥将她放上了床，身子重重地压了下来，像夜空里的乌云遮蔽了月光，像垂帘上的暗花蒙住了灯火，她眼睛一眨也不眨地仰头看他，他却避开她的目光，直接吻住她的脖颈。

她忍不住"嗯"了一声，喉咙里滚动出来的呻吟，在他的唇舌下滑了一圈又古怪地吞咽下去。她伸出手臂欲缠住他的脖颈，他却在床上跪直了身子，"哗啦"一下拉上了床帏。

背对着灯火，柳斜桥身上坠落的水珠陷进被褥的重重褶皱里。他的表情晦暗不明，喉咙轻动："殿下。"

"先生……"她强迫自己冷静下来，可是不行。她已经乱了，她甚至希望自己能继续乱下去，至少在这个刹那，她愿意放弃一切。“叫我阿敛。”她说。

“阿敛？”他低低地重复一遍，话音低沉得危险，“您的前几个丈夫，也这样叫过您吗？”

她一愣，还当真去想了想：“大约不曾……”

“阿敛，”他却又唤了一遍，“你为何一定要嫁给我？”

徐敛眉咬住嘴唇，轻声道：“为了锁住你。”

“你已经锁住我了。”柳斜桥说。他的声音几乎是绝望的。

徐敛眉愣愣地看着他，伸出手去按在他的肩膀上，然后她慢慢坐起来，慢慢朝他倾身过来，闭上了眼睛。

最初的时候，还只是吻。柳斜桥的动作很轻柔，她不知道男人在床上是不是都应该这样轻柔，但她想若真如此，她不讨厌。他耐心地诱引她，仿佛在与她玩一个新奇的游戏，躲闪，跳跃，纠缠，偷袭，唇舌之间的呼吸渐渐急促起来，她抓在他衣角的手指一分分收紧了，睁开眼睛，眼里一片惶恐的水光。

他有些想笑，可他自己也是惶恐的，他竟然笑不出来。他又安抚地吻了她一下，谁知她却在这时候伺机反击，重重在他的唇齿里探过。他“嘶”了一声，她的眼神却像一个点燃了烟花的顽童，站在离危险最近的地方扬扬自得。他的眸色发暗，却不还击，任由她胡闹，她莫名急了，拥抱已不够用，她拽着他跌回了被褥间——

他护着她的头，远离几分，低着头看她。

徐敛眉仰躺着，视野里全是他，一个巨大而模糊的阴影，透着沐浴过后的清气，如山间云雾将她缭绕：“你在想什么？”她忍不住发问，话音里隐隐含着埋怨，手掌从他的领口探了进去，沿着某条脉络找到了他心跳的位置。她按住了它，感觉到咚、咚、咚的跳动，她才能确定他是真的。她那么爱他，可却那么害怕。

柳斜桥似乎叹了口气。他纵容了她在自己身上煽风点火，俯下身去，一只手拥着她，另一只手轻轻拉下她的衣带，解开了她的衣衫。她咬着嘴唇，努力装出一副并不在意的样子，眼神却不断地往外飘。好在这个时候他无暇来笑话她，他自己也有些焦头烂额——他解不开她的亵衣……

她抱紧了他的脖子，自己稍稍起来了些，声音低如蚊蚋：“上边……”他的手探过去，却刹那滑过一片光裸的脊背，险些抱不稳她。明明曾经还给她背上上过药，这个时候，这个女人却又变成了全新的样子，教他无法应付了。

徐敛眉抿着嘴唇，下颌搁在他的肩窝，感觉到他的手指穿过自己的长发，轻轻解开了亵衣上的结。一瞬间失去所有依恃的空旷感令她抱紧了眼前的男人，他轻声地回应着她：“无事的，阿敛……我会小心……”

她不吭声。

柳斜桥将她轻轻放回枕上，小心翼翼地吻过她的肌肤。偶尔抬起眼时，便见她将手臂横在额上遮住了眼睛，嘴唇轻轻地发抖。他知道这时候不该再多话，可他心中却有着无数个问题，他想问她，您想好了吗？您知道这意味着什么吗？您知道这对我意味着什么吗？可是又有一个邪恶的声音在催促着他，快一些吧，纵然是初冬的夜晚，也不可能无穷无尽，待到破晓时分，还不是要现出原形……

“嗯……”难耐的呻吟从她的喉咙间溢出，汗水淌下来，很快被他轻柔地吮去。柳斜桥移开她的手，逼迫她直视他的眼睛，她呆呆的样子好像全然懵懂，又在懵懂中仍然掺杂了本能的羞耻，她张了张嘴：“先生……”

徐敛眉听说过这会是件很疼的事情。只是她上过战场，受过比这严重得多的内伤、外伤，她以为自己承受得住。然而就在他望过来的时候，伴随那一刹那极致的痛楚，竟逼得她叫出了声。

“——很疼？”柳斜桥停下来了，眼里透着紧张，撑在她的头两侧的手在发抖，“我慢一些……”

她大口呼吸了一下，然后闭上了眼睛摇摇头。这完全不同于刀剑造成的痛，这是连着心口的痛，整个人都忍不住要蜷缩起来，可是却不舍得；然而这种不舍得，又反过来成了最痛的缘由。她看见他忍耐的表情，心里有一块地方，柔软得一塌糊涂。她愿意把自己最柔软的部分都送给他，不计回报。

毕竟冬夜亦短，寒冷转瞬即逝，她只能在这样的时候，感觉到柳斜桥是真的需要着她。两个孤独的身体贴在了一起，并且为了这片刻的温暖各自藏好了自己的刺，在某个瞬间她甚至还感到了快乐，只是她不敢高声，她怕惊碎了这个羞于启齿的夜。

徐敛眉的手抓紧了柳斜桥瘦削但结实的肩膀，忽然听闻他极低地喘了一下，似乎是被刺痛了什么。她下意识地抚摸过去，却在他的后肩上摸到了一片伤痂。

她微微皱起了眉头，好像在思索什么：“你这里有伤……”

他突然低下身子来吻住了她。一个用尽全力而令她感到惊愕的吻，仿佛含着太多未尽的话语，全都要用这种方式说与她听，却全都在这无边无际的黑暗中忍耐着沉进了深深的海底。他勾弄着她，取悦着她，她很快就不能再思考其他事情了。

男人的温柔就像一个陷阱，吸引她坠落，吸引她在疼痛之后，仍然义无反顾。垂帘不断地摇晃着，筛动满室烛风月影，冬夜的霜在地上铺了浅浅一层，窗外渐渐响起簌簌的落雪之声。

“先生。”

“嗯？”

“先生这么多年……有没有过女人的？”

“……”

“先生也是第一回吧？”徐敛眉却不管不顾地追问，眼睫毛在他的颈项间扑闪扑闪的，让他没来由地感到心浮气躁。

柳斜桥：“……是。”

“先生过去都没有喜欢过谁吗？”她还在问，“没有喜欢的女人吗？”

“殿下，”他终于无奈地道，“我听闻，聪明的女人不会问丈夫这种问题。”

她理所当然地道：“那我便不想做聪明的女人。”

“……”

她的手臂圈紧了他，声音轻而翩然：“先生，不管怎样，我都是喜欢你的。”

他的身子僵了一下。

没敢去看他的表情，徐敛眉将头靠在男人的胸膛上，心想，可总算将这句话说出来了，原来也不是那么难的事情。说出来之后，整颗心都因为某种不堪重负的期待而发着抖，却偏偏悄无声息，她想用惯常的笑来掩饰，却笑不出来，或许只是太郑重，反而显得生硬了。

从柳斜桥的角度看去，只能看见她那红红的耳尖，他觉得她看起来就像一只笨拙的小动物。他轻轻拍着她的背，低低地道：“那真是在下的荣幸。”

徐敛眉愣了一下。隐约感觉对这个回答不是很满意，但她也不知道自己期待的是什么，更加不知道寻常人在这种情形下都该是什么样子。可是她听得出他的话音是轻松的，好像他也很快乐，而他的这种快乐是她带给他的——这样一想，她又释然了，于是含糊地点点头，便靠着他的胸口闭上眼睛。她实在有些累了，她不知道原来这也是一件累人的事情，身心都松弛下来，万事万物在他的心跳底下都渺如飞烟。

在徐敛眉依偎之时，他绷紧了身体，胸口下三寸有一块胎记随呼吸起伏，宛如一弯在夜晚的海水中浮沉的月亮。他睁着眼睛凝视着帘帷撩动的虚空，过了许久，才轻声道：“我过去并不曾喜欢过哪个女人。”

“嗯？”徐敛眉似乎即将睡熟了，只困倦地应了一句。

他却不再说下去了。

“若是如此，那在下不想回家，殿下。”

“在下的父母兄弟，就是被楚厉王的军队杀死的。”

“我在亡父的尸体下躺了两天才逃出来，连家人的尸首都不敢收殓。”

黑暗如波浪，将回忆的暗沙汹涌席卷而来。

徐敛眉的第二个丈夫楚厉王，是在莒侯举办的宴会上对她一见钟情的。他有着楚国王室中少见的挺拔身材，平淡无奇的面容上，那双眼眸里好似总有着无穷的亮光。他仿佛是个永远不知疲倦的男人，他为她杀了莒侯，他带她去云落山上围猎，他为她踏平了南吴国都。可即便是这样看似愚蠢的男人，也有私心。在攻入南吴王宫的前一夜，他还向所有人保证着降虏不杀，可转眼间他便屠尽了南吴王室。他这么做，却只是为了让她再也没有回头的余地。

徐敛眉觉得自己很傻。一次一次，以为嫁了一个爱她的男人，就可以放心地去利用他们的好；可一次一次，她却发现自己才是被所谓的爱愚弄了的那个。

十三岁的她，在举目无亲的异国，做着旁人眼中口蜜腹剑的王后；可心里却还是有过那么一刻，以为自己得到了男人的爱——这本身就是一件很可笑的事情。

楚厉王的尸首从东江里打捞出来时，挺拔的身形已浮肿变形，青白的脸上双目凸出，似乎包含了无穷的痛恨。深夜里不见繁星，东江上的冷风彻骨刮过，她蜷紧了身体，无意间却仿佛撞开了一扇温暖的门——所有的寂寞和寒冷，突然都消散了。

“梦见什么了？”一个温和的声音轻轻地响在梦境上空，“您出了好多冷汗。”

楚王。她发不出声音。楚王死了。他那样恨我吗？他为何要瞪着我？

那个声音轻笑了一下，好像冬日里的一缕日光，轻松地驱开了重重阴云：“您在我的怀里，却梦着别的男人？”

怀里的女人却不说话了。她的嘴唇发白，修长的眉毛紧皱，不知道是梦见了什么可怕的事情。柳斜桥凝视着她的脸，心中时而感到紧张，时而感到苦涩，只想闯进她的梦里去看个究竟。

徐敛眉忽然转了个身，整个脸都埋在了他的胸口，双手紧紧地抓着他的衣襟，身子都在发抖。

柳斜桥怕她是发热了，给她盖好被子，又摸了摸她的额头，才舒了口气。可这样一来，他便再也睡不着了。

这一日徐敛眉醒来时，眼前的光景似乎与以往都不太一样。她迷迷糊糊地眨了眨眼睛，身边的人便伸过来一只臂膀将她扶起来，也不说话，就这样耐心地等她回过神来。恍惚间徐敛眉好像想起了昨晚发生的事情，如梦一般。她任性地不想醒，双手覆在脸上，过了很久才问道："天亮了？"

他轻声回答："大亮了。"

她懊恼地"哦"了一声，挪开手，便对上他清澈的眼睛。她的脸又红了，转过头去望向窗外，又加了一句："真亮。"

他有些不着边际地道："是啊，下雪了，殿下。"

她这才反应过来自己那句"真亮"简直傻乎乎的，转头想争回点面子，却见他并没有笑，沉默着，好像在思索什么，又好像只是怔忡。她张了张嘴，却不知道该说什么好——在经过了这样的一夜之后，她该说什么才能不那么跌份？心在缓慢地下沉，像被铅坠子拴住了，她却不敢问，万一他后悔了怎么办？

柳斜桥回过神来，伸手揉了揉她的头发，也不说话，便下床去开了门。她连忙缩回被子里，但听得他在门边同鸿宾说了几句话，然后端着水盆走了进来。

"洗漱吧，殿下。"他淡淡地道，"鸿宾说您还要去奉明宫议事的。"

至少他的语气还是温和的。她仰着头，吐出一口气："所以我不喜欢留在岑都，每日里总有数不尽的事要议。"

"朝会集议是祖宗法度，总不可轻废。"柳斜桥一边拧毛巾一边道，"在下却是佩服殿下的，可以驭群臣于股掌之中。"

"你喜欢这种感觉吗？"徐敛眉忽然侧过身来，一手撑着头，懒懒地看着他，"你喜欢这种运筹帷幄、计算人心的感觉吗？"

柳斜桥倾身过来，折起毛巾轻轻地给她擦脸："在下尚不清楚那是什么感觉，所以无从谈起。"

她长叹一口气："比起这些，我更喜欢战场。"

他看了她一眼："那不如让世子与您易地而处，您去冲锋陷阵？"

她玩着柳斜桥腰间的玉佩，慵懒地笑了笑："那大哥可要怪你的。"

他也应景地笑了一下。她坐起身来，浑身依旧乏力，却不想说出口，手扶着床栏站了起来。他看着她，轻声道："您若真去冲锋陷阵了，我也要怪我自己的。"

徐敛眉抬起头，柳斜桥的手轻轻地揽住了她的腰，正给了她一份足以支撑但不至于僭越的力道。他静静地凝视着她，清浅的眼底，却藏了深深的漩涡。

她动了动嘴，仿佛承诺般地道："那我便不去了。"

他垂下眼帘，似笑非笑地道："在下可不敢向您要求什么。"说着，松开了手，欠了欠身，"我先出去，不打扰您了。"

她还想再说什么，他却已离开了。

徐敛眉梳洗一番，便冒着风雪匆匆赶往宫中。今日没有多大事情，倒是今年第一回下雪，群臣都有些兴奋，贺喜的话说了不少。然后便是将领们挨个来禀报全境防务，易初也在其中。

易初统辖的正是岑河上的重要守备，飘雪之后，岑河的冰期便成了徐敛眉最关切的事情，依往年常例，驿船将停，而河边的守备却要增加，这是当初莒国进攻带来的教训。

徐敛眉同易初谈得累了，回府的时候，在辇车上险些要睡着。鸿宾到车中来给她塞了个暖炉，也不言语，只是盯着她瞧。她被这样瞧得不自在了："怎的了？"

鸿宾竟然也脸红起来，低声嗫嚅着："昨晚婢子听见，您和驸马，房里的响声……"

徐敛眉整张脸哗的一下变得通红，只得拿怒意遮着羞意："乱讲什么呢！"

"其实今早婢子真不想叫您去议事的。"鸿宾轻声道，"您一定累坏了吧？"

"……"徐敛眉不想再接话，干脆闭上了眼睛。鸿宾倾身过来将车窗放下，一边好声好气地道："殿下，不管如何……婢子很高兴。"

"什么？"徐敛眉懒懒地发问。

"婢子原本以为，"鸿宾偷偷瞥了徐敛眉一眼，神色里像是有些难过，"您不会对任何人……"

"放肆。"徐敛眉突然打断鸿宾的话，她睁开眼睛，冷冷地注视着鸿宾，"这种话也是你说得的？"

鸿宾低下了头，被公主毫不留情地数落，心里却更加为公主感到委屈，眼中几乎要坠下泪来，却也不敢让公主瞧见："是婢子放肆！可婢子真心希望，殿下能同柳先生好好地过，过一辈子……"

徐敛眉看了鸿宾许久，终于，伸出手去拍了拍鸿宾的手背："鸿宾，我们是一起长大的，我心中总是将你当姊妹一样看待。"这样的话她很少说，说出口便觉得生涩，"你这样关心我，我很感激，但我同柳先生……"

鸿宾抬起头来，疑惑地看着徐敛眉。

有那么几句话，翻来覆去哽在喉头，却终于是对着最亲密的鸿宾也说不出口。徐敛眉最后也只是又拍了拍鸿宾，便闭上眼睛："……让我休息一会儿吧。"

"殿下。"柳斜桥站在车门前，一手扶着车辕，一手挑开帘幕，安静地迎接着她。

徐敛眉看了柳斜桥一眼，没有说话。

两个人走入府中，留给下人们一个伉俪情深的背影。房中已经摆上了晚膳，柳斜桥将牙箸递与她，一边平平淡淡地道：“我去厨下看了看，添了几道菜。”

她朝桌上看去，是惯常朴素的五菜两汤，只是中间那条清蒸的鱼十分显眼。

“……”她道，“本宫不爱吃鱼。”

他也不恼：“这是我自己做的，可能……不合您的口味。”

她复看他一眼，执箸尝了一口，细嚼慢咽：“倒是颇得鲜味，不似北方的做法。”

柳斜桥道：“在下本来就是南方人。”

她道：“丰国也并不算南方，反而偏西。”

他叹口气，颇有些无可奈何似的：“这种事情，我总是辩不过殿下的。”

徐敛眉的耳根发了红。她胃口不佳，心里发堵，草草吃了几口便放下牙箸，自去了一边翻书。未几，柳斜桥走过来，踌躇着道：“您若不高兴，往后我便不这样……自作主张了。”

她轻轻地道：“我没什么不高兴的。”

他将她手中的书抽了出来，她却转过了身去。他从后面拥住她，用哄小孩的语气道：“不要不高兴了，嗯？您不喜欢的事情，往后我都一定不会做的。”

不知道他这半日都学了什么，到了傍晚，竟然知晓这样来哄她了。徐敛眉低着头，嘴角却弯了弯：“真的？”声音轻轻的，好像害怕惊破了什么。

“自然是真的。”柳斜桥说着，牵住她的手，“昨晚……”他停顿了一下，“是我不好……”

怎么又是这件事？徐敛眉咬住了嘴唇，还未发作，却听他的声音沙哑了几分：“我原该再小心一些。”

徐敛眉的脸上一阵红一阵白，方才好不容易攒聚起来的气力一时又散尽了，身子一旦发起软来，便只想靠在他的怀里，却还拉不下颜面，只道：“你又知道怎样是小心了？”

他被她这一问噎住，半晌才道：“我……我可以学。”

她盯着他瞧，突然扑哧一声笑了。

看徐敛眉的笑容绽放出来，柳斜桥才终于松了口气，好像刚刚经过了一场很紧张的审讯一般。她心情舒畅了，便觉出饿来：“你方才也没吃多少吧？”

柳斜桥却只是看着她：“您若有心事，我也吃不下。”

“这是何必？”她看到桌上都已收拾整齐，眉头皱了一下，“那条鱼呢？”

他道：“殿下还想吃的话，想必还在厨房。”

徐敛眉却一把拉住了他的手，一边往外走一边道：“小时候本宫有个恶习，饭桌上的东西从不好好吃，偏喜欢去厨房里偷食吃。本宫看先生也没吃饱，不如便陪本宫走一趟吧。”

厨房里的张大娘已经到了老糊涂的年纪，看见公主、驸马纡尊亲临，吓得连碗都拿不稳了：“殿、殿下，奴婢正要洗碗……”

“您洗您的。”徐敛眉伸手将长发草草挽了一半，“晚上那条鱼去哪儿了？”

“殿下要那个？”张大娘指了指，“所幸还未扔呢，奴婢原想着，殿下既然嫌弃，奴婢便……带家去喂孩子……”

徐敛眉转过头，见柳斜桥的脸色颇有些古怪，便笑得格外娇艳：“那可不成，这是驸马给本宫做的菜，本宫怎么会嫌弃？本宫将它拿走啦，其他剩菜您随意挑吧！”

张大娘“哎”了两声，便见公主小心翼翼地将那盘鱼捧走了，驸马一言不发地跟在她的后面。张大娘不由得揉了揉眼睛，碎碎念叨着：“这可好，殿下这可好……”

徐敛眉一手高高地托着盘子，踩着从厨房到后院的一路积雪，偶尔会回头看他一眼。柳斜桥也不说话，只是紧张地看着她的步子，似乎生怕她摔了。夜色降临，女人的身影模模糊糊地投映在雪地上，从背后看去，谁也看不出她是那个叱咤风云的徐国公主。柳斜桥一时觉得有些疑惑，一时又觉得欢喜：她只有在他面前，才会露出这样的稚气，像是个还没有来得及好好玩乐就被迫长大了的孩子。

徐敛眉自顾自地在后院的石阶上坐了下来，他低声道：“冷的，殿下！”她笑得眯起了眼睛：“殿下怎么会是冷的？”

他竟然有些脸红，在她身边坐下来了。她瞧得有趣，凑近他一些，却忘了手中还托着食盘，汤汁都洒了出来。他伸袖子给她擦拭，她却并不管他，自己拿筷子戳起了鱼肉。

“你不要笑话张大娘。”徐敛眉衔着筷子道，“我记得五岁的时候，莒国围城，城里缺粮，祖父不给我东西吃，还是张大娘去军营里偷来了米给我做饭吃的。那时候宫里不能开火，她在自己家里做好了，揣在兜里带给我，我就在灶台边上把它吃得干干净净。”

徐敛眉说这话时带着笑，好像那只是一件童年趣事。柳斜桥的心却微微一沉：“徐文公怎么会不给您东西吃？”

徐敛眉想了想：“他不喜欢我的母亲。”

“您的母亲？”

“是。张大娘给我的吃食，我还揣了一些，回去带给母亲吃。那时候她还怀着身子……她已经是那么虚弱了，但我祖父……无论如何都想要有个男孙。”徐敛眉淡淡地看了柳斜桥一眼，“先生说家中有兄弟，大概不会知道这种苦恼吧？”

柳斜桥平静地笑了一下：“我是家中的老幺，有什么苦恼，都轮不上我的。”

她垂眸，没有看见他的笑容。她又道：“后来还有一次，岑河泛滥，退潮之后发了瘟病，祖父嫌我不干净，就把我锁在房里，不给我饭吃——张大娘就偷偷给我送饭，被祖父发现了，打了她一顿，她大约被打糊涂了，就成了现在这样子。”

“那年您多少岁？”

“八岁。”

他微微皱眉，凝视着她道：“您上回还说，徐文公对您寄予厚望，还着意培养您的。”

“是啊，这不矛盾。”她笑道，“祖父对我的厚望，是我争取来的。”

柳斜桥一时没有接话，她却忽然颤巍巍地夹起一块鱼肉，转向他：“张口。”

柳斜桥下意识地张开嘴，嫩滑的鱼肉便落了进来，虽然放得凉了，滋味却仍然是他许多年前最喜欢的那种。恍惚间他想起了自己的母亲，这道菜便是母亲教会他的。如今他将这道菜做给了她，她又喂给了他。

今夜他们口中说的、心里想的，应当都是不同的事。他们无法互相理解，无法互相替代，但只是因为这一块鱼肉，两种平静的呼吸竟也能奇异地糅合在这微凉的雪夜。

徐敛眉望着他，忽然道：“你教我吧？”

“嗯？”

“教我做这道菜。”

“您不喜欢吃鱼，为何要学？”

徐敛眉停了一下，好像被他问住了，最后却又放弃了一般，直截了当地道：“为了做给你吃啊。”

柳斜桥沉默下来了。

啊。徐敛眉不无沮丧地想，自己又说错话了。昨晚上当她说出喜欢他的时候，他也是这样，一直沉默着。其实她还有什么筹码可以要求他呢？他是恨她的，她小心翼翼地控制着他，也小心翼翼地控制着自己，这样也就够了，她哪里还敢要求他呢？

这样宽慰了自己一番后，心情似乎终于转好，徐敛眉将剩下的鱼吃完，若不经意地说道：“其实很好吃的。”

柳斜桥却望向院落里零碎的积雪，微微叹息着道：“殿下何必这样为我花心思？”

她一愣："什么意思？"

他慢慢地道："其实您不必顾虑在下的想法。您是君，我是臣，您不论做什么，我都无从置喙。"

徐敛眉笑了笑："可你是夫，我是妻啊。我虽然嫁了许多次了，却从来不知道夫妻该是怎样做的，柳先生，你可要担待一些。"

柳斜桥转头看她，她的眼睛清亮有神，笑容里却渐渐染上寂寞的味道。他不禁有些失神了，像她这样杀人不眨眼的女人，怎么还会有这样的寂寞？可是这种寂寞同她的傲慢糅合一处，好像也并不突兀。就这样看着，他都想伸出手去抚摸她，就好像这世上任何卑微惯了的人，都会忍不住想要抚摸一下所见的一切高贵的事物。

待手指真的触碰到了那微凉的肌肤，他才醒过神来。徐敛眉愣愣地看着他，那双眼里，全都是他。他匆忙地吻了她一下，站起身来："您若喜欢，我天天都可以做给您吃。"

她一跃而起，却盯着他，舔了舔上唇，笑容里泛着坏，"是不是一股鲜味？"

他别过头去，她却将他的脸扳了过来，大大的眼睛，清澈的目光，像个孩子一样瞪着他。他红了耳根，被她逼得无处可退，索性倾身吻住了她。

徐敛眉吓了一跳，却遭到他出其不意的攻入，立时就泄漏出了不可抑制的喘息。她不得不用手挡在他的胸口，他却将双臂都环住了她，将她的身子往自己身上按——

她睁大了眼睛，想说什么却说不出，脸上唰的一下红透了。

他放慢了节奏，轻轻地擦过她的唇，柔软的触感像雪花一样。沉溺在带着香辛滋味的唇舌之间，她留不住，却越发渴望，手从他的胸膛渐渐往下，直到听见他皱紧眉头闷哼了一声。他一把抓住她那只胡闹的手，终于，结束了这个吻。

"很……很鲜。"柳斜桥的呼吸仍然急促，咫尺之距，他的眼神却是柔和、平静的，宛如月光之下飘着雪的湖泊，带出片片缕缕沉溺的笑影。

徐敛眉只觉自己被他抓住的手，五指都酥麻得没了气力。也许是这天太冷了，也许是他的身体太热了。冬天，真是容易让人感到脆弱的季节。

"你……你也想要。"她喃喃着道，"你也想要我的。"

他声音低沉地道："您这样的女人，世上任何男人都想要的。"

徐敛眉摇摇头："可你同他们不一样。"

"有什么不一样？"柳斜桥好像有些固执地问道。

"你想要我，自己却会忍着。"她低声道，"你以为你同他们没有区别，其实，你比他们都要好。"

他的目光沉默了下去。

“你这样好，可我却这样害怕。”她低下了头，“我怕我用寻常的东西，根本不能让你快乐。”

他抓在她手腕的手轻轻地翻上来，与她的手指扣在了一处：“您便像现在这般，不要变，永远都不要变——我就很快乐了。”

迷蒙的雪夜里，浮动的暮霭遮住了月，只投下似有若无的温柔的暗影。凛冽的朔风一时也止息了，雪片儿仿佛是停泊在了空中，幻出一片永远不会下坠的晶莹的世界。

永远不下坠，永远不融化，永远不离开。

天气是突然间冷到了极致。立冬之后，雪便不曾停过，起初以为是祥瑞的大雪，到冬至前后竟成了灾，门前积雪盈尺，扫也扫不尽。过了冬至，徐敛眉便让众卿都回家休养，她自己留在奉明宫的时间却越来越长；但不论如何忙碌，她每晚都一定要回府去。

柳斜桥总是在那里等着她。

徐敛眉不再向柳斜桥垂询国事，他也不再过问她的事务。可两个人就在深夜里拥抱一下对方，在看不到尽头的黑暗里汲取一点温暖，也觉得十分欢喜了。徐敛眉觉得自己过去对于信任的偏执真是有些可笑——其实男人和女人只要到了床上，就可以快乐起来，哪里还需要互相信任呢？

这样一来，被她锁着的柳先生，还真有些像是她的男宠了。

徐敛眉又感到有些过意不去，待偶尔闲下来了，也带他出门去走一走。有时走得远了，到岑都之外的官道上，便见许多流民露宿荒野，在积雪的林木间枕藉而憩。柳斜桥看得心惊，她却面无表情，径直让马车走过去了。

于是他们的马车便在许多饥民中间溅起泥泞的雪，没有人说话，也许是都没有力气说话了。这算不上一乘极华贵的马车，可那拉车的马膘肥体壮，已经比他们还吃得好了。

柳斜桥只觉得那些饥民的目光好像能穿透车帘，直刺在自己的身上。他感到不自在，却无法开口说话。摇摇晃晃的车厢里，她坐在他的身边，手与他的手相扣，疲惫地倚靠在他的身上，这种时候，他所需要做的，似乎就只是给她慰藉罢了。他不能再同她提建议，她不会听。

待这个冬天过去吧，徐敛眉闭上了眼睛，心中想。冬天这么冷，可他的怀抱却这么暖，她舍不得。

第十章 冷香中

“三九”之后，徐国的大雪越发大起来，徐敛眉没日没夜地留在奉明宫中，莫说闲下来，她已经连公主府都无心回去了。

“今日公主仍不回来吗？”柳斜桥问鸿宾。

鸿宾一边往暖炉里添着炭火一边道：“可不是吗？殿下每日都要伏案到凌晨，回来也麻烦，大雪阻着路，还不如在宫里歇息了。”

“公主已经有半个月不曾回府了。”柳斜桥眸中暗影浮动，“公主在忙什么？”

鸿宾直起身看了柳斜桥一眼，道：“便是这大雪吧。”说着也叹了口气，“这雪下的，没个尽头，许多贫户秋收后方交了粮，冬天再熬不过去，便成了流民。然而河流冰封，道路不畅，流民积堵道路，曝露旷野，最后也是死路一条，被大雪一埋了事。殿下正焦头烂额呢。”

柳斜桥听着，眉头微微蹙起，道：“我去看看她。”

“哎，先生——”鸿宾忙道，“殿下特意吩咐了的，您房中的炭火最足，这样的天气您出去一趟，不是活受罪吗？”

柳斜桥没有答话，草草披了外袍走到门前去，见漫天雪花如飞絮，轻飘飘、软绵绵地往四方坠落而去，风哗啦一下灌了过来，逼得他一阵咳嗽。鸿宾一见，连忙过来扶着他叫苦道：“您这可让婢子怎么办呀！殿下的一片心意，您怎么就是不领呢？”

“殿下……一片心意？”柳斜桥立在门边，忽然回过头来，浅色的瞳眸里泛着光。

鸿宾被他这样的眼神吓得声音也小了几分，只得道：“柳先生，我们做下人的，只盼着您同殿下能和和美美的，您也晓得，殿下过去嫁人那都是假的，只有嫁给您，是她自己的意思，她是喜欢您的……”

他愣愣地转过头去，看向一庭萧索，风雪仍没有一点要停的样子，反而变本加厉地呼啸起来。过了许久，他慢慢地点了点头：“多谢提醒。你是真正关心殿下的人。”

鸿宾觉得他这话说得有些奇怪。她自然关心殿下，可难道先生就不关心吗？她叹口气，小心翼翼地又加了一句：“先生莫怪，婢子有句话……您既然娶了殿下，便该知道殿下是怎样的人，先生虽然不是外人，但最好还是……莫去打扰殿下的公务。”

柳斜桥微微一笑：“我明白的，多谢姑娘提醒。”

见了他这样一个微笑，鸿宾反而不知说什么好，忽然却见柳斜桥紧了紧衣襟，提起一把伞，迈步走入了风雪里。

徐敛眉已经多日不曾睡过一个好觉了。

原本每年的冬季，总会有些流民四窜，但今年因为刚吞并了夏、范、楚三国，情况就变得更加微妙，徐国的百姓往外郡跑，不是好事。岑河已经结了冰，驿马却在此时因严寒大量冻死，虽然国境四方还算平静，但她知道，徐国内里已经有些乱了。

雪片一般的奏报飞向尚书台，尚书台不敢怠慢，将它们原样摞起递进了宫里。不时有地方郡守被召回岑宫，更有几位将领每日都必须向徐敛眉汇报，统辖岑河的易初便是其中之一。

“岑河无事。”易初每回过来，只是这一句话。

然而得到了这样的汇报，徐敛眉却没有松开紧皱的眉头：“易将军，本宫是宽待了你，可也希望你能够戴罪立功。”

“殿下！”易初神色一变，不顾甲胄在身，扑通一声跪了下来，“末将再如何无能，也不至于拿岑河来开玩笑啊！只是，只是这些日子以来岑河上确实平静得很……但末将绝不敢荒疏！何况如今岑河已经结冰了——”

徐敛眉开口打断易初的话：“易将军何必如此紧张？”她缓了缓，声音放得柔和了些，“本宫也只是给你提个醒，冬天还没有过去，徐国最近风头太盛，不可以不加强戒备。”

“是！”易初连忙答应道，“末将明白！”

徐敛眉挥了挥手让易初下去，低头看着奏报，百无聊赖地笑了一下：“本宫又何尝希望岑河上出事？”

“殿下。”燕侣捧着一摞奏疏进来，面色颇有些为难，“又是外郡的文书……”

徐敛眉道："拿来吧。"

"上回周相国说的话，婢子以为是在理的。"燕侣将奏疏放在书案上，一边斟酌着道，"我们的动作急了，夏国、范国、楚国，那么大的地方一口吞下，还多多少少都减了税，徐国自己的百姓总不会乐意……"

徐敛眉将奏疏一本本翻开来看着："不瞒你说，曾经那个酷吏贾允，逼得盘田反乱，本宫是心有余悸。对这些新招降的土地，总不能用强。"

燕侣道："可多出来那许多官署总要人供养，不是外郡人便是内郡人，新招降的土地不出工出力，供养却要内郡人来分担，他们怎么会不往外跑？何况今年被大雪害得最惨的，都是内郡……"

"那你有何办法？"徐敛眉反问。

燕侣愣了一下，声音低了些许："我一个奴婢，有什么好法子……"

"说。"徐敛眉的声音略微抬高了些。

燕侣只得硬着头皮道："婢子以为，可以仿效我们当初对南吴四郡的做法……"

"南吴四郡？"徐敛眉的目光动了一下。

燕侣点头："南吴与徐风土大异，我们当年是委任地方豪族为郡守，任其自聘僚属，不过分干预内情；婢子以为，治楚国和范国，也可如此……"

徐敛眉摆了摆手："本宫再想想。"

燕侣便不多说了。

日渐黄昏，风雪未停，黑夜推着阴云一层层压迫过来，雪花都似成了灰色。正是一日中最难辨物的时候，纵然点了灯烛，也觉得心境颓然，徐敛眉推了奏疏走到门外，却看见一个不甚清晰的身影撑着伞匆匆行来。

徐敛眉愣住了。

无边无际的、昏昏沉沉的暮色里，男人身上的一袭青衫透出老旧的白，袖中探出的瘦削的手骨节分明，握着伞柄。

柳斜桥抬起头看向台阶上的她，雪花扑落在他的伞上，簌簌有声。

她却觉得天地间都安静了，只衬出她的心跳，在黄昏的雾霭中上上下下浮沉不定。

这只是刹那间的事。下一个刹那，她已经摆出无懈可击的笑容，欲迎上前，却因风雪呼啸而止步："柳先生。"

柳斜桥没有笑，只是低下头走过来，在廊檐下收了伞，才低声道："殿下最近总不回府，在下有些担心。"

徐敛眉眨了眨眼睛，好像有雪花飘进了眼底。继而转身往里走，话音落得甚轻：

“外边冷，进来吧。”

两个人走入阁上，徐敛眉让燕侣退下，回过身，见柳斜桥的衣衫上沾了雪花，入室便被催融，脚边零落了几点水渍；稍后一只雪白的小脑袋从他的怀里探了出来，愣愣地四顾而望——

徐敛眉终于笑了，走过来给柳斜桥拍了拍衣袖，整理了一下衣领，却不看他，只低声道：“辛苦你来瞧我一遭，我却连衣裳也没法给你换。”

柳斜桥将小兔子抱了起来，不言语，只是看着她。她也就沉默了片刻，回到书案边，道：“先生既然来了，就给本宫出出主意吧。”说着，她将内郡的奏疏递给了他。

“是。”柳斜桥微微一愣，然后答应了，在书案对面坐下，将奏疏仔细读过。她想低头做事，心却静不下来，于是自去窗边挑了挑灯，黄昏的暗光在灯盏周围布下深浅不一的光影，柳斜桥读完奏疏，抬起头，就见到她立在那光影边，面容上蒙着他也看不清楚的暗影。

“依在下看，”柳斜桥思索了一会儿，才郑重地道，“这次灾荒，主要由于殿下给楚地、夏地和范地免税，税吏便克扣到了内郡的百姓头上，才导致他们都无法过冬……”

“本宫总不能朝令夕改。”徐敛眉的声音清冷。

柳斜桥摇了摇头：“的确不可朝令夕改。但殿下有没有想过，这天降灾害，受苦最深重的就是那些勤勤恳恳地以种田为生的老百姓，而对军队和官吏，几乎没有损伤？”

徐敛眉的神色微动：“先生想说什么？”

“眼下首要是稳定人心。”柳斜桥看了她一眼，似乎是思考了一下，选择了一种更为谨慎的说辞，“每到这样的时候，贵族大姓就趁机而出，以贱价抢占田地，导致百姓流亡无所。”他将手指在书案上敲了敲，“在下以为，不如向他们收钱。”

徐敛眉停顿了一下，再开口时，话里带上一层轻慢：“向贵族收钱若如此容易，本宫早就做了。”

“不是直接收钱。”柳斜桥摇摇头，“徐国以宗法为本，对贵族历来宽松，任他们私自盗铸铜钱——在下以为，首先当禁盗铸之风；同时，朝廷应当定下土地的官价，任何人都不得将土地以低于官价的价格卖与他人，若实在非卖不可却又无人肯买，便由朝廷来买。”

徐敛眉沉默下来。很久，她才伸手过来，将小兔子抱入怀中，又移步到窗边去，长长地出了一口气。

柳斜桥凝望着她的表情：“殿下可是以为不妥？”

"不，很妥。"徐敛眉摇摇头，"本宫只是觉得，本宫早应该找你商议的。"

柳斜桥原本就是她的谋士，可她，却从来不曾真正将他作为谋士看待过。过去她当他是亲密的人，如今她当他是敌人。

忽然，她又道："虽然如此，燕侣方才提到，还可用治南吴四郡的方略对付范、楚诸郡，先生怎么看？"

"治南吴四郡的方略？"柳斜桥反问，"什么方略？"

徐敛眉的手在窗棂上敲了敲，外边的积雪便落下来，小小的白兔嫌冷，更往她怀里钻去，"十年前，楚厉王在南吴杀孽太过，南吴王室尽灭，然而楚厉王转眼也去了，地方上的豪强没了顾忌便要造反；那时候徐国接手了南吴，本宫手头却无兵可以镇压他们，只能招抚，让那些大姓做了地方大员，如此才平息下来。"

——杀孽太过？

她说了这么长一番话，他却好像只听见了这四个字，一时间甚至感到了耳鸣，像是光阴都错了位。

她看了他一眼，又踌躇着道："其实本宫看来，这也不是长久之计。南吴与徐毕竟相隔遥远，依本宫当年的意思，本要远交近攻，却没有料到楚厉王为了捆住徐国，竟将南吴王室都杀了。"

他静静地道："但当年世子的反应也很迅速。"

她停顿一下，笑笑："什么事都逃不过先生的法眼。"

他欠了欠身："楚厉王溺死东江，虽然徐国人说是亡命的南吴王族所为，但明眼人却都看得出来，世子也在楚厉王的船上。"他直起身来，嘴角缓缓勾起一弯笑影，眼底却如一片冰冷的沙砾。

徐敛眉却并没有太大的反应，百无聊赖似的："可先生也当听说过，我大哥在南吴王宫里拼死为楚厉王挡了一剑——他若有杀害楚王的心思，何不让楚王就死在那里？那样一来，楚军群龙无首，南吴仍要入我彀中，比之溺亡归途，时机上还可抢先一些。"

柳斜桥笑起来："这确实是在下的疏忽了。流言总不过是流言，清者自清罢了。"

徐敛眉看着柳斜桥的笑，颔首道："既然徐国最终得到了南吴，世人无论怎样说徐国，徐国总必须要承受的。"

柳斜桥沉默下来了。

徐敛眉是真的倦了，连日来的忙碌早就抽空了她的身体，在男人到来的时候就变得格外慵懒起来。就连在她怀里磨磨蹭蹭的小兔子也终于找到了一个舒服的姿势闭上了眼睛。徐敛眉望向窗外已落下的夜幕和那仍不止息的风雪，她想，可以停止了，这所有的试探和挑衅，所有的真的惶惑和假的温柔，都可以停止了吧——待这个冬天过去，一切便结束了。

于是徐敛眉拢着衣襟，回眸一笑："公事谈完了，我们是不是可以谈谈私事了？"

柳斜桥叹口气："是不是可以谈谈，殿下为何总不回府了？"

她咬住了嘴唇："本宫——我近日忙得不可开交，你也看见了。"

柳斜桥走到她身边，将窗上的隔帘放下来，一边拉着她后退一些，才道："殿下以国事为重，可也当注意身体才是。"

徐敛眉道："本宫以往也都如此，并无大碍。"

"怎会无碍？"柳斜桥道，"我总在等您回去的。"

徐敛眉微微一震，却不敢看他的眼睛，稍稍背过身去，眼睛在灯影中忽闪忽闪的。他站在原地，目不转睛地看着她此刻害羞的侧脸、微红的耳根和轻柔的唇，这么柔顺的样子，几乎能骗过世上的每一个男人——谁能想得到就在刚才她还说了那么多无情的话？似有若无地在他面前解释南吴灭亡的主因，将屠戮的罪责都推给了那个为她而死的丈夫，还连带为胜利的自己叫了冤——谁能想得到呢？她为了自己的国家，当真是什么都可以做啊！

到了这个时候，柳斜桥才发现自己因为太多天不曾见她，已经连她这种傲慢的宽容都快要忘记了。他想嘲笑她，却更想嘲笑自己，她在自己面前的时候，他已经开始想念她了。

她是他灭国的仇人，祸国的妖女，引楚厉王入侵南吴的始作俑者，在他父亲与兄长的尸体之前面无表情的帮凶——

身体的本能是拥抱和抚触，可他却不能举步上前，咫尺之距，连对视都成了奢侈的背叛。

袖口上被人轻轻地牵住了。柳斜桥低头，沿着她的手看去，她却仍然没有看他，只是那修长的手指一点点地侵略过来，从袖口攀上他的手腕，又悄无声息地落入他的手掌中。

他反手抓住了她的手，朝她望过去时，目光是动摇的冷。

她的指尖颤抖了一下。她抿着嘴唇，轻轻地道："我不过去，你便不知道过来吗？"

柔软的地衣上，凌乱摊开的一本本奏疏都被推到一边，沾了冷雪的衣物扔了下来，轻飘飘的还未落地，人便重重地压了上去。柳斜桥将手撑在徐敛眉的两侧，稍稍抬起身子来注视着她，浅色的眸子里反射出她自己故作镇定的模样。他的呼吸灼热，眼神却是冰冷的，这让她不禁有些害怕，依赖地将手环住他的脖子，想求得一点两点他在意她的证明——

“我若不曾过来，”柳斜桥平静地说着，将她的乱发捋到耳后，“您该如何？”

她却只是笑：“我也不知道。我好像拿你没有法子。”

他目不转睛地盯着她的笑，无奈地笑，带一点高高在上的容忍，又带一点不知所以似的苦涩。他有些不能理解，她怎么能对着自己摆出这样的笑，就好像他们真是一对温柔相待的夫妻一样？她怎么能说拿他没有法子？她明明都已经让他深陷泥沼了！

“你，”被柳斜桥这样盯着，徐敛眉感到有些紧张了，指甲在他的背上轻轻地挠过，仿佛是在悬崖边上，她却偏偏摆出了上位者的倨傲来，“你轻一些，我已经乏了——”

柳斜桥毫无预料地吻了下来。身子又摔回地衣上，他按着她的后脑，牙齿重重地啮咬着她的唇，让她错以为自己要被他撕裂了。他怎么会这样用力？她下意识地想躲避，却根本躲不开，她一转头，他的唇齿便咬上了她的耳垂，然后是那一道颈项上的筋脉，一直吮吻至锁骨……

“先生，轻一些……”徐敛眉不由得又道，眉头皱紧，语气在羞涩中带出了疼痛，“你不能……”

“我不能？”他平淡的口吻里似乎含着嘲讽，“那还有谁能？”

只有我能让你痛。只有我。

他稍稍放开了她，隔着不远的距离，他的瞳仁里飘摇着夜晚的烛火，却是冷的。

徐敛眉有些害怕地想将身子都蜷缩起来，柳斜桥却长驱直入，她的表情愣了一下，蓦然又痛呼出声：“不要……先生……”

柳斜桥听见了，血液里却好像有什么被突然点燃，大火呼啦啦地烧过血脉，熔断了最后一根理智的锁链。他冷淡地说：“不要？您一直以来想要的，不就是这个吗？”

“你说什么？”徐敛眉刹那间脸色变得惨白，连痛苦亦忘了，睁大了眼睛，不可置信地看着柳斜桥。那种表情让他的心极度抽痛起来，他却更想让她也知道自己这痛——

她真是这个世上最聪明的女人啊。这一个多月，她用那种是耶非耶的温柔、那或明或灭的期待、那似有似无的无辜的眼神，竟然便将他的心都锁起来了！他却隐隐知道自己是愿意的，即使让他从此只做她的男宠他也是愿意的，可是她为什么还要试探他？

她试探他，就好像她已经掌握了他的所有底细，只要将引绳轻轻一拉，就可以让他分崩离析了一般。

柳斜桥想，这个样子的他，或许连做一个男宠，也不再够资格了吧?

徐敛眉想将身子都蜷缩起来，柳斜桥在她的眼中看到了慌张和迷惑——她大约从没见过这个样子的“柳先生”吧?他的嘴角竟然沁出了一道冷笑。

很痛吗?柳斜桥想问她。你真的知道什么是痛吗?你真的见识过吗?被大军追逐到海边，不得不跳海逃生的绝望你见识过吗?蓬头垢面地逃到最北方，被了无人烟的雪原逼得几乎失语的孤独你见识过吗?终于接近了自己的仇人，却发现——却发现自己正一点一点地无可救药地爱上她，这种羞耻的感情，你见识过吗?

柳斜桥不想让她看着自己，于是他埋下头去吻她，逼着她闭上眼睛，在交缠的喘息声里他的话音仿佛翻涌着海浪：“我可以……我可以死心塌地不闻不问地做您的男人，但是这样的我，您敢要吗?”

她闭着眼睛，咬着嘴唇，他吻不进来，她将自己反咬出了血，那触感却冰凉如雪，她睁开眼睛，看见近在咫尺的他的颤抖着的睫毛。

他在忍耐，无论她给了他怎样的挫败、羞辱和苦楚，他都在忍耐。他已经分不清楚自己的忍耐是为了恨她还是为了爱她，可有时他又发现，这二者其实没有很大的差别。

这样的我，您敢要吗?

她终归不会回答他。

他那颗心便只能悬在空气里，忍耐着，继续忍耐下去，仍旧没有声音，烛火被风带得摇曳不定，就像大海里浮浮沉沉的水沫。

她有时候是那么温暖、可爱，可有时候，又是那么孤冷绝情啊。

他也不再说话了，好像言语在此刻只能带给他更多的耻辱。他宁愿自己再愚蠢一些，他宁愿被她用温柔的假象蒙蔽一辈子——

突然间，那只兔子不知从何处窜了上来，扑到了柳斜桥的脖子上，狠狠地一口咬了下去!

那是一种极细微却极深的痛楚，一下子刺激得柳斜桥清醒了一半。可他还未来得及细想已经将兔子一把甩开，小兔子跌在了地衣上，绑着青色布条的右腿一抽一抽的，始终站不起来。可它却朝他龇起了牙，红红的眼睛好像马上就能哭出来了一样。

他在做什么?柳斜桥重重地喘息着，不想再管那只不认主的兔子，回过头，却看到徐敛眉闭着眼睛，几绺发丝被汗水浸透贴在鬓边，嘴唇已经被她自己的牙齿咬出了血。

她在疼痛中呻吟，一只手无助地伸了出来，却是扣紧了他的蝴蝶骨，指甲在他肩背的伤疤上划出一道血痕。

他的目光里仿佛掀涌着千层浪，可真到了肌肤相贴之处，却终究是柔缓了下来。所有的痛他到底都隐忍在了心底里，他是那样地卑微而仓皇，用尽浑身解数，也不知该如何对待她好。

柳先生……徐敛眉想再唤他一声，可是全身力气都在那只手上，声音再也发不出来。她看着他的痛苦，心头仿佛被钝了口的刀锋削磨着，因为她知道他的痛苦从何而来。

自己酿下的苦酒，总要自己喝光。

可是柳斜桥也终究没有狠下心，他等待着她的节奏，直到疼痛渐渐转变为微妙的快感。

在这伸手不见五指的夜里，好像一切悲欢哀愁都不重要了，只有这一丝半点将二人心脉相连的快感，才是真实可信的东西。

这些，都是她欠他的吧?

他若是来索债的，就将她拿去；他若是来复仇的，就将她杀了；可他这副样子，是算好了最能折磨她的吧？他知道她最怕的是什么，他才是掌控了她的人——

徐敛眉咬紧了牙关，眼中不知道是汗水还是泪水，望出去时只有一片惶惶的剪影。她不再喊痛，她没有资格。只有他爱的女人才能在他的身下婉转呻吟，而她不是。她从来都不是。

黑暗中。

尖锐的痛楚，却听不见一丝声音。像是在空旷的雪原，只有那无边的冰雪将自己整个人都包围、浸没、封冻。

柳斜桥举目四顾，没有人烟，只有天际永不停歇地倾泻而下的风雪。双腿已经几乎走到麻木，随时都可以死在这白茫茫的干净地面上了——

一个女人，忽然出现在了他的面前。

她穿着华美而鲜艳的衣衫，墨黑色的秀发柔亮地披下来，映衬出一双皎若星辰的眼睛。她朱唇轻启，他却听不清楚，下意识地往她身边靠近。

她朝他伸出手来，宽容地笑着，看着他一步一步笨拙地挪动，耐心地等待着。

他走啊，走啊，寒冷的跋涉好像再也没有了之前的恐怖，女人却始终在他的面前，不过一丈之地，他却怎么也走不过去。

“阿敛……”他唤出声时，她却突然化成片片雪花，转瞬间就消散了！

浓浓的迷雾里，一盏飘忽的灯火，好像马上就要燃尽了。窗外是雪花的扑簌之声，又像是夜里扑火的飞蛾，在光焰中发出粉身碎骨的轻响。

徐敛眉紧闭的眼睛里渗出了泪。

“为什么……要哭？”他声音嘶哑地问道，“我还是……弄疼你了……是不是？”

她不作声，那一行泪水滑下了她的鬓角，旋即消失不见，只在她的肌肤上留下一道清亮的痕迹。他那无来由的痛苦好像陡然间被扑灭，剩下的，只有无边无际的黑暗的悲哀。

翌日，徐敛眉醒来时，人在床上，穿着干干净净的里衣，身上虽然酸痛，却显然已经得到了精心的清理。她恍惚了一阵才转过头，枕畔连一点痕迹都没有，那个人想来根本不曾在这里过夜。

连兔子也不见了啊。

脑中想着这样穷极无聊的事情，好像时间就停在了这个孤独的清晨，生平第一次，她对自己每日里都必须要处理的国事产生了逃避的情绪。

整个徐国都仰仗着公主，却不知道公主其实是个恨不得永远停留在半梦半醒之间、永远不要起床来面对现实的可怜虫啊。

“殿下。”燕侣在帘外低声问道，“洗漱吗？”

徐敛眉低低地“嗯”了一声，燕侣便走进来，将全身乏力的她从床上搀扶着坐起来。那样的一夜过后，公主的身上留下了不少红印，被衣襟掩着，似有若无地探出一点影子来，都落入了燕侣的眼底。燕侣沉默着为公主洗脸。

“燕侣。”公主疲倦的声音响了起来，“你的家人是什么样的？”

燕侣的手一抖，巾帕掉入水盆，激起“哗啦”一声水花。燕侣沉默了片刻，将巾帕重又拾起：“婢子很小的时候就被爷娘卖了，殿下您在南境给婢子赎了身，您当时便晓得的。”

公主微微惘然：“那你还记不记得你爷娘的模样？”

燕侣咬着嘴唇，摇摇头：“回殿下，婢子不记得了。”

公主清冷地笑了笑，墨黑色的长发散乱着披在肩头，映得这个笑容有些凄凉：“本宫这段日子，却总是想起自己的母亲。当初她为了让我活下去亲自去城外买吃食，结果自己染了疫病，连城门都进不来……”

外人如张大娘，做到极致便是给她送饭吃了；可亲人如母妃，却会为她甘冒一死的风险。

“十多年了，也不知她在地下过得好不好，有没有想过我，又到底知不知道本宫在想她。”

燕侣低声道：“夫人若泉下有知，怎会不想念殿下？”

“那时候，祖父总是说，徐国若不是太弱小，又怎么会受这许多委屈？莒国围城也好，南吴拒婚也好，便连我父君的病和我母妃的死，也都是因为徐国太弱小了。本宫听了，便相信了，本宫在祖父的病榻前发誓，本宫将不惜一切让徐国强大起来，让旁的国家再也不敢来欺辱徐国。”

“殿下，”燕侣抬手给她按揉着太阳穴，声音轻柔，“您已经做到了，如今徐国已是天下的强国了。”

公主沉默了片刻，一笑：“是啊。你说的是。”

那一夜之后，柳斜桥来找过她多次，但她却再也不见他了。

“驸马在宫门外……”鸿宾为难地道。

夜色已深了，她不知道男人在寒冷的冬夜雪地上等了多久。可是殿中正批阅奏疏的公主，却丝毫没有动容。

末了，公主将几本奏疏往案下一扔，冷冷地道：“告诉他，不要再擅自出府。”

鸿宾从奉明殿走出来，夜幕坠落，星星、月亮都隐去了，冷风吹过高高的树梢，抖落一地晶莹的碎雪。柳先生就站在百级台阶之下的石狮子旁，披着玄黑色的大氅，一手握拳抵在唇间，似乎仍在轻轻地咳嗽。

听见有人出来，柳斜桥扶着石狮子的底座抬起了头，那一瞬间，他的眼神清亮得令鸿宾感到了不忍。她猜，他大约误以为会是公主出来迎接他。

“殿下……”鸿宾回身看了看后头的殿堂，“殿下正忙，就不见您了。”

柳斜桥的眼神微微暗淡下去，脸上却仍带着和蔼的笑：“这样。那便劳姑娘同她说一句……早些休息。”

说完，他便转身抬腿，一阵寒风掠过，他又开始咳嗽。那咳嗽声仿佛响在鸿宾的心上，每一下都似乎在喉管间刮出一道血痕。鸿宾看着他一步一步在雪地中走远，没有追上去搀扶他，也没有说更多的话。最后，她只是叹了口气。

徐敛眉不想见柳斜桥。炭例早已吩咐下去，她只要知道他仍在公主府中寸步不出就足够了。他不逃，她也不发难，她等着这个冬天过去，不论她在宫里忙成了什么样子，她也不会让自己再想起他了。

徐敛眉不会让自己想起那个伸手不见五指的夜晚，不会让自己想起曾经有过的羞涩、温柔或悸动，日子终于恢复了寻常的模样，她所最习惯的那样一种、守寡似的模样。好像已经爱过了一回，又好像还未来得及爱，血液就已经冷却。她与诸将领、大臣们目不交睫地忙碌了一整个冬天，直到岑河开冻的那一日。

直到那一日，她仍不敢相信，这个冬天竟然就这样过去了。

奉明宫里举行了宴会，夜晚的气息一带上春日将来未来的暧昧，仿佛立刻就有了不同。徐敛眉到后半夜时，已经觉得筋疲力尽，便告辞出来。

“您将兵力都调到王都，尤其是岑河；但事实上，这一个冬天，岑河都平静得很。”

“我们对您自然是忠心耿耿，但地方上那些人，可难保没有怨言啊！”

“说实话，老臣……也不明白您在提防什么。真正要紧的可不是南吴，而是新收的外郡……”

……

宫殿的挑角飞檐之上，是一轮苍白的月亮。积雪渐渐融化，那月亮仿佛也被洗过了一遍，那微光中的清愁越发明晰地显露出来。

徐敛眉感到有些头晕，不想对鸿宾多说，径直朝台阶下的辇舆走去，却被一个人叫住了。

“殿下！”是易初从殿内跑了出来。

她回过身，负手看向易初：“何事？”

夜色深浓，易初迟疑着停住了步子。他今日赴宴，未着甲胄，头发都束在冠中，显出光洁的额头，倒颇有几分年轻飞扬的味道。徐敛眉等着他说话。

这样等了许久，直等得她要不耐烦了，才听见他小声地道：“冬天已经过去了……殿下可还要末将为殿下守着岑河吗？”

她愣了一下，目光凝在了易初的脸上：“易将军若愿意，便守着吧。”

易初一下子高兴起来，眼里都有了光彩，说话却更加小心翼翼：“那，那末将可还是如冬天时一样，每日来同您禀报？”

她端详着他，漫不经心地“嗯”了一声：“只要易将军不嫌麻烦。”

“不嫌的，不嫌的——”易初竟然雀跃得连话都说不好了，鸿宾在后头给他使了个狠狠的眼色，他才反应过来，“啊，末将该死，末将僭——殿下！”

鸿宾听易初一喊，赶紧回头，却正好见到徐敛眉摔倒在冰冷湿滑的地面上，整个身子都往那长长的台阶下滚落下去！

“公主回来了！”

公主府上，不知道谁匆忙地喊了一声，下人们都往门口跑去。柳斜桥闻声走到厢房门口，见他们提着灯一脸慌张的表情，身子慢慢地靠在了门框上。

这一次，他没有去院门口迎接她。

不多时，一个高大的年轻人抱着公主快步抢了进来，鸿宾和一众下人在旁边小跑着跟随。柳斜桥不由得站直了身子，再看去时，公主的双眸紧闭，脸色竟是惨白如纸。

“柳先生！”鸿宾见到他，点了点头，便示意易初将公主抱到房里去。柳斜桥皱了眉头，上前一步拦住他们：“怎么回事？要硬闯吗？”

鸿宾急忙道：“公主摔倒了，先生，请您暂且回避吧！”

柳斜桥声音冷冷地道：“回避是什么意思，莫非我还是这府上的客人？”

鸿宾愣了一下，旁边的易初却开了口：“回禀驸马，公主殿下若有个差池，我们谁也担待不起。旁的人便不要跟进来了，还请驸马容末将将公主放好，再去请御医。”

“你是谁？”柳斜桥抬眼瞥向他。

易初被这一眼看得心里发毛：“末将贱名贱姓，不足挂齿！”

柳斜桥的嘴角勾了一下，侧身让开，易初和鸿宾便抢了进去。鸿宾将内室的帘帷卷起，柳斜桥看见易初走入房内，将公主轻轻放在那张雕花的大床上，同鸿宾交谈几句，立即又奔了出去。

房里只留鸿宾一个人忙前忙后。

这时候，燕侣也赶过来了。她往里间看了一眼：“殿下是累倒的。”

柳斜桥不言语，眼底清冷一片，好似对房里的女子全无感情。

“御医来了。”

未过多久，易初带来了一位花白胡子的老御医，由燕侣、鸿宾领进了房门。他们好像都没有看见柳斜桥似的，自顾自地将床帘拉起来，老御医便开始给公主诊脉。

柳斜桥被迫后退了几步，站在廊上的阴影里，沉默地望着他们。

床上的女人，说到底，是徐国的主人。她可以不是他的妻子，但永远都是徐国的主人。而他，在这一屋子的徐国人中间，永远只是个外人罢了。

御医诊过脉后，沉默了很久，才让人取纸笔过来开方。

“殿下只是劳累过度，一时睡晕过去，让她睡足便好了。倒是腿上摔跌的伤，老夫且开些外敷的药，得好生将养着。”

鸿宾连声应了，老御医写好了方子，却仍有些迟疑，深深地望了公主一眼，才慢慢道：“请各位用心伺候殿下，待殿下醒来，老夫再来叨扰。”

第十一章 有所恃

待手忙脚乱的众人终于散去，易初也走出来，便看见驸马一人茕茕孑立在空荡荡的夜色里，背对着所有人。

听见易初的脚步声，柳斜桥转过身来。这是易初第一次见到这位传说中的男人。原来这位传说中让公主执意下嫁的男人也不是那种三头六臂或魅惑众生的模样，反而只是个清清淡淡的书生，容色在隽雅中透出微凉的疲倦。

“这次要多谢将军。”柳斜桥欠了欠身，低声道，“公主一人在宫里，总有撑不住的时候，今次若不是将军，还不知道会如何。”

易初连忙摆手：“小事罢了……”

“于将军或是顺手的小事，于在下，公主的事却是这世上最大的事。”柳斜桥笑了笑，“方才一时情急，冲撞了将军，还望将军不要怪罪。公主往常也总提起将军，说将军是个可以信赖的良将。”

易初挠了挠后脑勺，不好意思地笑了：“公主当真这样说过？”

柳斜桥微笑着点点头：“公主一向公私分明，您同范瓒自然是不一样的。”

易初脸上的笑容稍稍一僵：“啊，原来驸马也知道这个。”

“请将军勿怪。”柳斜桥举步往房中走去，到门槛边却又停住，侧首道，“在下当去照料公主了，更深露重，从宫里到公主府这条路结了冰，将军来时，怕是不好走吧？”

易初呆住，而那个男人已经收起了笑容，径直走入寝房中去了。

柳斜桥听见那个年轻人离开了，才转回身，将外间的门关上。这是礼节，对任何客人，总不可失的。而那双浅褐色瞳仁里的笑意终于彻底消散，柳斜桥走进来，内室里灯烛明亮，帘帷飘动着复落下，香雾袅袅，温暖如春。这些都是徐敛眉为他布置的，她自己却已经很久不曾来过了。

他缓步走过去，坐在床沿上，将床帘上的钩子放下来。一时间朦胧的纱影拂过，好像给她的脸颊添上了几重血色。那是一张他以为自己永远不会忘记的脸，可方才有那么一瞬间，他发现她已经变了。他曾经伤害了她，他想求她的原谅。可她却再不给他机会了。

柳斜桥以为自己看了她很久，却终究不过是片刻而已。片刻过后，便连他自己也感到了隔夜的困倦，他稍稍倾下身来，他告诉自己他只是想看清她的脸，看清这一张从来无人能看清的脸，然而身体里却又仿佛产生了一种纠缠的力道——他想吻她。

手撑在枕边，隔着咫尺的距离，他的眼睛一眨也不眨地盯着她，好像要从昏睡的她身上偷来一份吻她的许可。

可以吗？

在这虚幻的世上，这一副尘累的身体，这一颗锈蚀的心。

还有资格吻她吗？

他终究坐直了。有没有吻她，他已经不再记得，或许也不再重要。

数个时辰之后，天色大亮，徐公竟然不顾病体赶来了公主府，那个老御医气喘吁吁地跟在徐公的身后。柳斜桥一宿没睡，听闻了便去堂上恭迎徐公，徐公却完全不看他一眼便往里面走去。柳斜桥还未来得及跟进去，寝房的门便被重重地关上。

徐敛眉仍然未醒，眉头暗暗地蹙着，仿佛在梦里还凝着些愁绪一般。徐公立在床边，虽然由鸿宾扶着，内心的激动却让他精神了许多倍。老御医恭恭敬敬地道："老夫昨夜未敢擅作主张，主君您看……"

徐公急切地问道："多久了？"

老御医："不到两个月……"

徐公将手中铜杖焦躁地敲了敲地面，眉头一会儿高高地锁起，一会儿又带着欢喜舒展开，一向和蔼的声音也变得惶然："她这阵子太辛苦了！往后再不能这样——还有那个，鸿宾，叫那个柳先生进来！"

鸿宾应了，忙去外边将柳斜桥请进来。柳斜桥看徐公的脸色，还以为出了什么大事，眼神不自主地便去打量床上的女人，稍后却听徐公冷冷的声音道："当初阿敛执意要嫁你，我只道不妥，如今既然孩子也有了，我不管你们中间有多少恩怨，你都得好好地照料她，切不可让她再累倒了，明白吗？”

四下沉默了一刹那。柳斜桥将视线移回来，好像还没能听懂徐公的话：“您说……”

御医在一旁躬身笑道：“老臣恭喜驸马，徐国有大喜了！”

夜。

公主府的屋檐上，摆了一壶酒。

柳斜桥过去不知道，一个人坐在这高处喝酒，会是这样寂寞又寒冷的事情。他想起冰雪覆盖的极北之地，在那里他一个人生活了两年，他以为那就是他这辈子所经历的寂寞与寒冷的极限了——

可是不是，这个女人所经历过的时光，似乎比他还要过分啊。柳斜桥想起很久以前女人拉着他上来，眼中含着孤注一掷的期待，就好像要把所有的寂寞和寒冷都抛却——

而他辜负了她，他知道。

身畔一阵风起，却是燕侣站到了他的身边来。燕侣看了看屋脊上的酒盏，又抬头看看那了无意趣的月亮，道：“我是该恭喜你吗？”

柳斜桥答道：“是啊。”他嘲讽地一笑，“大哥未有孩子便死了，可是我有。”

燕侣刹那间转头看向他，那一瞬间她的眼里几乎燃出了怒意：“这个孩子不能留。”

“为什么？”柳斜桥淡淡地道，“不过是个孩子。”

“那是徐敛眉的孩子。”燕侣攥紧了拳头，“那是徐国未来的——”

“你忘了徐醒尘了？”柳斜桥打断她的话，“如今世子还未娶妻，公主却先有了孩子，你说，徐国大臣该怎么办？”

燕侣的脸色一变，眉头松开：“原来你的意思是……”

柳斜桥执起酒杯，慢慢地喝下一口，眼中清冷的光芒一分分黯淡下去，无人能看得清楚。燕侣叹口气，又道：“你想得这么深，我倒有些可怜徐敛眉了——”柳斜桥突然站起身来，眼光冷冷地扫向那突然起风的院落。

暗云遮月，一个黑影突然掠过草木之间，掩入了廊檐底下。

“——谁？”

柳斜桥落地时一声断喝，那黑影一纵，便从窗口闯进了房中。柳斜桥连忙跟了过去，脚底却被绊住，竟是好几个不知是晕是死的公主的侍从。他在黑暗中摸索着称手的物件，耳后突然劲风擦过，却是一剑横削过来！

柳斜桥侧身一避，后腰撞上桌角，当即抓住桌上的镇纸朝那个黑影砸去！却听“哐啷”一声，镇纸不曾砸到人，却砸倒了青玉灯架，正将他和那道黑影隔开，他定睛看去，黑影竟然已经欺到徐敛眉的床边，而他的左手终于找到了搁在架上的一把宝剑——

金铁交击的一刹那，他看见这个蒙面人的眼底全是疯狂的仇恨，一时竟愣住了。那个人将手中刀陡然转势，竟便刺向他的胸口——

“小心！”一声急喊，一股力道突然将他推到一边，他得了这电光石火的喘息之机，反手一剑将黑衣人的胸膛刺了个对穿！

黑衣人的身体倒在地上，发出一声闷响，鲜血汩汩地冒出来，刹那间便将红锦地衣染成了青紫色。

然后，柳斜桥才敢转身，看向摇摇欲坠的徐敛眉。她方才仓促间下床，用尽全身力气为柳斜桥挡了一剑，便再也支撑不住，倒了下来。柳斜桥一步抢上前抱住了她，只见她的脸色苍白如雪，唇边没有丝毫血色，只有那双眼睛还是分外地亮，静静地凝视着他时，仿佛了然了一切。

柳斜桥将长剑丢下，抱着她跪倒在地衣上，嘴唇翕动着，想说什么，却终于没有说。他的手颤抖着抚上她胸前的伤口，她似乎艰难地想低头，却做不到，反而喘得越来越重，冷汗将她的发丝粘在了颈项间，被他轻轻地拂开去。

在极暗淡的月色里，柳斜桥看见那道剑痕，从左边锁骨劈裂下来直划到心口，虽然只在皮肉，血却不会少流一滴。她睁着眼睛凝视着他，他甚至都不知道她是不是清醒的，但他受不了，受不了这样被她看着——

柳斜桥惊慌地叫起来：“来人！有刺客！快来人！”一边拿自己的衣襟给她按住伤口，可那伤口的鲜血却越流越多，他止不住，他不知如何是好，于是又喊，“御医！去找御医来！……”

惊呼声、撞击声、脚步声一时都慌张地响了起来，在这安静到极点的夜里几乎能逼得人疯狂。青玉灯架被人扶起，灯烛点燃，一室惊慌，他一侧头，便看见自己孤零零的影子，被投射在惨白的墙壁上。

柳斜桥左手的小指忽然被人握住了。他低下头，她的手劲不大，却用五指包住了他那根小指，好像在讨好他，又好像只是在同他撒娇——他有多久不曾听见她的讨好和撒娇了？过去她对他好时，他从来不曾在意，如今他想补偿，却已经回不了头了。

“你救了我？”她的嘴唇动了动，他连忙低下身子去听，一阵似有若无的气流滑过他的耳畔，话语却是危险而冰冷的，震得他的心头一颤，“你……为什么救我？你不想……我……死吗？”

他震惊地看着她，还未想好措辞，却见她的双眼都已经闭上。可她抓着他的那只手，却始终没有放开。

徐敛眉再次陷入昏迷，这一回，她睡了整整五天。任旁人为了她如何紧张，她都不知道。终于在某一个傍晚醒来时，她茫然四顾，只觉得腹中非常饥饿，整个身子都提不起半分力气。过了很久，她才想起来发生了什么。

寝房里显然已经清理一新，一点血腥气都闻不到了，可她感觉到自己胸口上包裹着的纱布里，总好像还带着些隔夜的血锈味。她真的是迟钝了，连这样的刺客都能伤到自己。

“你醒了？”沙哑的男人的声音响起来，一个人影过来，挡住了窗外透进来的阳光。徐敛眉睁开了眼睛，尚且什么也看不清楚，只感觉那暌违许久的气息又萦绕在她的周身，让她未免如惊弓之鸟般咬住了嘴唇。

“本宫为何会在此处？”她开口，声音极干涩。

柳斜桥将水盆放在一边，坐在床沿，看着她轻声道：“您太累了，鸿宾他们送您回来休息，御医给您开了药；前几日，又来了个刺客……”

“本宫问，本宫为何会在此处？”她冷冷地道。

柳斜桥笑了一下：“这里是您的府邸，您不在此处，还应该在何处呢？”

她没有笑。

柳斜桥的目光里泛着湛亮的光：“在下说过会等您，便会一直等您的。”

徐敛眉盯着他，许久，神色冰冷如雪，心底却只不过是一片荒芜：“那个刺客死了？”

“死了。”他道。

“是你杀的。”她说道，这不是个问句，“我记得，你用的左手剑。”

柳斜桥点点头，也不避讳：“在下见您受伤，一时情急，下手便没了轻重。”

她微微眯起眼睛，审视着他的表情。他却一派安然，扶着她坐起身来给她洗漱，几乎算是小心翼翼地在伺候她。她没有抗拒，或许身子仍有些倦怠，何况这个身体他总是熟悉的，她甚至都用不上羞涩。随即他吩咐鸿宾将饭菜摆到了床边来，鸿宾看着公主，一脸欲言又止的模样，柳斜桥却挥手让她退下。

他夹好了菜，鱼骨头都小心地剔掉，才递到她的嘴边。她张口咬下，那味道让她一时愣住了。

“喜欢吗？”他轻轻地问她。

她淡淡地道：“辛苦你了。”

他摇头："您隔了一个半月才回来一次，说什么辛苦。"

徐敛眉沉默下来。

用过了膳，却又有些困，她不想起身，便道："让燕侣将本宫积压的文牍取来吧，本宫便在这里办公了。"

"取是取来了。"他拿过来一册书，坐在灯边翻了翻，"但您的伤还需要静养，在下奉劝您莫再为国事劳神。"

她盯着柳斜桥："先生又在读《吕览》？"

他笑笑，念出一句："事随心，心随欲。欲无度者，其心无度。心无度者，则其所为不可知矣。"

她沉默了良久："是本宫心无度了。"

柳斜桥放下书，朝她声音低沉地道："殿下言重了。心无度的，一直都是在下啊。"

她深吸一口气，不想将精力耗费于这种无聊的辩难。他向来是舌灿莲花，她说不过，偏还有时被他诳住，真是愚蠢。

"殿下，"他侧眸望去，眼底有些复杂的神色，她统统没有看见，"您……"他动了动嘴唇，却似乎这样一句话对他而言亦是艰难，"您这回伤得有些重，便在府里多留些时日，可好？"

她微微挑了眉，不说话。

柳斜桥对她这样的神态根本没有办法。他觉得自己是喜欢她的傲慢的，他不愿意磨折掉它，可他有时候，也真是怕极了她的傲慢。

"我是说，您回来吧。"他低声道，"上回……是在下……"

徐敛眉的脸色变了。

"您这样同我赌气，旁的人见了，却会焦心的。"他低压了声音，"整个徐国都仰仗着您，便是我……也是仰仗着您的，殿下。"

她冷冷地睨过来，缓慢地道："先生是在威胁我？"

他苦笑道："在下如何敢威胁您？在下同您相识这样久了，可曾有过一句话是威胁您的？"

这话说得急了，难免有些顶撞。他是有委屈的，可是那委屈的棱角却被他自己用心血一点点熬平了，痛到麻木之后，他再说出这样类似于委屈的话，甚至还会惶恐。所以他很快又道："抱歉，殿下。"

柳斜桥走过来，撩开床帘，见她抱膝坐着，并没有看自己一眼。他坐在她的床边，沉默了片刻，道："抱歉，殿下。我往后，再不会这样……不知好歹了。"

她愣愣地看着他。

一声抱歉，像是一块石头砸了地，像是一片尘埃被拂去，像是悬了太久的刀，终于扎进了不相干的血脉里。痛，但尚且不会死，就在那劫后余生的惊愕里，又潜生出卑劣的企盼。

徐敛眉过去不曾这样对待过任何人，如今她尝试了，才知道这是爱情的滋味，才知道这种滋味，真是有不如无。

闻知公主终于醒来，几位大臣连夜赶去探望，向公主禀报一些不能拖延的事务。柳斜桥便安静地去了后边的房间，不来打扰。

终于到夜半过后，大臣都离开了，公主也必须要入睡了，柳斜桥便给她端来了一碗药，说是御医开的，让她安心养神的。他捧着药碗轻轻地吹了很久，才一勺勺不厌其烦地喂给她。她不看他，低着头喝下，却被那苦味呛了喉咙，表情有些古怪。他也不言语，每一勺虽然缓慢，但总是坚定地递过来。

“苦吗？”待她终于喝完那碗药，他伸出手指轻轻地拭过她唇边的药汁，她的眼睫毛颤抖了一下，却转过了脸去。

“苦。”她终于回答了他一句，一个字，内里却好像藏了千万根针，将他的心都戳得疼痛了一瞬间。

柳斜桥将手指轻轻拈住她的下巴，她感觉到某种压力，忍不住就想挣扎，他却轻轻地、带着笑唤了一声：“阿敛。”

这个称呼让她全身一震。她几乎是恍惚着望过去，她想起那个漆黑的夜里，他也是这样唤着她，然后将她为他捧上的心都劈裂成两半。是她特许柳斜桥这样唤她的，也是她容忍他这样伤害她的。徐敛眉甚至都不能怨怪他，一切都是她自作自受。

柳斜桥有些看不下去，垂眸吻住了她。他知道极度虚弱的她在此时不会反抗自己，他就是知道。她呆住了，就这样在极近的距离里睁大了眼睛愣愣地看着他，那是他惯常的调情的动作，他记得这个动作总是能准确无误地引出她的欲念——可在这一刻，一切都失灵了。

“是有些苦。”他放开她，还品了品味道，朝她微笑，“良药苦口，往后还需多喝的，您若嫌弃，我便同您一起喝。”

她盯着他问：“这到底是什么药？”

“安胎药。”他的笑容里多了些犹豫，好像说出这样的话也让他感到紧张，“殿下，我们有孩子了——”

"哐啷"一声，药碗被打翻在地！

残留的药汁渗入织锦的地衣，染作了青黑色。徐敛眉紧盯着那摊污渍，不抬头，被褥上的手指在颤抖，身子却一动不动。

"殿下，"柳斜桥抿了抿嘴唇，神色仿佛被刺痛了一下，"您……您不高兴吗？"

徐敛眉是有些想笑，可她并未觉得高兴，于是她抬起头，或许是方才的药终于让她拾回了一些力气，她的目光冷锐地刺来，话音像淬了冰："你很高兴吗，柳先生？"

柳斜桥皱了眉，好像感到有些困惑，方才的笑容还勉强地挂在脸上："我自然是高兴的。"

她撑着身子坐直了，长发披散全身，让她的脸显得越发苍白。她就这样冷厉地盯着他，许久，冷笑了一下："我以为你不会要孩子。"

他微微惊讶着睁大了眼睛："为什么？"又认真地想了一下，重复道，"若是您的孩子，我自然是高兴的。"

她的冷笑僵在了脸上，反而显得滑稽。她能说什么呢？她能说，这个孩子难道要成为南吴的遗种？她能说，你曾那般对待我，如今又怎能如此温和地笑着看我？她能说，你当真以为一句抱歉，就可以抹杀了一切吗？

可是这些问题终究是无用的。她守了一整个冬天，却没有守到他鱼死网破的一击，反而只等来他在灯下温柔的笑。所有蓄积以待的力气都被无形消解，阴谋不曾存在过，仇恨不曾存在过，他们好像只不过是一对在床上犯了别扭的年轻夫妇。而无理取闹的那个人竟然是她。竟然是她。

他端详着她的表情，终于，他的笑也黯淡了下去。

"您不想要这个孩子吗？"他的声音有些苦涩。

徐敛眉摇了摇头，很诚实地回答："我不知道。"

眼下冬季过去，国境艾安，她若真想安心养胎，并非不能做到；何况若得了男胎，对徐国来说，便是一件举国同庆的大事。但她清楚，问题的症结不在这里。

"我只以为，你讨厌我。"她沉默了很久，一个字、一个字地说道，"你当初娶我，同我圆房，都是我逼迫你的。所以那个晚上……你做的事，说到底，是我咎由自取。我也不曾怪你，你也无须抱歉，我们……"

"逼迫吗？"他浅浅地笑，笑容里却沾了夜的寂寥，"可我也只不过是个庸俗的男人，这世上的男人都想要您，我也想要。这，您还不知道吧？"

她没有回答，她感到有一些震惊，被她自己吞咽下去，和着药，变成了一种奇怪的滋味。柳斜桥凝视着她半晌，叹口气，脱了鞋履上床来，她下意识地往侧旁缩了一下。

“那个刺客，我听闻了，”她抢着说道，“是楚王婴何的幼子。”

柳斜桥的动作滞住。徐敛眉咬着嘴唇，倔强地看着他，明明是在床上，这样风情旖旎的数尺之地，两个人却像两只僵持的野兽，眸中的光都冷得不似常人。

她总是知道怎样在最恰当的时机一针见血地戳伤他。那个刺客眼中浓得化不开的仇恨和绝望还在他的脑海中若隐若现，和他一样的身份，和他一样的身世……却比他勇敢无畏。

终于，柳斜桥叹口气，还是先举了白旗。他伸出手臂，以男人的力道不由分说地拉着她躺下来，将她揽进怀里，又给她掖好了被角。她想挣扎，可在他的怀抱里却全然使不出力气，便眼睁睁地看着他将帘外的烛火吹熄了，寝房一时陷入温暖的黑暗。

“您昏睡的这些日子，我想了很多。”黑暗里，柳斜桥开口道，“我们……为什么非得要这个样子？我们可以好好儿地过日子的，阿敛。这个孩子，他或许就是上天赐给我们……”

男人的声音响在她的头顶，胸膛随着呼吸细微起伏，她都能感觉得到。像是某种来自黑甜梦乡的诱惑，拽着她的心往底下沉坠去。

“可是，”她道，“你瞒了我太多事。”

他的声音压得很低，在夜里听来，很有几分诚恳的意思：“您想知道什么？”

她想知道什么？她沉默了很久。她想知道的太多了。

他究竟是不是爱过她，是不是恨着她，是不是每一个他说的字，她都可以选择相信。

然而最后徐敛眉问的却是：“你到底是哪国人？”

黑暗宛如轻柔的绸缎，在肌肤间滑落下去，慢慢地折叠出错纵的褶皱。呼吸相闻的世界里，两颗心平和地跳动，却是在最后一点侥幸的余温里，等待着那一声终将到来的宣判。执着的人，总想求一个清醒的回答，宁愿遍体鳞伤，也不肯接受暧昧的和解。

徐敛眉不知道自己等了多久，但她没有睡着，渐渐地，她的眼睛习惯了黑暗，便看见他的脸色在平静里隐忍着悲哀。

“我是南吴人。”他说。

说出这句话以后，房中有那么片刻，陷于尴尬的沉默。

仿佛是费尽浑身解数去排一场戏，结果尚未来得及登场就被人拆了台，一个人孤零零地，还在想念戏里该有的样子。柳斜桥不想去看她冷漠的表情，不想听她嘲笑的话语，他无声地放开了她，黑暗里正要坐起身来，却被她用力抓住了手腕。

他停顿了一下，道：“我去点灯。”

“不必。”她的声音极冷，手心里也是冷的。

他道：“殿下想必早已知道了我是谁，又何必玩这许多欲擒故纵的把戏？”

“我不知道。”她道，“我不知道你是谁。在你告诉我之前，我猜了你大半年。”

他笑笑：“可我今日若不说出来，您恐怕便已经杀了我了。”

徐敛眉盯着他，缓缓地摇了摇头：“杀你岂有那么容易？”

他的笑容有些难看了：“然而说不得哪一日，我便会同那个楚国的小王子一样，在睡梦中来杀了您的。”

“当初得知这个消息时，我确实是想过杀了你。”徐敛眉慢慢地道，“可久了我便发现，杀了你也没什么意思，不过是再守一次寡——哪晓得到了后来，我便没法子杀你了。”

他望向帘外，月色昏暗，什么都瞧不清楚。

“你若当真想杀我，你的机会太多了。”徐敛眉微微眯起了眼睛，冷酷的、研判的目光射过来，几乎让他无所遁形，“可你却来救我。为什么？”

他的喉咙动了动：“其实早在殿下为我灭了楚国时，我们便两清了。”

她抬眼看柳斜桥。

“我的手段虽然卑鄙，但总算是为了给君父报仇。”柳斜桥的话语竟离奇的坦荡，“我曾说过，在我想离去时，便会自己离去。所以那时候，楚国被灭，我大仇得报，原以为自己可以一走了之——”

“所以你走了。”徐敛眉喃喃着道，“可你为何还要回来？”

柳斜桥寂寥地一笑，却不答话。那笑容里仿佛藏了些昭然若揭的心事，勾得她想问却又不敢问。最终他回过头来，冰凉的手轻轻从她的手掌中抽了出去。

“我若说我离不开您，”柳斜桥轻声道，“您信我不信？”他的声音低低的，在夜色里，徘徊在帘帷间，就像一缕抓不住的微风，却宛转出不可思议的温柔。不可思议的温柔，却含着不能明言的忧伤，好像这一切，都是真的一样。

月色朦胧，探入冬末春初的暗香。

徐敛眉凝视着柳斜桥很久，才道：“你为何要告诉我这些？”

“因为我……”他却说不下去。

他要说什么她才会相信？他已经看见了她紧皱的眉头。他住了口，那些在不曾真心对待的时候可以顺口而出的话，在此时此刻反而都珍而重之地畏缩在了唇齿之间。

相信，在他们二人中间，因为无论如何都做不到，所以也就不那么重要了。

他回转身，微微低下了头，被褥中的手却缓缓移上了她的小腹。她下意识地便去打他的手，“啪”的一声脆响，好似一个耳光，在黑暗里听来格外的响亮。

徐敛眉深吸一口气，柳斜桥听见了她略微紊乱的呼吸，仿佛传递到她腹部的脉动上去。他垂下了眼帘，低声道：“您就算不相信我，要杀了我，这个孩子，也是无辜的。我恳求您……”

“你不恨我了吗？”她咬紧下唇。

他茫然地道：“说不清楚……”

“可我恨你。”她打断了柳斜桥的话。

他愣住，继而惊慌地缩回了手，好像被烫到了一样；一时间，仿佛与她同处一张床上都变成了莫大的讽刺。他抿了抿嘴唇，没有说话，心跳却是乱的，在这冰冷的四壁之间，他竟然没有了一点点退路。他分明都已经将自己和盘托出了啊——她还想怎样？

他抬起头，只看见她眼底璀璨的冷光。她还是那个令他仰望的女人，她或许从没有变过，错的人是他。他伸手到床边去，在外袍中摸出来他自己的一把匕首，掉转方向递给了徐敛眉：“您想杀我，便动手吧。”

柳斜桥的脸色很平静。

“我已经报了仇了，如今的南吴四郡在徐国治下也算安好，徐国统一天下指日可待——而我，我不会做什么复国的大梦。”他道，“您若了解我便该知道，我一向是个无大志向的人。”

徐敛眉却越发感到不解，眼底腾起迷雾：“然而我已经灭了楚国，对你来说，再没有什么利用价值了，你为何不直接对我动手？”

“我为何要对您动手？”他淡淡地道，“您也说过，屠戮南吴王室是楚厉王一意孤行，您不过是做了后头的黄雀。如今我借您的手灭了楚，我也做了一回黄雀，我们扯平了，殿下。”

“这倒是一副好算盘。”她道，“你倒是敢。”

“我却觉得这是很怯懦的事。”他将那把带鞘的匕首放在床的中间，“即使在全家遭屠之时，我也不敢挺身而出，只是畏缩地躲在父王身后。即使要为家国报仇，我也没有建功立业的信心，只是依赖着您来帮助我。我的平生，其实不算是个太有勇气的男人，殿下嫁给我，是低就了啊。”柳斜桥过去从未用这样的语气说过话。低到有些颓靡，在寒气料峭的夜里，令人听得耳酸。

徐敛眉微微蹙起了眉，似乎不知道说什么好，最后只道：“你怎么可以——怎么可以这样——理直气壮……”

“我以为殿下过去算计人心时，也是这样理直气壮的。”柳斜桥道，“我——我不后悔利用您，我只后悔，我不曾用最好的方式对待您。”

如果可以认真地去爱你，我又何尝会不愿意？只是哪怕到了这样的夜里，我们的感情，也还是悬在高空上的那一道锁链，或者将你重重围困，或者让我粉身碎骨。

徐敛眉闭上了眼睛，全身都在发抖，却咬紧了牙关，不让自己泄漏出丝毫软弱的情绪。

柳斜桥终于还是整理了一下自己的衣襟，齐整地下床来，又将外袍披好。他没有拿回自己的匕首，只是站在床前，仿佛有些悲哀似的凝视着她，却说不出更多的话，只低低地唤了一声：“……阿敛。”

刺探被消解，迷局被冲乱，痛苦的来由变成了没有来由，温柔的眷恋变成了无辜的背叛。一年的夫妻，到得此处，终于也该是个尽头了吧？

徐敛眉突然一手扶住床栏，咳出了一口鲜血！她的半个身子往侧旁倒下，重重的咳嗽摧裂了她胸前包扎起来的伤口，血色刹那间透过纱布浸没了月白的里衣。他眸中光芒微动，仿佛想上前搀扶，却听见鸿宾在外边急切地问：“殿下怎么了？”

“快进来。”他沉下声音。

鸿宾赶忙过来，见状大惊，点起灯来给徐敛眉止血、上药、重新包扎，在这期间，柳斜桥便坐在灯烛旁，沉默地看着。

待鸿宾终于忙完，徐敛眉半坐在床头歇息，房中的三个人，一时陷入诡异的沉默。终究是鸿宾走过来，朝柳斜桥行了个礼：“柳先生，您知道……殿下若再这样咳一回血，孩子便保不住了。”

柳斜桥的心神一凛：“再不会有这样的事了。”话里仿佛有些走投无路的悲哀。

鸿宾离去，徐敛眉自床帘里伸出一截玉白的手腕，轻轻将帘钩挂了上去。那张苍白而无情的脸就这样显现出来，经历了方才的一番惊险，她的唇角反而有了几分血色，冷亮的眸光仿佛能将他洞穿，却又那么平静，平静中渗透着悲凉。

“您既然不肯杀我，便……便试着信我一回，好不好？”柳斜桥的声音低低地道，“让我好好照顾您，照顾孩子，您会知道——”

“照顾我、照顾孩子？”徐敛眉重复一遍，轻蔑地一笑，“你是我的谋士，柳先生。”

柳斜桥只觉这话里全是讽刺，但他承受住了，他说：“我不想做您的谋士。我愿意只做您的丈夫。”

她的笑意渐渐消散：“做什么不好，要做我的丈夫。”

他平静地凝视着她：“谁能抗拒重新活一次的诱惑呢？殿下，这个诱惑却是您给我的。”片刻的沉默过后，他又寂寥地笑了一下，“然则，我毕竟是个如此自私、懦弱、卑鄙、无能的男人。这样的我，却还想要好好去爱您，这让我自己有时候都感到可笑。”

徐敛眉的身子慢慢倒回枕上去，她闭上了眼睛。

“明日，你随我去个地方。”她的声音低沉，却是不容置疑的，“我再决定，要不要相信你。”

“明日？”他道，“您的身子……”

“我不想听保重的话。”她道，“毫无用处。”

柳斜桥抿了抿嘴唇。

“其实，你叫顾欢，对不对？”徐敛眉终于还是笑了，嘴角微微勾起，仿佛水底诱人的妖物，又仿佛只是春日里一个天真的顽童，传来一声久远的叹息，“我总是记得你的，小哥哥。你那时候，不肯娶我啊，小哥哥。”

翌日下午，公主与驸马同车出游，去了岑都的西城门口。那里却是岑都有名的刑场。

辇车停下，鸿宾、燕侣将公主搀扶了出来，驸马跟随在后。冬日已逝，积冰消融，一轮堂皇的太阳挂在半空中，将西城门飘荡的风沙都映照出无穷的重影。几个囚徒模样的人被推了出来，监斩的刑台十分简陋，旁边围观的百姓也并不是很多。

柳斜桥微微皱起了眉头。开春行刑，绝不是好事。

那监斩官一副森冷模样，看上去却品级甚高，不知为何要来监候这样一场行刑。见了公主的车驾，他也不过来行礼，只隔着距离朝公主躬了躬身。

徐敛眉微微抬了下巴，监斩官便示意刽子手上前去。

刽子手将那几名囚徒的头发抓了起来，对着太阳露出他们脏污的脸。然后便手起刀落——

刹那之间，柳斜桥紧紧地闭上了眼睛。

徐敛眉却不曾错开目光，血肉飞溅，她的声音冷淡地散在空中：“这几个是敌国派来的奸细，将他们显戮于市是因为他们已经不再有利用价值。”

柳斜桥只觉得那惨白的阳光几乎要将自己劈裂，嗡嗡作响的耳畔仿佛又听见很久以前燕侣的话："最好是像十年前一样，哪怕亲生父亲死在你的面前，你也能无动于衷。"

可是这么久了，他竟然还是做不到。

女人的威胁像一把钝了的刀，割过心脏时带出锈蚀的痛楚。

徐敛眉也不看柳斜桥，径直走到一个头颅前，拿脚尖挑起了头发："你要不要看看？这一个，是被本宫关了五年的南吴人。"

柳斜桥睁开了眼睛。那是一张他从未见过的脸，但眼眶里瞪出的双目却是他所熟悉的浅褐色。

"这天下已没有了南吴，也没有了莒国、夏国、范国和楚国。"徐敛眉冷笑一声，"所有这些地方，如今只有一个名字，叫徐国。"

"……是。"不知道过了多久，他回答道。

她打断他的话："本宫想让你看清楚，十年、二十年，本宫便一直是一个这样的人。也许先生平素不常看舆图，"她停顿了一下，"如今的徐国，已得天下三分之一，本宫为徐国强盛所做的任何事，本宫都从不后悔，也绝不道歉。"

"我不需要您的道歉，甚至也不需要您的信任。"他静静地道，"您照顾徐国，我照顾您。"

她转头看他，嘴边渐渐沁出一个没有温度的笑："那，"她的眉梢上挑，眼神却暗下去，"我们便重新开始吧，柳先生。"

像一句滑稽的问候，像一场残忍的承诺。在这明媚的初春的阳光里，这样的言语却又类于情话，它不美丽，不温存，充满了血和阴谋的味道，然而她就是这样的人，她也只能做这样的人。说出这句话时，她心里知道，自己看上去坚不可摧，实际早已一败涂地了。

柳斜桥伸过手来，掰开她冰凉的手指，将自己的五指扣了进去。他感觉到背后射来两道森冷的目光，那是燕侣在冷冷地看着他们。

第十二章 向谁明

这是柳斜桥在徐国度过的第五个春天了。

数日之后，公主府后院的老树上便抽出了嫩芽，点染出一些细弱的绿意。徐敛眉也从这时候开始身体不适，时常反胃、呕吐，成日里恹恹地吃不下东西。柳斜桥便尽心在她的身旁照料她，几乎是寸步不离。

但徐敛眉毕竟仍有许多公务要处理，整个徐国压在她身上的担子不会因为她有孕在身便卸下来片刻。歇了不到三日，感觉身子好些，她便自行去了奉明宫。

柳斜桥留在公主府。

燕侣站在窗外，见他闲闲地翻着书，一派世外逍遥的模样，轻轻地笑了一下："你还真是好手段。"

他的目光不曾从纸页上离开："你不怪我告诉她我是顾欢了？"

"此一时彼一时。"燕侣叹了口气，"既然她早已发现了，便不如顺水推舟，你做的是对的。"

柳斜桥抬眸瞥了她一眼，神色冷淡，不客套，也不反驳。

燕侣想了想，仿佛也为那个不在场的女人感到悲哀似的："不过也不怪她。若换了是我，大约也逃不出你的手掌心。"

柳斜桥沉默了很久，才道："我却觉得她深不可测。"

"你那是当局者迷罢了。"燕侣笑了笑，"冯将军那边来了消息。"

柳斜桥翻着书页的手顿时停住。

"他说，岑河上的戍备状况他始终没有弄清楚，发了几批探子都沉了底。"燕侣压低声音，“阿欢，你可听公主说起过？”

柳斜桥平静地道：“不曾。”

燕侣微微眯起了眼睛，审视地盯着柳斜桥：“当真？”

柳斜桥将那一页轻轻翻了过去：“这既然是连冯将军都摸不清的事，公主又怎么会随意告与我？”

燕侣笑了一下：“我却看你们近日来过得不错。”

柳斜桥垂下眼眸，不再答话。

奉明宫。

“此次东泽国主率众来降，实是扬我国威的大好时机。”老臣姜闵激动地道，“殿下，东泽国被齐国所欺，来寻求徐国的庇护，我们当待以上宾之礼，赐以公卿爵禄，再将东泽国土皆列为郡县……”

“缓着来。”徐敛眉摆摆手，话音平淡，目光却始终沉稳地凝视着那张巨大的舆图，“东泽国常年是在大国之间虚与委蛇的，但如今的东泽侯却是和齐国有姻亲的，如何能那么轻易就背弃了齐国？”

姜闵一愣，老脸有些下不来：“殿下说的……也是……”

“殿下，”易初指着舆图道，“东泽若果真降我，东边的压力便小了很多，更可以安心应付南吴四郡的反乱了。”

“南吴四郡是要平，而且要速平。”徐敛眉冷淡地道，“这块地方的乱象已经拖了十年之久，海滨之民，简直不可理喻。”

国相周麟叹了口气：“这也是当年楚厉王给我们留下的难题啊。他非要杀光了南吴王室，谁知道是不是为了今日？”

“楚厉王已经死了！”徐敛眉的声音陡然抬高，她站了起来，惊得堂上众人齐齐跪了下去。她扫视一遍这几个心腹重臣的脸，开口道：“若说平理南吴四郡的法子，本宫却有一个。”

夜已经深了。

徐敛眉回到府邸时，寝房里犹亮着灯。她迈步进来，便抖落夜中的寒气，灯中的光焰晃了一晃，扑朔在男人的脸上。

柳斜桥仍是坐在窗前，仍是读着那一本装帧很旧的《吕览》。闻得她回来，他便抬起头，发影微动，眼眸中仿佛幻出一些亮光。他放下书过来扶她，反而叫她不好意思，只道：“本宫还不至于走不动路。”他笑笑不言语，手却未曾松开。

她盯着他看，好像他是个谜一般。当他转过头来了，她却又移开了目光。

“这些日子以来，先生总这样等着本宫，也很乏吧？”她开口。

他正给她叠着外袍，闻言一愣，随即一笑：“那也是要等的。”

徐敛眉淡淡地道：“那先生不如回鸣霜苑去住吧。本宫想着，索性都住在宫里，好有个照应。”

柳斜桥略微直起身来：“殿下最近国事很忙？”

徐敛眉道：“我只是想多见到你。”

这话说得太过直接，反而显得不那么真实。她终归是不放心他的，不如将他安置在自己的眼皮底下盯着，他知道，她也清楚他知道。

柳斜桥停顿了一下，点头道：“都听殿下的吩咐。”他掀开锦被上床来，抬手拉下了帘钩。徐敛眉往里面缩了一下，却被他拉住手靠近了，他随着她一同躺下，将手搁在了她的肚子上。与他的手掌隔了一层衣料的地方仿佛传来了跃动的脉搏，她一动不动，像是在负隅顽抗。

“今日院子里的花开了。”他开口轻轻地道，“是小桃红。”

“嗯。”

“好在那棵树生得高。有几丛小花也开了，全被小兔子咬坏了。”

“嗯。”

“它还真是只野兔子，改不了山里的习性，而且越长越胖，笼子都关不住。”

阴影里，徐敛眉似乎是笑了一下，他却没来得及看清楚。

柳斜桥将手指在她的腹部画着圈，像含了无尽的温柔在这个简单的动作里面：“按御医的说法，如今已经四个月了？”

“……嗯。”

他俯下身，将耳朵贴在徐敛眉的肚子上，她连忙拿手推他：“这是做什么……”

“我也想，多见到‘他’。”柳斜桥抬起头，浅瞳中微光闪烁。徐敛眉的表情愣了一下：“你为何一定要留下这个孩子？”

他仿佛很困惑似的望着她：“不留下，难道杀掉？”

她道：“你若是为了南吴顾氏的血脉，那也容易，你自可去找旁的女人……”

他的话音有些冷了：“您让我去找旁的女人？”

徐敛眉微微皱起了眉头，复摇头：“我只是不明白。”

他沉默地凝视着她。她似乎真的不明白。可他却又不能说出口，他眷恋她，却不敢留下她，这一份卑微到尘土里的心情，她即使不至于蔑视，大约也永远都不能理解吧？他想要一个她的孩子，他想要一个他可以全心托付的她的孩子。他想把自己所有亏欠于她的都补偿给这个孩子。可是他看着她的模样，又觉得自己的这个想法是多么地自私而卑劣。

徐敛眉沉默了很久，没能等到他的回答，便往床里边蜷缩着躺下了。他给她掖好被角，她却说道："我知道没有母亲的孩子是什么样的。"

他的动作停住。

她睁着眼睛看着他，眸光清澈，像两泓乱山深处的泉。从权欲的修罗场上一步步走过来的女人，竟然还有着这样一双眼睛，这怎能不让天下的男人迷恋？

柳斜桥有时真想将手探进她的胸膛里，去看看她的那颗心，到底是什么颜色的。

徐敛眉很慢地开口了："如果有一日你会杀了我，或者我会杀了你，那这个孩子，不如便不要出生。"

四下一片死寂。

柳斜桥突然笑了一下，像是努力要驱散掉极其沉重的阴云，他将她揽进了怀里，有些夸张地温柔地道："说什么傻话？"

"我的母妃……她是为我而死。"她却不为所动，闭上了眼睛，声音仿佛漂浮在海上的孤舟，"从那一日以后，我再也没能睡安稳过。我知道母妃可以为我放弃一切，可是我害怕。我害怕有一日，我也会为另一个人放弃自己的一切。"

"这个孩子会成为我的弱点，所以我不想要。可如果他是你想要的，我……"

柳斜桥伸手护住她后脑，吻在了她的额头上。见她没有反抗，才敢悄悄地吻着她的鼻梁，衔着她的唇瓣，声息倾吐在咫尺之间："那要谢谢你了，阿敛。"

谢谢你，为我留住最后一线期冀。

过了几日，柳斜桥带着公主府一众人都搬到了宫里的鸣霜苑去。鸿宾对此事却有些意见，私下问公主道："这样对柳先生，是不是不太好？"

"什么不太好？"徐敛眉看着奏疏，漫不经心地道。

"外边都说柳先生……说他就是，就是个一无是处的……"鸿宾将声音压得极低，"……男宠。"

徐敛眉："那他便是吧。"

鸿宾一愣。

徐敛眉道："我还希望他是呢。听闻男宠这东西，心眼子不会那么多。"

鸿宾呆呆地看着她。往日里那些劝和的话如今竟然都说不出口，面前的公主好像是她再也不认识了的样子。徐敛眉侧过头，忽然对她笑了笑："鸿宾，本宫有事托付你，你可答应？"

三月，东泽侯举国降徐。

四月，齐国在东泽、徐与齐的边境上增迁屯戍二万人。南吴四郡郡守连兵而反。

五月，丰国、蒙国和燿国降徐。西凉国主来徐探望。齐国向西北吞并幽。

六月，楚国遗老拥立某婴姓男子为王，聚众万人，一举夺下原楚国国都绉城。滇王朝于岑都。

在这个冰封的冬季之后，天下仿佛是突然间动荡起来，而已经得到天下半壁江山的徐国，就在这动荡的旋涡中心。

七月朔日，百官朝会于岑。徐国公主宣布，徐公将称王。

柳斜桥站在奉明宫后殿的城楼上，炎炎夏日里高处却刮着冷风，将屋檐下的铁马吹得叮咚乱响。他隐约可以看见前殿的阴影后边，那许多密密匝匝俯首称臣的身影，一个个高冠博带，呼声遏于云天，似乎他们真的相信，他们所称颂的那个人就是天命所归。即使她是一个身怀六甲的女人。

柳斜桥不敢想，同样是这个女人，在一年之前，还曾带着羞涩的温柔凝望着自己。他更加不能想的是，那样的一个女人，原来是被他自己亲手推开的。

其实在怀胎五个月的时候，徐敛眉便感觉到了腹中生命的动静。

也许做母亲能让人变得平和，她在杀伐决断的同时，已经几乎不再发怒，即使大臣的谏言十分刺耳，她也能带着笑聆听应对。

回到鸣霜苑里，春日的烟柳桃花，夏日的小荷彤云，总是伴着那个人的微笑。虽然她没有刻意禁制他，他却也再没出过鸣霜苑一步。

据眼线来报，在鸣霜苑里，他连同鸿宾、燕侣都不曾再说过一句话。

男人的温柔是极容易让人沉溺的那一种。当她在深夜看奏疏时睡着，他会过来轻轻地将她抱回房间里去。他查阅许多胎产经，按上面的说法为她下厨熬药煮菜，看着她一口一口地吃下。有时她被孩子闹得睡不着觉，半夜里痛得汗水涟涟，他会惊醒起来，点起灯烛，她便能清晰地瞧见他眼底惊慌的关切。

柳斜桥会小心翼翼地抱着她的腰，将耳朵贴在她的腹部，眼睫毛微微垂落，若有所失地道："早知如此让您辛苦……我不会那样……"

虽然做了这么久的夫妻，当他这样亲近的时候她总还有些情怯，便拿手推他，嗫嚅着道：“你何必总这样说……”

他笑了。

“我不求您原谅我。”他道，“可我们还有一辈子啊。”

看着他露出那久违的笑容，她恍惚了一瞬间，心田上像是下了雨，涟漪数点，飘忽而没。

悉心养了数月，徐敛眉胸口上的刀伤已经见好，然而那伤处敏感，当结痂脱落之后反而痒了起来。

她起初不容柳斜桥靠近，只让鸿宾燕侣给自己换药；然而到深夜里，有时痒得狠了，忍不住要伸手，却总是被他一把拦下。

床帘微微一晃，他将身子侧转过来，黑暗里，她仿佛还感觉到他的一双眼睛专注地发亮：“伤口很疼？”

她摇摇头，软软地道了句：“痒。”

柳斜桥愣了一下，然后轻轻放开了她的手，小心翼翼地从她宽松的衣襟底下探过去。他屏住呼吸听她的反应，原想着只要她不高兴自己便即刻停手，可她却好像没有拒绝。

他只听见她的呼吸声越来越急促，又或许那本是他自己的冲动。他生怕惊着了她，可他自己的声音也明显染着羞涩：“御医说，这里……痒，都是寻常的，只要您的伤口在好转……便没有大碍。我给您揉一揉，好吗？”

她咬着嘴唇点了点头，然后才想起黑暗中他或许瞧不清楚，但她却绝不愿意说出口来，便索性同他僵持着。他耐心地等待她回答，手指忽然滑过她小腹上的肌肤，却逼出她一声呻吟。这种熟悉的呻吟，一时间让两个人都乱了手脚。

柳斜桥几乎是立刻弹了起来，既不愿让她知晓自己已经动了欲念，又不愿意在冲动之下再次伤害到她，手已经伸到了床帘上打算下床去。她也是不知所措，慌乱之下，却一把抓住了他的手腕。

“不要走。”徐敛眉说。

柳斜桥只觉得自己被她抓住的手腕上好像燃了一圈的火焰，摧枯拉朽地烧进了他的胸腔里。他根本不能抵挡这样的她。

他闭上了眼睛，深呼吸几次，回来坐好，轻轻扶着她坐在自己的身边，一只手揽着她的肩，另一只手轻轻给她揉着伤处。她羞得整个人都缩进他的怀里，还将被子拉得极高，然而视线被阻隔后，感觉着他的手在被子底下的动作，她的脸上却烧得更热了。

“有没有……好一些？”不知道过了多久，终于，柳斜桥沙哑的声音问。

徐敛眉极低、极低地“嗯”了一声。他的手抽回来，她的心中竟然浮起些羞耻的失落。他护着她躺好，自己却仍下了床。

“你去哪里？”她浑身倦得发软，又似乎是舒服得发软，也不拦他，声音里似能漾出数重的云水。

“去……去沐浴。”他说。

闻言，徐敛眉将整张脸都埋进了被子里。

怀胎将近八月，她的腹部已经隆起，宽大的衣衫也难以遮挡，而且总是腰酸身乏，徐公时常劝她不要太累，称王虽然是头等大事，但他也并不是非得要天下一统的。

“我也不想要了，父君。”徐敛眉在父亲的膝盖上休息着，声音懒懒的，显然还未从劳累中恢复过来，“可我最近，总想起自己在祖父床前发的誓。祖父却没有告诉我，这是件一旦开始，就停不下来的事情。”

徐公抚着徐敛眉的头发，露出她那肖似其母的侧脸，叹了口气：“你是个孝顺的孩子，总是记挂着家里的人。可你自己开不开心呢？阿敛？”

她抿了抿嘴唇，不说话。

“你为了你母妃，对祖父发下那样的誓；又为了我，将自己折腾得这样劳累。做父母的，心里却并不是很开心啊。”

徐敛眉突然抬起头来，愣愣地问道：“你们……你们不开心？”

“我只恨我自己无能。”徐公慢慢地道。

徐敛眉咬紧了嘴唇。

“当初……”徐公叹息着道，“我们在列国间屡屡受辱，我确实很想让徐国强大起来……可我不曾想让无辜的人受这冤孽。更何况，我不曾想让我的女儿，为了背负我这个无能父亲的仇恨，而去牺牲了自己。”

“我哪里有什么牺牲？”徐敛眉勉强笑了起来，“我不是终于有了柳先生了吗？他如今对我这么好，我们还有孩子，您便不必再担心了。”

徐公静静地凝视着徐敛眉：“你可莫要瞒着我。”

徐敛眉撑着身子站了起来，笑道：“我哪里会瞒着您什么事呀？”

见徐公不接话，徐敛眉忙道：“他对我很好。”怕徐公不相信，加重了语气，“真的，我……我觉得足够好了。”

“若是他负了你，”徐公一字一顿地道，“你也不必难过，你总可以回到父君身边来。”

“是。”徐敛眉虚虚地行了个礼，笑得双眼弯成了月亮，“若是柳先生负了我，我便回到您的身边来，伺候着您，一辈子再也不嫁人了。”

徐敛眉陪徐公用了午膳，出得上宫时正是日头最烈的时候。她回到鸣霜苑，却是去了鸣霜苑的厨房里。

“去年驸马做的那条鱼，您还记得做法吗？”徐敛眉将外衣脱下，换上了粗布的袍子，又将袖子卷起来，煞有介事地问张大娘。

张大娘原本有些痴傻，此刻看着徐敛眉，还道她是小时候的那个姑娘，一脸慈爱地要去摸她的头。她尴尬地接受了，但听张大娘笑道：“殿下是何时有了驸马的，大娘竟然都不知道哩！”

徐敛眉看着这个笑得温厚的老妇人，心中一时感到难过。有多少像张大娘这样的平民百姓是被上位者的争斗害了一辈子？可她仍然对着自己笑，全然忘了是自己害得她成了这副神志不清的样子。

“大娘您忘了，这可是我的第六个驸马了。”徐敛眉笑了一下。

张大娘呆了一下，然后自己敲敲脑袋，咕哝着道：“啊，是……您是说柳先生吗？”

“正是。”徐敛眉浅浅地一笑。

张大娘将手在衣襟上擦了擦，去灶台底下的小橱里拿出一只钱袋来，对徐敛眉道：“柳先生是个好人，上回他央我给殿下熬些粥，就塞了我这么多钱……我本是为殿下家做工的人，哪里还能另外收钱？他却不听，只说要谢谢我。我一个老婆子，却不知道他谢我做什么。殿下不如将这钱拿去还给他……”

徐敛眉将她递来的钱袋推了回去：“驸马既然给您，便有他的理由，您就收下吧。”

张大娘愣了一下，好像不认识她了一样：“那……那就谢，谢殿下赏。”将钱袋收好，又将手擦了擦，“殿下您有什么吩咐吗？”

“我要学做鱼。”徐敛眉说。她的笑容虽然淡，眼中刹那间闪现的清亮光芒却是真的，那道光芒让她平素显得过于凌厉的容貌一时柔和下来；若说平素的公主美丽得让人仰视，那么此刻的公主便是美丽得让人心生眷恋。

忙了一整个下午，坏了四条鱼，终于做出了她尚算满意的一盘。她总记得当初柳斜桥那盘鱼的味道，而且还觉得自己做的无论如何都有些缺欠，但看厨房里满地狼藉，张大娘也累得够呛，她也只好作罢。

小心翼翼地将鱼放在膳盘里，又配上两道小菜和清粥，她想了想觉得还缺了什么，转身去拿出来一壶酒；再转身时，却被一个声音吓得手一抖——

“您在做什么？”

“哐啷”一声，诱人的晚膳全被打翻在地。

柳斜桥站在厨房门口，微微皱着眉看厨房里的腌臜，那不解又关切的模样在暮色里平白显出些无辜的温柔来。

徐敛眉稳住自己，无奈地低头看地上的那条鱼和那几盘菜。倒是那把银酒壶不会碎，在地上转了个圈停住了。

柳斜桥从那堆奇怪东西里看不出所以然来，只道：“您这是……要喝酒？您不能喝酒……”

徐敛眉一时没了兴致，绕过地上的乱七八糟往外走：“只是想给你做顿饭……”

“哪里需要这样着急。”他一听，语气却急了，“您这是站了多久？您便不知晓累的吗？想吃什么就同我说，您这是折腾什么？”他甚至都没有再看那条鱼，他甚至都不知道那是一条用他做过的法子来做好的鱼。

如此想着，徐敛眉又觉得柳斜桥说得有道理，自己虽然素来身体健康，可此时也难免从胸腔里都泛出些酸疼来。她回转身道：“你忘了今日是什么日子了？”

柳斜桥一愣，想了想，恍然大悟般地道：“是七夕啊。”

徐敛眉看着他笑，自己也笑：“说不得，只好让张大娘再辛苦一下，给我们做份晚膳了。”

柳斜桥觉得徐敛眉今晚有些奇怪。

吃过了晚膳，她又要他好生准备一番，要拉着他出去看七夕的灯会。待他沐浴出来，却见她已经穿上了一条鹅黄色的襦裙，袖口绲着月白色的边。她坐在妆台前歇了一会儿，从青菱镜里看见他，轻轻地抿上了口脂。

柳斜桥愣愣地走过来，见镜子中的女人朝自己眼角微挑，妍冶之中带出一股英气，心神一荡，手便不受控制地穿过她长发挽起的斜髻，拨弄得珠钗轻轻地颤响。他的手抚上了她的锁骨，仿佛下一刻就要挑开她的衣衫了，她却忽然一个转身站了起来。

他的手便缩了回去。

她笑起来，低头整理了一下裙子上的褶皱，又皱了皱眉：“总是让他们找件大些的衣裙来，也没有法子了。”

徐敛眉被襦裙遮着腹部，反而还透出些娇憨的情态来，像个十多岁的少女一般。柳斜桥的心中隐约一动，他过去未尝见过她十多岁的时候的样子，她把那份青春分给了徐国和前三个丈夫。如果他早一些遇见她，或者如果他的父王不曾拒绝徐国的婚盟，如今的他们，会不会有所不同？

“您今日怎么了？”柳斜桥轻声问，“御医说了，眼下正是要紧关头，您可千万不能累着……”

“一个孩子尚且累不着我。”徐敛眉轻笑道，“先生有那个工夫，不如多想想给孩子取什么名。”

两个人说话间，鸿宾已经来通报：“车马都备好了，殿下。”

徐敛眉一愣：“我没让人备车。”

柳斜桥再也忍不住，俊脸微红，低声道：“那是因为您胡闹。难道您还要走着去吗？”

“啊，”徐敛眉恍然大悟，却并不在意似的，反还朝他嫣然一笑，“还是先生想得周全。”

说着，她抓着柳斜桥的手放在自己的小腹上，轻声道：“先生，我猜这是个男孩，他总在我肚子里摔摔打打……”

“那您疼不疼？”他隐忍地看着她，她却将他的手握得紧了些：“你可以感觉得到他。”

徐敛眉的脸色平和，夏夜的星光之下，仿佛流转着静谧的光晕。她低着头安静地看着他，这一个瞬间，他感觉到了自己掌心底下那陌生而稚嫩的脉动，一时竟怔忡起来了。

两个人从府中相偕而出，夜色已深了下来，街道上却还腾着白昼里的热浪，宵禁撤下，行人也多了起来。马车摇摇晃晃地行到热闹的街市口停下，柳斜桥掀帘看了看：“我到徐国来后才知道，原来徐国人过得比其他国家的人都要快乐些。”

透过那半卷的车帘，徐敛眉已经听见了喧嚣之声，人们穿梭在街衢浮灯之间，黑夜在灯光中旋转出无穷的重影，带出一径幽深的燥热。

柳斜桥回头来，神色里是为难的纵容：“这样多的人，还是莫下去瞧了吧。”

徐敛眉回过神来，笑一笑，回身靠着车壁上的枕垫：“那便听你的，不下车了，直接去河边吧。”

柳斜桥对外边吩咐了一句，马车再次起行。已经走得极慢了，却还经常因为路上的行人而停住，而每次稍有颠簸，柳斜桥都会下意识地将手臂伸过来挡在徐敛眉的前方。

徐敛眉抬眼看柳斜桥，他却恰好也看了过来。她唇边的笑意还未散去，此时似乎终于觉得倦了，身子悄悄地往他那边靠了过去。

柳斜桥的肩膀僵硬了一下，才得以安然地接纳她的依偎。她总是在他以为已经掌控了全局的时候，冷酷地抽身而出；又总是在他以为已经失去了她的时候，沉默地给予他想要的。

“我的祖父虽然为人苛刻，但教了我许多道理，我从未忘过。”徐敛眉淡淡地道，“他说，百姓其实是很容易骗的，只要给他们衣穿，给他们饭吃，他们就会跟随过来了。他们都分不清楚王族的徽识，天底下三四十个国家、三四十姓王族，他们哪里记得过来呢？”

柳斜桥淡淡地道：“百姓却不是记吃不记打的。贵族固然可以供他们吃穿，然而贵族自己的吃穿比他们好了多少倍，百姓却是心中有数的。”

徐敛眉笑了：“那又如何？他们脚下的每一寸土地都由贵族浴血奋战而来，贵族比他们吃得好些，难道还有错了？”

“那只是因为您不允许他们入伍为徐国浴血奋战。”

徐敛眉沉默了片刻，她大约没有料到在这个问题上，两个人会接近争吵的边缘：“依先生的意思，庶人还应当在军旅中做校官了？”

“殿下，”柳斜桥叹口气，“即便是周武王，亦不以天下易一人之命，这世上为王为霸者又何德何能，竟生来就比庶人高出一等呢？”

徐敛眉抿了抿嘴唇，说道：“……受教了。”

得她这一句话，柳斜桥便知晓她并未听进心里去。他沉默了片刻，也恼恨自己的无趣，取悦她本来就是极难的事，偏偏他还要在这样的节日里谈这样扫兴的话题。好在这时马车停下了，侍从请他们下车，一阵凉爽的风迎面吹来，也就多多少少地缓解了方才车厢内的压抑气氛。

岑河边也是人群熙攘，河面上千万盏花灯映着粼粼波光顺流漂去，亲朋好友一起在河边漫步谈笑，小贩在叫卖着河灯，士女在杨柳小桥畔依偎低语……夏夜悠长，蝉噪虫鸣，河风如轻柔的扇，将两个人的衣服、头发都吹结在一处。

他扶着她走了几步便站住了，犹疑着道：“还是……莫去河边了吧，殿下。”

徐敛眉却道：“你先给我买两只河灯来。”

柳斜桥一愣："殿下要许愿？"晚上拉着自己出来，原来是为了这个？

她看他一眼，他似乎还在懵懵懂懂的，她便笑了："今日是牛郎织女一年一度相会的日子，放河灯原不是为了许愿，是为了让他们在天上找到彼此呀。"

他颇有些不好意思："我却只知道鹊桥。"

她笑笑："银河那么宽，夜又那么黑，总怕牛郎会看不清鹊桥的。"说着便将柳斜桥往那卖河灯的小贩处推去，"去去，给我买来。"

他忽然抓紧了她的手："您同我一起去吧。"

她歪着头看他，忽然笑出了声。像是真的快乐，星星点点的光在女人的眼眸里点亮，浮起，流淌着。他的脸上微红，低下头亦笑了。

游人如织的夏夜像一幕温暖的背景，将他毫无芥蒂地涵括进去，而他就在那辰光里握紧了她的手，低低地笑着，像是变回了那个她从未曾遇见过，却频频闯入她梦里的无忧无虑的少年。

买来两盏莲花灯，待要题写心愿时，柳斜桥却迟迟不动笔，只特意绕过来看她的。徐敛眉连忙拿手拦住了，嗔道："看我的做甚？"

柳斜桥伸出手来，她下意识地一躲，他却为她拂去了肩上的碎叶，笑道："今晚的风有些大，后半夜怕要落雨。"他的声音十分平静，"公主的心愿，我便不看也知晓。"

徐敛眉的眉头微挑："是吗？"

"您的志向远大，怕是要这天下吧。"他负手在后，微微笑着的样子好像自己十分了解她一般。

徐敛眉的笑容淡去，眼帘轻悄悄地垂落："先生自然是懂我的。"

写好了心愿，她提着花灯便要去河边，吓得柳斜桥立刻过来搀扶她，反而害得她险些跌倒。她没好气地看着他道："你这样紧张，才会让我出事吧？"

柳斜桥讷讷地收回了手，她才瞧见他的河灯上仍是空空无字，奇怪地问道："先生不许愿吗？"

他抿了抿嘴唇，道："我没有什么想要的。"

她沉默地凝视着柳斜桥，也许过了很久，也许只是片刻，她开口道："那也无妨，我们一同将它们放了，让牛郎织女相会吧。"

徐敛眉没法弯腰，柳斜桥将两个人的河灯一同倚放在河岸边，趁她未曾注意，他抬眼偷觑一眼徐敛眉的河灯上所题的字："愿家人安好，再无仇怨。"

他的心头突然一动，连着手指都在痉挛，然而伸出去的手已不可挽回，只是轻轻地一推，那两盏相依相邻的灯便轻飘飘地随水流漂荡而去了。他站起身来，望着那柔和的灯影在无边的、昏暗的河面上漂流，时而相并、时而分开，而只是一个晃眼，他就再也分不清哪两盏才是属于他们的花灯了。

身边的欢声笑语依旧，天上的鹊桥银汉依旧，女人在三尺之外凝望着他，仿佛想从他的眼底找寻出什么，又仿佛只是在等待他先开口说话。

柳斜桥低着头，一步步地往回走。见她拢了拢披帛，他将自己的外袍脱了下来给她披上。

“南方有句老话，不知道您有没有听过。”他一手揽着她，加了些南人腔调的话语温和地呢喃在她的耳畔，像是古老梦里的回响，“河边冷，河风吹老少年人。”

她道：“若是我们当真就这样老了，该有多好。”

他笑笑。

“先生很想要这天下吗？”她忽然问道。

柳斜桥一愣：“殿下为何如此问？”

“因为我除了这天下，也没有其他的能给你了。”徐敛眉道，“你为何还要留在我身边？”

他彻底地僵住了。

就在这时，天际耀出了一道绚烂的光。在游人的欢呼声中，一朵璀璨的烟花在高空中绽放开，万古之中，那么短暂的一个刹那，它在所有人面前，耗尽了自己所有的华彩，然后坠落下千万条银光，宛如流星匆忙滑过这尘世。

徐敛眉的手轻轻覆住了柳斜桥的眼睛，她的声音很温柔，温柔得几乎没有了底气：“你爱我，我便给你这天下。你要不要，柳先生？”

他的嘴唇微微动了一下：“我一直……是爱您的。”他看不见她的表情，在这片刻黑暗里，他没来由地感到慌张了。他不该说出口的，他们本来就是在玩一个缄默的游戏，谁先开口，谁就输了。

然而他的唇却突然被她封住。这似乎是她第一次主动地吻。初时如羞涩的半开的花，还在轻轻地颤动；然后她就用了力，他稍一恍惚便被她侵入进来，带着冷酷和傲慢的气息，在他的唇齿之间炫耀着自己，摧枯拉朽，毫不留情。他的手握住她的腰身，想掌控局面却无法争得过她，心头像被沸水浇了个通透，极热，又极潮湿。她闷住了他，逼迫他的回应。于是他只有回应。婉转地取悦，放任地沉溺，仿佛只要他能做好这一件事，她就能彻底明白他的心意了——

天际的余光犹在，仿佛亘古里溢出的灿烂，连灰烬都那么灼烫。乱世里的人们在欢呼，因为至少这一夜，他们安全而幸福。

“柳先生，”徐敛眉忽然挣开了他，将额头与他相抵，直直地盯着他道，“待这个孩子生下来，你便带着他……”

柳斜桥突然就不知道该如何呼吸了，双手在她的腰间扣得死紧，骤然睁开的双眼里全是她眼底嶙峋的冷光，像深渊里无数根孤独的刺。她停顿了一下，继续说道：“你便带着他去——”

“殿下！”

突然间，一声惊慌的低喊打乱了这个压抑的夜晚。

易初一身甲胄纵马奔驰过来，一路惊散了河边的许多百姓。他见了二人立即翻身下马，压低声音叫出口：“殿下，请您速速回宫！”

徐敛眉抬眸望了一圈四周脸色惊慌的百姓，低声道：“何事？”

“殿下，”易初急忙说道，“是东泽、东泽国反了！”

徐敛眉慢慢地将柳斜桥放在自己腰上的手扳了下来，低头，拇指静静地摩挲过柳斜桥指间的茧，又抬头看了他一眼。

这一眼，竟让柳斜桥寒到心底里。方才的霎时间旖旎好像从未发生过，女人似乎突然就变成了一个遥远而陌生的幌子。

“回宫。”她冷冷地说，转身便走。

“你——”柳斜桥忍不住道，“您小心一些，马上就——”

然而无人再搭理他，易初猛一挥鞭，马儿起行，过不多时，便将节日里快乐的人群都抛在了身后。

烟花终于燃尽了，徐景公十二年七月初七，岑都终于陷入了无边的黑夜。

周麟等人已候在奉明宫外。徐敛眉吩咐易初驾车带驸马先回鸣霜苑，自己走上了奉明殿的台阶，衣摆冷冷地掠过一众文臣武将的身畔：“都进来吧。”

数十支高烛照彻暗夜，长长的舆图在大殿上摊开，几匹铜铸的小马被推了上去，齐国、东泽、楚国和南吴，连成了一条线。

东泽不是莫名其妙就来捋徐之虎须的。它有盟国，盟国还不少。

“驸马！”易初将柳斜桥送到鸣霜苑的门口，自己也下车，喊了他一声。

柳斜桥转过身来，冷漠地看着易初。

“驸马，请你，”易初艰难地道，“请你不要再欺骗殿下了。”

柳斜桥眸中的光芒变幻，神色却更加淡定：“易将军的指教，恕在下愚钝，不能听懂。”

易初道：“殿下……殿下她知道你在做什么，你这样执迷不悟，只能是害人害己……”

“她知道什么？”柳斜桥寂寥地一笑，“连我自己都不知道我在做什么，她又知道什么？”他的眸光一动，冷了下来，“倒是易将军您，在城中的百姓面前大叫大嚷，您有没有想过后果？”

易初一愣，面色泛出羞赧的红，往后退了半步，却不肯认错。他就算有错，又跟这个男人有什么关系？

柳斜桥却一步逼上前来盯着易初，声音如铁线一般冷而微妙：“易将军，在下不管您心中在想什么，公主既然信赖您，就请您竭忠尽智，保护好公主。”

“这我自然知道……”易初欲辩解，却又被柳斜桥打断：“知道就好。东泽的背后是齐国，徐国若忙于对付东泽，齐国必从其他地方乘虚而入，易将军常年掌管岑河守备，须得留意一二。”

易初浑身一震：“你是说，齐国会从岑河……”心念电转之间，却见柳斜桥的神色隐忍，眸中闪烁着痛楚。易初喃喃着道，“这些话，你为何……不自己去同殿下说？”

柳斜桥道：“我的话，她不会听的。”

易初惶惑地点点头：“我……末将明白了。”

“东泽只是打头阵的，齐国的冯皓还等在后面。”卫尉高荣指着舆图道，“他们不从东边、南边进攻，反而从北边侵入，一夜之间便推行百里。”

徐敛眉的话音没有丝毫波动：“我们将很多兵力布置在南吴四郡应付叛乱，加上西凉和滇国都是我们的盟国，他们自然只能从北边侵入。”

“当初总还以为东泽是真心归顺。”周麟叹息着道，“所幸殿下英明，留了个心眼……”

“东泽必反，本宫在年初便知道了。”徐敛眉的嘴角微微勾起，就在这时，易初匆匆赶来，徐敛眉将一匹铜马推向东境，“虽然如此，我们仍必须守住东境，那里才是东泽国的命根。”她停顿了一下，又道，“易将军。”

易初一愣：“什么？”下意识地便道，“殿下，末将只怕……”

“如今岑都的武官里，你的品衔最高。”徐敛眉眯起了眼睛，“易将军是想临阵推卸？”

易初挠了挠头，他实在不是推卸，而是不敢相信公主会将这样重大的任务交给有嫌疑的自己。这时旁边的姜闵插嘴了：“老臣以为，不如先让褚将军他们从南吴撤兵回来专心应付东境，如今畿内空虚……”

“那南吴如何是好？”有人问道。

“上回殿下不是说了吗，”姜闵斟酌着看了徐敛眉一眼，“让驸马去南吴……”

徐敛眉抿了抿嘴唇，不接话。

“说来，东泽选的这个时间也有些蹊跷。”周麟眉头深锁，又道，“便是这岑都里，知晓您……怀孕的人也并不多，东泽国赶在这时候闹事，好像是算准了……”

徐敛眉的眼皮一跳，她冷冷地道：“东泽一个区区侯国，不过是傍上了齐国来趁火打劫，敌军尚还在边境上，你们竟然便担心起国都来了？一个两个惶惶然如丧家之犬，莫非是当真不相信本宫了吗？就算本宫一步也走不动了，也还有世子！”

众臣吃了一惊，都慌乱地跪下：

“是臣等考虑不周！”

“臣等不该长他人志气！”……

忽然，姜闵跪了下来，花白的胡子垂到地上，他沉沉地叩下头道：“殿下，臣等请由世子出战！”

第十三章 惊梦后

姜闵这一声喊，众人都齐齐地附和起来：

“是啊，我们还有世子！”

“驸马可以去安抚南吴，让褚将军他们尽快回来，悉听世子调遣！”

“世子神威天纵，战无不克，区区东泽，何足挂齿！”

便连易初也恳切地道：“殿下身子不好，也是时候让世子担起责任了！”

……

世子……

幸好我们还有世子。

说着这样的话，每一个人的脸上都显现出了盲目的斗志。

十多年了，徐国经受了多少次内忧外患，都由徐氏兄妹带领他们不回头地走了出来。他们终于明白，这一次也无须慌张——即使公主身怀六甲，但只要还有世子，公主似乎便不那么重要。

灯火在徐敛眉的眼底耀出千万层重影，像在深而又深的河水底下透进来黎明的光，所有的声音隔了虚幻的水流，都变成一团团吵嚷的迷雾。徐敛眉的身子晃了晃。

“你们都停下！”徐敛眉身后的鸿宾突然大喊，一步上前扶住了她，急忙道，“殿下？殿下！”又对众臣怒道，“殿下如今不同以往，你们纵然是元老重臣，也不该在怀胎八月的女人面前吵吵嚷嚷吧！”

众人都是一愣，一众老的少的大男人竟然被一个娇弱的侍女说得老脸泛红。

易初动了动嘴唇，想辩解却发现，自己方才和这些庸俗的男人一样，也在叫嚷。

徐敛眉扶着太阳穴，闭着眼睛，很久，终于在鸿宾的帮助下站稳，腹中一阵一阵的绞痛却让她连声音都在颤抖："本宫……本宫会让世子出战。"她突然睁开了眼睛，"但这挟君自重的把戏，你们是从哪里学来的？"

大殿上一片死寂。每个人的表情都不一样。有的困惑，有的惶恐，有的不甘，有的焦躁……他们一直知道公主与世子之间融洽得几如一人，但在这人人自危的时刻，他们望向公主的眼神里已多了些不信任。

——公主为徐国鞠躬尽瘁这么久，却也把世子藏了起来这么久，谁知道她到底是为了徐国，还是为了自己的权力？

——她对那个姓柳的驸马似乎颇为在意，总觉得她比起过去，已经变了……

——毕竟公主是个女人。就算她文韬武略，她也到底会嫁人、会怀孕——她到底会心软地服从于别的男人。她到底比不过真正的世子。

——毕竟是个女人。

徐敛眉一一望进他们的眼底，脑中却不受控制地想起很久以前，那个男人曾说过的话："那等到世子娶了妻子，得了小世子，而殿下依旧大权在握，你们仍然不会发生争吵吗？"

"殿下，在下伐楚的提议，便是诚心为您的未来着想啊。若世子将来同您——您总要有力气自保。"

"那不如让世子与您易地而处，您去冲锋陷阵？"

徐敛眉用力地闭了一下眼睛，再睁开眼睛时，已是一片清明。

"都回去吧。"她的话音清冷如夏夜的雪，"一点小事，就让你们慌成这样。周相国、易将军留下，其余人等，"她将手指敲了敲桌案，一字一顿地道，"都给我回去安心睡觉。"

夏夜的奉明宫，灯烛彻夜未熄。蝉鸣一声声透过黑暗的树叶传来，风将廊檐上的提灯吹得哗哗作响，飘动的帘帷之外，阴云遮住了月亮，反而让天气显得越发闷热难耐。在舆图和沙盘上的厮杀像是幻化出了真实的风沙，以致徐敛眉走出大殿时，仍觉得眼中酸痛。

齐国……东泽国……楚国……范国……夏国……南吴……

徐敛眉仿佛能看见千万里土地上燃起的一丛丛烽火，可待她再定睛看去，却发现那不过是车壁上悬着的灯罢了。腹中孩子的踢闹始终不曾停歇，她将手放在腹部不停地抚摸着，口中安抚的小调因疼痛而变得咬牙切齿。

鸿宾紧张地看着她："殿下，莫不是……"

徐敛眉疲倦地摇摇头："我不知道。"她低头看着自己的腹部，五脏六腑都在翻搅，她的眼神却平静如港湾。

鸿宾的目光充满担忧。公主显然是珍惜这个孩子的，不论她是多么口是心非……

"这调虎离山，倒是一条好计。"徐敛眉忽然开了口。

鸿宾低声道："殿下总要先将孩子生下，再、再出征……"她和燕侣不同。她是从小陪着公主长大的，她知道公主几乎所有的秘密。她也知道公主刚才对着群臣许下了一个不可能实现的诺言。

徐敛眉却好像没有听见她的话，伸手揉了揉太阳穴，闭着眼睛道："本宫手头的兵大多在南吴，东泽却在北境弄兵，目前安稳的只有西边，本宫若从西边抽调，却又拿不准范国的态度……呵，"她笑了一下，"还真是给本宫设了个好局。"

鸿宾不知如何开解徐敛眉："好在殿下早有预料，东泽会走北边……"

"我何尝能预料到他们会走北边，"徐敛眉的笑容很薄，"那些话都是诓他们的。过去的事情到底都过去了，我这样说，是给他们些信心。"

小腹的疼痛越发剧烈，徐敛眉渐渐咬紧了牙关，身子向后靠在了车壁上。鸿宾拿巾子给她拭去额头的汗，担忧地看着，却听她从牙缝中迸出几个字来："我何尝能预料到……柳先生有这样狠的手段。"

鸿宾愣住。

"南吴那边，褚将军已经传来消息，那些人是被南吴王族的旧人所煽动的……"徐敛眉惨笑一声，望向鸿宾，"你还不知道吧？柳先生花了十多年做一个局……只是为了让我身死国灭啊。"

鸿宾凄惶地唤了声："殿下……"却不知道该说什么好，只是含泪咬牙，盯住了徐敛眉的裙角，"殿下，您先坐好，我们马上，马上就回去了……"

血。鲜血从徐敛眉的裙底渗了出来，在昏暗的灯光的反照下变成漆黑的夜色。

徐敛眉闭上了眼睛。她从未觉得从奉明宫到鸣霜苑的这条路是如此漫长。马蹄声孤独地响在沉沉的夜里，车檐上的悬铃在风中呜咽。应该是要下雨了，却迟迟落不下来，草木在晦暗的梦境中摇摆，仿佛都在焦躁地等待着雨水给个痛快。

柳斜桥还会在鸣霜苑里等着自己吗？就像他过去这些年所做的一般？他那么平静安稳的一个人，似乎还从来没有当真地惊慌失措过，就好像他已经可以把她玩弄于股掌之间，那般地胸有成竹。

是啊，他明明知道她不信任他，明明知道她已经掌握了他的行踪，可他仍然有恃无恐——这又有什么不对？她明明已经将天下形势都算得清清楚楚，却仍然、仍然想要相信他，这不就是她的错吗？

天上突然炸裂几个惊雷，像隔夜的烟花轰响在耳畔，只剩了狂躁的回声。腹中的胎儿像是受了雷声的惊吓，在这时却越发不甘心地闹起来，徐敛眉的一只手抓紧了车窗，另一只手将腹部的衣料绞成了一团，冷汗从发鬓间涔涔流下。

为什么没有在一开始就杀了柳斜桥？她问自己。为什么如今明明已经痛苦成了这副模样，却还是不曾后悔自己得到过的那些虚无缥缈的幸福？

这个时候，柳斜桥已经将要成功了，可他还会在鸣霜苑里等着自己吗？他还会将那些独一无二的温柔给予自己吗？

明明是件极疼痛的事，可到了此时，却仿佛只能感受到身处荒野的空虚。如果没有伤害、没有利用、没有阴谋、没有背叛，那她又如何才能留得住那个男人？

"——啊！"公主咬紧了牙关，痛呼出声。

鸿宾大惊失色，辇车却也正在这时候停下来，鸿宾还未及说话，就见公主一只手抓着车辕，摇摇晃晃地走下了车！

"殿下！"鸿宾追赶过去扶住她，天上却骤然一道闪电劈落下来！像是一闪的刀光劈裂了黑暗，在带来鲜血和死亡的同时，也带来了黎明。

徐敛眉艰难地抬起头，看见柳斜桥仍旧等在鸣霜苑的门口，一袭青衫出尘如洗，在一刹那间照彻天地的光耀里，他神色关切地朝她望了过来，那眉宇间的沉默仿佛千山的温柔，转瞬间却又隐没在了滚滚浓云暗雾之中。这就是她爱的男人。她爱得那么卑微、那么暗淡、那么小心翼翼，可他仍然一言不发地站在那个地方，她无法再靠近一步。

豆大的雨珠突然砸了下来，像是从天边那豁开的云层缝隙里劈开了一道口子，在天地间拉下来一道轻狂的大幕——

"殿下！殿下您怎么了？"鸿宾的声音忽远忽近，徐敛眉往前走了几步，脚下突然一滑……

"殿下！阿敛！"徐敛眉好像听见了男人慌乱的脚步声，慌乱的像是再也来不及的一场追赶。

大雨瓢泼而下。

大雨。

"去叫御医！"柳斜桥抱着流血不止的妻子奔到房中，对外面厉声嘶喊，"快去！"

半昏迷的徐敛眉躺在床上，手紧紧地抓着柳斜桥的手腕，就像溺水的人抓着救命的浮木，那么用力，甚至于在他的手腕上抠出了红痕。他深吸一口气，慢慢地、一字一顿地道："阿敛，你醒醒。"

徐敛眉紧抿着嘴唇，仍旧是那副他所熟悉的倔强模样。她不肯醒。

"阿敛，你必须醒着面对这一切。"他说，"你不能这样，你不能抛下我……"声音在颤抖，脆弱地融化在哗啦灌进来的雨水之中。

"驸马，这边请交给我们吧！"老御医来了，许多个下人也来了。柳斜桥道："拜托您了！"老御医沉着脸不答话，柳斜桥仓促地拉了一下徐敛眉的手，给他们让出了位置。

庭院中风雨哗然，草叶翻飞，夏夜在一瞬间就变成了秋的模样。御医和下人们匆匆忙忙地来来去去，每个人都神色凝重，露出焦头烂额的表情。未过多久，徐公也气喘吁吁地赶过来，守在了偏厢房里。房中时而传出凄厉的呼喊，柳斜桥想冲进去看她，却被人推搡出来——

"您就不要来添乱了！"鸿宾瞪着柳斜桥，旋即又跑开去。

大雨倾盆的游廊上，连天雨幕之下，他一时竟有些呆住。

所有人，满脸焦急，为他们的公主而担忧着。可他，她的丈夫，却竟然只能站在角落里看着，没有为她担忧的资格。

雨声如千万条蛇在树叶间爬行，窸窸窣窣抖落出无数潮湿黏腻的声响，又随风沾落在他身上。

没有人把他视作自己人。就连这个丫头——他过去都未觉察到——原来对自己也有这样深的敌意。

异国的来客啊，你为什么还要停留在这里？

"燕侣呢？"他听见鸿宾在屋外惊慌地喊，"这样要紧的时候，她却跑到哪里去了？"

"殿下！殿下用力！"

几个稳婆和女医团团围在床边焦急地呼喊着，她们身后帘帷翻响，是无数人在走来走去。徐敛眉的眼前仿佛都被汗水糊住，她什么都看不清楚了，那煌煌的灯烛照进来，都像是隔夜的鬼影——

"殿下！殿下您醒醒！御医！"

"殿下！醒醒，用力啊！"

"主君！去找主君！"

老御医惊慌地奔到偏厢房来，扑通一声跪下了："主君！如今……如今情形凶险……”

徐公颤巍巍地站起来，将铜杖在地上狠狠地敲了几下：“说！”

“殿下……殿下她昏过去了……孩子是寤生的！”老御医战战兢兢地低声嘶喊，“臣来请您示下……是留母……还是留子？”

一道闪电在窗外斩落，像是把窗纱都劈裂了，漏进来风雨重重，将白日永远地沉匿不见。

徐公的身子晃了一晃：“寤生？可看清……”

老御医：“是一位王孙，主君！”

徐公的眼底仿佛掠过了许多复杂的神色，但他做出决定却并没有很久。

“留子。”徐公说。

“——不可以！”一声呼喝骤然打断了风雨，柳斜桥再不顾礼节地闯入进来，雨水顿时挟着劲风倒灌进来，吹得他衣角猎猎飘举。柳斜桥三两步抢上前，拉着老御医嘶声道：“不可以，一定要保住殿下！”

柳斜桥从来没有这样惊慌失措过。仿佛这只是一个混沌的梦境，在这个梦境里他将优雅的面具撕下来了，他低声下气地恳求着那个老人，浑然不觉四周突然涌起的冷峻的沉默。他一把拉过要往卧房去的小厮，沉声道：“不准去！”

徐公冷冷地“哼”了一声：“这里还没有你说话的地方。”

“父君！”柳斜桥用力地闭了一下眼睛，一转身便朝他跪下，直着身子道，“您——您仔细想想，留孩子不如留母亲！如今东泽反叛，战事正紧，徐国需要殿下，天下都需要殿下！可留一个孩子，再等到他长大的时候，徐国说不定已经——”

“这是个王孙！”徐公干涩的声音在颤抖，“你一个外人，你根本不懂……那是我徐国的王孙！”

“可那也是我的儿子！”柳斜桥抬起头来，眼眸中流着湿漉漉的光，“父君，失去这个孩子我会比您更痛苦百倍，但我绝不允许失去阿敛。”他的每一个字里仿佛都夹着刺，无论他说什么都会感到尖锐连心的痛楚，可他仍旧是说出来了，“请您认真想想，于公于私……谁更重要。”

徐公沉默下来了。

“御医！”鸿宾突然奔过来喊道，“殿下醒了！御医，拿药！”

老御医高声应下，蹒跚欲去，却仍不敢定夺地回头看这对翁婿。终于，徐公挥了挥手，声音似乎又苍老了几分：“按驸马说的做。”

“啊——”徐敛眉整个人在床榻上痛苦地翻滚，汗水将发丝粘成了一缕缕紧紧地贴在额头上。她咬着布条，她觉得自己的牙已经咬出血了。她好痛……

“很痛吗？”久远的时空里传来一个苍老而冷酷的声音，“痛便忍着！你既然已经承诺了我，便要做到！”

祖父……徐敛眉睁大双眼，却只看到茫茫虚空，想发出声音，却只剩下脱力过后的痛呻。祖父……可是，太痛了……

祖父却没有立即回应她。许久之后，祖父竟然发出一声温和的叹息：“阿敛，世上的路有那么多，你却偏要选择最辛苦的那一条。你本不是王者之资，你太重感情了，阿敛……”

她愣愣地看着虚空，痛到极致之后，脑中竟是一片麻木。

我……我以为我可以……

“阿敛。”一个低哑的声音忽然响起，“阿敛，想想我。”

你是谁？

“阿敛……我可以不要这个孩子，但你一定要活下来。阿敛，我不在意我能不能拥有你，我只在意你。”

你骗我。所有的脆弱都被最后这句话刹那间逗引出来，泪水涌上了眼睛，她一句话也说不出来，只能苦苦地看着那个幻影。你骗我，你已经骗我太多次了……

“我纵然是骗了你一辈子，唯有这一句话，却不是假话。”

两日两夜。

易初率大军连夜间疾行千里，却在北境有悔山遭遇齐国精锐的伏击，五万大军折损近半。易初收拾旗鼓，然而因为迟迟未等到岑都的指令，穷途之下，自作主张往东北攻袭东泽国驻守的涣城，意外得胜。

第三日清晨，岑都才终于传来消息，却是一份私诏和一份檄书。

檄书明言世子将在十日后出援，褚功明也将在半个月后从南吴回师；私诏则言公主顺利诞下一名男婴，允许军中饮酒同庆。

早产又寤生的孩子，哭声却令人惊讶地洪亮，从早到晚都闹腾个不停，两只小手抓着柳斜桥的衣襟，就没有一刻放开过。

徐敛眉被孩子的哭声吵醒时，便见柳斜桥抱着孩子坐在床沿，好声好气地拍着哄着，好像这个孩子是个了不得的秘密，让他连眼睛都舍不得错开一下。

徐敛眉躺在床头，静静地看着，黎明的微光将男人的眉眼都染得温和了几分，他回过头来看她一眼，笑道：“他总是咬手指，料必是饿了。”

徐敛眉朝他伸出手来。她仍旧很虚弱，好像已经把所有的气力都交给了这个孩子，再也不能维持住自己了。

柳斜桥将孩子小心翼翼地放在床头，又扶着徐敛眉坐了起来，对她轻轻地、宽慰地笑：“让您受苦了，殿下。”

徐敛眉不说话，只是侧过头看着孩子。孩子却也恰好在这时候“呜哇哇”地哭着睁开了眼睛与她对视，清澈见底的眼神，还泛着天真的水光——

徐敛眉忍不住也抿嘴笑了一下。

柳斜桥一直在凝视着她。见她终于笑了，他才松了口气，笑道：“御医都说这孩子命大，哭得比寻常孩子都要响，以后一定会做一番了不起的事情。”

徐敛眉看着孩子道：“我并不需要他做什么了不起的事情。”

柳斜桥道：“他将您累成这样，我很害怕，也很后悔。”

他这句话说得平淡，徐敛眉没有看他，只是咬住了嘴唇。孩子盯着她看了半晌后，突然又哇哇大哭起来，柳斜桥起身去将膳盘端过来：“要不要吃些东西？孩子先交给鸿宾吧，既然他饿了……”

“你先出去吧。”徐敛眉却道。

柳斜桥一愣，然后尴尬地笑了一下：“您要喂孩子？”

徐敛眉的表情没有变化，耳根却红了。他觉得可爱，伸手想去触碰，她却下意识往后缩了一下。

柳斜桥愣了一下，收回手来，低着头，匆匆地道：“我去找鸿宾他们。”便离开了。

鸿宾按徐敛眉的意思将檄诏都发出去后，心中不由得十分惴惴：“殿下，您当真要出征……”

徐敛眉低头看着小床上吃饱发呆的孩子，神色渐渐沉了下来，却不接话，许久才慢慢地道：“本宫几日之前，已经将世子的身份同周相国坦白了。”

“——什么？”鸿宾险些坐不住，大惊失色地道，“殿下您——”

“所幸这是个男孩。”徐敛眉轻轻地说着，反握住她的手，目光渐渐地冷下来了，“本宫出征之后，这后方便只能托付给周相国……和鸿宾你了。”

“殿下！”鸿宾跪了下来，抓着公主的手，仰头哀求道，“殿下，您何必如此……”

孩子恰好在这时朝空中摇起了手，小小的身子在床上翻滚着，口中咿咿呀呀地哭叫着，眼睛望着母亲，好像是非得要她多看自己一眼。徐敛眉轻轻地握住他的小手，与这个不懂人事的孩子对视了很久，才轻声道："柳先生若想要什么，就全都给他吧。"

徐敛眉休息了半个月，柳斜桥也就衣不解带地照料了她半个月。她沉默地看着柳斜桥忙前忙后，开口问道："你这样照料我，能坚持多久呢，柳先生？"

柳斜桥好像没有听懂她的话："自然是一辈子。"

徐敛眉不再说话，只将手指轻轻钩住身边孩子的小拳头。孩子开口笑了起来，好像发现这是个很开心的游戏，只追着母亲的手来玩。

柳斜桥拧了拧毛巾，回头见女人和孩子的关系融洽，一时也眉眼舒展地笑起来。

"来，洗脸。"柳斜桥柔声说着，一手揽着徐敛眉，一手将毛巾递给了她，"孩子的名字，您可想好了？"

徐敛眉擦了脸，摇摇头："你读书比我多，早已说了让你来取。"

柳斜桥道："那便再等等吧。"

"明日是我大哥出征的日子。"徐敛眉淡淡地道，"本宫现下需要去趟奉明宫。"

柳斜桥的动作停住了。

"明日？"他低声道，"您才歇了几天……"

"本宫总要去见见大哥吧。"徐敛眉道，"我们要谈前线的战事，你便不必跟去了。"

柳斜桥抬眼看她，又垂下眼睛："既然如此，您为何不让他到鸣霜苑来同您商谈？"

徐敛眉微微眯起了眼睛。

"……"柳斜桥冲动地说了这样的话，却不知如何接下去，胸臆间渐渐涌上酸涩的情绪。他深呼吸了一次，勉强笑道："我担心您，可不可以，让我陪您一起去？"

徐敛眉抿了抿嘴唇："你还是留下来照顾孩子吧。我不过是去，为大哥送个行……"

"我不是说送行。"柳斜桥忽然抓住了她的手，就好像抓住什么极珍贵的东西，就连那永远冷淡的眼神里似乎也裂开了罅隙，露出了哀求的微光，"我是说……让我陪您，出征。"

徐敛眉猛地甩脱了柳斜桥的手站起来，又往后退几步。

"小心——"他还没叫出口，她已经抓着纱帘站稳，她抬头望向他，嘴唇被自己咬得发白。他的眸光一黯，"阿敛，你这样如何能上战场？"

她咬着牙道："你什么意思？"

"你这样出征去，你打算如何瞒住我？你又要用什么借口？"柳斜桥只觉得心似火煎，“东境总还没有到生死存亡的关头，你何必——”

“你什么意思？”徐敛眉的双眼死死地盯着他，嘶声重复，“你知道了——”

“我已经知道，”他不知道该如何措辞，“没有世子，只有殿下，您一个人撑持……”

“什么？”徐敛眉听见自己虚弱的声音里满溢着震惊和愤怒，胸腔里仿佛被一只恶毒的手攥紧了血脉，让她连呼吸都变得困难，“你……你怎么会知道……”

“……我既然已经是您身边最亲近的人，便总有一日会发现的。”柳斜桥低声道，“我一直未敢同您说，我怕……”

“你又有什么好怕的？”她打断他的话，“你既然早已知晓我就是徐醒尘，为何还要假惺惺这么久？”

柳斜桥惊讶地抬起头。

“怪不得你一定要留这个孩子。”徐敛眉一手指向那小床，只觉得自己的指尖都在发抖，“你就是为了今日吧？就是为了今日，我不得不出征前线，我明明才刚为你——为你生了个孩子！”

“阿敛！”柳斜桥急急地喊着，浅色的瞳仁底下全是痛苦之色，可他却不知道该如何才能表达其万一，“我不是这个意思，我不曾想过……”

“只有我身边的人才知道我怀了身子，而只有参与政事的人才知道我将兵力都派去了南吴四郡。这样加减下来，有嫌疑的人就不超过十个。”她的笑容几乎是凄惨的，“东泽为什么会算好了时间在这个时候进攻？冯皓为什么会算好了时间在这个时候夹击？更不要提南吴那边，到底是谁先挑起的战火？柳先生，我同你夫妻一场，你便是这样报答我的吗？”

柳斜桥整个人僵在了原地。燥热的七月，脚底却爬上来清寒的秋气，不是冰封的冷，却反而如同一场没有尽头的坠落，深渊的四壁都是逼仄的风，没有人可以拯救他，没有。

“你是不是很可怜我？”徐敛眉冷笑道，“如今你可以拆穿我了，你还有了这个孩子，如今你可以得到你想要的一切了！”

柳斜桥茫然地道：“你在说什么？我……我没有……”

“你没有什么想要的？”徐敛眉的笑声听起来像哭，“你若当真没有什么想要的，又为何要这样对待我？我什么都可以给你，你为何要这样对待我？”

最怕的是不知道自己要什么，反而以为自己什么都不想要。视线里的人一脸茫然，让她痛恨的茫然。她却也痛恨这时候的自己，她为什么最终还是忍受不住，竟要说出这样怨妇一般的话？早就在心中对自己劝诫了无数次的，可真到了柳斜桥的面前，却还是觉得忍受不住，所有的委屈，一年、两年、三年的委屈，在他的面前从来得不到回应的委屈，都像洪水一样滔天而来，她连躲藏的地方都没有，就只能任自己被耻辱地吞噬。

柳斜桥上前一步，她却更退后三步。他曾经那么钟爱的那个机敏、温柔和勇敢的徐国公主不见了，取而代之的却是一个凄惨地笑着的女人，像一个疯子，像这世上最可怜的人。柳斜桥低下头看自己的手，他不明白，他做错了什么？至少这八个月，他已经用尽全力去补偿她——也或许一个像他这样卑微、拙劣的人，仍然是配不上的吧？

即使是他的补偿，她也不要。即使是他的心，她也不要。

父母的激烈争吵终于让小床上的孩子“哇”的一声哭出了声。徐敛眉神色动了，似乎想去安抚他，身子却仿佛是被钉在了地上。柳斜桥茫然四顾，他不知道他们之间这是怎么了，好像所有的所有都是一驾南辕北辙的马车，不该贪恋的却流连不返，不该慈悲的却滥施好心，不该停顿的却永远沉默……于是所有的所有，都错了。

“柳先生。”徐敛眉开了口，“你让我觉得，我过去半生戎马，都不过是个笑话。”

“不是这样的……”一字一字，柳斜桥说得很艰难。可他也不知道他还能说什么。言语是他唯一还能使用的东西，如果她始终不相信他的话，他还能怎么办？

“我宁愿我们，”徐敛眉往外面走去，声音已经干涩下来，“从不曾离开过那座下雪的山谷。”

在经过婴儿的小床时，她的脚步似乎犹豫了一下，又似乎没有。

温暖的七月的房间里，日光一览无余，她走了，将他一个人愣愣地留在那里。

七月廿五，世子率岑都近畿禁军出援涣城。

八月初一，将军褚功明也从南吴四郡的叛乱中抽身出来，率师驰援东线。

这一场战事，徐国和齐国双方都打得颇为吃力。徐国这两年来迅速扩张，士卒却也疲于刀兵，何况本来人数不多，只是好在处于徐国境内，打的是防御战；齐国孤儿寡母全力依赖大将冯皓，上下一心，但常年积弱之下，攻坚也非易事。

渐渐地，双方战线越拉越长，竟有了天下大战的趋势。西凉、滇及一众小国都来支援徐国，而大国如郑、越、邶等则都站在齐国一边——他们不是瞎子，看着徐国在短短十数年间一跃而成为天下霸主，他们谁都坐不住。

岑都中的氛围是紧张的。前线的消息总是模棱两可，很少有绝对的捷报传来。东泽是要了一次流氓，徐国大军压来时他们就只管跑到了齐军的盾牌后面。原本计算着只需要半个月便可平定东境的徐国世子终于还是算错了一回，到第二十日上，他仍只能滞留原地等候援军，甚至都未曾与齐军有过一次正面的对决。

第一手战况总是先传到国相周麟处，再由周麟呈给公主。公主甫诞王孙，亟需休养，除周麟外，没有任何外臣能见到她。

只有少数几个人知道，公主根本不在岑宫，而周麟每回进宫汇报，只是去见徐公而已。

偶尔，他也会带着徐公的教旨去一趟鸣霜苑。

鸣霜苑里的枫叶已经红了。风吹过，便如一片片枯蝶在飞舞，又悄然落到了流水上去。

枫树下，流水边，一袭青衫的男人眉目如画，却低头在专心地哄着孩子。

周麟在花廊外停住脚步，看着那个男人一手抱着襁褓，另一手摇动着一只小小的拨浪鼓，襁褓里伸出两只小手，不住地往空中抓着，还伴随着咿咿呀呀的叫声，像是在笑一般。

乳母在一旁轻轻道了声："驸马，有客来。"柳斜桥才恍然大悟，转头见是周国相，带着歉意地笑了一下。那笑意尚未及眼底便消散了，像是本就虚幻一般。

周麟没有笑。他捋着花白的胡子，神色是凝重的。

柳斜桥将孩子交给了乳母，整理了一下被孩子抓皱的衣衫，走过花廊朝周麟拱手："原来是周相，在下有失远迎，得罪得罪。请里边坐。"

"不必了。"周麟淡淡地看了柳斜桥一眼，拿出一张折好的宣纸来递给了他，"这是主君为小王孙取的名字，请驸马看一看，下个月的满月礼上，便会将它定下来。"

柳斜桥将那张宣纸一层层打开，其上墨色饱满浓郁，只题了一个字——

"肇"。

"……'用肇造我区夏'？"柳斜桥下意识地道。

周麟的面上掠过欣赏之色："驸马果然博闻强识。这个'肇'字正是取自《尚书·康诰》，肇者，始也，主君是将天下霸业的始基都寄托在这个孩子的身上了啊。"

柳斜桥停顿了一会儿，淡淡地笑了一下："还是父王想的最好。"转身看向乳母怀中的孩子，"那他便叫柳肇了？"

周麟却道："不，是徐肇。"

柳斜桥一愣，抬起头。

周麟的脸色凝重："这个孩子必须姓徐。他是徐国的王孙。"

柳斜桥沉默了很久。很久之后，他好像才回过神来，苦笑着摇了摇头："我并不在乎这些，但是……”

但是，你们这些年来，就是用这些东西，一直在束缚着阿敛的吗？柳斜桥终究没有这样说。他是个外人，他没有资格。何况这样的束缚，他自己也从未挣脱出来过。

周麟要走时，柳斜桥送他到院门口，若不经意地问道：“不知前线如何了？”

周麟看了柳斜桥一眼，斟酌着道：“公主不曾同您说吗？”

柳斜桥礼貌地笑道：“公主这一向正忙，在下不敢叨扰。”

“那老臣也不便多说。”周麟道。

“……我知道了。”柳斜桥的眸光一暗，“那可否再问一句，公主身边的那个叫燕侣的侍婢，周相可知晓她去了哪里？自王孙出生那日起，她便忽然不见了。”

这原本是一个十分奇怪的问题。

周麟是个外臣，无论如何，也管不着公主贴身侍婢的事。虽然公主身边的几个侍婢同尚书台都颇有联系，周麟的确是知道这个人的，但这样的问题，也未免太离谱了。他不由得多看了这个奇怪的驸马一眼。

后者仿佛是下了很大的决心，连带着脸色也一样苍白，浅色的瞳仁里多了几分悲伤的色泽：“周相，在下有事相告，须得请周相移步。在下只担心……祸起萧墙之内。”

八月初八，世子在归川畔遭遇齐国与越国十万联军的伏击。

第十四章 孤鸿去

燕侣已经很久不曾去找柳斜桥商量了。许多时候，她自己也觉得有些恍惚，不能明白自己究竟想要什么。毕竟那个人的模样在十多年的时间里已经模糊得不成样子，可她却总是记得那个人曾经对自己温柔过。她是南吴世子的贴身侍婢，在她十四岁那年成了他的侍妾。南吴世子是个有勇有谋、英武有为的完美的男人，和他那一无是处的幼弟完全不同。他温柔起来的时候，她就觉得自己好像得到了全世界。

可是那个曾经将全世界的温柔都捧给她的男人，已经离开了十多年了。记忆是一座被重重围困的城，久攻不下，饿殍遍地。她贴着墙根匆匆走过，太阳在她的身上只来得及留下一片干燥暗淡的衣角。

燕侣侧身躲进一处拐角，身后便有人欺了上来。她没有回头去看，只是手心里被人塞进了一个纸团。

“徐醒尘将要撑不下去了。”身后阴恻恻的声音说，“徐敛眉就交给你了。”

燕侣攥紧了那个纸团。

“八月十五，将有一次大朝。”燕侣冷冷地道。

八月初八，世子在归川畔遭遇齐国与越国十万大军的夹击。世子在重围之下鏖战三天，才终于带领三千将士杀出，剩下两万多人，俱埋骨归川……

这个惨痛的消息传到周麟处时，他再想压也压不下来了。八月十五，前来朝会的众大臣都聚集在宫门口，焦头烂额地高声议论着，要等着公主给一个说法。

他们一直等到了晌午，宫门才打开，奉明殿上秋风乍起，是徐公将他们都请了进去。公主却不在里面。

“世子如今到了何处了？冯皓如今又到了何处了？”

“这可是在我们自己的土地上，怎么出了这样的事？”

“公主呢？让公主出来拿主意啊！”

原先还是窃窃私语的，待发觉坐在上首的徐公并不阻止他们，声音就越来越大。都是被国家养得娇惯了的贵族王臣，虽然不敢骂徐公，但对不在场的公主却不那么敬畏了。

“都说够了没有？”周麟站在众人之前，厉声道，“如今国难当头，主君在上，你们却都在想些什么？”

众人沉默了片刻，却反而爆发出更加不满的情绪：

“自古太子不将兵，公主却屡屡让世子出外迎战，如今可出了大事了吧！”

“公主当政这么多年，要何时才还政于世子？”

“牝鸡之晨，惟家之索！如今徐国在天下间孤立无援，就是因为公主以女身当国！”

……

在穷途险境之中，众人的风度、仪节都不见了，他们忘记了公主所指挥的无数次胜利，只看见眼前的这一场惨败。

徐公沉默地看着他们，想起了昨日那个男人说的话——

“什么元老宿臣，信他们，还不如信刀兵。”男人的双眸微微眯起来时，那神态竟然和公主有三分相似了。说来，那个男人……

“公主既然不肯来，那这次大朝也没有意义了！”老臣姜闵哼了一声，甩袖便要走，许多人有样学样，也跟在他的后面，却被门口的卫士拦住。姜闵冷笑一声，“你是什么东西，也敢来拦我？”话音未落，一把刀尖突然从那个卫士的腹部刺了出来！

姜闵当即后退一步，虽然吓得脸色发白，却还是勉强镇定下来，回头朝周麟冷笑。那个卫士哐啷一声倒了下去，鲜血喷涌而出，他身后持刀的人也现出了形——连带着，这大殿的四周，无数的刀兵，都现出了形！

“姜闵！你做什么？”周麟震惊地大喊，“这些是什么人？他们——”他们穿的甚至不是徐国的战衣！

殿上众臣登时喧哗起来，仿佛被关进了笼子里的狗一样都狂吠起来。徐公的手抓紧了御座，苍老的脸上的每一道沟壑似乎都绷紧了。

“都给我冷静！”姜闵抬手道，“冯将军沿岑河逆流而上，一日间驱驰百里，马上就要抵达岑城了！徐国世子早在归川畔被打得落花流水，徐国已经完了，识时务的就站到我后面来！”

大殿上有一瞬间微妙的死寂。

尚且无人敢动弹时，不知道是谁惊慌地叫了一声：“看，看外面！”有人探出头去，立刻被殿外的景象震惊得往后退了一步——天光澄亮，万里无云，明晃晃的太阳底下，这孤零零的一座奉明殿，竟然围满了披坚执锐的兵士！

姜闵说话时，他们已经如潮水般涌上了殿前的百级石阶，岑宫的守卫们在对方的绝对数量面前根本毫无还手之力，一个个冲上前去，便像水滴般转眼被大海淹没了……

鲜血喷溅上天，还在犹豫着站队的大臣突然就被杀死，几个守卫将徐公和周麟护在中心，却被对方的包围圈一点点压迫过来。

“周麟。”姜闵冷冷地道，“我们已经将岑宫团团包围，岑河上的守备也已经被攻破，你最好识相一些，赶紧交出公主！”

“交出公主？”周麟愣了一下，然后夸张地笑出了声，“我周某今日死则死矣，公主你却是想都别想！”

姜闵咬了咬牙，一挥手，殿上的齐国士兵再也没了顾忌，对不降的大臣展开了一场屠杀。姜闵原本是有意留着周麟的性命，哪知道周麟还在不死不休地挑衅着他：“你有多少人？姜老贼？两千？你以为得了岑河就得了徐国吗？谁告诉你的？公主早已料到你会图谋不轨——”

一支带火的羽箭突然从殿外飞射上来，刺穿数重帘幕直直地钉上大殿的房梁！火苗刺啦一下子撕开了帘幕，在木梁上飞蹿开去！

姜闵呆了一下，回头大喝：“谁放的火？我们的人都在里面——”

“不是我们——”一个身上着了火的齐国士兵在地上扑腾着惨厉地叫喊，手往外指，“是——是徐国人——”

姜闵抢上前去，却见风中翻起一面徐国的龙凤大纛！

“是公主？”姜闵喃喃着。

“是驸马！”有人在欢呼，“驸马带兵来了！”

姜闵欲往外逃，一根燃火的房梁却直直地倒向了他！他惊慌地四顾，他的两千人已经全部攻上了奉明殿，如今却又被人瓮中捉鳖了！

驸马……驸马？

大风呼啸而过，将火势陡然拔高数丈。令人眼酸的灼热里，姜闵看见百级台阶之下排布开一列列肃穆的兵马，为首的那个人一身青衣，身姿挺秀如一杆竹，冷淡而遥远地坐在马上，正似笑非笑地朝姜闵望来。

火焰在他的眼底燃烧，鲜血在他的剑底流淌，他的神色却似冰雪，眼角微微上挑，他虽然在他们的下方，那姿态却好像是睥睨着天下。

“保护主君！”周麟将徐公推给守卫，自己颤巍巍地攀上了殿中的高台，振臂大呼：“还愿做徐国人的，就跟我走！”

“保护主君！”

“从后门走！”

这时候，大殿里边那些个不愿投降的臣子们反而得了便宜，只需守住内外殿之间的那扇门，就可以逃出火场。周麟看着他们一个接一个地逃了出去，自己也矮身出了这道门，一挥手便让人将那扇门落了闩——

一队兵士立刻冲过来，守在这扇不断飘出浓烟的殿门左右，待那扇殿门朝外面坍塌，齐国人争先恐后地奔逃出来，便手起刀落地结果了他们！

周麟带着众臣一直逃到了后殿之后，才敢回头来看这硝烟滚滚的战场。这全是……全是那个男人的计策。

纵然隔了不近的距离，周麟亦能听见被困在奉明殿前殿里的敌人们绝望的嘶喊。房梁、屋顶都是木制，地面则铺着描花的青石，偏偏那青石的花纹都用赤铁拼嵌，这样被火一烧，便成了一个炙热的火笼。周麟还记得自己将那个男人带到徐公的面前，男人分析得头头是道的样子。

那么沉静的头脑，那么冷酷的思路。人命在男人的脑海里似乎只是数字。这一刻，周麟很庆幸公主用她自己的一生锁住了这个男人，他无法想象这个男人为齐国、越国或任何其他国家出谋划策的境况。

“竟然真的是驸马。”有人望着那冲天蔽日的浓烟，感叹道。

周麟回过头，看见衣衫褴褛的众人，却愣住了：“主君呢？”

那个人一愣：“主君？主君没有走这边啊！”

“什么意思？”周麟目眦欲裂，却听另一个人道：“主君是被我们的人带着的，可是没有走这扇门！”

“周相，你看！”有一个人叫出了声，他的声音在颤抖着，“那，那是不是主君？”

大火呼啦啦地将前殿的藻井都拉了下来，屋脊重重地垮塌在地上，扬起一地烟尘。仅剩的十几个齐国人不约而同地往外逃窜，却被好整以暇守在殿外的士兵轻易地杀死；偏偏在这些人中，却有一个人与众不同，竟然往那倾斜的屋脊上爬去！

火苗就在她的身后飞蹿，几乎要舔上她的战甲；可她的另一只手却抓着一个虚弱的老人！

老人双目愣怔地看着抓住自己的人，似乎还不敢相信自己的眼睛。他的白发飘落了下来。

她一步步地爬到了那座坍塌的屋脊的鸱吻上，大风将她凌乱的鬓发吹得飘起来，间或带出了火星子。她站稳了，将徐公挡在身前，冷眼扫向四周乱象，厉声嘶喊："徐国人听着，你们的主君在我手上！你们再不停手，我就将他丢进火里去！"

逼仄的军阵之中，柳斜桥在马上抬起了头，望向奉明殿高处的那个女人。他找了她这么些天，没料到她竟然会混进齐军的队伍里。

燕侣低头往下望，很快就在乱军中找到了柳斜桥，声音又冷了几分："让你的人都停下，放我们出去！"

柳斜桥沉默着。他身侧的徐国士兵已经排好阵势，弓都拉了满弦，却因为徐公在屋脊之上而都不敢轻举妄动。他的左手一分分地抓紧了缰绳，然后，他抬起了右手，目光一错也不错："放下武器。"

徐国人几乎以为自己听错了。可是想到主君就在那熊熊燃烧的烈火之上，一时也不知道除了放下武器之外还有什么别的选择——

可就在他们放下武器的一瞬间，柳斜桥便突然驱赶着四蹄飞扬的战马直直地冲上了奉明殿的百级石阶！

锋刃底下的老人不知何时睁开了眼睛。被大火熏得奄奄一息的他，却仍有一双仿佛能洞穿人心的眼睛，他在极近的距离里凝视着燕侣，说："你不是齐国人。"

燕侣笑了笑，声音不高不低，只刚好让他听见："我是南吴人。"

徐公似乎因为惊骇而陡然呛咳。就在这时，马蹄声伴随着武器的落地声石破天惊般地响起，柳斜桥驱着马踏过一地灼烫的残烬冲了过来——

燕侣的双眸一冷，握着匕首的手心里渗出了汗，另一只手抓紧了徐公的后领。

柳斜桥在离燕侣数尺远的平台上停下，仿佛看了她许久，才慢慢地、近乎冷酷地道："阿嫂，你已经输了。"

"不错。"燕侣冷笑道，"我是被叛徒害输的。"

柳斜桥并不反驳："你将徐公交给我，我放你出去。"

燕侣道："我真是看不懂你，顾欢。"

“我有时也看不懂我自己。”柳斜桥淡淡地笑了一下。

“你以为这样为徐国拼死拼活，徐国人就会对你感恩戴德了？真是笑话！”火焰之中，燕侣的声音渐渐沙哑，“你本来就不是徐国人，如今你连南吴人也不做了，你还能是什么？你什么都不是！”

“我从十二年前便什么都不是了。”柳斜桥抬起头，波动的空气将他的眸色映出了粼粼微光，“我时常以为自己活在虚假之中，是徐敛眉——”他停顿了一下，“是徐敛眉让我觉得，我还可以是真实的。”

柳斜桥的话音很低，像是在忧伤的孔道里徘徊不去。从未提及的话，在这生死千钧的时刻，却反而可以比较容易地说出口了。

燕侣震惊地看着他。

徐敛眉……

“徐敛眉是我们的仇人！”燕侣愤怒地喊道。

柳斜桥道：“阿嫂，收手吧，我放你走。我前些日子一直在找你……”

“你放我走？”燕侣狂笑出声，“你还真把自己当个人物了？我告诉你，离开了徐敛眉，你什么都不是！”

柳斜桥沉默下来了。大火逼得他的马儿狂躁起来，不停地踱着步要往外边走，他不得不拉紧了缰绳，殿下的兵士们有的已经再次拉起了弓。

在大火灼烫出来的气流之中，那一轮天际的秋阳好像也模糊成了一团巨大的阴影，压在大风狂卷的屋檐上。柳斜桥终于开口时，他都怀疑燕侣是听不清他说话的。

“可我已经离不开她了。”他说。

“顾欢，”燕侣却低声道，“你这样，会很痛苦的。”

柳斜桥抓着缰绳的手指骨节都泛了白：“我知道，阿嫂。”爱让人勇敢，爱让人怯懦。他原本就是四面都无胜算。

“没有人会信任你，没有人会保护你，没有人会依赖你。”燕侣的声音低沉，像是诅咒，又好像只是叹息，“你将永远是个异类，天下之大，你将再无藏身之处。”

柳斜桥抿紧了嘴唇，离火海太近令他的额头上渗出了汗水，脸色苍白如洗。

燕侣：“你付出了这样的代价，却只是为了一个弃你如敝屣的女人，值得吗？”

火势渐渐弱下来了，只是那弥漫的烟尘仍在秋日的天空下肆虐。

“阿嫂，你同我是一样的。”柳斜桥轻声道，“大哥已经去了十二年了。”

燕侣的脸色顿时变了。毕剥的火焰燃烧的声音之中，她的嘴唇开开合合，仿佛说了什么，可他却再也听不清楚了。

柳斜桥回过头，看见台下的兵士已经做好准备，默默地打了个手势。然后他足下一点马镫，便自马上纵跃而起，一剑刺向燕侣!

燕侣立刻拿徐公的身子挡在自己面前，柳斜桥却似乎已经料到这招，剑锋斜出，身子依旧前逼，燕侣在狭窄的即将倾塌的屋脊上不断后退，突然脚下在碎屑里一滑——她整个人摔跌下去，一只手抓住了房梁，另一只手不得不放开徐公而抓住他的衣领，徐公被她带得狠狠地摔倒在屋脊上。柳斜桥抢上半步，直挥一剑割开了徐公的外衣，将徐公搀扶了起来，交给其后跟上来的兵士。

“你竟然这样护着徐敛眉。”燕侣悬在火海之上，看着这个临阵倒戈的男人，眼中渐渐涌起了绝望，“我至少还有回忆，可你什么也没有。”

柳斜桥将剑交到右手，微低下身，左手朝她伸过来：“阿嫂。”

燕侣笑了起来。看着柳斜桥痛苦得皱起来的眉头，她觉得自己已经足够了。何必再苟活下去？她到底是赢不了了。这场人生，于她来说好像只是一场大梦，在火焰里灼醒了。她松开了抓在木梁上的手。

柳斜桥慢慢地站了起来，火墙四面围拢，人们在呼喊着他，就像从后世传来的回响。火海茫茫，就如这嘈杂的人世，他什么也看不见，从今日起，他便没有了过去，也再没有了未来。

他捂着口鼻奔出了火海，朗朗晴空，乾坤一洗。他一步步地往台阶下走，焦急的人们匆匆与他擦肩而过，有的停下来喊他一声，有的便直接跑开了。这里的人，原本就同他没有关系。

走到台阶之下，他突然扶着白石栏杆咳嗽起来。他咳得那么用力，就好像要把心血都咳出来一般，身子弯了下去，长发被风拂起，露出的脸色苍白如雪。

八月初三，徐国东境上的大雨刚刚停歇。

在徐国与东泽国交界的重梨镇外三十里，有一片茂密的松树林。大雨之后，空气里翻出来泥土的清新气息，枝叶间水声滴答，渐渐染出了秋气。

徐敛眉同她剩下的一千八百名将士，就在这片树林中暂时歇息。

经历了几日前的惨败，一路溃逃至此，伤兵占了过半。众人都没有说笑的心情，只是沉默地嚼着干粮或闭目将息。

他们不知道他们还能不能回得去。齐国和东泽国的军队就驻扎在重梨镇上，而郑国在北、越国在南，只有向西才是徐国地界，但那样就等于逃回老家，还说不定会将敌军引入老家。

一名当值的士兵正抱紧了刀站在外缘，目光一眨也不眨地盯着那好似无穷尽的深山丛林。有人拍了拍他的肩。他回过头："将军！"当即便要起身行礼，却被她按下了肩膀。

铁面具下，那双眼睛似乎闪动着温和的光芒："不必多礼，我只是出来看看。"

"是。"那个士兵讷讷地咽了口口水。

她侧头看他，这个士兵的脸上有一道刀疤，从额头直划到眉骨，看起来很狰狞，对着她却是一副唯唯诺诺的模样。徐敛眉有些想笑："很怕我？"

"也，也不是……"那个士兵连连摇头，"我们都很崇敬您。"

她轻轻一笑，也不接话了，径直向远方望去。崇敬吗？来自这样一个普通士兵的崇敬，真让她有些难以承受。她刚刚才带着他们打了一个败仗，她也不知道下一场仗能不能赢。长久以来总是自信可以渡过任何劫难的她，似乎从某个时刻起，就不再有那种目空一切的力量了。

也许是因为她终于也经历了一场无望的感情，在竭尽全力的追索过后却只得到一场空，她便迅速地成熟起来，再也不会掂不清楚自己的分量了。

身体总是在痛。她知道是刚刚生了孩子导致的，马背颠簸，日日夜夜摩擦着下半身的巨创。那是一种缓慢而羞耻的折磨，无法同任何人明言。一个孩子降生出来，好像便在她的身体里留下了一个流血的大洞。

"将军，"那个士兵出神地看着将军的侧脸，没话找话地道，"虽然上一场我们是输了，但……但您还在，我们就相信您。您往常虽然不爱说话，但我们都知道您爱护我们，所以便是为您去死，我们也都愿意的。"

如此说了半天，却不得人答话，士兵也觉得颇不好意思，挠着后脑勺止住了话头。尴尬之中，却听见将军低声道："没有谁可以让另一个人去死。"

"什么？"

"你想回家吗？"徐敛眉回头看他，恍惚之间，士兵以为将军似乎是笑了，那眉眼都变得温和起来，几乎像是个女人了。

"想啊。"士兵不假思索地回答。

"我也想。"徐敛眉望向远方树梢之上透出的那一方澄明的天空，"我不需要你为我去死，你只要跟我一起，赶走敌人，将徐国人都带回家就可以了。"

明明是平淡的语气，那个士兵却听得心中升起一股豪情，不由得挺了挺胸膛道："是，将军！"

徐敛眉淡淡地笑了。

“殿下……世子殿下！”一个女人的声音响起，是鸿宾手中拿着一个书匣跑了过来。徐敛眉站起身，眉头微微皱起——书匣上插有白羽，是八百里急递。

徐敛眉打开了它，取出那印了国玺的信笺，一目十行地看过——她的身子突然晃了一晃。

“殿下！”鸿宾连忙过去扶住她，她的手却颤抖得拿不住那张薄薄的纸，鸿宾接了过来，一看竟是：“齐人沿岑河侵我岑都，内逼宫禁，虽稍斩退，仍念速回。切切。”

这是来自徐公的私诏，所以不加落款，却是鸿宾也能辨认得出来的徐公亲笔。短短数十个字，鸿宾简直不能想象王都里发生了怎样的腥风血雨，她下意识地转头去看徐敛眉，后者的铁面之下，只露出一双深不可测的眼睛。

“岑河……”徐敛眉喃喃着道，“他到底还是动手了吗？”

这是夏末秋初，岑河水涨，齐国要沿岑河攻入，只能逆流而行；若不是对岑河上的守备有着足够的把握，冯皓如何敢这样铤而走险？

鸿宾冷冷地道：“您是说……”

“将军！斥候回来了！”身旁当值的士兵望见了人影，大声道。

树林中惊飞起一群鸟雀，一个浑身是血的斥候奔了过来，到离他们几步远的地方终于气力不支地倒了下来。

“将军……重梨镇上已经无人了……他们、他们可能出来了！”那个斥候说一句话，喉咙间就冒出一股血泡，两眼翻着白，手指却探入怀中，紧紧地抓住了什么东西，“我回来的时候，碰上了越人……”

当值的士兵走上前，在战友面前单膝跪下，顺着他的手抓住了他怀中的那一卷纸张样的东西，低声道：“放心吧。”

那个斥候永远地闭上了眼睛。

当值的士兵将那个东西掏出来，回身道：“殿下，是一张舆图！”

一张旧的舆图。上面还有楚国、范国、夏国和南吴。在南吴四郡的范围上，用朱笔描了个重重的鲜艳的圈。

徐敛眉的手握紧了腰间的剑，很久，很久。

一千人马已经集结过来，密密匝匝的丛林间，他们的身后是倒下的八百伤兵，他们的身前是沉默的世子。

世子的剑底是一张被划烂的舆图，那舆图散碎成无数片，沾着泥泞挂在树枝之间，天边有群鸦飞过，枯燥的叫声将黄昏的大幕渐渐拉下。

“日落时分，”世子的长剑挥出，直指东方，声音低沉得可怕，“突围。”

八月初三的黄昏，徐国与东泽国交界的重梨镇十八里外的流玉岗上，一千徐兵与诸国两万联军猝然相接，杀敌五千，推进数十里至涣城之下。

涣城守将易初率两万守军与两万援军倾巢而出，出其不意地剿灭大半联军，齐将冯皓、越将卢放仓皇地东窜逃入东泽地界，易将军乘胜收复失地，直追穷寇。

而涣城之下，那一千徐兵，已经全部阵亡。

到八月廿四，柳斜桥才终于彻底平定了岑都的内乱。

奉明殿已被彻底烧毁，只留下那被烧得焦黑的白石台阶，一层层往上，引人走到那断壁残垣去。远处是阴沉的天空，将来似有一场秋雨。

徐公由人搀扶着一步步走了上来，废墟的阴影里，男人仍旧是一身落拓青衫，已垂手等候在此。

徐公挥挥手屏退左右，男人便沉默着上前扶住了他。徐公没有推拒，相反，他直接地转过头来打量着柳斜桥。

这是一种倨傲的王者态度，即使他只是一个残废而无力的老人，即使他不久前才被眼前的男人从火海中救下，但徐公仍然可以这样理所当然、毫无顾忌地审视着男人。从这方面来说，徐敛眉是极像她父亲的。

柳斜桥微微低头，薄薄的唇抿成了一条锋锐的线。高空上秋风掠过，吹起他鬓边的发，苍白的容色上，一双眸子清澈如琥珀。

“你同燕侣说的话，我都听见了。”徐公开口。

“是。”柳斜桥回答。

徐公又道：“你是南吴先王的三儿子，那么，我曾经见过你的，是不是？”

“是。”

徐公又看了柳斜桥一眼。这个男人，看似卑微怯懦，实际上却绵里藏针，不论发生了什么事，他似乎都绝不会激动。要经过怎样的历练，才能让一个三十岁的男人变成如此宠辱不惊的模样？

“所以你毕竟是个外人。”徐公道，“我想，阿敛也是这样想的。”

柳斜桥将嘴唇抿得更紧，在听见“阿敛”二字的刹那间，他的眼中仿佛裂开了一道细微的罅隙。

“任何人对曾经伤害过自己的东西，都不敢再次轻易地相信。即使你救了她，现在又救了我，救了徐国，今后她也不会对你放下戒备，因为楚国的事，原本是你欺骗了她。你懂吗？”

“我……”柳斜桥开了口，又不知道该如何措辞，抬起头，对上徐公平静的目光。他忽然意识到，这个老人是宽容着自己的，自己也许可以，也许可以在老人的面前，鼓起勇气，把一切都说清楚。

“可是我爱她，父君。”他一个字、一个字地说道，声音极轻，仿佛害怕惊动了什么。“我已经爱上她了，我自己也没有法子。”

长风刮过，徐公沉默地看了柳斜桥许久，末了转过头去，望向岑宫以北的千万重河山。

“阿敛小的时候，很是吃了些苦。”徐公缓缓地道，“但我同她的母亲，总是想让她快乐些，不论她的祖父对她如何，我们总是宠着她的。她从她的祖父那里学到了骄傲，从我们这里，学到的却是脆弱。”

柳斜桥低声道：“这世上总没有谁是永远强大的，任何人都有脆弱的时候。”

“她可能看起来比寻常人都要坚忍一些，但事实上，那就像个泡沫，只消一弹指，便戳破了。”徐公缓缓地道，“她能一步步地走到今天，全靠心中撑着的一股气，但这股气却太容易消散。每到这样的时候，便只有我去同她说，没有关系的……便是你得不到天下又怎样？爱你的人，都不会在意这些身外之物。”

“可是殿下，她是在意的。”柳斜桥笑笑，“父君也许应该想想，她为什么会如此在意这些身外之物。”

这话说得有些无礼，徐公一时眯起了眼睛，却又慢慢地缓和了神色。他的眼中浮现出了苍老的悲哀，“你说的是。”他又沉默了很久，才说道，“她的祖父并不喜欢我，更不喜欢我的妻子，也就是阿敛的母亲。因为阿敛的母亲出身低贱，更因为……她从始至终，只得了阿敛这一个孩子，女孩。”

柳斜桥的神色僵住，他屏住了呼吸。

“你已经知道了吧。”徐公看了柳斜桥一眼，“阿敛已经告诉我，你都知道了。可是在燕侣的面前，你却没有说出来。燕侣要挟你交出阿敛，你同她周旋，却没有说阿敛并不在此地。”他停顿了一下，“那个时候，我才明白，你是可以信任的。”

这些久在上位的人都是这样的吗？当怀疑你的时候，他们不需要给理由；当信任你的时候，他们不需要问你的意愿。柳斜桥沉默着，听见徐公又道：“阿敛为了我和她母亲，同她的祖父发誓说，男孩子能做的事，她都能做，而且，她会做得更好。”

柳斜桥的声音十分干涩："殿下是吃过了苦中之苦，才成为了人上之人。是我……是我让她受苦了。"

"这世上哪有什么人上人？"徐公摆摆手，又颇感有趣地笑了一下，"阿敛却对这件事有着执念。她瞧不起庶人，导致徐国太过倚赖贵族，果然便出了事。你游历各国，民间疾苦，应当比她多懂一些吧？"

柳斜桥却道："决胜千里，我不及她。"

"不错，你是帷幄腹心之臣。"徐公瞥了柳斜桥一眼，眸色中带出老人的傲气，"可惜，你却娶了她，一辈子便只能这样委屈着了。阿敛她是个敢作敢为的个性，赢得多了，就目空一切，不相信这世上有自己做不到的事——她其实根本不明白她为什么一定要得到你，就逼你娶了她。"

柳斜桥想了想，摇摇头，平平淡淡地道："不委屈。"

"你救了整个徐国，我也不能向你保证什么。"徐公道，"燕侣说的每一个字都是对的，你在徐国，永远只是个异类。"

"我知道。"

徐公笑了，深邃的眼神中，笑意浮现出来，终于冷酷退去，而有了些慈祥的意味。他拍拍柳斜桥的肩，笑道："外人或许只知道你沉迷女色，可父君明白，你是个好孩子。"

第二天，东境大胜的消息传到岑都。身体恢复得并不如人意的徐公坐在上宫临时设的朝堂上，听那几个校官慷慨激昂地念着捷报。

"易将军说，若没有世子，我们赢不了。"其中一个校官大声道，"世子率一千勇士，以身作饵，将敌军引至涣城周围，易将军才能一鼓作气，歼灭敌人——"

徐公抬起手，止住了他的话头。

朝堂上的贵族们已经开始了交头接耳的议论。他们不是傻子，他们都从这封战报中听出了一些什么东西。

徐公用铜杖敲了敲地面，人们安静下来，内心的不安却好像浮到了朝堂之上，凝入了微凉的空气里。

"那么，"徐公停顿了一下，"世子如今已经同易将军会合了，是也不是？"

那几个校官都不说话了。他们互相看了看对方，然后一起跪了下来，红着眼睛叩头嘶喊道："世子、世子已经阵亡了——主君！"

像是永恒一样的沉默。

极冷的秋日的早晨，密云不雨，所有人都僵在了原地，连呼吸都忘了。寒风吹到高处来，依稀还带着半个月之前的火焰的气息，几缕纤尘一样的灰烬在虚无中飘飞，永没有着落的时候。

他们赢了，可他们失去了世子，还不如败了。

徐公沉默了很久。好像只是这一瞬间，他终于成了一个五十多岁的老人，皱纹深深地凿下，眼神里再也没有了光亮。可是这偌大徐国，已经只剩下他，这一个老人了。

“世子没能进城，易将军在城外找到他的时候，他已经……”那个校官膝行着往前挪了一步，声音在发抖，“主君，世子的灵柩就在城外，您看……”

柳斜桥平定了岑都的内乱，却仍旧不能在朝会上露面，他回到了鸣霜苑里去，仍旧是那个世人口中不齿的赘婿。

没有人知道他曾经拯救了岑都，也可能所有人都知道，只是他们宁愿选择遗忘，因为他不是徐国人。

仲秋时分，寒意袭人，粼粼的流水之上落叶漂浮，闪动着微凉的光点。拨浪鼓摇动的节奏清脆地响着，伴随以婴孩吱吱呀呀的声音，像是在笑似的。

柳斜桥抱着孩子坐在秋风袅袅的庭院中，旁边的乳母程氏拿着拨浪鼓逗孩子。孩子从襁褓里伸出双手，咿呀咿呀地叫着去抓那个拨浪鼓，乳母便将手抬高了，孩子抓不到，眼巴巴地看着，嘴巴一扁，眼见就要哭出来——

“呜——哇！”这一声哭得是气出丹田、惊天动地，柳斜桥哭笑不得，连声哄着孩子，一边对程氏无可奈何地道：“便将玩意儿给他吧。”

程氏是个颇有经验的乳娘，闻言却道：“这可不行，驸马，孩子哭一哭是好事儿，可不能娇惯了。这时候他要什么您都给他，待他长大了，您给不了他了，可怎么办？”

柳斜桥笑道：“我总是应该把他想要的都给他的，这有什么错？”

程氏道：“人说慈母多败儿，驸马，这可是徐国的王孙……”

柳斜桥脸色微微暗淡了一些，旋即又笑起来，因为怀中的孩子看到了他。他低下头，用鼻头轻轻地蹭着孩子的鼻子，嘴唇在孩子的脸上点了点，笑着唤孩子的名字：“阿肇？阿肇，阿肇，阿肇……”

才一个多月大的孩子，哪里听得懂话，也更加不懂得如何回应，但此刻却愣愣地收了哭声，好像竟然忘了那只拨浪鼓，只是呆愣愣地与他的父亲对视。

“这双眼睛像公主。”程氏在一旁由衷地道，“黑得透亮，真好看。”

柳斜桥的眼中泛起笑意：“是啊。”

只要是被这样一双眼睛注视着的人，都会感觉到力量的吧。

程氏打量了父子俩一会儿，又道："但鼻梁像驸马，很直，显是个坚韧不拔的性子呢。还有这眉毛，皱起来的时候，真同驸马是一个模子里刻出来的……"

柳斜桥一边听着，一边仔仔细细地端详着怀中的孩子。真是个神奇的小东西，自己可以一整天都盯着他瞧，也绝不会感到厌倦。只要一想到这是自己和阿敛的孩子，他就会像个毛头小子一样莫名其妙地激动起来。

柳斜桥想，他真愿意付出所有，只为了让这个小东西一辈子快乐无忧。

"驸马，您真疼他。"程氏感叹道，"小孩子是有感觉的，您疼他，他就同您亲一些，您看他现在，见天儿只爱缠着您……"

柳斜桥笑道："那只是因为公主太忙了，公主又何尝不疼他？"

"您说的是。"程氏躬身笑着，伸手去逗孩子，"待公主忙完东边的战事，你们一家三口，可不就和寻常人家一样，和和美美了吗！"

柳斜桥的笑容温暖如春："是啊。就和寻常人家一样，便是最好的了。"

程氏忽然看见院门外有人，忙道："有客人来啦，驸马，让我将孩子抱回去吧。"

柳斜桥抬起头，却见几个将官模样的人在院门外徘徊着，他的心中有些疑惑，将孩子递给程氏，整理了一下衣襟，走过去："各位是？"

"驸马，"这几个将官也是第一回见到公主的男人，一时都很尴尬，"东境捷报，主君让您去听一听。"

"东境捷报？"柳斜桥方才有些凝重的眉眼此刻俱舒展开，好像春水被柳絮点开了涟漪，"这是好事……世子要回来了？公主也可以休息一会儿了。"

几个将官脸上却全然不见大胜的欢喜之色，互相间看了几眼，最后还是道："您现在就去上宫看看吧。"

"这么快？"柳斜桥微微睁大了眼睛，"我……我可以去看吗？"他明明不该出现在大殿上的。

"就是主君让我们来找您的。"有个将官不耐烦了，"您快一些吧。"

柳斜桥忙道："好的，在下去换身衣裳。"

那个将官"哼"了一声。他们从前线的血海里回来，自然是瞧不起这个养在深宅的驸马的。柳斜桥也不在意，回到房中去，心里想的只有一件事：她回来了。

世子回来了，也就是公主回来了。他该穿什么衣服去？不可太寒酸，也不可太招摇，毕竟是去上宫朝见……终于他换了一身惯常的青衫出来，只是特意佩上了大印和玉带，长发一丝不苟地束在冠中，看上去清爽而温和，神色间带着快乐的神采，好像是连过往的一丝丝阴翳都不再有了。

第十五章 无限恨

几个将官都不太敢同柳斜桥对视，只走在侧旁引路。阴沉的云堆积在天边，挂在高挑的飞檐上，像层层涌动的灰色海浪。从鸣霜苑到上宫的路上一片死寂，只在脚步间撞出玉佩的铮铮之声。在这声响里，柳斜桥仿佛能听见自己的心跳，他说不清楚那是兴奋还是紧张，一下一下，越来越急促，像是有意要蒙蔽了他的思考。

他就这样，脑中一片空白地走到了上宫。

侍从卷起后殿的帘幕，首先闯入眼帘的便是停在殿中央的那一具灵柩。

黑漆漆的壳，几乎要与黑葵纹砖地融为一体。柳斜桥眨了眨眼睛才看清楚，再抬头，徐公拄着铜杖坐在上方，目光直直地盯着那具灵柩，相隔只一天，他好像老了二十岁。

柳斜桥往前走了几步，殿中的从人们无声地退下。他望了望四周，揣度着，仍是拱手行礼，礼貌地微笑道："在下奉命来贺世子，世子旗开得胜，此后东境战事，料无虞矣。"

徐公抬起一双苍老的眼睛看了看他，又将目光收了回去，平静得几乎是麻木的："世子已经战死。"

柳斜桥没有听清楚，笑意还挂在脸上："什么？"

徐公将铜杖执起，指了指殿中央的灵柩："东泽人将世子的尸首收去，首级挂在了蒙城的城楼上。我们的人只在战场上找到了几件遗物。"

柳斜桥微微皱起了眉头。他实在是没有听懂的，却不敢再问，只能在内心里想，可是五蕴六识好像都被封闭住，怎么也想不明白。

柳斜桥转过身，那具灵柩普普通通的，只在盖顶上方暗雕了一对交缠的龙凤，那是徐国徐氏的徽识。柳斜桥盯着那龙凤看了很久，忽然回过头来，仓皇地笑了一下："我该回去看看阿肇了，我……"说着他就要走，脚底却莫名地趔趄了一下，将将摔倒的一刹那，他的手扶住了身边的灵柩。

一册书札被扔到了他的脚边。他低头，看见那册页上鲜红的标识，是捷报。他不太想低身去捡，他不太想看它。可是这时候徐公却又说话了，就好像知道他不会去读捷报一样："世子的身边只有一千疲兵和八百伤兵，矢尽援绝，不得已从流玉岗突围，拼死一搏，将敌军带到涣城城下，让易初得以出城歼敌——"

"您……您不必同在下说这些。"柳斜桥笑着，嘴唇微微发着白，温和地打断了老人的话，"我既然是个外人，还是先回去吧，我答应了公主，会在鸣霜苑里等她回来的。"

他脸上挂着秋空般的盈盈笑意，那双浅色的瞳仁里却藏有无尽的哀愁。

"公主已经死了。"徐公说。

柳斜桥的声音像是冲撞在沉闷的空气里："我答应了公主，我会等她回来的。"

徐公凝望着他，微微垂下了衰老的眼角："你若到了我这样的年纪，便知道这样欺骗自己无非是浪费时间，除了你自己以外，也无人会相信。"

柳斜桥笑了笑："公主若不回来，我该怎么让阿肇相信，他的母亲是疼他的呢？"他想他是在伪装，他自己也明白，可是这一刻，他不知道还能做什么。身子好像全然没了站立的力气，摇摇欲坠着，他能看见地底裂开的那条血河流淌的缝隙，他只要闭上眼睛放任自己，就可以摔个粉身碎骨了。那样会不会更轻松一些？

徐公低声道："灵柩还未上钉，你可以打开来瞧瞧。"

这句话像一道符咒，猝然让柳斜桥感知到自己的手下是真正的死物。那具灵柩的触感渗进了手指尖，仿佛是秋意渗进了木纹里，缓慢地染出来铁石般的冰冷。

过了很久很久，柳斜桥才伸出手去，他以为自己在推那棺盖，可实际上他根本没能使出力气。右手又开始疼痛，经络连接着血管燃烧起来，眼前一片模糊……

"刺啦……"极轻的声响，那棺盖被推开了一道缝隙——

突然一道大力将他推倒在地，鸿宾站到了灵柩之前，满溢着怒气的红肿双眼直瞪着他，嘶声厉喝："不许你再碰殿下！"

柳斜桥突然摔倒在地，仓皇间右手支撑了一下，便痛得他整个人都蜷缩起来。他皱着眉，眼中的浓雾已经化不开，像是下一刻就可以渗出水来，可他却忍住了，连一声呻吟都没有。他用左手慢慢地从地上爬起来，鸿宾就这样居高临下地、冷冷地看着他，好像看着一只爬虫。

“我早已劝过你不要再管徐国的事情，哪晓得你当真是个狼心狗肺的！”鸿宾清冷的声音里还带着哭腔，“殿下究竟哪里亏待过你？你在她的身边阴谋诡计地算着，殿下全都优容了，殿下甚至还想——她甚至还想把南吴国还给你！”

柳斜桥震惊地抬起头。裂开了，那一道深渊终于裂开了。可是这虚空中的下坠，却永远没有尽头。他死死地抿住了嘴唇，全身却在克制不住地颤抖着。接二连三的咳嗽从胸腔中迸发出来，好像要将他的身心都撕裂掉。

“南吴四郡反叛，她已筹谋好了让你去平叛，借机恢复南吴国，你就可以回到你的王位上去——她知道她留不住你！”鸿宾哭着说道，“可那时候，你却又让她有了孩子。她不想要孩子，她腾不出手照顾，她也不在乎徐国的继承人，她只在乎你！可是你说，你说你想要这个孩子……殿下怎么这么傻！我真不知道她还在留恋你什么，你从头到尾只是利用她，你根本就没有把她放在心上过！”

柳斜桥只是咳嗽，苍白的脸上有一双忽然暗淡下去的眼睛，他偏过头去，长发落下，便遮住了他的神色。

空旷的大殿上，只听见婢女的哭叫声和男人断断续续、苟延残喘的咳嗽。

“殿下她那么喜欢你，喜欢到什么都可以给你……哪怕你要这天下，她也可以给你！但你，你却要从她手里抢！你少在这里猫哭耗子，若不是你，冯皓怎么会攻上岑河？若不是你，岑都怎么会陷入危险？若不是你，殿下怎么会急于突围？殿下一身的伤都是你害的，是你害死了殿下，是你！”

柳斜桥捂着心口，突然咳出了一口鲜血！

鸿宾被他的模样骇得退了一步，后腰抵在了冰冷的棺材上，才觉自己有了几分力气，可是刹那间的愤怒消散过后，剩下的却只有流泪的悲痛：“殿下她带着一千人马冲出去……她要我一个人逃走……她同我说，柳先生想要什么的话，就全都给他吧……即使知道您背叛了她，她也仍然愿意，仍然不后悔……”

柳斜桥忽然摇摇晃晃地站起身来，伸袖一抹唇边的血迹，一把推开鸿宾，鸿宾惊怒道：“你做什么！你不可以——”

“咔——”棺盖被突然推开了大半。

黯淡的光线漏了进来，照映出棺柩中的软垫上、无数片玉璧拱聚的中央，是几片玄色暗绣的碎布，一块金龙腾舞的大玉和一把沉重的黑鞘长剑。

也许是经过了仔细的擦拭，这三件遗物都泛出净澈的冷光，可是在那绣线的接缝处，在那玉佩的金线缝隙里，在那长剑的血槽上，仍留着斑斑点点的血迹和刀兵砍击的刮痕。血肉相搏的厮杀声一时嗡鸣在四壁之间，震得人心发麻。

柳斜桥沉默了一会儿，转过身，对鸿宾道："我不曾背叛她。"

鸿宾怒极反笑："那岑河——"

柳斜桥："我知你不信我——"

"我信你。"徐公开口了。他方才始终不发一言。

柳斜桥没有回头看徐公："我不在乎。我不在乎你们信不信我。反正我对你们也没有了价值，不如便放我走。我要去蒙城，将她的首级带回来。"

冷静，冷静到冷酷的地步。柳斜桥眸中闪耀着噬血的光芒，像一头不辨敌我的野兽。

一个人，一身青衫，寥寥落落地走出上宫后殿，天边的云仍如低压的眉弯，永是愁倦地蹙起。

秋风萧萧呼啸而过，依稀含着未尽的水汽，隐约还听见雷声，却总不落下雨来。阴云已将这午后的天色渲染成了黄昏的模样，枯黄的落叶被风吹起来又落下，在泥尘里匆匆扫过，再飘入那沟水中去。

柳斜桥抬起衣袖，仿佛要遮挡那本来就不存在的阳光。

"你这样照料我，能坚持多久呢，柳先生？"

"你爱我，我便给你这天下。你要不要，柳先生？"

"愿家人安好，再无仇怨。"

软罗的襦裙，俏嫩的鹅黄色，像早春里先开的素馨花。她在暮色里柔柔地朝着他笑，小狐狸一样慧黠而清澈的眸子，晕开一圈又一圈透亮的涟漪。每当她这样笑起来的时候，总能让人忘记她是一个如何英武决断的女人。她低垂着眼睛，眉梢却还轻轻地上挑，像是在逗引着他，可那逗引却又是青涩的，泛着忐忑的苦味。

柳斜桥在这一刹那感觉到内心在颤抖，像是一座坍塌的楼，残垣底下埋着什么珍贵的东西，他都找不见了。

徐敛眉死了。这样的一个女人，怎能这样便死了呢？他内心里不能相信，可又因为这不相信而感到更加痛苦。

她是不是直到死前的最后一刻，都相信是他背叛了她？

可是我爱您啊……我一直，是爱您的。

我纵然是骗了您一辈子，唯有这一句话，却不曾骗您。

我爱您——

他的嗓音仿佛被烧灼，透出来的只是沙哑的秋气。

可是，这又如何呢？

他已经令她抱着恨死去，在那远离家人的地方，在那寒冷的深秋里，身体融在了地底，首级挂在了墙头，她听不见了，他也可以，什么都不必再说了。

柳斜桥慢慢地闭上眼睛，很久后再睁开，眸中的光泽已暗淡。他迈步下了台阶，身后鸿宾追了出来，喊道："你还去不去南吴？"

他停住脚步。

鸿宾咬着嘴唇哭泣道："你总还有两条路可以走。要么，你现在就启程去南吴，做你的南吴王，殿下将一切都给你准备好了，你也再不需要回头……"

"我选第二条路。"柳斜桥很平静地回答。

九月初，一行神秘的人马抵达涣城，径直投入易将军幕下。

两日后，落霜的一夜，东泽国边境上的蒙城守军被兵戈号呼声唤起，仓促间竟见烽火连天，五十里外的涣城徐军突然出现在了城楼之下，乌压压一片人与夜色相接，又耀出铠甲的银光。

蒙城守将惊慌奔走，急匆匆向从岑河败退的冯皓一部求援。谁知易初对蒙城似乎也不甚在意，围着外城搦战了两夜，竟然就此撤军了。

待冯皓抛下越国人马当先赶来蒙城下时，却只能对着满地狼藉与蒙城守将面面相觑。

"这是在羞辱我们！"蒙城守将羞愤地道，"没想到徐国还有这样胡闹的力气……"

"不。"冯皓勒住了马，抬头看向那城楼上飘扬的旌旗，"这不过是声东击西。"

那守将顺着他的目光看去，惊呆了——不知何时，城楼上徐醒尘的首级，已经不翼而飞！

那守将急道："这算怎么回事？闹这样大的阵仗，就为了带个人头回去？"

"那不是一般的人头。"冯皓微微眯起了眼睛，"不过你说对了，他们还真是在羞辱我们。"

冯皓年近四十，是八岁的齐王的舅父，一生戎马，罕见败绩，然而策划了多年的岑河之役竟莫名其妙地输了，心中正没好气，又被东泽人这样一搅缠，简直是心中郁结。东泽侯听闻冯皓到了蒙城，连忙从国都赶了过来，赔着笑脸宴请齐国诸将，冯皓拿着酒杯却只"哼"了一声，不谈眼前的事，却仍对近一个月前的大战耿耿于怀。

"徐国世子不在岑城，徐国公主也未露面，更莫说我们还有岑宫里的内应，还有那个老贼姜闵——岑都里的那一场仗，究竟是哪个不知天高地厚的人做的手脚？”

东泽侯捧着酒盅，缩手缩脚地笑道：“徐国公主不曾露面吗？”

“燕侣拿徐公威胁她，她也没有露面。”冯皓冷笑一声，“说来这个南吴女人也是烈性得像个傻子，竟然就这样投了火。”

“谁知道呢。”东泽侯矮着身子道，“小侯只听一点小道消息说，岑宫里将两千齐国人全数烧死的人，是徐国公主的丈夫呢。”

冯皓执起酒杯的手微微一顿：“徐国公主的丈夫？”

“是。”东泽侯挤了挤眼睛，“是徐国公主的第六个丈夫，听闻姓柳，却是个不知名的人物。”

冯皓沉默地喝干杯中酒，才道：“这是个大人物。”

东泽侯谄笑道：“那又如何？徐国世子便不是大人物了？还不是照样被咱们——”

“报——”

一声断喝打破了堂上的歌舞升平，一名士兵手中攥着红羽檄书奔了进来，惊慌地道：“不好了，将军！越国卢将军在岑河上被截击，我们的人都被打散了！”

“咔啦”一声，冯皓竟然将手中的酒杯都捏碎了，双目几欲裂出：“中计了！”

涣城。

城令的衙门早已改作了帅帐，此时四方的屋檐斗拱上都悬了白布，来来往往的人衣衫肃穆，额头上缠着白纱，眉宇间凝着愁恨。

一颗首级被恭恭敬敬地放在大堂正中的香案上，炉烟袅袅，缭绕着那已经清理干净的首级上平凡的男人眉眼。从额头到眉骨上有一道深深的刀疤，为这普通的容貌添加了几分冷酷之气。

那一副铁面具在清理时被卸下了，洗得锃亮放在一旁，那幽深的眼孔中仿佛还泛出冷厉的光。

柳斜桥跟在易初的身后给“世子”上香。所有人都相信了这就是世子，这就是世子的首级，当柳斜桥攀上蒙城城楼，撕扯下那旌旗上缠绕的绳索，看到这铁面具的一瞬间，他几乎也要骗自己相信了。他永远也不会知道这个男人究竟叫什么名字，他永远也不能说出口——世子已经死了。

深秋的风穿堂而过，呼啸着卷起素白的纱帘，仇恨在香雾中氤氲翻滚。每个人含着沉默的悲愤来看上一眼，献三炷香，再沉默地离开。柳斜桥苍白的脸上却平静得骇人。他想了很久，想她——她为什么要这样做？

世子“死”了，她亲手杀死了“徐醒尘”。徐敛眉为什么要这样做？

柳斜桥的内心里其实隐隐有答案，却不肯相信，秋风太冷，吹得他的心肺如凋零的叶子，血液一寸寸地僵冻住，不再回流。他闭上了眼睛，往香案前叩下三个头，径直举步离去。

“先生很想要这天下吗？”

“我除了这天下，也没有其他的还能给你了。”

“你爱我，我便给你这天下。你要不要，柳先生？”

易初沉默地看着这个男人。他过去瞧不起柳斜桥，以为这位驸马不过是个在女人裤腰带上讨生活的男人，一千个一万个配不上他们的公主。然而在举国动摇的时候，却是这个男人站了出来，他仍旧那样温和从容，好像可以随时无声无息地退进四壁后的暗影中去，如果不是易初亲眼看见他在烽烟中抢上了蒙城，杀死了旗亭上的守军，一把扯下了东泽的大纛，然后一骑快马带着世子的首级飞驰归来——

蒙城外的官道上，男人立马三军之前，沉默地举起了手中那铁面血污的人头。

身经百战、心如铁石的徐国的兵卒们，整齐地朝他下跪叩首，甲胄交击之声遏于云天——

那一刹那，没有人说话，天上浮云流过，易初站在最前方，清楚地看见了男人眼中深而又深的痛苦的漩涡。

“我会带你们，”男人开口，嗓音却被烽烟熏得沙哑，他不得不咳嗽了几声，才接着道，“我会带你们，为世子复仇。”

那般病弱的模样，那般低哑的声音，他甚至不能用双手抓稳缰绳，可他说出了这样的话，却让所有人都相信了，他真的可以做到。

“末将但听驸马驱遣！”易初当先举起了长剑怒喝。所有男儿都在秋风中应和起来……

“但听驸马驱遣！”

“但听驸马驱遣！”

“但听驸马驱遣！”

易初看见驸马微微扬起了眉毛，那双浅色的瞳仁里，有着他所陌生的光焰。

九月十五，满月之夜，岑河上滞后的越国守军遭褚功明统率的徐军拦腰截击，全军覆没于浩瀚的河水中。

九月二十，褚功明带兵顺流而下抵达蒙城外，与同时赶来的易初一部会合，直攻蒙城。齐将冯皓殊死抵抗，然而同在城中的东泽侯却不知去向。

九月廿三，东泽侯开蒙城门，肉袒负荆请降于徐。城中的齐军已被反水的东泽人屠戮殆尽，冯皓带着十余亲兵往东北奔逃回国。

褚、易二将带兵入城，下的第一道军令便是在城楼上斩杀东泽侯。

东泽侯睁大了眼睛，不敢相信自己举国投降竟得了这样的下场，被人拉扯着犹嘶声哭喊："你们——你们说好了的会放了我！那个——那个人呢？叫他出来，我要同他对质！堂堂大国如徐，竟然也有出尔反尔的时候——"

"你还不配同他对质。"褚功明冷笑道，"就本将所知，出尔反尔这种事，还是君侯您做得最是得心应手。"

"——不可以啊，降虏不杀！"东泽侯的哭声被拖曳得远了，"降虏不杀，这是列国公认的军纪，你们这是要遭报应的——"

"等到再没有'列国'的时候，遭个报应也无妨。"褚功明走到门口，看着那个畏畏缩缩、哭哭啼啼的东泽侯被人悬在城楼上的绞架上，过不多时，便再也听不见他的嘶喊声了。

"褚将军似乎与驸马颇相熟。"易初走到这位同袍的身边，神色有些复杂。

褚功明看了易初一眼，坦白道："他在来涣城之前，先去找了我，定下了这个声东击西的连环计。"

易初低声道："驸马是这样足智多谋之人。"

"你还不知道吗？他过去便是公主的谋臣。"褚功明笑了，"公主灭夏削齐、讨范得楚，都是驸马的计策。他原本是个智计无双的人，只是他甘愿被公主驱策罢了。"

易初没有接话。

"驸马可还是病着？"褚功明浑然未觉对方的异样，只是关切着那个没有露面的人，"下一步如何走，可还要去向他请教啊。"

从涣城往东百里，有一座断天而立的虎牙山，是东泽与齐国的交界处；越山而东则地势越发向下，在此处，沿着任何一条河流往东行，最终都会见到一片浩瀚无际的海洋。所以虎牙山东麓虽然不近海，却时时如被海风吹拂，到了深秋，空气中仿佛随时凝着湿润的微凉水汽，沾在肌肤上挥之不去。

山下住着几户农家，漫天红霞铺遍西山，正是樵采归来、阖家团聚的时分。

"男声欣欣——女颜悦哟，人家不怨——言语别。五月虽热——麦风清哟，檐头索索——缫车鸣。野蚕作茧——人不取哟，叶间扑扑——秋蛾生……"

变了调的歌声响彻山野之间。

“您别怪，大郎他瞎嚷嚷惯了的……”竹篱笆围起来的院落里，老妇颇不好意思地对客人道，“他从来不晓得他唱得有多难听……”

那位客人却是个女子，将将洗净了头脸，湿漉漉的头发挽成一个髻，斜斜地搭在白皙的脖颈上。可就在那白皙的脖颈上，却有着三四道入肉的血痕，那老妇怀中团着药，伛偻着身子，正给她仔仔细细地涂抹着，一边嘴里还不停地碎碎念：“姑娘这脖子生得真是好看，皮肤像是泉水里泡出来的，只可惜了，到哪里刮擦出来这样的疤哟……”

女子淡淡地笑了一下，眸色清冷如霜。

“大郎唱的是什么词儿？”她问。

“还能是什么风雅的词儿不成。”老妇道，“无非是我们这些做农的事情啦……”

“娘！我回来啦。”一个二十五六岁的男人背着重重的一捆柴一脚踢开了柴门，憨厚地笑了笑，将柴火放在一边。直起身来，目光与女子对上，他竟然愣了一下。

挠了挠后脑勺，他倒有些不知所措了：“原来你洗干净了，这样好看……”

“去去去！”那老妇羞得拿扫帚赶他，大郎“啊啊”叫了起来，绕着院子四周地跑。徐敛眉看着他们无忧无虑的样子，不由得也笑了，可那笑意却也不过存在了一刹那，随即便飘忽沉没下去。

十一月廿二，徐国大将褚功明带两万人马并世子首级，班师回朝。另一大将易初仍留在东境，扫荡东泽残余，并坚墙深壁，准备同齐、越诸国打一场持久战。

正月朔，大军入城，徐公亲自出城迎接，却是从褚功明身后迎出了一辆马车。那辆马车也无甚奇特之处，只是用黑色的帘幕将四周遮得严严实实，外边的人无法瞥见内里的一点半点。

到仓促修缮的奉明殿下，马车的帘幕挑起，几名亲兵上前将车中人迎了出来。却是一个青衫寥落的寻常男人，眉头低低地压下，不断地咳嗽着，抵着唇的手心里渗满了血，又被他不动声色拿绢帕拭去。

空旷的殿前甬道上，文武百官忽然陷入了奇异的沉默中。寒冬里那百级石阶凝了冰，男人挺直了脊背走得非常慢，却不让人搀扶，冷风仿佛在雕梁画栋间灌出无限空旷的回响。

徐公站在奉明殿上方等着他。

正月朔，列国朝奉，百官朝会，徐公下诏，立小王孙徐肇为储君，因徐公与公主皆身体不适，由王孙之父、驸马柳斜桥佐政治国。

“我不是徐国人。”在落雪的黄昏里，柳斜桥倚着奉明殿后的白玉栏杆，低低地说道。

“你要做一个‘天下人’。”徐公笑了笑，“这道理说给阿敛听，她却是不懂的。只有你，才能做到。”

王孙徐肇，从小就是个极乖巧的孩子。他有个伴读叫周寰，是周国相的孙儿，比徐肇大三岁，胆大包天。每日里上房揭瓦、爬树掏鸟、在习字的帖子上画乌龟、在厨房里偷吃东西……徐肇就傻愣愣地跟在周寰的后边，微胖的身子左摇右晃的，哪里有周寰那么敏捷，周寰有时还嫌弃他：“阿肇，你快一些！张大娘要抓过来了！”

徐肇咬着手指呆呆地抬起头，便看见周寰跟猴儿似的三两下窜上了树，叶子间哗啦啦地下了好一阵青绿色的雨，就像爹爹的衣服一样呢。他望了望四周，他们是在鸣霜苑里，可是鸣霜苑好大，种满了花儿草儿，有时候都能把他小小的人给淹没了。他最爱做的事就是在春天来临的时候，往鸣霜苑的青草地上一躺——

那时候爹爹也不那么忙，往往会亲自过来找他，爹爹会从那些新开的小花儿中间慢慢地踱步过来，温柔地低下身子，拿手指头蹭蹭他的小鼻梁，朝他笑道：“小懒虫。”

他才不是小懒虫。他背了好多书呢，只是爹爹没工夫来检查罢了。徐肇噘起嘴，不高兴了，爹爹便哈哈大笑，伸手将他抱起来，带他去后院里看小兔子——那早已不是小兔子了，爹爹说它是野兔子，所以才会长得那样大，看上去甚至还有点凶。

“有鸟蛋！”树上的男孩兴奋地叫了起来，“阿肇！阿肇过来接着！”

徐肇还没来得及反应，周寰却显然已经不耐烦了，一手托着那个鸟窝，一手抓着树枝便荡了下来，险些将那个鸟窝里的蛋摔了出去。周寰捧着鸟窝，满脸脏兮兮地蹭过来道：“阿肇你看，可以孵小鸟的！”

徐肇一双黑琉璃样的眼睛直直地盯着那个鸟窝瞧。只有一颗鸟蛋，孤零零的，沾着草木泥尘，还随周寰的动作晃动着。徐肇看着看着，忽然一撇嘴，“哇”的一声哭了出来。

周寰被吓了一跳：“小祖宗，你哭什么呀！”

徐肇这一哭，可把鸣霜苑里的下人们都从春睡中惊醒了，乳母程氏第一个跑了过来，看他哭得稀里哗啦，心疼得什么似的：“哎哟！我的小王孙哟，谁又惹了你啦！”周国相家里的小厮周炎就只管追着他家小公子：“您，您，您怎么又把小王孙闹哭了？您还让不让人省心啊您？”

周寰满腹的委屈："我对他还不好吗？我特意掏鸟蛋给他——"突然惊觉说漏了嘴，赶紧闭上了嘴。

周炎气得直跺脚："敢情前些日子这院子里的鸟窝，都是您给掏的？"

周寰梗着脖子道："是又怎样？我只是看王孙他喜欢……"

"行了，行了，少说两句。"程氏一边抱着徐肇往回走，一边道，"驸马多久才回来午睡一下，便给你们两个淘气包给搅了，真是一刻都舒心不得。"

"我不是淘气包。"五岁半的徐肇突然发出了声音。

众人一愣。

徐肇一个字、一个字地，咬得很生硬，但那双眼睛却清澈得像能倒映出天空上的影子："爹爹，不喜欢，淘气包。"

鸣霜苑的花廊外，引了淙淙的春水入御沟里来，汇成一个小小的莲池。春日里只有连天的荷叶，簇拥着水中心一方八角小亭，亭的四面下了隔帘，春风便被裁切成一缕一缕的从隔帘的缝隙间刮进去。

程氏将徐肇牵到了隔帘外，低声嘱咐道："你爹爹这阵子很辛苦，好容易休息一晌午，你过去见他可以，可不要闹他……"

话还没说完，徐肇已经是拼了命地点头，不发出声音，只把眼睛睁得圆圆的，也不知道他到底听得懂几分。程氏对这个孩子倒是放心，只要不让他给周寰那样的男孩带着跑，他一个人，便总是安安静静的。她稍稍掀起隔帘的一角，让徐肇钻了进去。

春日的天气，隔帘将日影筛到地面，斑驳流转出极淡的光。徐肇看见爹爹坐在栏杆旁，一条腿屈起来，手肘撑在膝盖上，微微闭着眼睛，似乎是在假寐；他不愿打扰爹爹，便这样愣愣地站在原地等他醒来。

可也许是方才奶娘的声音吵醒了他，爹爹不多时就睁开了眼睛，见到徐肇，那原本还有些疲倦的神色忽然被点亮了一般，笑了起来，朝他张开双臂："阿肇，过来。"

徐肇咬着手指走过来，突然，"哇呜"一下扑进了爹爹的怀里："爹爹，好久了，爹爹……"他嚷嚷着，"好久都不看阿肇……"

柳斜桥揉揉孩子的乱发，又捏了捏他白嫩嫩的脸蛋，笑道："可是阿肇却长胖了呢。"

"爹爹，"徐肇突然停下来，眼神盯住了他的鬓角，小手径直抓了过去，"白头发。"

一下来不及反应的轻痛，一根白发被孩子扯了下来，放在手心里给他看。柳斜桥愣了一下，随即笑道："爹爹老啦，阿肇就可以长大了。"

“阿肇不长大。”孩子噘起了嘴。

“阿肇长大了，就可以保护爹爹，不好吗？”

这句话徐肇仿佛听不懂，于是他睁圆了那双亮晶晶的黑眼睛，就像是太阳光揉碎了落在里面，闪闪烁烁地在温暖中漂浮。

柳斜桥又耐心地道：“阿肇长大了，爹爹就把这整个天下都送给阿肇，阿肇就可以做这世上最大的、最好的王，阿肇还可以带爹爹去玩，去找娘亲……”

“娘亲。”徐肇下意识地重复了一遍，虽然爹爹已经跟他说过许多许多关于娘亲的事，可这个词对他而言到底是极陌生的。他绞尽脑汁似的想了想，“周寰哥哥有娘亲。阿肇没有娘亲。”

“傻孩子，你也有娘亲。”柳斜桥抱住了他，将他的小脑袋在自己的胸口揉了揉，自己却别过了头去，“你娘亲她只是生了一场大病，她心里一定是想阿肇的……”

“爹爹想不想娘亲？”

柳斜桥愣了一下，很快便是一笑。

徐肇呆呆地看着爹爹笑，他知道爹爹是世界上最好看的男人，不要问为什么，他就是知道。

“爹爹自然想你娘亲，爹爹合该是这世上最想她的人啊。”柳斜桥笑得那么熨帖，那么理所当然。

柳斜桥陪着孩子用了晚膳，又牵着他回房中休息，自己方出来，沿着花廊走了两进院子，到他过去曾住过的旧厢房里去。那时候他还不是驸马，只是一个被公主捡来，悉心“报恩”的谋士。那时候他们之间的距离不近不远，偶有温柔。那却已是十多年前的事情了。

他关上门，点亮了灯，逼仄的房间里陈设简单，床上丢着一册书，是他上回看剩下的《吕览》。这是他从南吴王宫里带出来的少数几件东西之一，其实并不是他有多么爱看，只是看得久了就不忍释手。黄老之言总归是好物，需要机谋权术的人可以看，需要避世慰藉的人也可以看。

灯火将柳斜桥一个人孤零零的影子映到惨白的墙壁上，他脱下外袍放在衣桁上，手指轻轻地擦过衣带上悬着的玉佩。推开窗，暮色将将隐去，月亮还未升起，满天里只有暗淡的云，不见霞光。

五年又半。

他摄政徐国，厉行改革，允许庶人参军并以军功得爵，由此打通了贵庶天隔，徐国的力量大增，几乎无往不胜；徐国仍保持着与西凉和滇国的盟约，着力仍在东方，到去年已灭了大国越、郑，小国十余，一点点蚕食齐国周边的土地，对齐国呈包围之势。

今之徐国，已得天下大半。若论称王称帝，只缺一个正统的男人了。

世子既殁，徐公老病，王孙又太小，驸马如今一手遮天，却也全无自立的意思。局外的人看得清楚，徐国十余年来打下如此基业，靠的却是女人和外姓，最终还说不清会如何了局。

“驸马。”有人在窗外低声道。

“进来吧。”柳斜桥淡淡地道。

两名黑衣银甲侍卫模样的男人走进来。这是柳斜桥培植的暗卫，长年在外打探列国消息，此时他们回来，柳斜桥也并没抱什么希望。

希望越大，失望越大，不如从一开始就不要有念想。

“驸马。”那两个人对视一眼，又唤了一声。

柳斜桥在桌边坐下，摆摆手：“但说无妨。”

其中一个当先发话了：“齐国今年春旱，小人们在齐国走动，看冯皓那意思，似乎要把灾民往西境赶……”

“嗯。”柳斜桥沉吟着，“他想让灾民到徐国打头阵，还真是个损招。”

“是。”那个人躬身道，“小人们还在那边查探着……”却又不说了。

另一个人搡了他一下。

柳斜桥抬起头看向这两个人：“卫风，卫影，你们要说的不止这一桩吧？”

卫影便是前一个开口的，这时候骑虎难下，打了个哈哈道：“小人不太清楚，还是让大哥来说吧……”

“驸马。”卫风干脆打断了卫影的话，“我们见到公主了。”

柳斜桥微微眯起了眼睛，藏住了眼底的光。

卫风继续说道：“在东境虎牙山，齐国那一侧。”

第十六章 旧温柔

“先生，您找我？”鸿宾在帘外立定了，望过去，柳先生的侧影很薄，教她看不分明。

五年前的怒气早已消弭。她看着这个男人面无表情地坐在奉明殿最高的位置上，一日一日、一步一步，拖着日渐衰弱的病体，冷静地带领这个没有了公主的徐国一直走到了今天。她曾见他在朝堂上眉头也不眨一下就处死了十余个反对新法的大贵族，也曾见他在后院里和小王孙玩捉迷藏。他将半个身子都藏在了荷花池里，拿大片荷叶遮着头，在小王孙找过来时不断地朝她打着眼色……

鸿宾越是接近他，便越是看不懂他。鸿宾不知道公主过去是否曾看懂过他，毕竟隔着一层障眼的雾，男人已经是如此让人着迷了。

“我要带阿肇去一趟东境。”柳斜桥道，“公主已经找到了。”

鸿宾震惊地捂住了嘴，眼中刹那间便涌出了泪来。

帘影婆娑，柳先生的声音里仿佛带着笑：“得到了这个消息，我想着当先要告诉姑娘。”

五年半，说来也不是很长的时间。阿肇虽然每一天都在长大，可怎么看也还是那个圆滚滚、傻乎乎的模样，好像永远可以赖在自己膝边撒娇一样。

五年半，他不曾有一刻放松过对她的寻找。可是对外仍要做出一副公主在深闺养病的模样，还要应对徐国人上上下下的猜忌、疑虑，甚至于齐国明里暗里的挑拨离间……

这一刻，柳斜桥好像真的轻松了很多。虽然这五年里生出的白发不会一夕消失，胸腔里的病痛也从未止息，但这一刻，他终于清楚地看见了自己要去的方向。

三月初三，虎牙山下。

正是明媚动人的好天气，山间风涛阵阵，拂过平畴新绿的麦苗，拂过屋前新晒的药材，轻飘飘地撩起了门前的一串红纸折成的风铃，铃铛叮叮当当地响了起来，便好似飞了漫天的红絮。

从那向阳的房间里，传出来吱吱嘎嘎的机杼声。

“姑娘还在做工啊？”喜娘看了一眼织机道，“我还记得姑娘刚来咱们村的时候，摆不好这机子，十指被梭子扎得都是血哟……如今可好了，姑娘兰心蕙质，织的布那是村上最快最好的了！也不知杨大郎是攒了什么福气……”

“大郎一家救了我的性命，又收留我这些年，我只是为他们贴补一些家用罢了。”女子打断了她的喋喋不休。

五年多隐姓埋名、藏迹山野的日子已将她眸中过于锐利的冷光磨折了许多，如今的徐敛眉看起来好像只是个淡淡的影子，风一吹就会散掉了。杨家村的人都喜欢她，因为她勤快、聪敏、落落大方；可大家也都害怕她，因为她看起来很有些孤高，好像这世上已经没有任何事情能让她快活了一般。

前些日子，杨大郎终于鼓起勇气跟她提了亲。她起初是愕然的，旋而想到自己这五年住在杨家委实叨扰，便提出要搬出去住；杨大郎却急了，说自己是真心想娶她，不是为了同她卖什么恩情，他愿意一辈子供着她，只要她不嫌弃……憨头憨脑的男人，不俊，力气倒是很大，却不敢来抓她的手，只是傻愣愣地杵在门口不让她走。

徐敛眉叹了口气：“我今年已经将近三十岁了，早已嫁过人的，还有个孩子。”

杨大郎呆住，半晌才结结巴巴地道：“这，这个——我不在意！我是真心的，梅姑娘，我是真心的！”

她淡淡地笑了一下。真心、真心，这话她听了太多次，从不同的男人口中说出来，都是一样的欲望的滋味。他们根本就不了解她，只是看见了她温柔、美丽的一面，便说自己对她全然是真心的，转过脸去，他们便会背叛她了。

只有一个男人，从不对她道真心，以至于当他背叛了她，她连一句指摘的话都没有立场说。

五年间，她陆陆续续地听闻那个男人如今已经掌理了徐国国政，新法大行，徐国仍旧扩张无止，隐然有一统天下之势。在这个齐国与徐国交界处的穷乡僻壤，她也听不到更多关于他的消息，反而每日里只看见齐国的灾民都往徐国涌去。她想，他是真的要成功了；不知到了何时，他会把徐国的国号也改了呢？还有……还有那个孩子。他当初那么想要的孩子，她留给了他，会被他养成什么模样？

心里像是有一个隐秘的地方与脆弱相连，每次想起那个人和孩子，就会悄悄地痛一下。她便是那样笑了一下，然后说："你是我的救命恩人，我听你的。"

杨大郎得了这句类似允诺的话，欢天喜地地走了，根本没有去揣摩这句话里的深意。倒是他的母亲听了他的转述，回头来找徐敛眉，忧心忡忡地道："姑娘不必为了报恩，就把自己搭给我家那个傻子……我虽然想要孙子，可也不愿勉强姑娘……"

这个老妇是精明的，一眼就看出徐敛眉绝非她家大郎可以降伏的人物；而且在听闻她已经嫁过人后，眼光里便带了些嫌弃的意味。可徐敛眉却也很累了，她没有力气再同这些人周旋，她宁愿永远一个人缩在自己的小屋里，于是她道："那便算了，但听大娘吩咐吧。"

结果却是杨大郎和他母亲结结实实地吵了一架，最后，婚期敲定在三月初六。

喜娘待她从织机上下来，便一件件给她试着嫁衣。已经出嫁六次的她过去却从未穿过这么……粗制滥造的喜服，一件件认真地看了下来，她并不介意，却还有些想笑。

待喜娘走后，徐敛眉将嫁衣收好，又摆弄了一会儿绣花的绷架，低头看见自己手指间厚厚的茧，那种粗糙感觉，同练剑的茧是不一样的。

其实便在这山野里做个不问世事的农妇又何如？恩恩怨怨的债都已结清了，她送了那人整个天下，甚至都不再求他爱自己。她再不欠他什么了。

而如果，不是他的话……嫁给谁，似乎都无所谓了。毕竟她这一生，只勇敢了那么一次，就将所有的力气都用尽了。

门口的风铃轻轻地响了一下——

"谁？"她仓促地放下手中的东西，却被绷架上斜插的绣花针刺破了指尖，鲜血涌了出来。她下意识地吮住手指之后，抬眼看了过去。

却没有人。

三月初六。

杨家村从村头到村尾摆上了流水席。自东泽国覆灭以来，许久不见这样的好天气，许久不见这样阔绰的喜事。村里的妇人、姑娘们搡在杨大郎家里屋和外屋中间的那条过道上，待新娘子出来之后着力地去看，好像能看见她笑了。梅姑娘是不常笑的，但今日她却笑了，很温和，眼角往上微微勾起，是一种沉着的美丽。

杨大郎从外头被人推了进来，不断地朝四周的宾客作揖，笑得连眼睛都瞧不见。然后新娘也被人推了上前，两个人险些撞在一处，引得众人哄堂大笑。新娘的脸上仿佛泛着一层惨白的晕。

杨大郎将红绸一扯，抓牢了自己的新娘，带着她慢悠悠地走到了堂上。喜娘们在一旁凑着趣要他说些吉利话才肯放他们拜天地，闹得杨大郎满脸涨红，却反而去问徐敛眉：“你——你开心吗？”

喜娘叫起来：“哎哟！不可以，不可以跟新娘子说话的哟！来来来，茶呢！”

有人便端了茶上来，人群努力地压住了声息，等着新人向祖宗牌位敬茶。杨家老妇坐在那牌位之旁，一言不发地看着。

徐敛眉抬起眼，那堂上奉的是齐国人信的神，底下排开杨家的列祖列宗，以及杨大郎早去的父亲。

对着那陌生的神位，她有些怔忡，竟然跪不下去。

满天满地的红色，气氛是快活的，热闹的，所有人都在笑，就算这一刻大家都安静下来，她也能感觉到空气都在躁动。

喜娘轻轻地拉了一下她的红绸子，将茶碗递给她。

徐敛眉的手在颤抖着。在这异国的神的面前，她感到了无处可逃的苦楚，竟然不知道自己是来这里做什么的。那个人……那个人，他现在怎么样了？他在徐国做一个异乡人的滋味，是否也同她现在一样？她觉得可耻，她竟然还是不能斩断对他的思念，在这欢天喜地的时候，这种思念让她几近于崩溃。

众人此刻是真的安静下来了，连笑容亦渐渐敛去，沉默地凝视着堂中央这个不肯下跪的新娘。杨大郎自己当先跪了下去，紧张地抬头盯着她。

“——娘亲！”一个软糯糯的声音突然响了起来，众人立刻循声去看是哪家的孩子这般不听话，新娘子却突然打翻了手中的茶碗。

杨家老妇脸色变了，手撑着桌子一下子站了起来。

徐敛眉没有转身。她将手中的红绸帕抓紧了、揉皱了，也不愿转身。可是一个软乎乎的小家伙突然就扑了上来抱住她双腿，号啕大哭起来。

柳斜桥急匆匆地赶过来，谁料孩子却比他跑得还快，径直冲上喜堂去了。待他站定在徐敛眉的身后时，徐肇已经在后者的怀里哭得稀里哗啦的。

“娘亲，你不要不要我……”徐肇将鼻涕眼泪都抹在徐敛眉的喜服上，“我一直乖乖的，爹爹也一直乖乖的……你不要嫁给别人……”

徐敛眉不会抱孩子，便任他这样拽着自己，尴尬地杵在地上。她认不清这孩子哭花了的眉眼，可他的哭声好像扯着她的心脉，牵扯得她浑身都疼。她不由得后退了一步。

孩子一个没抓稳扑跌在地上，呆住了，然后，哭得更加惊天动地，却除了“娘亲”二字什么也喊不出来了。

“阿肇！”柳斜桥再顾不得其他，连忙过去抱起孩子哄道，“阿肇过来！别哭了，阿肇乖……”

五年半未见，甫一遭逢，却见到他哄孩子。

徐敛眉嘴角扯了扯，不知道该说什么，也不知道该作何表情，只是手足无措地立着，像一个等人认领的大小孩。

待好不容易将徐肇哄得稍稍住了嘴，柳斜桥牵着他站起来，看着徐敛眉，又叹了口气。这一声叹息，蕴含着几多无可奈何的宠溺，令徐敛眉的心都颤抖了一下。

“阿敛，同我回家吧。”柳斜桥温和地道。

徐敛眉咬着嘴唇，低低地笑了笑：“回家？”

被吓呆了的喜娘这时候突然叫出了声：“不可以啊！你这，你这男人做什么呀？这里正是要嫁人呢！”

“唰——”柳斜桥突然拔出一把剑斜抛过去，徐敛眉一愣，但立刻伸手稳稳地接住。她皱起眉头，眼神变了。

堂上的众人被这猝然出现的剑光骇得脸色青白，便连杨大郎也惊退出去，然而，接着又见徐敛眉面不改色地执剑，他忽然意识到，他真的一点也不了解他这位新娘。

柳斜桥凝视着徐敛眉，凝视着她今日穿的红色衣裳，冶艳的妆容：“您杀了我，便可以嫁人了。”

徐敛眉不言语，手指在剑柄上张开了又握紧。

五年半过去，这个男人清俊的脸仿佛显得更苍白了一些，一丝不苟地束入冠中的头发竟已大半灰白。她不知道自己为什么会注意到那么微细的东西，也许只是因为她不想去看他的眼睛。

柳斜桥的眼睛是浅色的，却深邃得无边无际，她只要一同那双眼睛对上，就一定会粉身碎骨。她已经尝试过太多次，又摔倒过太多次了。再勇敢的人，也总有个恐惧的极限的。

“你为什么要找我？”她慢慢地、一字一顿地问道。一瞬间，她以为自己在柳斜桥的脸上看到了被刺痛的表情，可转瞬间他又掩藏得很好了。

“除非我死了。”他偏过头去咳嗽了两声，声音压得很低、很低，“否则，我不会让您再嫁第七次。”

柳斜桥怎么可以如此理所当然，好像过去的一切伤害和背叛都从来不曾发生过？

死寂的堂上蒸腾出不可名状的灼热，仿佛那红艳艳的喜庆都变成了煎熬的火。像是回到了五年多以前的战场上，她一个人拖着沉重的剑往城下挣扎着爬去，明明是一场大胜仗，可身边都是同胞的尸体，鲜血模糊了她面具底下的缝隙，天地间都是冷红的一片。

从流玉岗到涣城城下，有五十里的山路。她带着一千疲兵，同两万敌军厮杀了五十里。

在易初的援军出城之前，她已经倒下了。最后一刻，她将面具抛下，涂污了脸背转身，任逃兵的马蹄从她的身上踩踏过去……

在山林中昏迷过去的她脊骨几乎被踩裂，带着死亡气息的污浊的空气充满了整个世界，从那一刻起，仿佛她过去所纠结、难解的一切，都不再重要了。心在鲜血中封冻，她让“世子”从此死去，也让曾经那个勇往直前、不计代价的自己就此死去了。

徐敛眉闭上了眼睛，复又睁开，眸中是一片绝望。她抛下了手中的红绸，另一手剑光陡现，众人还来不及反应，她手中的剑尖已经指向那个男人的咽喉！

柳斜桥没有动，只是稍稍压低了眉，看着那轻轻颤抖着的剑锋。被他牵着的孩子看得傻了，将整个右手都咬进嘴里，连哭叫亦不敢。

徐敛眉被柳斜桥这副冷静的样子激怒，脸上带着泪水，声音似乎在发抖：“你当真以为……我不敢杀你吗？”

“您敢的。”柳斜桥脸色苍白地笑了笑，“我从来不敢将自己想得太重要。”

徐敛眉咬紧了牙关，眸中冷光耀动，麻木的手指一用力，剑尖便往前刺进半分——

肌肤被刺破，男人忽然控制不住地咳嗽起来——那几乎是把他的咽喉要害往她的剑尖上送了！

徐敛眉的脸色一变，下意识地收手，便立刻听见孩子震天动地的哭声：“爹爹！爹爹死啦！爹爹不要死！……”

“喀喀……”柳斜桥的一只手捂着咽喉，鲜血从指缝间渗出来，他却用另一只手连连拍抚着孩子，“爹爹……喀喀，爹爹没事，阿肇不要哭……”

徐敛眉冷冷地哼了一声，将长剑哐啷一声丢在地上：“好好的一个孩子，怎么教养得说哭就哭？”

柳斜桥微微一愣，随即抱歉地道：“是我疏于管教，给他挑的几个从人难免惯着他了。”他拾起剑收入鞘，“您既然不杀我，便同我回家吧。”

徐敛眉不说话。

围观的众人见剑已入鞘，都松了口气，继而指指点点、交头接耳的声音也渐渐地大了起来。亦有好心人去取来了纱布，却先交给杨大郎，后者犹豫着递给了离自己较近的柳斜桥。

“多谢。”柳斜桥接过来，又被徐肇抢下来，柳斜桥便配合地蹲下身子任孩子将自己的脖子包成一圈乱七八糟的样子。徐肇像是被吓怕了，包扎完后便抱着父亲的腿不肯松手，柳斜桥转头对杨大郎温和地笑了一下，又感谢道：“多谢你了。”

杨大郎愣愣的，他再愚钝，也从这个男人的温和里看出了明明白白的蔑视：这个男人，根本不在意杨大郎正在娶他儿子的母亲，他对这山野里的一切都抱着温和的宽容，因为他知道“梅姑娘”根本不可能在这里留得太久。杨大郎一瞬间觉得嫉妒无比，一瞬间又只觉得沮丧。

“大郎，给我过来！”杨老妪将拐杖一戳，皱紧眉头道。

杨大郎挠了挠后脑勺，频频拿眼睛去看冷面冷心的新娘，但到底还是走到了他母亲的身边去。

杨老妪拉着儿子，大声道：“梅姑娘，你们自己的家务事便自己先解决了吧。这个亲，我们老杨家是高攀不上了！”

徐敛眉看过去，大郎一脸犹豫地也正望着她。这个男人过去对她是好的，体贴的，而且还救过她的命；但这个男人却终究不会接受这样的她。

男人们喜欢的都是那种征服她的感觉，就像驯服一匹烈马，可事实上，他们不在意她的心中到底怎么想。

徐敛眉抬手将沉甸甸的发冠摘了下来，交给一旁面色难看的喜娘，对杨家母子一字一顿地道：“五年来多有叨扰，日后必将报答。”

“梅姑娘……”杨大郎低低地唤着这个虚假的名字，却不再挽留一句。

徐敛眉再不看他们一眼，径直走了出去。徐肇“哇”的一声哭出来，便要追过去，被柳斜桥一把抱了起来，快步赶上。

院门口有一匹马。徐敛眉毫不犹豫便要踩镫而上，却被长长的嫁衣绊住，她低头皱了眉。这时候柳斜桥却当先上了马，低下身子来朝她伸出了手。

徐敛眉盯着那指节修长、脉络分明的手掌，好像这样就能将它盯出个窟窿来。

柳斜桥笑了：“我在邻近镇上住了店，我有五年多的话，要细细同您讲。”

徐敛眉愣愣地抬起头，只看见他的笑容，柔和的，温暖的，映着他背后的春日阳光，仿佛能将一切坚冰都融化了。她已经太久、太久不曾见到这个令她迷恋的笑容，一时间呆住了，鬼使神差一般地将手放在了他的手上。

柳斜桥一把拉起她，让她横着身子坐在自己身前，再去拉傻愣愣地站在地上的徐肇。

“坐稳了。”他说，气息就吐在她的耳畔。

“不是我……”她小声地辩解。孩子不肯安分地坐在前头，却硬往她的怀里钻，叫她简直不知如何安放手足。

柳斜桥却道：“您只能抱着他坐，不然我如何拉缰？”

徐敛眉只好勉为其难地将徐肇抱在怀里，徐肇立刻就安生了。也不知道是怎么养的。徐敛眉腹诽。

“阿肇是个好孩子。”柳斜桥却笑得那么温柔，好像一个为她布下的陷阱一样。

最近的莲桐镇上只有一家客栈，柳斜桥熟门熟路地过去，让店小二将马牵走，徐肇已经又抱上了父亲的大腿。

柳斜桥低头给他使眼色：“去同你娘亲撒个娇。”

徐肇看了一眼站在一旁的母亲，摇了摇头，仍然抱着他。

柳斜桥叹口气，一手捂着脖子上的伤口，拖着徐肇走入客栈，上二楼。

徐敛眉默默地跟在后头，忽然说道：“你的伤口须得重新包一下——”

“我带了药。”他说。

“在哪里？”

“在房里。”

徐敛眉“哦”了一声，不再说话了。

很短的十数级楼梯，说了这么两句无关痛痒的闲话，也就走到了头了。柳斜桥推开一间客房的门，徐肇便开心地扑了进去，喊了一声：“鸿姨！”

徐敛眉的脸色微微一变，然后便见鸿宾扶着房门出来，声音颤抖着低唤了一声：“殿下……殿下！”

徐肇缩在鸿宾的身后，看了看鸿宾，又去看徐敛眉。

徐敛眉抿紧了嘴唇，只觉口中干渴，许久才道：“你也来了。”

鸿宾一时似乎也不知道该说什么好，柳斜桥开口了：“你在此处带着阿肇休息一会儿，我们去隔壁。”说完，还对鸿宾身后的徐肇笑了笑。

“什么？”徐肇瞪大了眼睛，“我不要——”脆生生的声音才刚出口，柳斜桥已经将门都关上了。

终于隔断了那个躁动的年幼的孩子的视线，徐敛眉皱着眉，却道：“孩子交给了你，怎么便养成这般娇滴滴的模样，成日里只知道缠着父母闹这个闹那个——”

“你错了。”柳斜桥推开另一个房间的门，笑盈盈地道，“阿肇其实很聪明的，他知道在什么样的时候该做什么样的事。何况他也不是缠着父母，他只缠父亲。”

徐敛眉走进来，心头一股浊气不知如何发泄，便莫名其妙地都抛给了一墙之隔的那个孩子：“我五岁的时候都可以上马拉弓了，他却那样细胳膊细腿的，恐怕还跑不动几步路吧？看他那个假模假式的样子我便知道是你教出来的，半点也不像我徐国的——”

“嘭”的一声，柳斜桥关上门后将她一带便推到了门上，整个人压了下来。唇齿重重地碾过，她睁大眼睛，呼吸都错乱了。

短暂的停歇里，他的一只手撑在门板上，另一只手轻轻抬起了她的下巴，迫得她抬起头，然后又吻了下去。

狭小的、逼仄的房间，好像还飘浮着些老旧的木板的气味，窗户关得死紧，透不进一丝的光，偏还能听见楼下小二吆喝、客人吵嚷的声音。徐敛眉感到热了，喜服层层叠叠的，密不透风，男人的气息还不断地侵略着她，她甚至能品尝到自己唇上的胭脂，便着些许的苦味。

柳斜桥吻着她，却不曾闭眼，极近的距离里他仔细地凝视着她的眼睛，好像一定要在她的眼底烫出一个烙印。她整张脸烧得通红，却不知因为羞耻还是因为愤怒，深邃的、迷幻的、不可自拔的吻，像一道裂开的深渊，她想推开他，却反而不得不缠紧了他的脖颈，她怕自己一不留神，就会坠落下去了——

柳斜桥突然放开了她，偏过头去一手抓着桌角重重地咳嗽起来。鲜血从他脖子上的纱布里渗了出来，徐敛眉看得心惊，忙去翻他放在桌上的包袱：“药呢？还有纱布……”

她的手腕被柳斜桥一把抓住。徐敛眉突然转头，便对上他一双深潭似的眼睛，眼睛里翻搅着被掩藏的痛苦。她的心竟然一颤。

——他凭什么痛苦？

徐敛眉垂下眼睛，道：“你怎么能让一个孩子给你处理伤口？”

柳斜桥凝视着她，慢慢地放开了她的手，坐到了桌边。她沉默地推开了窗户，让光线斜斜地照进这个昏暗的房间里来，然后将他脖子上浸血的纱布一圈圈取下来，再用新的干净纱布沾了药敷上去。她微微低着头专注地动作，发丝撩动在他的皮肤上，呼吸倾吐在他的耳畔，他紧紧地抿着嘴唇，被她碰触到的地方却都泛着红。

末了，她将东西收拾好，直起身看他半晌，忽然道："你有不少白头发。"

柳斜桥看着她，轻轻地笑了一下："您今日却这样好看。"

她这才意识到自己还未换下这一身嫁衣，一时有些羞赧，却听他又道："我见您穿这样的红衣也有许多次了。"

她咬着嘴唇，或许是不知道该说什么，最后只说了两个字："先生。"

他抬起头，清楚地听见自己心中某根弦绷紧到极致然后崩断的声音。他曾忍受多少年的寂寞，也不及这一刻心中空旷的回响。

徐敛眉想，她若有力气，一定要同他认真地理论一番。五年前那一场大战的得失，五年来她一个人的漂泊，徐国的大业和他的背叛，还有他们的孩子……那么多心事，那么多沉重的心事曾经在一个个夜里把她的心都绞成了乱麻，让她忍受着疼痛的清醒的折磨——可是现在，面对着这个沉静、温和的男人，她却隐隐约约觉得有一件事，比这所有的事加在一起还要重要，重要得多。

徐敛眉听见他在轻笑，纵容的笑，好像她在他这里，可以做任何事情，不必承担责任，也不必付出代价。他站起来了，晦暗的黄昏里她闻见他身上掺着血腥气的男人的味道，她曾经无比熟悉的味道。窗下是人来人往的市井，那热闹的声音却都是隐隐约约的，仿佛被隔在了另一个世界里。

柳斜桥一手揽住她的腰，微微挑眉："我若不及时赶到，您当真要嫁给那个齐人吗？"他的动作很强硬，声音却很温柔，这让她感到更加不安，想挣脱却不能够，便只能在话音里多添上一些倔强的意思："我便是嫁了，你又能如何？"

"我能如何？"他笑了，"我的法子，可多得很。"

她正欲反唇相讥，他却突然将她一把横抱起来，大步径直往床边走去。

徐敛眉吃了一惊，一下子抓紧了他的臂膀，却又立刻羞恼地松开了手。他不在意地笑笑，将她放在床上，探身拉下了素白的纱帏。

暗沉沉的天光在四壁间折了几个来回，映到他的眼中时，已是极深的深黑。她往后退缩了一下，他却没有强逼着跟上来，而是将手覆在了她的手上。

轻柔的触感，像一种甜腻的诱惑。没有过去，也没有未来，光阴在他们中间阻绝，如一条河流突然落下悬崖，迷雾重重之中，只闻到那仓皇的水声。

当他慢慢倾身吻过来时，她的手指抓紧了床褥，眼睛闭上，嘴唇在他的试探下，终于悄悄地开启。

这也许只是她的一个不见光的梦境。在经历了那么多伤害之后，她仍然会在黑暗中想起他，想起他指尖的温度，想起他身体的重量，想起他偶尔从心底里泄漏出来的低沉的气息，想起他灼热的视线。无论多么冷静自持的男人，到了床上，总是不能全然掩饰自己的。欲望让人防不胜防，来不及披挂好伪装，便已经足够被看穿。

柳斜桥显然也是惊讶的。从她的身上抬起了头，他又愣愣地看她许久，伸出修长的手指轻轻触碰她的脸，好像她是个易碎的瓷娃娃："您……您当真回来了。我总要以为自己是在做梦。"

短短的两句话，却好像能引出许多吞咽着血泪的回忆，空气变得黏稠起来，让人不堪重负。她咬着嘴唇，不愿意示弱，却更不愿意僵持，于是稍稍屈起了腿，动了一下。

柳斜桥闷哼了一声，抬眼望向她时，她竟然在笑。他再不多话，毫不犹豫地吻了下去。

徐肇与鸿宾各坐在床的一头，大眼瞪小眼。

小客栈的房间简陋，墙壁亦薄，隔壁房里的床可能是贴墙放的，能听见一阵复一阵奇怪的摇动的声音。徐肇歪着脑袋安静了一会儿，忽然问道："他们在做什么？"

该来的总是会来。鸿宾在内心感叹，对小王孙露出一脸诚恳的表情："王孙殿下想要弟弟妹妹吗？"

徐肇又歪着脑袋想了想："爹爹会喜欢弟弟妹妹吗？"

"当然会啊。"鸿宾皱了皱眉，又补充了一句，"但先生最喜欢的当然还是王孙您了。"

"爹爹喜欢的话我就要。"徐肇却说。

鸿宾笑起来："真乖。"

徐肇："所以他们在做什么？"

鸿宾愣了一下："啊……就是在给殿下找弟弟妹妹呀。"

徐肇一脸迷茫地看着鸿宾。

鸿宾不想再纠缠于这个问题："王孙今日见到娘亲了，开不开心？"

徐肇一听，却扁了嘴："娘亲不喜欢阿肇。"

"怎么会呢？"鸿宾一看徐肇这个表情就心疼得不得了，"那只是她太久没见到您了，您多去找她亲热亲热就好啦。"

徐肇摇摇头："娘亲欺负爹爹，阿肇也不喜欢娘亲。"

鸿宾感到头疼：“娘亲怎么会欺负爹爹呢？”

徐肇说：“她现在就在欺负爹爹，你还帮着她来骗我。”

“……”

天旋地转。

用三十年的时间做了一场梦，梦里光影朦胧，粗糙的枕巾被揉皱，干燥的床褥被浸湿，抵足交缠中溢出沉闷的喘息，撞在梦境的壁垒上。很久以前的明暗变幻的记忆被唤醒了，徐敛眉想起来她曾经是多么熟悉这个男人瘦削而有力的身体，想起来她曾经如何在内心里反抗这种被男人压在身下的快感，想起来她每次妥协时那犹豫的心情。

男人不说话，却总让她意识到，他会保护好她。他在侵犯她的同时保护她，在掠夺她的同时赠予她。

柳斜桥低下头，一边安抚地亲吻她的脖子，她搂紧了他，手指摸索过他肩背上凹凸不平的旧伤疤，逗出他敏感的呻吟。他压低了眉头，不服输地伸手探上她的心口，多年前的剑痕已经养得不见痕迹，可她却仍然难以忍受他如此带笑的触摸，像有细小的虫子沿着他的手爬入了她的心脉里去，一丁点一丁点地将她蚕食。什么爱恨情仇的煎熬，都比不过此刻最微妙的那种快乐。巅峰来临的刹那，黑暗无边无际，柳斜桥深深地吻住了她，仿佛是给了她一整片星空。

不知道过了多久。双眼已经习惯了黑暗，徐敛眉抬起头，便对上柳斜桥温和的眼睛。她仓促地坐起了身，眼角的余光瞥见地上扔成一摊的艳红色的嫁衣，无端觉得刺眼。

男人顺着她的目光看过去，然后笑了。他倚靠着床头坐起来，被子滑落，露出宽阔、结实的胸膛。真是奇怪，他素日里看上去明明是清瘦得风吹即倒一般，脱了衣裳却又暴露出如此深沉的力量。他的笑声仿佛便是从那胸膛底下发出来，沉稳而清越，带一点点宠溺的味道。

这时候忽然有人敲门。

“客官？”是店小二，“水烧好了，是现在送上来？还有您要的烧酒……”

“进来吧。”柳斜桥说。徐敛眉一惊，却被他面不改色按回了枕上，盖好了被子。

店小二走进来时脸都红透了，连忙将热水在帘子后放好，又提来两壶酒便离开了。

徐敛眉整个人缩在被子里生闷气。

柳斜桥用一根手指挑了挑被角：“你猜他瞧见你几分？”

被子里无人答话。

“好了，喀喀……”他偏过头去咳嗽几声，微微无奈地笑起来，“他若瞧见你一分，我早已挖了他的眼睛了。”

徐敛眉一愣，从被子里探出头来，男人眼中的光微露冷峭的棱角，是她过去从未见过的模样。是什么东西，竟将他的棱角给洗出来了？

她看着他道：“你今日咳得比过去格外多。”

他笑道：“五年了，哪能没有一点变化？”

她抿了抿嘴唇。

“去沐浴吧。”他轻声道，俯下身来便要抱她，被她避开了。

“我自己来。”她不自然地道。

柳斜桥动作停住，复一笑：“好。”

第十七章 樽前约

待徐敛眉换了干净的衣裳，躲在壁橱后头看着小厮将被单换过，她又在房中发了一会儿呆，柳斜桥才从浴房出来。两个人都是湿漉漉的，不同的只是她在窗前立了片时，已从方才迷乱的灼烫而渐渐转了冷。他披着里衣出来，便觉出些春夜的料峭寒意，原来是从那半开的窗户透进来的。

柳斜桥也不看她，走到桌边，执起酒壶斟了两杯酒道："殿下可愿陪在下做一个游戏。"

徐敛眉转过头，不说话，看着他。

柳斜桥一只手执起一杯酒，另一只手将另一杯酒推给她："一个问题，一杯酒，怎么样？"

徐敛眉凝望着他，眼角一分分挑起，像一朵冶艳的花被打开："本宫为何要同你做这个游戏？"

柳斜桥笑了，执杯走过来，探身望向窗外那一轮冷月："因为这夜太长，又太冷了。"他伸手碰了碰脖子上的纱布，好像在摸着那底下的跳动的脉搏，"难道殿下便不想知道这五年多来，徐国到底变成了什么样子？"

不，我不关心徐国。至少今夜，我不关心徐国。可是这样的话，她却是无论如何也说不出口。于是她径直拿过了酒杯，一饮而尽，道："你找我回去，打算如何处置我？"

"自然是请您回去执天下之牛耳。"他不知道从何处变出来一碟辣香干来放在她的面前，"小镇无甚好物，好在辣的东西总可以下酒。"

他连筷子都递上来，她只好接住。

他用自己的酒杯撞了撞她的空杯：“您为何要嫁那个齐人？”

徐敛眉皱了眉头：“因为他救了我的命——你不是徐国人，为何要这样好心对待徐国？”

“因为徐国是您的。您会嫁给任何一个救过您性命的男人吗？”

“不会。五年以前你有意引敌军入岑城，怎么如今又一派高风亮节了？”

徐敛眉问得急了，她自己也知道。她不应该这样直白，即使她已经被逼到了某个危险的界限上，她也不应该这样显露给他看，让他嘲笑。

柳斜桥低压了眉头朝她望过来。月光浮动，映得他的头发上如痛洒了银霜，又散碎地落在他的眼底。

“五年多前的齐越诸国联军，同我没有关系。”他说。

徐敛眉当即便要冷笑，却被他一杯酒堵住了嘴：“您是真心要嫁给那个齐人吗？”

徐敛眉觉得烦躁起来了。她知道谁先较真谁就输了，可她已经管不住自己心中那团乱窜的火气——她从未被人以这种语气质问过，而此刻她竟然好像还矮了他一头。她哐的一声将酒杯放下，咬着牙道：“他的真心总比先生多一些。”

柳斜桥不再说话，只慢慢地倒酒。从她的角度看不见他的脸。突然他咳嗽起来，酒壶摔在了地上，溅出一地酒水，好像还朝空中冒着辛辣气。他一手扶住窗框，五指都用力得仿佛嵌进了窗棂里，劣质的木头里翻出倒刺扎进指尖，痛得他几乎感到麻木。

“——爹爹！”蓦然间，房门被人敲得震天响，好像是遭着拳打脚踢的，“爹爹，开门！我要爹爹！”夹杂着鸿宾着急地喊：“您——您不要这样，先生好好的呢——”

“我爹不好！我爹又在咳了！”徐肇的喊声里好像带了哭腔。

门开了。

站在门后的却是徐肇最害怕的那个女人。那个爹爹花了好长时间好大力气去寻找的女人，徐肇从小就听爹爹说，那是娘亲。可是娘亲看起来和他们一点也不亲，孩子的感觉是很敏锐的，他觉得娘亲好像完全不想看到他。所以，徐肇看到徐敛眉后，下意识地就往鸿宾的身后躲。

徐敛眉愣在原地，不知道该如何同自己的儿子说话。就在这时，柳斜桥走了过来，脸色苍白而唇角带笑：“阿肇又不乖了？”

“爹爹……呜哇！”老半天没看见父亲，五岁的孩子想得抓心挠肺，再不想管旁边那个表情奇怪的母亲，一下子扑了上去。

柳斜桥好不容易接住了徐肇，便哄着他乖乖地去床边坐。徐敛眉和鸿宾在门口尴尬地对视一阵，最终徐敛眉侧身道：“进来吧，本宫有话问你。”她终究还是要做回那个徐国的公主。

六年以前，岑都内乱，冯皓派两千精兵自岑河乘虚而入，却被驸马柳斜桥设计全歼。但这样的消息，传到前线却是语焉不详的。

徐敛眉目光闪动，不去看任何人，只独自立在窗前，听鸿宾说当年的事。

驸马是个来路不明的外人，鸿宾虽然在千钧一发之际不得不依靠驸马，但当时名义上的“公主”还在都城内，总不宜让太多人知晓。直到后来“世子”阵亡的消息传来，徐公再没了其他选择，只有让驸马站到台前来摄领政事。

“岑河到底是怎么回事？”徐敛眉冷冷地道。

柳斜桥叹口气接话道：“您可还记得更早以前，我便同您提过岑河的危险了？冯皓打岑河的主意不是一两天，他敢冒兵家忌讳逆流而上，就说明他已经把岑河的底都盘查清楚了。”

若在过去柳斜桥说这话，难免有些邀功的意味，要遭她不齿；但此时此刻，两个人之间的地位好像发生了微妙的变化，她发现自己不再能全然高高在上地嘲讽他了，这个男人看起来温顺如昔，却在实际上掌控了全局，这让她感到有些慌张。

徐敛眉：“所以，那个内奸竟然是——”

“燕侣。”鸿宾说着，眼圈又红了。

长时间的沉默。徐敛眉觉得自己好像跌进了一个拙劣的圈套里。将近六年的时间，她用尽全力去恨他，只有这样才能不那么爱他；可是现在他们却告诉她，她再没有恨柳斜桥的理由了。这六年的所有痛苦竟然就这样被三言两语所消解，心中突然空出一片，令她仿佛一脚踩空般有心悸的感觉。

徐肇摇了摇父亲的手：“爹爹，爹爹，我饿了。”

柳斜桥将徐肇从怀中放下来，他仍然抱着柳斜桥的脖子不肯放手。柳斜桥指指徐敛眉道：“去同你娘亲说。”

徐肇噘起了嘴，转过身，看了徐敛眉一眼又转回来：“我饿了。”

柳斜桥道：“我这里可没有吃的。”

徐肇：“爹爹去买嘛！”

柳斜桥两手一摊：“如今你娘既然回来了，钱就不归我管了。”

徐敛眉忍不住道：“我可没拿你的钱。”

柳斜桥笑道：“但我的钱都是你的。”

鸿宾“扑哧”一声笑出了声。

徐肇傻愣愣地看着大人在笑，自己也慢慢地笑起来，虽然他根本不知道这有什么好笑的。不过这个娘亲的脸颊微红，眸中带水，虽然看起来还是很傲慢，但好像也不是那么难以接近了。

柳斜桥凑到徐肇的耳边哄道：“去，去拉一拉她，让她带你去吃好吃的。”

徐肇咬着手指头犹豫了一下，小小的一团身子便往前一挪，又一挪，然后伸手去碰徐敛眉的手。

徐敛眉这回没有甩开徐肇。她低下头，看着这个从自己的身体里翻搅出来的小东西，如今也是有眉有眼地站在自己跟前了，会吵会闹，会讨巧，会耍心眼，白嫩嫩的皮肤上一双黑得透亮的眼睛，唇红齿白，竟然还是挺漂亮的。

徐敛眉伸出一根手指来，他便乖乖地用两只手抓了上去。肉乎乎的小手掌抓紧了，仿佛是把他所有的期待都寄托在了娘亲那一根手指上。

徐敛眉扯出一个笑来：“你想吃什么？”

四个人在镇上找了家看起来还不错的酒馆，已经入夜了，客人不多，菜却上得很慢。这期间徐肇就抓着徐敛眉的左手玩，一根手指头一根手指头地数过去、数过来，好像是这世上最好玩的游戏。

徐敛眉神色古怪，想抽回又作罢，只是无可奈何地看着徐肇。

柳斜桥在一旁轻声道：“他现在还不敢同您撒娇，您给他一只手，他便只敢跟这只手玩。”

徐敛眉不说话，只是把好不容易上来的菜往徐肇的面前推了一下。

柳斜桥对徐肇道：“吃饭了，好不好？”

徐肇看一眼饭桌，一只手拿起了筷子，另一只手却仍然抓着徐敛眉的手不放。

鸿宾低声道：“殿下，您给他夹些菜？”

徐敛眉原本有这个打算的，被她这样一说，执着筷子的手反倒僵住。就在这时，徐肇有模有样地夹起一块鱼肉丢进徐敛眉的碗里：“娘亲，吃菜。”

柳斜桥和鸿宾都是一愣，旋而忍不住都笑起来。徐肇黑溜溜的眼珠子转了两转，也跟着傻呵呵地笑，徐敛眉的脸竟然红了。

四个人回到客栈后，柳斜桥带着徐敛眉很自然地往日间那房中走，徐肇却也很自然地跟了进来。

鸿宾急得在后头跺脚：“阿肇，过来，你今晚住我那儿！”

徐肇皱起了眉头，听不懂这话似的看看她，又看看已经走进房里去的父亲和母亲。

鸿宾上前来哄他道："你爹爹和娘亲还有好些体己话儿要说，阿肇今晚乖一些——"

"我同他哪有什么体己话好说？"徐敛眉忽然笑了，侧身让出一条道来，"今晚同我们睡吧，阿肇。"

这是徐敛眉第一次叫阿肇的名字。

原来娘亲叫自己的声音这样好听，阿肇愣愣地想。轻轻地，唇齿间吐出来又有些微收进去，带着温暖的气息。他可以从这两个字里听出来大人的一些心里话。

鸿宾舒了口气："那殿下，先生，奴婢就在隔壁，你们需要什么只管吩咐。"说完她出去，体贴地关上了门。

柳斜桥去点上了灯，听见徐肇和徐敛眉的对话："娘亲，我要沐浴。"

"那便去呀。"

"娘亲您带我去。"

"为什么要我带你去？"

"我不会。"

"你五岁了，还不会沐浴？"

"我五岁半了。"

"……"

"爹爹都会帮我的。"

"怎么帮你？"

"帮我放好水，再给我擦背。"

"那你找你爹去。"徐敛眉不耐烦了，走到桌前喝了口茶，未料到却是冷茶，当即重重地放下了杯子。

徐肇没想到刚才看起来还颇为可亲的娘亲一下子又变得这么难以捉摸，眼睛红红的，盯着地面，小嘴一扁就要哭出来。柳斜桥叹口气走上前，拉着他的手道："爹爹带你去沐浴好不好？"

徐肇却来了脾气似的，猛地一下将他父亲的手甩脱了，仍然低着头死盯着地面。

"你就不该这样惯着他。"徐敛眉抱怨道，"什么都由着他，等他长大了可如何得了？"

柳斜桥抬眼道："他从三岁以后便是自己沐浴了。"

徐敛眉被哽住，半晌后勉强道："他爱洗不洗，我不管他。"说完她走去那张床边。

这个房间太小了，一家三口挤在里面，谁也避不开谁。她看见那件嫁衣被丢在床头，想起这到底是杨家出了钱的，将它拿过来细心地叠起来，又打开，再叠起来……双眸便盯着那大红的鸳鸯纹样，不说话，只是嘴唇在颤抖着。

徐肇发了脾气之后，渐渐地觉得害怕了。他从来都是个很懂事的乖孩子，他从来没有这样任性过。现在他尝试了，只是一个小小的动作，爹爹和娘亲，却都不说话了。

他们谁也没有来哄他，便连最宠他的爹爹也在沉默着。爹爹没有笑。爹爹不笑的话，徐肇便没有办法知道他在想什么，更何况徐肇现在还低着头，他必须低着头，他不愿意让大人瞧见他的泪水。

过了不知道多久，徐肇听见门开了，爹爹走了出去。然后鸿姨进来，将他拉走了。这回徐肇没敢再甩开大人的手。他乖乖地跟着鸿姨去了隔壁，洗了个澡，洗澡的时候他差点从浴桶里的小凳子上滑下去，鸿姨就在帘子外面，可他不想像个胆小鬼一样叫喊，好在他的小手扒紧了浴桶边缘将将地站稳了，然后豆大的泪珠便接二连三地往下掉，掉进涟漪微绽的清澈的水里。

“您对我有怨，不必对孩子发火。”柳斜桥站在床前，看着徐敛眉将那件嫁衣叠起来又打开，很平静地道，“那是您的孩子，我以为您想见他才将他带来。若是您像恨我一样恨他，我会让他回去。”

“原来你还记得那是我的孩子。”徐敛眉忽然惨笑一声，“你把我的一切都偷走了，包括我的孩子。”

柳斜桥深吸一口气：“可我是您的。”

徐敛眉抬起头来。

柳斜桥慢慢地说道：“您不相信我。十多年了，您仍然不相信我。”

“难道你便相信我了？”徐敛眉喃喃着道，“柳先生，虽然如今我已经知晓你的无辜，可我五年多前的绝望，却不曾减轻一点半点。”

柳斜桥静静地看着她：“我明白。”

“你不明白。”徐敛眉摇头，“我跌下了马，脊背几乎被马蹄踩裂，我一点一点地往外爬，一直到我再也没有力气，只能和死人一起溃烂在山林里……那时候，我闭着眼睛，我就想，这样子的我，和死了又有什么差别？”

感觉着斗室中的沉默，徐敛眉轻轻笑了一下：“然后杨大郎救了我，采药求医为我治伤，我原以为不过是像从前在申国、在楚国一样，只要逃回家去就可以了，可随即我又听闻，你已经在摄政了。那时候伤口又在溃烂，我走不回来，也不想走回来，就在齐国的边境上落了脚了。”

柳斜桥只道："你为何不回来？"

"我本来已经想好把这天下都给你的。你却要来抢。"她笑了一下，"在我最绝望的时候，我曾想过，如果你肯出现，你肯来救我，我便原谅你，一切都原谅你。可是……可是你没有出现。柳先生，你以为你吃了很多苦，受了很多委屈；可在我们中间，我永远是爱得更卑微的那一个。"

柳斜桥沉默很久，然后在她身前半蹲下来，轻轻朝她张开了双臂。他仰起头来认真地凝视着她的那一瞬间，她鼻了一酸，几乎要落下泪来。她仓皇地转头，便忽然被他揽入了怀中。

这是一个极纯粹的拥抱，纯粹到几近空无。他抱紧了她，感觉着她的身体在轻轻地颤抖，他的手穿过她的黑发，与她颈项最深处的筋脉相连，她的心跳便这样传递到了这黑暗之中，一下一下令人感到战栗。

什么也不用想。这个拥抱没有过去也没有未来，没有上文也没有下一步，它就只是一个拥抱而已。在这个拥抱里，所有的过去被宽恕了。

徐敛眉紧紧地闭着眼睛，忍住几乎落下来的泪水，一口咬在了他的肩膀上。

柳斜桥皱着眉，没有发出声音，只是身子颤抖了一下。

透过单薄的衣裳，她知道她在他身上留下了一道牙印。她知道这是她所能带给他的唯一的痛苦了，因为其他的痛苦，她都舍不得了。

泪水终于流下来，浸透了夜晚的黑暗。

徐敛眉已经很久不曾睡得如此沉。一个梦也不曾做，一点烦恼事也不必想，男人的体温暖着她，让她好像置身于一个安全的透明的罩子里，与世隔绝了。

直到她睁眼醒来，身畔的体温仍未消散，枕巾上压出了皱褶，提醒着她，他们在时隔六年后，再次同床共枕了。空气里混着一缕苦涩的药味。徐敛眉揉着眼睛慢慢地起身，穿衣，梳洗。将铜盆里的水轻轻泼在脸上时，腰身被人从身后环住。

徐敛眉抬起头，看见铜镜里男人笑容温和，正抵着她的鬓角厮磨："您醒得太早，早膳还未妥呢。"

她垂下眼睛："我闻见药味。"

柳斜桥的脸色不变："是我在喝药。这些日子咳嗽得紧……"

"已经开春许久了，我记得你往常只在冬天咳嗽。"徐敛眉道。

柳斜桥笑笑，不接话。徐敛眉转过身，忽然睁大了眼睛——他的长发，比起昨日，似乎又白了许多。

一缕缕的白发夹在黑发之间，顽强地生长，蔓延，衬得他的脸色越发显得苍白起来，薄唇却沾着水色的红。他安然地笑着看她，似乎还不知道她为何如此惊讶。

徐敛眉咬住了嘴唇。

“正好岑都里来了些人。”柳斜桥轻声道，“殿下要不要去见见？”

在另一间客房里，一张舆图已经铺开，徐、齐边境上的沙场布置已经初具规模。几位将臣原本在此同驸马商议着军事，然而驸马离开了一会儿，再回来时，驸马便牵来了一个女人。

易初腾地一下站了起来：“——殿下！”

“易将军，请沉稳些。”柳斜桥笑道。易初挠挠头，赧然地坐了回去，柳斜桥回身向徐敛眉介绍道：“这两位是我的侍卫，卫风、卫影；这几位是新晋的纪将军、孟将军和封校尉……我们的人马都留在边境那一头的嵘城。”

徐敛眉一一点头看去，除了易初以外，都是些陌生的面孔，她想起柳斜桥这些年来在徐国的改革，心中不禁没了底。他把她的军队几乎都换了遍血……那她还如何统御这些人?

柳斜桥走到舆图前：“离此处最近的鄢城，自东泽覆灭后，便成了齐国边境上最重要的堡垒。但也是从那之后，齐国对鄢城的征募变本加厉，鄢城吏民不堪忍受，戍边将卒更时常凑不上数目。”

徐敛眉想了想道：“鄢城令是谁？”

“鄢城令冯洸是冯皓的亲戚，出了名的苛刻暴虐，软硬不吃。”易初道。

“那便没法从上头下手了。”徐敛眉道。

柳斜桥笑了：“殿下说的是。依例，冯洸今日又派人去附近乡里征兵了，方才在下同诸位将军已经商议出了对策。”

徐敛眉看了柳斜桥一眼，慢慢地道：“既然有了对策，便不必同本宫讲了。”

易初惊讶地抬起头来，却看见驸马朝公主温和地笑着，而公主低下了头，虽然没有笑，脸上却泛起微淡的红霞。易初呆住了。不仅因为他不敢想象公主会对这样重大的兵事不闻不问，轻易便将其交给旁人，更因为他从来没有见过公主这样……这样别扭而甜蜜的模样。他感到驸马和公主像是处在一个极私密的空间里，用风的流动、影的变幻在交换着一些极私密的话语，他插不进去，只能在外面愣愣地看着。

柳斜桥拉着公主的手，对众人道：“便依此部署，请诸位回去准备。”

诸将各自领命而去。易初走在最后，出门前忍不住回头看了一眼，只见驸马微微低了头靠近公主说了一句什么，公主竟然轻轻地笑起来。

两个人下楼来吃饭时，已是一副寻常夫妻的模样，任谁也看不出他们方才在房中密议着夺取这附近的城池。徐肇早已在楼下饭桌边乖乖地坐好，鸿宾给他盛了满碗的粥摆在他的面前，他也不看一眼。

柳斜桥坐过来，笑道："阿肇在等我们吗？"

徐肇眼巴巴地点头。

柳斜桥揉揉徐肇的脑袋："快吃吧。"

徐肇偷偷去瞧徐敛眉："……娘亲。"

徐敛眉正喝着粥，闻言将碗放下了，看向他："嗯？"

娘亲看起来没有生气的样子，徐肇的心里松了口气，心想爹爹到底还是很厉害的，不知道昨天晚上用了什么法子，就让娘亲开心了呢。

一家子人将将用过早饭，还未上楼时，一个老妇拄着拐棍蹒跚地走了进来。

徐敛眉站起来："大娘？"

来人正是杨老妪，一见到她，自喉咙里冷冷地哼了一声："我来取昨日被你穿走的衣裳。"

"啊，好的。"徐敛眉下意识地便要回房去，却被柳斜桥按住了手。柳斜桥示意鸿宾："去将我们房中那套喜服取来。"

鸿宾领命去了，杨老妪的目光转到柳斜桥身上，又转回徐敛眉的身上："梅姑娘，我家大郎当初救你本不图回报，却怎么也没想到你会是这样的女人……"

徐敛眉微微愣住了。

"如今不过一天，大郎在村里都成了个笑话！"杨老妪气急了，拐棍在地上敲得噔噔作响，眼里蓄着泪水，"只道你是个天仙儿一样的人物，哪晓得你同别的男人就没断过，连孩子都这么大了，还来骗我的大郎！"

徐敛眉突然说道："我没有骗他——"

杨老妪大声打断她的话："平日里装得那么清高，谁知道你背地里几个男人！"

这一声中气十足的叫喊，把街坊邻居都引来了，探头探脑地在客栈门口看热闹。徐肇被她吓得直往父亲背后躲，柳斜桥的一只手握着徐敛眉的手，另一只手还腾出来去摸了摸徐肇的小脑袋。

"大娘这话可错了。"柳斜桥仍旧端坐着，温文尔雅地朝杨老妪欠了欠身，"她从来只有我一个男人。"

杨老妪瞠目结舌：“那为何还来招惹我大郎——”

“大娘，衣服。”鸿宾适时地将那套喜服双手递了上来。杨老妪一把扯过去，口中喋喋不休，什么难听的话都骂了出来。忽然她身后围观的人群里有人喊了一句：“抓兵啦！邬城又来抓兵啦！刚过了杨家村，大家快藏好了！”

人群里一阵骚动，大家都往自家里跑去，眨眼间作鸟兽散。复听有人喊道：“杨家老太，大郎给人抓走啦！”

杨老妪一听，整个人瘫倒在地上，嘤嘤地哭泣起来：“我的大郎哟，你怎么这么命苦哟……连个后也不给我留……就要被抓去当兵了……”

徐敛眉低声道：“原来他娶我，是为了在应征之前留个后吗？”

柳斜桥站起了身。他这一站起来，屋外的人群竟然都后退了半步。他走到老人面前，伸出一只手道：“老人家，这件事是我们做得草率，您要什么补偿便开口，只是‘梅姑娘’实是在下的妻子，恐怕不能还给您。在下只怕您这样当街耍赖，会让大郎更被人笑话。”

杨老妪索性躺倒下来，瘪着嘴哭。

徐敛眉走上前，道：“大郎当真被征走了？”

柳斜桥转过头，看见她眸中隐隐含着关切。他抿了抿嘴唇，对杨老妪道：“拙荆的命是令郎所救，又承蒙你们照料她这些年，大郎如今被恶吏征走，我们总也要出一份力气。”

杨老妪止住了哭声：“你说什么？”

柳斜桥温和地道：“在下保证，会将大郎给您完好无缺地带回来。请您先回村里，少安毋躁，外边不论有什么响动，都请您同大家说好，切莫随意出来。”

送走杨老妪后，柳斜桥却先回房休息去了。

到晌午时，柳斜桥吩咐将饭菜送到房里，送饭来的却是个校官，同他说：“易将军已经在邬城的河对面按您说的扎好了营，冯洸果然慌张起来，往常这一日只到附近村落里抓人，这会子眼看要打大仗，连城里人他也没放过呢。”

“冯洸长年戍守边境，到底还有近万的精兵吧。”柳斜桥侧过头去咳嗽着道。

“您说的是。”校官道，“易将军的任务不就是将那一万人引出来？已经兵临城下，且看冯洸忍得了多久。”

“他哪里需要忍，只待他将守城的兵招齐，他便可以迎战。”柳斜桥的嘴角微勾，“人心最苦不知足，既得陇，复望蜀。他若不是总扰民、征兵扩充自己的私军，我也没有这样的机会。”

那个校官离开之后，房中许久没有动静。帘幕之后，徐敛眉一动不动地坐着，像是帘影筛落的一片薄雾。柳斜桥不停地咳嗽着，手往桌边摸索着拿了一碗茶，慢慢地饮尽了，右手却一软，茶碗哐当一声地落了地。

柳斜桥闭上眼睛，他知道自己此刻的虚弱，已经全被帘后的女人瞧见了。但她不会表达怜悯。相反，她冷静地开口道：“冯洮是个有经验的守将，手底下的精兵皆以当十，你这样做未免太过冒险。”

“战场上的事，哪一件不是冒险？”柳斜桥脸色苍白地笑了一下，“这还是您教与我的。”

“你让易初与冯洮的军队针锋相对，本宫怕讨不了好。”徐敛眉一针见血。

“那是易将军的事。”柳斜桥道，“我会在城外两军分出胜负之前，就将郛城拔掉。”

徐敛眉道：“你太自信了。”

柳斜桥笑道：“我只是相信百姓的力量罢了。”

徐敛眉沉默了很久，最后，如是放弃了一般道：“行……我相信你。”

傍晚申时，郛城外驻扎的徐国易初一部开始攻城。郛城令冯洮将抓来的几千贫民送到八个城门及城中各处守卫，自己领着一万精兵出城与易初鏖战。

从黄昏到深夜，双方战了个不胜不败，伤亡略当，但冯洮回过头，却看见徐国的旗帜已飘经扬在郛城上方。

郛城城门洞开，徐军再不同齐军缠斗，径直从他们身边冲杀进了城里去。

不过一日之间，郛城便换了旗帜。冯洮直到被斩杀在徐兵马下的那一刻都想不明白，为什么他的百姓会为敌人打开城门。

在新派的守令到来之前，易初暂代了郛城令，将郛城着力改造成徐国在前线的一座堡垒。为了安定郛城，柳斜桥仍滞留此地半个月之久，处理各种大小事务，接待当地的豪强大族，忙得不可开交。夏日渐渐逼近了，郛城的空气里暖得几乎能渗出水来，柳斜桥的咳嗽却越来越频繁，到后来他已经不愿同徐敛眉睡在一处。

“我……喀喀，我怕半夜吵着您。”柳斜桥说着，已经入夜了，烛火在他的脸上扑朔，却显得他的脸色更加苍白。他起身往外走。

徐敛眉坐在床前，抬起半边眉毛打量着他。然后她开口道：“我记得过去怀着阿肇时，你总是半夜里照料我。”

他侧过头看她。

她抿了抿嘴唇，侧了身子道：“你换房住，叫我如何照料你？”

柳斜桥低下头，看向桌案上的文牍：“我恐怕会很晚才睡。”

徐敛眉道：“你的头发，是不是熬夜熬白的？”

他笑了：“是啊。殿下若能回来帮我，是最好的了。”

“我不帮你，你也不许变老。”

柳斜桥惊讶地摸摸自己的脸：“啊，我变老了？”

徐敛眉忍不住一笑，眼眸里微光浮动。柳斜桥走过来，拉起她的手按在自己脸上，夸张地道：“您说的是当真的吗？”

徐敛眉渐渐地收敛了笑容。手底的肌肤苍白而微凉，被烛火照出几重暧昧的光影。他自然没有老，他抬眸微笑的模样，仍然如一个年轻的仰慕者，眉眼间点染着多情的俊逸。

柳斜桥总归是好看的，过去是，现在也是。她似乎从来没有见他狼狈过。

“先生若是老了，”徐敛眉放缓了声音，夜色中听来，几乎是温柔的，“我便也老了。”

他微笑着注视着她：“我等着那一日。”

她抿着嘴唇，身子一点点地朝他倾靠过去。他揽住她，轻轻地吻了下她的发顶，她感觉到他的喉结就在自己的耳畔微颤：“待此间事了，您可愿陪我去一趟南海？”

徐敛眉一愣：“南海？为什么？”

“您不是一直想去？”柳斜桥低沉的笑声像一种诱惑，“那是我的家乡，我已经十八年不曾回去看一眼了。”

徐敛眉感到有些惊讶：“岑都的事你不管了？南海那样远……只有我们两个……”

她脸上泛着红，心跳得极快。她还在恐惧，她不敢探问他更多的事，只是咬紧了嘴唇。他放开了她，认真地注视着她的眼睛：“您不愿意？”

她连忙地摇头：“我，我只是……”

他笑了笑：“您可以再慢慢想着，我先出去睡了。”

他这是——生气了？

她睁大了眼睛抬起头，却只看见他的背影。

孤清的烛火不声不响地燃烧着。徐敛眉抱着膝盖坐在床上，她不想睡，她知道今晚会做噩梦。全军覆没的噩梦，刀光剑影的噩梦，血染的松树林，血染的东江水，十多年的血，流到她的脚底，再沿着夏夜的寒冷流遍她的周身。

没有柳斜桥的陪伴，她只会成夜成夜地陷在噩梦里。柳斜桥还在生气吗？因为自己有那么片刻的犹豫？其实他是欲擒故纵吧？

徐敛眉咬着嘴唇，终于承认了自己的软弱。她需要他——她并非不愿意陪他去南海，她只是害怕自己对他依赖得太过——长久以来她所害怕的，一直都只是这一桩事情而已。

柳先生是一个谜，呈给她一副微笑的假面。在他制造给她的这片迷雾里，她不仅解不开他，而且还无法保全自己。

被火焰灼过之后，谁敢立刻再次向光芒伸手？半个月以来，他用繁忙的政务、军务，用体贴和温柔，用……阿肇，把她的人和心都锁了起来，逼得她从内里向他投了降，可这还不够，他还要得寸进尺，要带她去一个只有他们两个人的地方……

徐敛眉深吸一口气，走下了床。她要同他说清楚，说清楚自己所有的脆弱和倔强，然后，她愿意……她要告诉他，她愿意的，只要能和他在一起，她什么都愿意。

敲门声却在这时候突然响起来，咚咚咚，敲得很没有章法。

徐敛眉抬眼看向那扇门。即使明知道柳先生不会这样敲门，心里也掩藏不住那一点小小的期待。她走过去打开门，却没有见到人，这时一个糯糯的声音在下方响起：“娘亲！”

徐敛眉低下头，徐肇穿着一件洗得发白的里衣，裹着他圆滚滚的小身子，正仰头朝她招着手，眉眼笑得弯成了月亮：“娘亲，娘亲，我在这里！”

徐肇的眼睛生得像她，黑得极清澈，可她的眼睛从来不会这样笑。小孩子总是有着无穷的期待一般，笑的时候尽可以笑得不遗余力，她却做不到。

徐敛眉嘴角微微一弯，低下身子将徐肇抱了起来，手臂都沉了一下：“阿肇还不睡吗？”她抱他进来，拿脚踢上了门，话音不自觉地软了几分。

徐肇双臂大张地抱住她的肩膀，说道：“爹爹今天不跟娘亲睡呀，阿肇就可以跟娘亲睡了。”

徐敛眉笑了。

这半个月以来，徐肇总想着蹭到父母的床上来睡，可小客栈里的床太窄，容两个人正好，再加个孩子就难免睡得不踏实。如此闹了几次，徐肇也不喜欢了，便自己同鸿宾睡在隔壁。

徐敛眉刮了刮徐肇的鼻子，啼笑皆非地道：“娘亲惹爹爹生气了，你还这样高兴。”

徐肇小大人似的皱皱眉：“我知道！我看见爹爹在楼下喝酒。”

徐敛眉心中一动：“是吗？”

“爹爹有心事的时候，就会一个人喝酒。”徐肇吐了吐舌头，“阿肇觉得，爹爹的心事都是娘亲吧。”

徐敛眉勉强笑笑：“小孩子家家的，你又什么都知道了。”

“是真的。”徐肇自顾自地躺倒在舒服的床上，手却不肯放开她的手指头，“阿肇还见过爹爹哭。”

徐敛眉吓了一跳：“哭？”

徐肇点点头，突然紧张地看向徐敛眉：“你可不能告诉别人！爹爹都不知道他被我瞧见了的。”

徐敛眉脸色变白了，不说话，只紧紧地咬着嘴唇。

“但我只见过那一次。”孩子的声音脆生生的，像半夜窗前炸响的小烟花，“爹爹太累了，每次回鸣霜苑来，都是直接休息，我不敢吵他的。可那一回他回来以后，灯却一直亮着，我想，爹爹好不容易回来一次，如果他不累的话，我一定要找他说说话儿的。于是我走过去，爹爹站在窗前看月亮，一边看，一边眼泪就流下来了。我吓得不敢再瞧，跑回去装睡，第二天一早，爹爹给我做了早饭。我一看有我最讨厌的鱼汤，不想吃，可是想起爹爹哭了的样子，又不得不吃掉。”

徐敛眉默默地脱了鞋，上床来，将孩子抱进怀里。孩子说着说着就累了，母亲的怀抱又是这样温暖，他的眼皮子直打架，嘴里还在念叨：“爹爹总是做鱼给我吃，我都说了我不爱吃，他还要做，没人吃，他就倒掉……”

“你爹爹有没有提起过我？”徐敛眉轻轻地开口。

“提过呀。”徐肇蹭了蹭她的衣襟，闭着眼睛迷迷糊糊地道，“他说，娘亲是世界上最好最好的娘亲，娘亲是世界上最疼最疼阿肇的娘亲，她肯定不会丢下阿肇的，总有一天，她会回来陪着阿肇的……”

“鬼灵精。”徐敛眉揉了揉他柔软的头发，“谁教你那么多心眼子，说话弯弯绕。”

徐肇不再说话，只一个劲地往她的怀里蹭去。

徐敛眉见他睡得熟了，便将他从自己身上扒拉了下来，放平在床上盖好被子，自己披件衣裳出了门。深夜的客栈寂静无声，她的软鞋踩在年久失修的楼板上发出轻轻的脆响。走到楼梯边她低头下望，空旷的清冷的大堂，店小二横躺在桌上睡着了，柳斜桥就在另一张桌边自斟自饮，昏黄摇曳的烛光将他的白发照得丝丝缕缕清晰可见。

饮下手中的酒后，柳斜桥似有所感地望了过来，见到是她，愣住了。

楼上楼下，两两相望，不长的距离，没有人说话。

徐敛眉想，他没有醉。人在有心事的时候是很难喝醉的，因为那心事不会让人这样容易就逃脱开去。可是他却对着她恍恍惚惚地笑了。她的心头猛地一颤。

酒杯滑落在地，他推开椅子慢慢地站起来，身子有些晃，目光却始终凝望着她。

他会走过来吗？他会一而再、再而三地宽容自己吗？她还没来得及想清楚，耳畔突然袭来一阵凛冽的杀气，她狼狈地转身，却被人从身后猛地推了一下！

一声惊叫，脚底踏空，徐敛眉从楼梯上猝然跌入了柳斜桥的怀中。

他将将赶来接住了她，她的裙衫凌乱，两只手死命地抓紧了他的肩膀。她尚没有站稳，那个黑暗中的人已经现了身，那竟然是个士兵模样的人，也不知道在这店里潜伏了多久，他满面灰尘，浑身散发出一股恶臭，手中挥舞着半截断矛，在这狭窄的楼梯上朝柳斜桥挥舞而来——

柳斜桥来不及将徐敛眉放下，只能背转身去往下跑，用脊背硬接了这一矛！

徐敛眉听见划破衣衫的声响。

下一刻，柳斜桥已在大堂放下了她，反手拔剑，回身便同那个士兵战在一处。那个士兵双目瞪得发红，人鬼不分，招招狠毒，柳斜桥拼杀不过，背上的伤已经渗出血来，不管不顾地往青色的衣料上浸。徐敛眉往后退了几步，环视四周有无称手的兵器，忽然听到那个店小二喊了一声："是你！你抓走了我哥哥！"

那个士兵却好像没有听见，杀红了的眼睛直直地盯着柳斜桥，好像能将他盯个对穿。柳斜桥喝了半夜的酒，气力已经不支，一边咳嗽着一边后退，始终将徐敛眉牢牢地护在身后。

蓦然间"哐啷"一声脆响，竟然是那个醒来的店小二将酒坛往地上摔了个粉碎。

店小二矮着身子拾起一块碎片，慢慢地接近了柳斜桥和那黑衣人的战阵。徐敛眉高呼道："小心！"那黑衣人的目光朝她射来，柳斜桥得了一刹那的空隙，长剑低掠他的下盘，黑衣人立刻跳了起来，柳斜桥一侧身，黑衣人便飞掠到了大堂中去——

"你去死吧！"店小二用了全部的力气将那枚碎片割进那个士兵的后颈里，那个士兵身体僵住，回头看了店小二一眼，店小二却被他看得心里发了毛，尖叫一声丢掉了碎片逃开去。那士兵只觉得后颈极痛，抬眼看去，在他面前的却是徐国的公主。他亲耳听见那些徐国人叫她"殿下"的……只要杀了她，齐国就有救了！他张牙舞爪地朝她冲了过去，却遭人从背后轻轻地钩住了脚——

士兵整个人朝前栽去，脸扎进了地上的碎陶片中……

"啊——"

饶是徐敛眉也不忍再看。徐敛眉绕过这个人走到柳斜桥那边去，柳斜桥并不看她，只反手一剑刺入士兵的后心，结束了他的痛苦。

做完这个简单的动作之后，柳斜桥却连拔剑的力气也没有了。他撑着那刺入血肉的剑柄，慢慢地单膝跪了下去。

徐敛眉连忙抢了过来："柳先生！"

柳斜桥拄着长剑，膝盖之下，鲜血流成了河。他低着头，长发拂落下来，她觉得他的白发仿佛又多了一些。

无边的恐惧突然攫紧了她的心。她不能呼吸，她不敢呼吸，她怕自己尚来不及辨别清楚胸臆中那些酸涩的感情，时间就突然流逝干净了。她没有伸手去碰他，他就像个易碎的雕像，沉默地，却温柔地凝视着她。

柳斜桥的脸色迅速苍白起来，那目光中的温柔却没有变。

"我，"徐敛眉的声音干哑，像是断了的丝弦，极其难听，"我们去南海。"

他动了动嘴唇。

她倾身过去听，却什么也听不见。

"我说我们去南海！"她突然道，"我后悔了，我不该总在害怕，我不该说了那些矫情的话……"

他笑了一下。转瞬即逝的、昙花一般的笑。

她不由分说地将他的手搭上自己的肩膀，吃力地将他扶了起来。他的身子像一副力气已被用尽的皮囊，这个时候他倚靠着她，再也没有任何违心的话，再也没有任何故作冷淡的表情，两个人都袒露得一无所有了。

他轻轻地笑着，口唇微动，轻飘飘的气流从她耳边划过。

"我已经忘记了。"柳斜桥说。

听得柳斜桥这一句话，她的喉咙突然就哽咽起来。他总是这样的，他总是这样的！用他那仿佛无所不包的宽容，永远在忍受着她，一点怨怪的话都不会说。他总是用这样的法子，让她不得不看清楚自己的任性。

她半搀着他，一步步地往楼上走，直到吓傻了的店小二回过神来，也来帮她一把。男人微笑着看着她，那微笑仍旧是一个自欺欺人的谜，但她现在已经不想知道谜底，她只要沉溺。

翻涌不息的海浪总要输给无垠的沙，搏击的飞鸟输给不动的白云，根茎张裂的树输给忍耐的泥土。

她合该输给他。

第十八章 海上日

柳斜桥做了一个冗长的梦。

梦里，他的所有家人都回到了他的身边。

天上是一轮光辉盈满的圆月，地上是团圆地笑着的人。那也许还是他很小的时候，还不懂得王族的钩心斗角或列国的尔虞我诈，他很小的时候，原本是个很愚蠢地快乐着的孩子。

孩子们在花丛间打闹，大人们端着酒杯在笑。暖风从海上吹来，席卷着柔软而芳香的尘，小树轻轻地点着头，像是要酣睡过去了。柳斜桥自己也忍不住笑了起来，父亲就在他的面前同叔父低声交谈着，柳斜桥走过去，拍拍父亲的肩。

——父亲却突然变幻成了无数尖锐的碎片，碎片晶莹地散碎掉了。那碎片的冷光扎痛了他的眼。

柳斜桥的手僵在了半空中，尚来不及收回，一如他的脸上那个纯真的孩童般的笑。他再也不敢去碰梦境中的任何人了。他只能仓促地在这个本该属于他自己的梦里潜行，像一个偷偷入了关的外客。他走过他的大哥和大哥身边那个娇羞依人的燕侣，他走过他儿时的玩伴，走过了那个总是跟在他身后的小厮，他走过了他的母亲。他的母亲也在笑，看着不相干的人和事，只是没有看着他。

他们都已不需要他了。

“先生。”一只手轻轻地碰了过来，却是冰凉的，让他呆了一下，“先生，先生……”

他耐心地等待着，这个呼唤他的人却没有了下文。他的心隐约被牵动着，他想抓住那只手，因为那是在这个地方他唯一能触碰到而不会立刻粉碎掉的东西——

柳斜桥睁开了眼睛。

一只小铜盆搁在床头的架子上，盆里的水还冒着热气，轻飘飘地鼓动着低垂的床帘。他就愣愣地看着床帘，很久，很久，痛苦的痕迹好像还存留在四肢百骸的缝隙中，让他不愿动弹。

一片温热的毛巾贴在了他的脸上。柳斜桥吃了一惊，然后便看见徐敛眉动作笨拙地给他擦脸："是你说要分房睡，却不好好睡。"

他不言语。

她道："你憔悴了许多，若在六年前，这样的刺客，不会让你昏迷这样久的。"停顿了一下，她的声音低了几分："我……我很担心你，你知不知道？"

柳斜桥笑了："只是这些日子劳累了些而已。"

徐敛眉专注地看着柳斜桥，却看不出他的脸上有分毫破绽。于是她相信了，想了想又道："那个刺客是冯洸麾下的逃兵，往常在乡里作威作福惯了的，此间店小二的哥哥被他抓走之后，就再也没有回来过。"

"那是个可怜人。"柳斜桥说，也不知道是在说店小二，说店小二的哥哥，还是在说那个逃兵。

徐敛眉点点头。她不知道她为什么要说这些。也许在此时，说一说旁人的事会比较轻松。她知道他会体谅她的，不论她做什么，他都会体谅她的。

徐敛眉将毛巾在盆里拧干，不看柳斜桥："我们去南海吧，先生。"

柳斜桥沉默了很久。

没有疑问，没有埋怨，他温和地答了一句："好。"

邬城易主二十日后，徐国钦命的长官终于到任，第一道教令便是释放战俘中所有被无辜强征来的平民百姓。邬城人在议论着，说听闻有徐国的大人物在城里，一手策划了他们的自由，却绝不肯出来抛头露面。

杨大郎从战俘牢里蓬头垢面地出来时，邬城已回复了往日那虽不算繁荣，但到底是热闹的模样，就好像半个月前根本没有发生过那样一场残酷的战斗。百姓的生命力是极顽强的。他跟着小吏去衙门里取了官家发的银钱，在城里吃了碗面，看向这个世界，只觉得恍如隔世。

他不是很想回村里去见他的母亲，虽然来城里的乡亲们都说是他的母亲救了邬城，却谁也说不清是怎么个救法。他仍旧想念他的梅姑娘，却不敢去见她，他知道自己是懦弱的，也许即使娶了梅姑娘，也还是会后悔的。他根本不了解她，对着她的眼睛时，他甚至会感到害怕；就好像这世上人人都求神拜佛，可若神佛当真在眼前现了真身，任何人都会转头就跑的吧。

杨大郎脚步沉重地走出面馆，忽然一驾马车驶了过来，车夫高声提醒着他："小心！"他仓促往侧旁一避，马车轮子底下尘土飞扬起来，他眯起了眼睛再看过去时，只见阵风拂起了车上细纱的窗帘。一个似曾相识的侧脸在他的眼前闪了过去。只是一晃神的工夫，那马车便去得远了。

徐敛眉和柳斜桥将孩子交给鸿宾，让鸿宾带回岑都去，孩子闹了老半天，终于在父母的合力承诺下听话了。

"我要这——么大的贝壳！"徐肇用力地张开了双臂比画。

"好，没问题。"柳斜桥笑道。

徐敛眉不拆穿他，也只是笑。此刻他们家里，地位最高的已是这个小孩子了。

送走了徐肇，又同郳城守令作了别，夫妻两个径直往南行去。绕过齐国，从临椤郡进入南吴地界后，四周的风土立刻就变得不一样。

家乡真是个很奇异的东西。柳斜桥已经十八年不曾踏上这块土地，可一旦踏上了，久远的记忆便都涌了回来，他同她指点了一路，她看着他的笑容一点点地明亮起来了，像傍晚时分一盏一盏点起来的灯。

两个人来到旸城时，离大海已经不算远，长夏的太阳温煦而长久地挂在天际，云朵都似海浪般堆到屋檐上来。旸城过去是南吴国的王都，如今是徐国海沙郡的郡治，又地处两国交界处，官道交错，十分繁华，街衢间人流熙攘，货铺上琳琅满目的都是些从南洋、南海过来的珍奇物事，徐敛眉一上街就逛花了眼，拉着柳斜桥一直走到了傍晚，才想起两个人忘了投宿。

看徐敛眉懊恼的表情，柳斜桥笑着咳嗽几声，径直走进了侧旁一家店铺。

那却是一家布店，柜台上不卖绫罗绸缎，全是一匹一匹扎染青蓝色各式花朵的布料，偶尔在花朵中间点缀些鲜艳的红色。老板娘见有客来，笑得眯起了眼地迎上前道："客人要买花布啦？"

旸城人的口音比之南吴其他地方更平软一些，听来叫人颇感舒服。徐敛眉搡搡柳斜桥："你不是会说列国的话吗？同南吴人你尽可以讲家乡话的。"

柳斜桥笑道："我是会说天下列国的话，可是家乡话却已经忘记了。"

他走到店铺里面，拿手指了一下："烦您将这匹布给我妻子做件衣裳。我们要去海边的，做凉一些。"

"哎!"老板娘快活地应了,"要做衣服的话客人还要等几天啦,您看您十天后来取怎么样?"

柳斜桥朝她轻轻一笑:"十日自然可以,只是在下夫妻两个是外来客,今日已经误了打尖,老板娘家大业大,要不借我们一间房住,在下按客店的算法同您结账?"

老板娘得他这一笑,身心都熨帖极了,再看这对夫妻是男俊女俏,温文尔雅,哪还有不同意的。柳斜桥便回头对徐敛眉笑道:"我同你说过了,南人都是心好的。"

徐敛眉微微一挑眉:"偏你是黑心。"

柳斜桥笑了出声,一把揽过徐敛眉同老板娘致谢。

原来柳斜桥进门前已经看准了,这家布店果真是家大业大,后头有一进大院,环着四五间房,也是赁惯了的。老板娘给他们安排好了,还给他们做了顿晚饭。

"可惜了我那当家的不在,他是个读书人,见到你们,一定喜欢得紧。"老板娘道。

徐敛眉疑惑地问道:"你们做买卖的,如何还出读书人?"

她说话一贯直接,柳斜桥咳嗽了两声。好在那个老板娘没有介意,只道:"这店面是我家里的啦,我男人是正经八本的读书人,娶我之前就是旸城的小吏,前几年岑都里说小吏可以循资升迁,他就升迁升迁着,给升迁到外郡去啦。"

徐敛眉看向柳斜桥,后者微微一笑,承认了这是他的手笔。

到晚间时,人声都息,老板娘那边厢房的灯火也灭了,徐敛眉沐浴出来,柳斜桥却不在房中。她走到房门口,见院落中月华流淌,树影摇曳下摆着一张藤椅,柳斜桥正半躺在那藤椅上,或许是听见了声音,淡淡地道了声:"阿敛。"

她慢慢地走过去。那是一张很老旧的藤椅,柳斜桥长发未束,如清泉般流泻在竹木之间,夜色将白发都隐去了,看去是一视同仁的流光的墨色。他将一只手挡在眼前,不知在想些什么——然后,那双浅色的眸子看向了她。刚才有一瞬间,她以为她几乎可以看穿他了。

柳斜桥直起身来,笑道:"坐吧。"

她抿抿嘴唇:"这要如何坐?"

柳斜桥笑意更深,伸手一拉她的袖子,她低叫一声便跌坐在他的腿上。他将双手圈住了她的腰,下巴搁在她的肩窝,声音滑过她的耳畔带出一阵酥软的气流:"抬头。"

徐敛眉吃力地仰起头,却撞入了漫天的星斗的迷阵里。

男人的声音沙哑,带着低迷的轻笑:"我自离开旸城起,便再没见过这样多的星星了。"

她感觉到他的心跳就响在自己的脊背上，脸红了，心却好像被拽入了深深的大海里，随着他一起浮沉。“你同我说过旸城的。”徐敛眉道，“小时候你来岑都时同我说过，日出旸谷，浴于咸池，旸城是太阳升起的地方。”

柳斜桥感到有些惊讶似的：“我还说过这样的话？”

“你不记得了？”

“我不记得了。”

徐敛眉不接话。他的手在她的腰际轻轻摸索过去，平静的吻落在她的脖颈上。她的长发还带着水，沾湿了他的衣领，又沿着他的胸膛直流下去。两个人贴得紧了，便觉出身体之间的那一股黏腻，填补了衣料之间的每一个缝隙，像水一样，缓慢而不停歇地流动着。

她侧过身来抱住他的脖子，在他的怀里找了个舒服的姿势。

柳斜桥抱着她，看着那久未重逢的辽远星空，低声道：“阿敛，我很快乐了。你呢？”

徐敛眉轻轻地蹭了他一下，嘴里不知嘟囔着什么。那神态不知为何让柳斜桥想到了徐肇，唇边浮现出薄薄的笑来。

“我们回去睡吧？”柳斜桥好心同她商量着，语气像是在哄孩子。她已有些困倦，尚未回应时，他已经抱着她站起身。她便又缠得他紧了一分，整个人都贴在了他的胸口。如果她这时候清醒着，她也许可以感受到他胸膛下那颗温暖的心，一下，又一下，艰难地跳动着，好像只是为她而跳动着。

他抱着徐敛眉回厢房里去，绚烂的星光照在他清瘦的脊背上，在他那长长垂落的白发上流转出数重幻影。

第二天，徐敛眉醒得比往常都早了些，睁开眼睛时，正见到柳斜桥坐在床沿系着衣带。他的衣带上还悬着那枚玉，描凤的金线迎着枕上的晨光轻柔地闪烁着。

柳斜桥轻声道：“还这样早，你再睡一会儿。”

“你去做什么？”她懒懒地问。

“我去厨下看看。”他说着，往外走去。

厨下有什么好看？清晨的迷糊里，她揉着眼睛想了一会儿——他不是要给自己做吃的吧？

想起很久以前的那一碗鱼，她的心就像是被什么撩拨了一下，微微地痒，又微微地欢喜。她睡不着了，索性下床洗漱，整饬一番后也出了门，绕过院子往厨房走去。

厨房里却有两个人。一个衣衫朴素，坐在灶台前，拿一把蒲扇扇着火，正是这家布店的老板娘；柳斜桥坐在她的身边，给她递着柴草，看着她将柴草扔进火堆里去。

浓郁的药味随风而来，门外的徐敛眉停住了脚步。

那两个人在低声交谈着什么，用的是她听不懂的南方话，像是用语言画了一个秘密的牢不容她窥探。柳斜桥是背对着她的，她只能听见他偶尔的咳嗽和老板娘充满关切的侧脸……

那其实就是很寻常的一种关切而已，他们是萍水相逢的同乡，在这微冷的清晨，他央老板娘给自己熬一帖药，在等待的时间里说一些不相干的闲话。老板娘看起来大方而和蔼，纵是人情慕少艾，也不至于——

徐敛眉放弃了说服自己，径直敲了敲半开的门扇。

里间的说话声停了。柳斜桥转过身来，看见是她，眉眼间却没有喜色："你怎么过来了？"

我为何不能过来？徐敛眉一时气闷，说不出话来，转身便走。

"啊呀，惹你娘子误会啦。"老板娘连忙起身拍拍身上的灰，卷起衣袖将灶上的药锅端起来，给柳斜桥倒了一碗药，"快喝了，喝完去找她。"

柳斜桥匆匆喝下了药奔将出去，却发现徐敛眉并没有走远，她就站在厨房外一个阴暗的拐角处，晨曦在重叠的屋檐间折了几折便跌落了，没有能照到她的脸上去。

柳斜桥走到徐敛眉的面前，她却又转过了身去。他笑了，张开双臂将她圈住，她欲后退，脚后跟磕到了墙根。

她低下头，咬着嘴唇，道："你既然不想见我，又过来做什么？"

他也跟着低下头去看她的表情，眼里是令她烦躁的笑意："你这是吃醋？"

她眉头皱了起来，当即伸手去推他，他抓住她的双手笑道："好了好了，老板娘帮我去抓了药，大清早帮我熬药，你这醋可吃得全没道理……"

不是这样的。徐敛眉哭笑不得，她想说自己不是在吃醋，可是脸已经红了，显得很没有底气。她在意的不是这件事，但她却说不出口，他忽然间侧过脸去咳嗽起来，这一回，他咳嗽了很久。

徐敛眉听着柳斜桥的咳嗽声，渐渐地平静下来了。被他抓住的手反握住了他，认真地凝视着。

"小两口的，真是感情好。"老板娘倚着厨房的门，笑眯眯地道。

徐敛眉噌地一下从柳斜桥身边跳开了。

到第十日上，老板娘果然将衣裙做好了交与柳斜桥，徐敛眉要看，柳斜桥还不让。

徐敛眉只觉他近来笑得越来越多，几乎有些不像他了："那可是我要穿的。"

柳斜桥笑着朝老板娘告了别，带她来到了马车前，才道："去海边穿给我看。"

"谁要穿给你看。"徐敛眉将脸别了过去。

他左手拉着缰绳，右手去拉她的手道："我想看。"

她不说话了，只别扭地将他的手甩脱下来。

他闷哼了一声，右手的筋脉痛了一霎，被他忍下来了。

她却突然转过头："怎的了？"

他摇摇头，挥鞭起行，车轮辚辚，轧过路上的碎石头，颠簸之中，她靠近了他，又问："你的右手，究竟是怎么回事？"

"已经不痛了。"他说。

她不说话了。

他吻了一下她的额头，驾着马车，低声问她："待回岑城之后，你有何打算？"

"你又有何打算？"她反问。

"徐国是你的，既然交还给你，我自然也听你的。"

她想了一会儿，神色渐渐暗了下来："阿肇还那么小。"

柳斜桥握了握她的手："父君可是将天下一统的希望都放在阿肇的身上了啊。"

"父君总是说他只要我快乐就好。"徐敛眉低着头，手指绕着自己的头发，"可其实他心里毕竟渴望着建功立业，也总指望着我能替他完成这一切的。"

"你从小就是背负着整个徐国的希望。"柳斜桥轻声道，"所以你才能这样出类拔萃。"

徐敛眉抿了抿嘴唇，似乎即使被他这样直接地称赞，也并不自在，更无欢喜。手指上的头发缠了结，她解不开，还将他的头发也缠了进来——素净的、雪白的头发。

"这六年，"她愣愣地看着那些白发，"辛苦你了。"

柳斜桥笑了笑，伸手轻轻地在她的指间绕了几下，两缕发丝便解开了："我不像你，我从小只是个贪玩的孩子。"

她抬起头看着他。

他们相识已经十年了，这却是他第一回说到他的童年。

"我小时候很傻，分不清好歹，只喜欢缠着人玩。"柳斜桥的声音里甚至带着笑，"我的父王、嫡母、大哥、二哥……他们其实不喜欢我，但我总爱去跟他们撒娇讨糖吃。虽然每一次都闹得灰头土脸地被赶出去，我却不长记性，下一次见到他们时，仍旧以为他们是对我好的。"

徐敛眉静静地听着。

“直到后来，我十七岁的时候，母亲被王后害死了。所有人都知道她的死因，可是所有人都不说话，只有我，傻乎乎地去找父王理论，结果被他关了三个月。”

柳斜桥的母亲出身低微，就同她的母亲一样，她是知道的。

“先生年轻的时候，当真是不很聪明。”徐敛眉低声道。这样的事情，如何理论得？可是年轻气盛的顾欢却不知道王宫里原来已经对他全是恶意，他仍旧以为大家都是和和睦睦的一家人。

一家人，为何会有这样的事？年轻的顾欢想不明白。当他想明白的时候，他已经不再是顾欢，而是柳斜桥。

“三个月后，我被他放出来。我发现王宫里仍旧是原来的模样，就好像少了一个人对这个世界没有任何改变。我发现没有一个人的脸上是悲伤的，他们都已经忘记了我的母亲。”柳斜桥继续说道，“父王关了我三个月也没有让我死心，但是当我看到他们一如往常的脸，我就什么都明白了。”

她沉默良久，慢慢地伸手抱住了他。

心上像是被虫蚁轻而不绝地啃噬着，滴着血，却又引出微痒的渴望。她终于明白了柳先生为什么会是现在的样子，清淡、温和，仿佛绝无所求，宽容、坦然地接纳她的棱角和刺，那不是出于居高临下的怜悯，相反——那是因为他卑微而胆怯。

南方的风物从眼前一一掠过。晚夏里葱茏的草木染着水汽肆意生长，满目都是苍深的翠色，映着天边的云霭。从旸城一路往南，行到傍晚时，路上已全无人迹，地面越发湿滑，偶或布着海沙。

徐敛眉不知道自己是何时进了车厢里来休息的。似乎是柳斜桥劝她去歇歇，他自己却驾了一整日的车。待她醒来时，外面似乎已经入夜了，车厢上嵌着一盏小小的豆灯，正安静地燃烧着。

柳斜桥掀帘进了车厢来，阴影遮去大半灯光，食物的香气从他的怀里散发出来。她用力嗅了嗅，他便笑开了。

“天气阴湿生不了火。”他拿出干粮来，“就拿这几块肉饼垫一垫吧，我到附近村上讨的。”

“讨的？”她接过来一看，还真是很朴实的肉饼，分量却足，两手才能捧起一个。

他道：“喏，我在那村里正好又找见一家，有个好看的老板娘，比上次那位还好看……”

徐敛眉睁大眼睛，又羞又恼，拼命地推搡他：“你拿我寻开心！”

他爽朗地大笑起来："我喜欢你，自然看着你处处都开心。"

她愣了一下，低下头："你只是爱说漂亮话。"

微弱的灯光在深夜里透出几分温柔，朦朦胧胧地在她的脸上晕开，似乎含着欲说还休的情意。她低下头，轻轻咬了一口肉饼，柳斜桥抬手为她将一缕头发捋到耳后，嗓音沙哑了几分："漂亮话……你不爱听吗？"

"嗯……爱听的。"

他忽然瞥了她一眼，心上像有一扇门骤然被撞开，他仓皇转头过去咳嗽了起来。

"你吃过了吗？"她道，"还……挺好吃的。"

他低咳着道："你睡着的时候我已经吃过了。"

"哦。"徐敛眉停顿了一下，又问道，"当真有个很好看的老板娘吗？"

柳斜桥十分认真地想了想："不如你好看。"

她笑起来，两眼弯弯，像一只皮毛软滑的小狐狸："我猜也是。"

吃了东西之后，徐敛眉有了些精神，半躺在车厢里问柳斜桥："我们还有多久到海边？"

他一手揽着她的肩，低声道："你仔细听。"

她眨了眨眼睛，起先还不明所以，然后便听见了——一叠推着一叠的海浪，拍击到岩礁上，击打出粉身碎骨的浪花，又突然退散回去。如是复如是，循环往复，永无休止。

"我听见潮声。"她喃喃着道，"我们原来已经走到了？"

"还有十几里呢。"柳斜桥低声道，"我小时候很爱听这个声音。我以为，纵是这世上一切都变了，海潮扑岸的声音却永远也不会变。"

"可能是因为它永远只能退回去，永远也不能真的上岸来。"她说。

他侧过头，在她的颈项间摩挲了片刻，她看不见他的表情，只觉得被他的呼吸所触之处都变得灼热起来，抿着嘴唇道："先生。"

他却不接话。她感觉到他的舌头，轻轻地擦过她的颈侧，她突然喘息了一声。

"先生。"她一把抓住他的手，他却反过来将她的手按在了车座上，压了过来……

她注视着他的眼睛，一点点、一点点在他的力量下仰躺了下去。

柳斜桥的眸色背着光，变幻出深渊一样的黑。但他的动作却轻柔得令人头皮发麻，他一寸一寸地抚过她的肌肤，一分一分地侵入她的世界，就好像他从来不曾见过她一样，每一次抚触都带着新奇的颤抖。

他俯下身舔舐她的脖子，慢慢地往上轻轻地挑，直到吮住了她的唇。她连呻吟都不能，只能将手攀上他的背，手指在他的衣料上划出来深深浅浅的痕。

两个人的衣衫堆叠在一处，玉带、玉佩相互撞击，马车在深夜里晃动着，天边的月亮亦慢慢地躲去了云后。

她的手攀着他的肩，摸到他肩后的疤痕，她知道那里还留着她的牙印。她将手指一寸寸移了下来，将衣衽一寸寸挑开、剥下，他的肌肤随她的动作轻轻地收缩，仿佛还有些羞涩。她过去竟然不曾意识到他的身体也是一片神秘之地，像一条河流逗引她去探索底下深埋的东西，一只手都不够用。直到她抚上他的腰眼，他终于在她的呼吸间轻轻地笑了起来，带着息事宁人的温柔："男人的腰眼可不能随便摸。"

"为什么？"

柳斜桥贴着她的右耳，身子低低地伏下来，同她贴得紧了，令她酥麻的声音低沉震动在她耳膜上："因为腰眼连着肾……"

她立刻缩回了手，满面通红却不知往哪里躲，直到将脑袋埋进了他的胸膛里。他一边笑着，一边却抬着她的下巴逼她直视着自己："阿敛。"

"嗯。"徐敛眉不敢移开视线。

"很久以前你问我，我过去有没有喜欢过别的女人。"他的声音带着欲望的沙哑，眼中的光芒却透骨地亮，"没有，我没有别的女人，这一世，我都是你的。"

阳光透进这驾马车里来，照映出两个熟睡的人影，女人伏在男人的胸前，而男人在睡梦中无意识地揽着她，两个人的衣物随便盖在身上，长发缠在了一处。

或许是被那笃笃敲窗的声音所惊醒，柳斜桥迷迷糊糊地睁开眼睛，却先看见了徐敛眉乌黑的发顶。他忍不住伸手揉了揉。

徐敛眉眉头皱了皱，然后呢喃了一句什么，翻身到另一边去睡了。柳斜桥也不起身，只抬高了手推起车窗，便见一只信鸽单腿立在窗栏上，一双眼睛圆溜溜地往车内看去。

柳斜桥扯下信鸽腿上的纸条，拿手去拍它："不准看！"信鸽咕咕地叫了一声，展翅飞走了。

徐敛眉动了动，闭着眼睛低喃着："什么呀？"

柳斜桥拿手遮着光去看那信笺上的字迹，然后坐起了身，转头看她一眼，道："只是这半个月以来的齐国动向。"

"齐国。"她重复一遍，抓了抓头发坐起来靠在他的身上，懒懒地一笑，"你不说我都要忘了，这世上还有冯皓那个老冤家。”

“我们刚得了郧城，齐国咽不下这口气，在边境上闹了几次，都被易将军打回去了。”

徐敛眉点点头：“我对易将军总是放心的。”停顿了片刻，又道：“如今中原大国，也不过齐与徐。我们只要稳住后方的西凉和滇，尽取中原以东，不是难事。”

柳斜桥看她一眼，不说话，只是吻了一下她的额头。

柳斜桥将那条新裙子交给徐敛眉，自去外边驾车了。徐敛眉在颠簸的车厢里研究这件衣裳的样式——这原本是条交领襦裙，做得十分简洁，印染的蓝花布拼贴起来，将身子扎得很紧，领口、袖口边露出洁白的缘饰，上襦系带之处点缀着小朵小朵的红梅花，若不是她特意低了头，还看不出花了这样的心思。

马车停了下来。

柳斜桥推开了车门，笑道：“出来吧。”

她低头注意着裙角，一手被他搭在了手心牵引出来，下车时脚下却是一顿，她才发现自己踩的全是细细的银沙。

柳斜桥笑道：“当心一些，可莫要踩到螃蟹。”

徐敛眉吓了一跳，抬起头，才看见他也换了一身蓝布短衣，头发都包住了，露出光洁的额头，显得年轻许多。他大笑着揽住她的腰肢，还揉了揉：“这身衣裳不错。”

她嗫嚅着：“像个渔妇。”

蓝布包身，裙不曳地，可不正是个出外劳作的渔家模样？柳斜桥着意看上几眼，又往车内一捞，却是一块蓝色的头巾：“这也是特意做的，海边风大，难免吹着头发。”

她嗔道：“这不是更像了吗！”

“渔妇有什么不好？早出晚归，自力更生。”他笑眯眯地看着她，“何况还这么漂亮。”

徐敛眉拿他没有办法，别别扭扭地用那头巾包好了头发，蓝白扎染的色泽衬得她肌肤如雪，她双眸似嗔还喜地转过来：“这样你可满意了？”

柳斜桥一边往后退着走，一边指了指自己的鬓角：“这边，没有掖好。”她跟着他走着，抬手掖了掖，他又道，“不对，这边，不对……”说着说着，他已欺到她的身边，声音挠得她脖颈微痒，她欲向后躲，却突然被他双臂搂抱住，“别动！”

她挣扎起来，他的怀抱却一转，声音响在她的发间：“抬头。”她愣愣地停住，再抬头时，却看见一整片银亮的沙滩和那碧波荡漾、无边无际的大海。

徐敛眉呆住了。

暖日的光芒透过丝丝缕缕的白云照彻了海面，折折叠叠潜入深海之底。海潮一浪接着一浪地扑上了沙滩，又慢慢地、若有留恋地往后退却，只留下洗得发白的千万颗银沙。

他将五指扣入她的指间，拉着她往前走。细软的沙在鞋底细细地磨着，偶尔发出令她心悸的轻响。他们谁也没有说话，可是所有的话语好像都从指尖流泻了出来，太多，太深，太温柔，以至于两个人的心跳都在微微加速。就这样，一直走到了海潮的边缘。

“这纵不是天涯，也可算得海角了。”柳斜桥低声道。

徐敛眉不言语，眼看着那海浪在一点点地蓄积着力量，她想往回走，他却一把拉回了她吻了下来。

大浪突然打来，将两个人衣衫打个湿透，再退潮时，两个人仍旧抱在一起。

柳斜桥将额头抵着她的额头，忽然低低地笑出了声。渐渐地她亦笑了，抬手轻打他一下：“胡闹！”他笑得咳嗽起来，咳得低下了腰，可他仍然在笑。就好像他要把这辈子所有的笑都花在今日，笑得不留余力、不留余地，阳光灿烂地洒在他的脸上，点亮他瞳眸中温柔的火焰。

徐敛眉仿佛看见了那个她曾错过的十六七岁的清秀少年，迎着海风爽朗而无拘无束地笑着，他对这人世毫无芥蒂，他对所有的伤害和背叛都报以年轻的有恃无恐的宽容。

柳斜桥的笑容凝固下来，沉沉的目光注视她片刻，在她还来不及推测那目光中的深意时，他已温柔地抱过她来，双手捧着她脸，再次吻住了她。

这一回，他吻得极深。唇齿之间是海水微咸的味道，带着情欲在太阳底下蒸腾，她的手滑进了他的衣摆，摸索到他被海水冲得冰凉的肌肤。两个浑身湿漉漉的渔夫渔妇，水光在他们的额头上闪烁着、滑动着，海浪再扑过来时他们一起跳开了，然后他们便笑着一前一后往沙滩上跑去。

追逐着他们的身影的，是那海潮之上灿烂的太阳。

这一整日，好像根本就没有来得及做什么事情。徐敛眉后来屡屡回想这一日，才发现这一日的记忆少得可怜。他们好像只是在沙滩上走了不远的路，去邻近的渔家里蹭了一顿饭，便天黑了。

太阳是那么不留情面地往海面下坠落而去，将深海底里的黑暗都翻搅了出来。他们还什么事都来不及做，什么话都来不及说，就仓促地天黑了。

柳斜桥在避风的岩礁下生起了火，从马车上找来外袍给她披上，两个人依偎在明灭的火光边，远空中的星子一点一点地亮了起来，将幽蓝的海水变幻出粼粼的梦影。

“这便是南海了。”她喃喃着道。

“是。”

“这是你长大的地方？”

“是。”

“从小在海边长大的人，却去了北方十多年，先生很不习惯吧？”

“早已习惯了。”他微笑着答道。

“极北之地那样冷，而先生的家乡却这样暖和。”

他道：“我不过是个四方漂泊的人而已，早已没有家乡了。”

“我不明白，”她忽然道，“你的家人既然对你不好，为什么你还要为他们报仇？”

他愣了一下：“什么？……因为，他们是我的家人啊。”

她咬住嘴唇：“可你愿意他们再活过来欺侮你和你母亲吗？”

“人命总是宝贵的。”柳斜桥没有直接回答她。

徐敛眉道：“若换了是我，我恨不得杀了他们，怎么还会为他们报仇。”

他笑了笑：“我平生最悔恨的时刻，是我的父王死在我面前的一刻。”

她看向他。

他笑容温和地迎接着夜色：“他平日对我不算好，但在那一刻，我大哥死在了他的面前，他却只是护住了他身后的我。那一刻，我宁愿自己死了，也不要他这样拿性命做恩惠。”

柳斜桥接着道：“后来，过了很多很多年以后，我才大概明白，父王那样做并不是为了施恩，也并非出于对我的愧疚。他只是……他只是来不及多想，便凭最直接的感觉这样去做了而已。这种最直接的感觉，大约就是……家人吧。”

她低下头，手指轻轻地握住了他的右手，他的手颤抖了一下，然后他镇定下来：“他的尸体压住了我的右手。我躺了三天三夜才得以逃出去，可从那之后我的右手就废了，我只要瞧见了这只手，就会感觉到那一刻压在我手上的所有的疼痛。”

这只是一种幻觉的痛，他心里清楚。可是他摆脱不掉，永远也摆脱不掉。

她沉默了很久，最后，说道：“抱歉。”

柳斜桥笑道：“多谢了。”

这话一出口，两个人之间长久悬置着的什么东西便终于，无声地碎掉了。

他望向大海："殿下。"柳斜桥忽然改了称呼，令她微微皱了下眉。

"我相信殿下能一统天下。"他说，"我相信我们的孩子，将是那个肇基的王者。"

"为什么……说这些。"徐敛眉感到有些不自在，好像这一整日花费力气营造出来的幻境突然被拆除，她转过了头去。

"我从来没有认真地说过吧？"柳斜桥平静地道，"殿下在我的心中，是世上最好的女子，也是世上最好的主君。在我们初相遇的那一天，我站在您的阶下，仰望着您，我便知道，您一定能得到一切您想要的东西。"

她不想再听了，抓着他的肩去亲他的唇："可是我只想要你。"

他温柔地接受她小猫一般的舔吻："您是天下的公主，您不可能只有我的。"

她任性起来，抬腿坐到了他的身上："我只想要你！"

他低低地笑起来，双手扶住她的腰，微微抬起头，眸光湛亮如洗："好。"

她狠狠地吻了下去。

海风吹灌进海礁之下，发出呜咽般的回响。

徐敛眉一把解开了头巾，流墨般长发披散下来，如千万重缭乱的暗昧的花影。海上的月就在她的脸颊之侧，映出一片皎洁的幽光。

柳斜桥慢慢地抬起手来轻抚她的脸，她咬着嘴唇，将手按在他胸膛，慢慢朝他俯下身去。他的手突然滑落在她腰际，轻悄悄地解开了衣内的系带，那系带上含羞的梅花突然被打开来，被月光笼罩着，绽放着，又随着衣物飘落在地上。

咫尺之距，徐敛眉凝视着他，而他认真地抬起身来向她送上了吻。

这个虔诚的吻如一个火种。好像是心中突然燃起了一种不可抑止的渴望，徐敛眉突然很想要这个男人，又很想告诉他自己是多么地想要他，在这么多年的口是心非、南辕北辙之后，她仍旧可以为了他的一点点最细微的碰触而放任自己软成一摊水。

海浪不断地拍击着海岸，黑黢黢的岩礁像一座永恒的森严堡垒。她有时觉得自己几乎要被那海浪拽到深海底里去了，她不能呼吸了，可他却又总是在最后一刻抓稳了她，渡给她活命的气息，呢喃着一些暗夜里听不分明的话。她想她的人生好像也是如此，她不能没有他，只要一开启那样的想象，她就会感到窒息。

所以他们只能呼吸交缠，性命相连，汗水滴落在一起，爱抚变得没有了章法，而探索对方的渴望却仍旧很强烈，内心有一个巨大的空洞，只有对方的温柔，甚至是带来疼痛的温柔，才可以稍加弥补。

"阿敛……"他吻着她，在她柔软的发间痴迷地呢喃着她的名字，她搂住他的脖颈给予更热切的回应。谁也没有工夫去笑话对方了。在这无人的海边，在这无声的月夜，两个人都褪去了所有的伪装，赤裸裸地、无遮掩地摆出了自己的所有，从此再没有谁比谁更高明，再没有谁比谁更低贱，两个人，都已经把自己燃烧尽了。

很久之后，她乏了，柳斜桥便把她抱在身上，絮絮地同她说些不相干的闲话。她有些困，却不肯睡，只睁着眼睛瞧他。那春水一样的眸子，摇漾着迷丽的波光，小巧的鼻翼上微微渗着汗，嘴唇被咬得发了白。在她的身后，从那苍青色的夜的边际，渐渐地渗出来绯红的霞光，将些似有若无的红晕染在了她的脸上。

徐敛眉突然感到了羞涩，却是她从未体会过的、新嫁娘一般的羞涩。像是个十六七岁即将出阁的少女，忐忑不安地坐在大红的新房里，将手中的丝帕揉成了一团。她不曾体会过，她从第一次嫁人时起就已经是个冷静的谋国者了。可是在这时候她才发觉，原来所谓幸福，是这样的感觉。

若是可以，若是可以一直这样幸福下去……刹那间脑海里出现了这样疯狂的念头，就立刻如春草一样生长蔓延得无边无际。她可以，她可以抛下这世上的一切，徐国，天下，誓言，王位……她可以永远跟着他走，再也不回头！

徐敛眉看着他，黎明的微茫的光渐渐移动到了他的脸上，他的笑容清晰可辨。这是她此时此刻，可以抓得住的最真切的笑容。

"天亮了。"柳斜桥低声说。

她皱了皱眉头，坐起身来，却突然感觉眼前一亮——她仓促间转过头，便见一轮红日跃出了海面！

火烧一般的朝霞刹那如万丈的锦练被抛出，染红了整片大海。红日再无留恋地升上了天空，无量海水猝然绽放出绮丽的光芒。

"你方才怎么不同我说？"徐敛眉喃喃着道，"这样好看的日出。"

他握着她的手笑了笑："等待太难熬了。不妨就给你看这最好看的一刻。"

她抿着嘴唇。

两个人披着衣裳并肩坐在礁石下，望着那太阳与大海。有那么一阵子的缄默，唯一的声响是伴着海潮进退的沙鸥嘶哑的鸣叫声。

"阿敛。"他低声说，那声音仿佛是被海浪偷偷地送到了她的身体里面，"我们……便留在这里，不走了，好不好？"他抬手为她拂了拂头发，将她发间的细沙一颗一颗挑了出来，"在这里，只有我们两个人，过一辈子，好不好？"

徐敛眉愣愣地转过了头看向他，轻轻地道了一声："好。"

柳斜桥听见便安静地笑起来，然后又转过头，抵着唇闷闷地咳了几声。

歇到日中，海边炎热至极，两个人便往回走。那马车还在海边的林边停着，马儿在安静地吃草。柳斜桥走过去拍了拍马背，忽然听见了马蹄声，由远至近而来。

“你们南人会在海边骑马吗？”徐敛眉好奇地问他。

柳斜桥煞有介事地想了想：“当真住在海边的人，都不会骑马……”

徐敛眉挽着他的手臂笑了起来。这时那匹马已经奔驰到眼前，柳斜桥的眼神一变：“卫风？”

马上的骑者相貌平平，穿着一件平平无奇的衣裳，浑身都是汗水，显然是在这烈日下奔波了很久。在他的身后还有十余名卫士，只是速度比他稍慢，此时也全都翻身下马，整齐地行礼：“参见公主、驸马！”

柳斜桥握着徐敛眉的手下意识地紧了一下：“何事？”

“卫影让属下来告知您和殿下。”卫风道，“岑都那边……徐公……”

“我父君怎么了？”徐敛眉突然问道。

“徐公前夜突然发病，许是……年纪到了……”卫风低下了头，“就没有撑过去……”

徐敛眉的身子晃了晃，立刻又站稳。

好像是听到消息的刹那间，徐敛眉的所有神情、姿态与气质，就全都变了。有冷冷的霜覆过她的眼眸，她将脊背挺得笔直，嘴唇却发着白。

柳斜桥不言语，看向她，卫风与他身后的众卫士也都看向她的衣摆。

“回宫。”最终，徐敛眉冷静地道。

第十九章 竟何之

九月初七，徐公病殁，天下震动。

九月廿五，徐国公主抱着王孙出现在了奉明宫，徐公的灵柩之旁。驸马柳斜桥率领文武百官，齐齐跪拜行礼。

“都把眼泪给本宫收起来。”徐敛眉一字一顿地道，“徐国还没有亡国灭种，父君虽殁，英灵犹在，徐国绝不会给列国宵小以任何可乘之机。父君的丧仪一切从简，下月大朝，王孙即位，本宫会同元老宿臣一起听政，请列位不要忘了六年前流玉岗上世子的仇！”

直到众臣都摇头晃脑、哭哭啼啼地散去了，对着那一抬灵柩，终于有一丝疲倦从徐敛眉的眸中浮起。

徐敛眉匆匆从灵柩边走过来：“抬到侧殿去。”

徐肇两手扒着母亲的手臂，一个字也不说，只拿眼睛盯着那几个侍卫将棺柩抬走。过一会儿，徐敛眉站起身来，他却仍然死死地抓着她的衣角。

“我的贝壳。”他说。

“什么？”徐敛眉皱眉，低下头看着他。

徐肇眼睛里全是满溢的水光，咬着嘴唇道：“我的贝壳。”

“我没有那种东西。”她烦躁起来，便想甩开他。

“阿肇。”柳斜桥及时地唤出了声，“这边。”

徐肇愣愣地望过去，被泪水糊花了的视线里，父亲手中拿着一片巴掌大的贝壳，正招引着他：“到这边来，爹给你带了贝壳。”

他“哇”地一下哭出了声，一头扑进了父亲的怀抱里，语无伦次地抽噎着：“爹爹，我……我怕……阿肇，好怕！阿公……他没了，我……爹爹回来……”

“哭什么哭。”徐敛眉的声音冷冷地道，“你马上就是徐国的王了！”

徐肇好像没听见，只闷在柳斜桥的怀里哭，不安的泪水将父亲的衣襟都浸得湿透。柳斜桥拍拍他的背将他抱了起来，自己背过身去咳嗽了一阵，才对阶上的人道：“殿下，回鸣霜苑还是回府上？”

“我们就住奉明宫里。”徐敛眉揉了揉眉心，“父君一去，列国都蠢蠢欲动，我必得看着他们。”

徐肇突然哭得更大声了：“呜哇！我不要……我怕……爹爹，我们……我们回去……”说着，他的小拳头便挥舞起来，没什么力气地砸在父亲的肩头，“我好怕，我不要住在，这里……”

柳斜桥一手抓住他的小手，徐肇想到阿公临终的样子，却越发恐惧地挣扎起来，手推在柳斜桥的胸口，逼出后者好一阵咳嗽。徐敛眉难以忍受地道：“你没瞧见你父亲病了吗？你还要让他咳到什么时候？”她三两步走过来将徐肇从柳斜桥的身上扯下来，狠狠地往地上一摔。徐肇往后跌去，后背撞上了台阶，疼痛刹那间攫住了他，令他整个人都愣了一下。

然后，徐肇竟然便不哭了，声音像是戛然被掐断的，他睁着那双大眼睛，不能理解地看着他的母亲。

徐敛眉几乎是在动作的一瞬间就后悔了。她过去是在战场上拼杀惯的，就算离开战场这么多年，气性上头，拿出的还是对付成年人的手劲。

柳斜桥看着这倔强的母子俩，叹了口气。他先去将徐肇拉了起来，给徐肇揉了揉后背，徐肇正要再哭，柳斜桥却将那枚贝壳塞进他的手里，说道：“这是你娘亲特意捡来给你的。”

徐肇愣愣地看着他。

他揉揉孩子的头发：“如果爹爹死了，阿肇会怎么做？”

徐肇突然间睁大了眼睛。

“所以，”柳斜桥及时地止住了徐肇说来就来的哭声，“现在是你娘亲的爹爹没了，她现在很难过，也很孤单，阿肇可不可以给她唱首歌？”

徐敛眉深深地吸了一口气。

“她现在很难过，也很孤单，阿肇可不可以给她唱首歌？”

柳先生，他怎么知道？他怎么就能断定？她装得那么像样，很多时候，她连自己都能骗过，她以为自己是无坚不摧的。

一只胆怯的小手抓住了她的衣角，小心地扯了扯。徐肇抬着头，一双水汪汪的大眼睛看着母亲，抽噎着道："那，娘亲，阿肇给你唱首歌。"

徐敛眉没有动弹。

徐肇又回头向父亲求助，父亲鼓励地笑了笑，朝他做了个口形。徐肇拼命地把泪水收回去，软糯糯地唱了起来："月兮月兮……皎而寒兮……我、我独、无衣……月兮、月兮……出而落兮……我独不归……"

徐敛眉慢慢在他面前跪了下来，两手捧着他的小脸，指腹轻轻地擦去他的泪水。他忽然就哭得更加厉害了，徐敛眉手足无措地看了他一阵，然后将他一把抱进了怀里。

"好了好了……"她笨拙地拍着徐肇的肩膀，小声道，"男孩子不要哭，会叫人看去笑话的。你刚出生的时候，才那么点大，就总是哭……你看我，我就不哭。"

说着这样的话，她自己却哽住了。

深夜。柳斜桥将徐肇哄睡了，走到侧殿来，只见飘摇的长明灯火将灵柩前徐敛眉的身影惶惶地投映到墙上。

柳斜桥咳嗽了几声，那灯火便晃了一晃。徐敛眉转过头来看着他。他到徐公灵前拜了三拜，方挪过来，低声道："后半夜我来守着吧。"

徐敛眉摇了摇头，柳斜桥轻轻揽过了她，让她靠在了自己身上："我没有想到他去得这样突然……"徐敛眉喃喃，"我甚至没见上他最后一面。"

"我听说，他去得很平静，大约真是年纪到了。"柳斜桥温和地道，"您也无须太过自责了，他知晓您的苦处。"

"我的苦处。"她摇了摇头，"六年前我一去不返，一定伤透了他的心了。他知道我没有死……"

"我明白。"

徐敛眉抬手拨弄着银盆中缓慢燃烧的冥纸，火光幽幽地落在眼里："其实，我恨过他。我在出征之前，便已经听说了，我生产时凶险，他不要我……他只要他的王孙。后来在齐国边境，心灰意冷，我有时也会想，原来如此，原来我毕竟只是个没有用的——女人。"

柳斜桥一愣，连带拥着她的手臂都微微地僵硬起来。他一时摸不准，她想要听自己应承怎样的话。

可徐敛眉似乎并不需要他说什么。她继续地说着，嗓音沙哑："这些年，我已经什么都做了，我联姻六次，出生入死，我扮演一个万众瞩目的世子，我将双手都沾满了鲜血……可到头来，我却不明白自己做这些，究竟是为了什么。为了一个注定要将我抛弃的父亲，为了一个暴虐、自私的祖父，还是为了这些永远只认男人为王的徐国人？那么——倘若没有阿肇，徐国会亡吗？”

最后一句话，好像很突兀，可是徐敛眉的语气却那么平静地接下去了。她忽然又笑了笑：“父君殁了，这一句话，我也没法再问他了。”

火光盈盈地跳动着，像为她的脸庞染上了些许生气，又好像令她显得更加遥远。

柳斜桥沉默许久，道：“您愿意随我去看个地方吗？”

夜深人静，只有素白的帘在无声飘动。沿着抄手游廊再转几个弯，他带着她走到了岑宫北的钟楼下。徐敛眉看了柳斜桥一眼，慢慢走上那狭而陡的旋梯。钟楼里长燃着幽亮的灯火，却只能照亮脚下的方寸之地，更远的地方便是一片漆黑，柳斜桥抓紧了她的手，她每踩一步都感觉到木板的轻响。

她听见前方他那沉稳有力的脚步声。

每一层都开着窗，透进来深秋的夜风，吹起她的裙摆和他的白发。走到顶楼上，沉默的古铜钟四周只铺有半步宽的木板以容人站立，两个人不得不站得很近，她的脊背贴上了他的胸膛。

他低声道：“你看北边，那是什么山？”

她抬眼，深沉无星的夜空下是沉默的山峦的剪影，从脚下到彼方，全是一片黑暗。

“近处的是有悔山。”徐敛眉伸手指道，“更远、更高的那座是贰锋山。”

“六年前，易将军在有悔山遭遇伏击，那时候的有悔山，是徐国与齐国的边界。”柳斜桥停顿了一下，“而现在，有悔山已全入徐国，徐、齐边境推进到了贰锋山，也就是说，你现在目光所及的土地，都是徐国的土地。”

她看了他一眼，又转过头去望向远方。远方只有漆黑的夜。她慢慢地伸出手去，在虚空里描摹这片土地的形状，就算夜色昏黑，她也知道何处是平畴沃野，何处是湖泽水域，何处是樵采的山林，何处是丰穰的良田……在这高处俯瞰下去，山川梦影之间道路逶迤绵延，偶尔有行路人的灯火飘纵而过，她听见他低声道：“你曾问我，在你最需要我的时候我在哪里。我在这里，在最需要你的地方，我成了你。”

夜风凉得彻骨，男人的声音却永远是温柔的：“如今你回来了，我便将这些再还给你。”

徐敛眉的手指渐渐地攥紧了他的衣袖，声音在颤抖着：“还给……我？我要你同我一起。”

“我是个外人，怎可能同你一起分享这天下。”他笑了笑，“阿敛，我虽然不能代替父君回答你，但我认为，若没有阿肇，徐国不见得会亡，可若没有你，徐国就不再是徐国了。你不是为了谁而战斗的，阿敛，你生来就是要战斗的。”

徐敛眉惊慌地转过头来盯着柳斜桥。他笑着，清逸的面容，多情的眼。风吹起他如雪的鬓发，一丝丝一缕缕，原来已苍白尽了。

“如果有一日我不在了，你也绝不可以再离开这片需要你的土地，你明白吗？”柳斜桥说。

她朝他走近了一步，却忘了这是在钟楼的狭窄顶层，他往后退一步，脚跟便抵住了栏杆，他抱住了她，笑着正要开口，她却踮起脚尖吻住了他。

柳斜桥愣了一下，抱紧她的腰轻轻地回应她，她却突然在他的嘴唇上咬了一口。

徐敛眉退开来，舔了舔唇，声音低低地、恶狠狠地道："我不许你走。”那眉宇间的清傲一如往昔，沉着的、志在必得的、毫不留情的。

柳斜桥的眼睛眨了眨，眸光里生出了波纹，像是有些羞涩。这么多年过去，他仍旧会为她的一言一行而心动。这么多年过去，她仍旧是他信奉的神祇。

丧期还未过半，徐敛眉便去了尚书省，命人将前些日子堆积的奏疏抬到了书阁里去。然后柳斜桥带着周麟等臣子过来，将这六年来的事务向她一一禀报清楚，包括柳斜桥耗费心血培植起来的暗卫和卧底以及边境上的几支精锐骑兵。如此，夫妇二人一直忙碌了三日，直到第三日傍晚才得稍事休息，徐敛眉吩咐宫里宴请这几个心腹大臣同用晚膳，柳斜桥便告退了。

徐敛眉看着柳斜桥，抿紧了嘴唇不言语。

柳斜桥欠身咳嗽着道："在下已尽忠，往后便请殿下乾纲独断，振我河山。”

三日的繁忙之下，柳斜桥的声音里疲倦已极，公事公办的措辞里却透出了安慰的期待。她知道他这话是什么意思。他毋宁是说，他一个外人掌政五年，如今，必得退出这局，才能让她重树威信。她想阻止他，却又不知如何阻止，便只能看着他行礼走了出去。

后殿里开宴时，徐敛眉命人将徐肇带了过来。

这是六岁的徐肇第一次穿上那华贵的袍服。高高的金冠戴在他的小脑袋上尚有些不稳，一步一摇地，黑底刺绣金丝线的龙凤王袍袍角拖曳到地面，得让鸿宾牵着。徐肇低着头不肯看众人，只是扭捏地揉着自己这身奇怪的衣服，徐敛眉离座拉过他来，将在座的名臣宿将一一介绍与他。

徐肇皱起眉头，每向一个大臣行礼，打招呼，他都要转头去看母亲的反应。母亲笑了，他便知道自己是说对了；母亲不笑，他便感到惶恐不安。不到十个大臣，却让他出了一身的汗。他不知道大人们在做什么。他只是遵从着母亲的吩咐，该行礼时行礼，该说话时说话，大人们的话都文绉绉的，他听不懂。

他隐约感觉到这里的人已经都把他当作大人看待了，虽然周寰哥哥总催促他快快长大，可徐肇一点儿也不愿意长大。他不愿意这些人拿这种态度对待他，这会让他想起阿公死前的样子。他宁愿他们来哄他。

“各位不必担忧，主君虽幼，但本宫也会尽力匡正主君。”徐敛眉举起酒杯来，徐肇连忙也举起自己面前的酒杯，“依礼，丧中不可饮酒。但这一杯酒，却是我父君的在天之灵看着的——望各位齐心协力，鼎助主君，兴徐国，得天下！”

徐敛眉一饮而尽，朝众臣亮了亮杯底。众臣却还不喝，只看向一边的徐肇。徐肇忽然反应过来，连忙学着母亲的样子把那杯酒给自己灌了下去，立刻便呛得满面通红，连连咳嗽。那酒杯的棱角硌进了手心里，他觉得好痛。他无助地看向徐敛眉，小声说：“不好喝，我不想喝。”

徐敛眉眼睛都未眨一下，挥手命人再给徐肇满上，徐肇正慌张时，她却将他的酒杯拿了过来：“主君今日身子乏了，这后面的酒，本宫替他喝。”

徐肇的眼中酸涩。他觉得今晚的一切都很不适应，身边的人忽然板起了脸，母亲忽然不再叫他阿肇，他们所慷慨激昂地谈论着的，却还是阿公当初拉着他说的事情……

六岁的他根本听不懂那些话，他只觉得自己像个多余的泥人，只要坐在这座大得出奇的后殿里就足够了。他感到很难受，难受得喘不过气来，这金灿灿的王袍已经几乎要将他小小的身体压垮了。他想，方才母亲既然纵容了他，替他喝了酒，那现在他再求求母亲，可不可以更得一些宽赦呢？于是他低着头又去拉母亲的衣袖：“我想回去，娘亲。”

徐敛眉没有理睬他。

“我想回去！”他鼓起勇气提高了声音，“我、我不要做这个王！”

大殿上陷入一片令徐肇恐慌的死寂。

每个人的表情都不一样，但他们确实都听见了这句话，都朝徐肇望了过来。徐肇局促极了，他想躲闪，这偌大的殿堂空空荡荡的，他竟然无处可以躲，他下意识地又想找母亲求助，母亲却不看他。

徐敛眉朝众人笑了一下，说道："主君乏了，鸿宾，送他回去休息。"

鸿宾过来对徐肇婉言道："主君，我们走吧。"

连鸿姨也叫他主君了吗？徐肇睁大了眼睛，好像自己被欺骗了一样瞪着这些大人。

徐敛眉慢慢地道："带他走。"

深夜，奉明殿那边的乐声仍未止息，传到徐肇在上宫的寝房，就撞击出诡异的回响。小小的一个人抱着膝盖坐在空荡荡的大床上，他想了很久阿公临终前同他说的话。他心里感到害怕极了，甚至于不敢回忆，那画面却又频频从内心深处翻搅出来扰得他不敢闭眼。阿公到底是说了什么？好像是说……要……一统天下？

阿公那时候咳了满床的血，身子都佝偻起来，却死死地抓着徐肇的手不肯放开。他说："不论你父亲有没有将你母亲寻回来……你都必得要……继承我徐国的王位……做我徐国的王！这天下……已经到了一统的关头，不是徐国就是齐国……我不容许你出分毫的差错！"他的五指抠进了徐肇的手臂的皮肉里，徐肇痛得大哭，他从来不知道向来和蔼的阿公会有这样执着的一面，"我这一辈子……身为一国之君……却受够了有志不遂的苦楚……你要记住我的话，要带着徐国……做这天下的霸主！"

阿公目眦尽裂，那剑拔弩张的眼神里却全是脆弱的哀求。阿公在求徐肇，在求他的外孙，正如阿公一直以来求着他的女儿，来替他完成他所不能完成的事业。没有人知道他的痛苦，正如他也不会知道他的女儿和外孙的痛苦。

徐肇将脸埋进了膝盖里，慢慢地，发出了一声止不住的呜咽。不行……他还是害怕……他还是害怕啊！

"哼。"窗外忽然响起一个阴阳怪气的声音，"我从未见过如此爱哭的男孩子。"

徐肇突然抬起头，红着眼睛嘶喊："怎么又是你！"他抓过身边的瓷枕就丢到那个声音传出的窗边去，"你给我出来，出来！"

自打他从郛城回到岑宫，这个声音便三不五时地出来同他打岔，还总是挑在他心情最坏的时候，令他羞愤不堪。他这回赤着脚走下了床，大声哭叫道："我倒要看看你，你是什么——"

一只手突然死死捂住了他的嘴。他瞪大眼睛"呜呜"地挣扎起来，那个人将他放开了，道："其实你的阿公，你的母亲，他们都不在意你的死活，他们只是想逼你去做他们做不到的事情罢了。"

这话却似乎击中了徐肇的心，他抬起头，看见那个人穿着宫里下人的短衣，他努力认了认，道："你是厨下的人吧？"

那个人好像全没听见他的话："你以为他们很爱你吗，就像家人一样？怎么可能？你是徐国的王孙，你是要继承王位的，这里就是徐国主君的寝房，你必须要住一辈子的。"那人的嘴角一勾，"你将一辈子做你母亲手中的傀儡了。"

徐肇咬了一下嘴唇。他听得一知半解，却有一种恐惧始终攫着他的心："你说什么……什么住一辈子？"

那个人拿下巴指了指这灯火暧昧的寝房："就是这张床，你阿公死在这上面，往后，你也会死在这上面……"

"我不要！"徐肇突然喊道，拔腿就往外跑。

那个人冷淡地笑了一下，抬腿跟了过去。

徐敛眉今晚喝得有些多了。她走回奉明殿侧殿的寝房，柳斜桥正在灯下等着她。他捧着的书终于不再是《吕览》，却是一册《庄子》。她觉得无趣，说道："怎么还是黄老？"

柳斜桥放下了书，笑道："殿下爱读什么书？"

徐敛眉撇了撇嘴："兵法。"

柳斜桥大笑起来，笑至咳嗽不止。徐敛眉有些恼了，微醉的薄晕爬上她的脸，显得分外娇艳："我、我虽然书读得不如你多，但总归还是读过一些，你可莫要笑话我！"

柳斜桥摇头笑道："我岂敢笑话你？"他走过来，揽住她，轻轻地吻了一下，声音低哑些许，"你可是世上的奇珍异宝。"

得了一个这样温柔的怀抱，她的所有疲劳和委屈好像都立刻释放了出来，她低下头，忍不住地倾诉："先生，我不是个好母亲。"

"怎么了？"

"阿肇说他不愿意做徐国的王。"徐敛眉的手指抓紧了柳斜桥的衣襟，声音低低地道。

柳斜桥微微一笑："那也是我平日里教导得不够，同你有何干系？"

"我……"徐敛眉竟然沉默下来，但听了这样的话，她心中总有些难受，"我若早一些回来……"

"没有谁生来就知晓如何做一个王者。"柳斜桥揉了揉徐敛眉的头发，"即便殿下当年……也是受了很多苦，才有今日的。"

徐敛眉咬住了嘴唇："可我真想把世上所有最好的东西都给他，让他不再受一丁点儿我当初受过的苦。"

“若殿下从小不是被徐文公所逼迫，现在会不会快乐一些？”柳斜桥仿佛是思索了一会儿，又浅浅地笑起来，“不过若是那样，或许我同殿下便没有今日的缘分了。”

徐敛眉抬头，只见柳斜桥平静而专注地凝视着自己。柳斜桥为她捋了下鬓边的发，柔声道：“我去瞧一瞧阿肇，你先好好休息吧。”

她扁着嘴，点了点头，手却抓着他的手不肯放松。柳斜桥笑起来：“你莫不是还要吃阿肇的醋？”

徐敛眉脸红着道：“你便同他说，今晚上，我并不曾怪他什么……只是他往后也不可再当着文武百官那样任性。”

“我明白了。”柳斜桥柔声道，在她的额头上吻了一下，她才依依不舍地放下了手。

柳斜桥走出奉明殿，乘着夜色往上宫步行而去。不多时，徐敛眉也出来了，偷偷地跟在他的后面。

柳斜桥嘴角带上了笑，脚步亦放慢了，留神听着后边的动静。

徐敛眉喝得醉醺醺的，脚底时常便趔趄一下，又仿如没事人般摇摇晃晃地继续走，还紧张地看着柳斜桥的后背生怕被他发现。两个人就这样来到了上宫，忽然却看见鸿宾提着灯笼从上宫的台阶上满脸惊慌地奔了下来，到他面前，喘着气哭喊道：“驸马！王孙——主君不见了！”

十月初五，齐国通檄天下，言徐国幼主已在彼手中，限徐国于三十日内献出东境、北境的四个郡，并自黜为侯，从此奉齐为天下霸主；否则，三十日后，只会给徐国人送回幼君的首级。

十月初十，齐国的使者在奉明殿上堂而皇之地读完了这封国书后，傲然地负手在后，抬头不无得意地望向御座上的徐国公主。

徐敛眉在忍耐。寒冷的天气，逼得她浑身都在发抖，可是全徐国的人都在此时此刻看着她，看她将如何应对这种无法应对的耻辱。她真想径直将这个无礼的齐国使者给杀了，然后率领军队直接踏平了齐国的国都——

可是不行。她出来时柳斜桥已经再三告诫了她：一定不可动怒。齐国人敢这样明目张胆地遣使来告，为的就是激怒她，让她做下不可挽回的错事。

“怒气不必给敌人看见。”柳斜桥平静地说。

她从他平静的脸上，竟然真的看不出任何的情绪，只有那浅眸深处，有丛丛阴燃的怒火。

终于，她抬起手来。殿上众臣一时屏息，那个齐国使者冷哼了一声。

“徐国北部的两个郡，本来就是齐郡，由本宫的驸马打下来的；东部的两个郡，是原来的东泽国，恰好也是齐国送与本宫的。”徐敛眉笑意盈盈地道，“你们送来的东西本宫已经收下了，如今你们却又说要拿回去，是不是也太便宜了一些？”

齐国使者冷笑道：“少说这些有的没的，三十日，期限一到，我们便只有拿小徐王的脑袋祭旗。届时齐国大军压来，徐国举境而降，可就不是割让四个郡这样简单了！”

徐敛眉摆摆手：“贵使误会了。本宫的意思是，天下之大，徐、齐二国本可以分而治之，何必一定要你死我活呢？还请贵使在岑都少待，这分地的事宜，本宫还想同冯将军亲自商讨。”

齐国使者：“冯将军岂是你们想见就能见到的？若真要见，不如战场上见。”

徐敛眉拊手而笑：“说得不错。那便战场上见吧。”

那个齐国使者变了脸色：“殿下这是什么意思？贵国国主的性命，难道殿下都不想要了？”

“本宫同冯将军打交道已经快十年了，冯将军的想法，我可比你熟悉得多。”徐敛眉笑道，“三十日内，本宫若给你们四个郡，再自黜为侯，你们定然得寸进尺，哪肯这么简单便放了徐王；本宫若坚持不给，三十日后，你们要么杀了他，要么再提一些莫名其妙的要求过来。无论怎么看，你们都不可能放了我徐国的主君。”徐敛眉眸中光色猛地一厉，“既然如此，不如趁早便上战场决一胜负。”

齐国使者咬咬牙道：“您可知道，您今日这番话，我只消传给了冯将军，小徐王立刻就得死？”

徐敛眉的手紧紧地抓住了桌案的尖角，她控制着自己的声音，身子前倾，一字一顿地道：“在这之前，贵使不妨先让冯将军去看看，齐国西边的怀夏郡。”

齐国使者惊疑地看着她：“你们做了什么？”

“现在不是我们要做什么，而是你们要做什么。”徐敛眉的声音冷冷地道，“你们若敢动我的孩子一根手指头，我必让你们的土地寸草不生。”

徐敛眉回到鸣霜苑时，柳斜桥已经在整治行装。

“将阿肇骗走的人已经查明了。”见到她来，柳斜桥直起身，疲倦地笑了笑，“是厨下张大娘的儿子。她今早哭哭啼啼地将那个人绑了过来求我杀了他。”

徐敛眉的手握成了拳头，她感觉到指甲掐进肉里的锐痛。

“我将他下了宫里的监牢，具体如何处置，便听殿下的了。”炉中水沸，柳斜桥执起茶壶，往桌上斟了两杯，“明日我会带卫风、卫影一起去，冯将军那边，还要靠殿下周旋。”

徐敛眉伸手去抓那个茶杯，却不防备烫了手，哐啷一声摔了杯子，溅出来的热水立刻在手背上灼出一片红色。

柳斜桥三两步过来，蹲下身捧起她的手细细地吹了吹，又去翻出了药膏给她敷上。他做这些事的时候没有说话，低着头甚至没有看她，她愣愣地凝望着他束起的白发和那白发下微微压低的眉，突然就落下了数颗清泪，滴落在微红的手背上。

柳斜桥停顿了一下，然后继续将药膏涂好，又拿纱布缠住，才抬起头来，手指轻轻地擦去她的泪水："乖，我很快就回来，带着阿肇一起回来。"

徐敛眉惊慌失措地道："我怕……"

他轻声道："你不能怕。孩子还在等着你。"

"张大娘……那都是我造的孽……他为什么要害我的孩子！"徐敛眉闭上了眼睛，泪水便流下来，"他恨我，尽可以把我的命拿去，他为什么要害我的孩子？"

柳斜桥站起来抱她，却又侧过头去咳嗽了一阵，才哑着声音道："阿敛。"

她咬紧了嘴唇。

他安静地抚过她被泪水沾湿的唇，盯着她的眼睛道："阿敛，我说了会带他回来，便一定会带他回来。"

徐敛眉的手指抓皱了他的衣襟："你……"她低声喃喃着，"你可一定要回来。路上千万小心，不可以受伤，也不可以去瞧旁的女人，救出阿肇之后绝不可以恋战……"

"我知道了。"他柔和地笑了起来，眸中宛如落了夕阳的光，"我家中还有娇妻等着，我怎会恋战？"

柳斜桥抚着她的肩，让她的心情一点一点平静了下来。她脸红起来，心中的不安稍退，终于是埋入了他的怀里。

"去沐浴吧，阿敛。"他在她耳边轻轻地道，"你今日辛苦了，早些休息才是。"

她抓着他的衣襟不肯放手："你陪我。"

柳斜桥失笑："我陪您？"

"嗯，"徐敛眉抬起头来，目光清亮，"陪我……好不好？"

其实心中是羞怯的，说出口时，像是撒娇似的命令。她的身子在轻轻地发颤，他低声问："齐国使者说了些什么？"

她不说话。

他已经了然，笑了笑道："列国相争，你比我懂得多了，可不要关心则乱啊。"他低下身将她一把打横抱起来。她吃了一惊，连忙搂住他的脖颈："这样的时候，总需要解解乏，是不是？”

柳斜桥笑得颇有些深意，徐敛眉羞红了脸，一时还真忘了朝堂上齐国使者那冷酷的威胁。

这个男人看起来那样平静谦和，可是她那无坚不摧的力量却好像从来都是他给的。

十月初十，齐国使者面见徐国公主的同一日，驻守鄢城的徐国大将易初突然出击齐国怀夏郡东，不到五日，攻下六城，兵锋直逼怀夏郡郡治。

怀夏郡郡守惊慌失措地逃回齐国缙都，冯皓闻之大怒，一面派兵回击，一面将抓来的徐国小王绑到了缙都城楼的旗杆上。

徐肇每天只能得一碗饭吃。

已经入了冬了，高处的风一日比一日寒冷，像刀子一样刮到脸上的时候，徐肇都能听见皮肉皴裂流血的声音。他的四肢已经僵麻了，整个人在空中半吊着，双手绑在身后的旗杆上，背靠城堞，脚底悬空，这是衙门里处置犯人的做法，而今是用来处置国君了。

那个徐国人将他卖给了齐国人。那个人能把国君从宫里骗出来而一路畅行无阻，他自己必然也是宫里的人。徐肇不知道自己是怎么分辨出那是个徐国人的，但他就是能感觉得出。因为那个人不恨徐国，他只恨徐肇的母亲。那个人说，徐国公主害惨了他自己的母亲，所以他也要把徐国公主的儿子给抓走。

“吃饭了。”一个干巴巴的声音喊道。

徐肇困难地转过头，一个齐国士兵将一碗饭摆到了城堞上，冷笑一声，便走开了。

徐肇这样四肢受缚，根本不能够到那碗饭。给他送饭的齐国士兵们是故意这样做的，冯将军不肯让这个小徐王饿死，但他们都希望他饿死。

徐肇不明白，为什么这些他根本就从未见过，更从未招惹过的人，会恨他到这个地步。他不明白，他才六岁，他没有做过一丁点坏事，最大胆的也不过是跟着周寰哥哥去掏鸣霜苑里的鸟窝，为什么他们却连一口饭也不肯给他吃？

“你们这样，他如何吃得了饭？”一个稚嫩而平和的声音响起。

城楼上接二连三地跪下来一片：

“主君！”

“主君！”

……

徐肇歪着脖子艰难地看过去，那是一个穿着王袍、头戴金冠的少年，白白净净的脸，身材瘦瘦高高的，朝他走过来时，微微皱起了眉头。

徐肇立刻就明白了。这是齐国的王。徐肇自己也有一套这样的衣服，可他穿得不如这个人好看。

那个给他送饭的士兵又走了过来，捧起那碗饭往他的嘴边塞。少年的眉头皱得更紧了："他虽然是我们的俘虏，可也是一国之主。放他下来，让他好好吃饭。"

"主君，冯将军吩咐了……"

"放他下来。"少年道。

士兵不得已，给徐肇松了绑，徐肇脚下不稳，摔倒在城堞上，又将那碗饭打翻了。

少年朝身后看了一眼，便有人又盛了一碗饭来端给徐肇。

徐肇接过饭便狼吞虎咽地吃起来。小小的一团瑟瑟地蜷膝缩在城堞豁口上，将那只碗像珍宝似的捧紧了，筷子飞快地动着，他没有说话，却有大颗大颗的泪珠掉了下来。

一方绢帕递到了徐肇的面前："你多大了？"

徐肇不理睬，只是埋头吃饭。那绢帕停了许久，收了回去。

"本王是五岁登基的。"少年认真地看着徐肇，"你同本王那时候差不多的模样。"

徐肇闭着眼睛哭起来。

"你的母亲设计害死了我的父王，却嫁祸给夏国，还背弃与齐的盟约，趁火打劫把夏国的土地抢走。从那以后，齐、徐两国便成了死敌。"少年说。

徐肇没能完全听懂，冷冷地睁开了眼睛，眼中全是模糊不清的水雾。

"我舅舅说，泪水不能流给敌人看的。对着敌人，应当笑。"少年想了想，加了一句，"我舅舅便是冯皓冯将军。"

徐肇低头看了一眼怀中空空的饭碗，把它慢慢地放在了脚边。

"还要吗？"少年问。

徐肇摇摇头。

"往后本王还会来的。"少年向那些士兵瞥去一眼，"他们若欺负你，你尽可以同本王说。但你不可以逃走，不然我的舅舅会生气。"

徐肇抬起头。微薄的秋日阳光的照映下，他脸上的泪水竟然已经全部干了，只留下一道道深的浅的泪痕，爬过那白皙的幼嫩的脸颊。

从这天起，十四岁的齐王便经常到城楼上来找徐肇说话。

齐王好像从来没跟人说过话一样，面对徐肇，他可以说上一整天。徐肇便只是默默地听着。他大约是听不懂的，少年也这样以为。高高的城楼上，森严的枪戟间，两个孩子凑在一起，一个双手缚在身后屈膝坐在城堞上沉默着，另一个站在他身前絮絮地说话，这画面平静极了，没有人能看得出来，这是天下两个大国的君王。

“你叫徐肇，对不对？我舅舅同我说过。”少年问道，“你知道我叫什么吗？”

徐肇摇摇头。

“我叫游。靳游。”少年道，“孔子有个门生叫子游，你可知道吗？”

徐肇点点头。

少年笑了：“你也读了很多书吗？”

徐肇道：“我爹让我读的。子游曰：‘事君数，斯辱矣；朋友数，斯疏矣。’”意思是，朋友之间如果太过殷勤，反而会导致关系疏远。

少年张了张嘴，半晌后方苦笑着道：“你好不容易说一句话，却呛得厉害。你不高兴我来看你，你宁愿被人吊在旗杆上是不是？”

“你总是来看我，你舅舅不会生气吗？”徐肇说。

少年很自然地道：“我舅舅又出门打仗去啦。”

徐肇看了靳游一眼，不作声。

少年想了想道：“我看子游这话也不一定对，做朋友总是要多多来往的，不然如何做得成朋友？”

“但你只是想找个人说话。”徐肇慢慢地道，“你并不是真的拿我当朋友。你虽然把我从旗杆上放了下来，可你还是绑着我的手。”

少年愣了一下，苦笑着道：“也对，我们本来不会是朋友的。”

徐肇不言语。

少年变得烦躁起来：“我是想找你说话，因为这么多年，从来没有人听我说过话！先王不听，如今舅舅也不听……我已经长大了！你懂吗？你懂这种感觉吗？你跟我不正是一样的吗？”

他们都是过早就被推入刀光剑影中的孩子，他们本来就应该互相理解不是吗？

徐肇看了靳游一眼，眸光干净、清澈，好像根本没有听懂靳游的话，好像他也听懂了，可是却根本不在意。

沉默片刻，齐王靳游转身朝士兵们道：“将他的手解开。”

“什么？”士兵吃了一惊，后头几个宦官也惊讶地看过来，“这可不行，主君，这个人质太重要了，咱可不敢出这样的岔子……”

“你们自去看看他的手，被绑成那个样子，还能有缚鸡之力吗？”靳游道，“冯将军那里有什么干系都由本王担着，你们给他的手解开一阵子，再捆上就是了。”

那几个士兵面面相觑地推脱一阵，终于过来将徐肇手腕上的绳索解开了。徐肇的两只小手已经因为长久的绑缚而变了形，甫一解脱，确实是使不上任何力道的。但他突然拿臂膀钩住了靳游的脖子，将靳游的脑袋往城堞上狠狠一拽！

大风呼啸而过，徐肇单膝跪在狭窄的城堞上，两只手死命地将靳游的脖颈卡在城堞上，简直连吃奶的力气都使了出来，小脸都涨成了猪肝色。靳游万万没有料到他会使出这招，后肩砸到了墙头，脑袋又被拖到城堞外凌空悬着，双足踩不到墙内地面只能不断地扑腾着。那几个士兵本来离他们颇近，正要出手时却见徐肇手中亮出了一块尖锐的碎瓷片，正压在靳游纤弱、白皙的颈上！

徐肇其实也很紧张。他的手心里冒着汗，几乎要抓不稳那块瓷片——那是他上次打碎了饭碗偷偷捡的。不到六岁的孩童能有多大的力气，若不是这块瓷片，那几个士兵早已一拥而上将他扔下城楼去了。

可是徐肇看起来却很冷静，像个大人一样，冷静到淡漠。像大人一样的小孩，总是让人感到有些恐惧的。

“你们放我走。”徐肇说，说着，他的眸光一狠，将那块瓷片抵入了靳游的下颌——

“你别乱动！”一个将领模样的人匆匆赶了上来厉声喝道。

城楼上的士卒慢慢地朝这方城堞合围过来，城楼下也排布开弓箭手。

靳游的上身悬空，血液都涌到头上来，他看着这个奇怪的小孩，眼中漫上了绝望的死灰：“你……”他嘶哑的声音仿佛是从徐肇的指缝里渗出来，“你这样……对我……”

“你们放我走。”徐肇重复。

那个将领微微眯起了眼睛，点头道：“好。”说着便示意身边的士兵退后给他开出一条道路，一边在背后打着手势。

徐肇笑了一下。幼童的笑，天真烂漫似的。然而他却不从城楼上走，反而拖着靳游的脖子，竟然径直从城楼上跳了下去！两个孩子在空中不分敌我地抱在一起，底下早已准备就绪的齐国弓箭手瞠目结舌，竟然不知该如何是好。

靳游摔在地上，徐肇摔在了他的身上。

就在这时，城楼上有人惊慌地喊了一声：“那是什么？”

不远处的官道上，马蹄声由远及近地逼来，在这初冬的风里扬起漫天沙尘！旋即无数弓箭猝然从空中掉落，就如百万飞蝗，箭羽的抖动之声就是那飞蝗食草的声音……

城楼外的齐国弓箭手们还未来得及弃弓用剑，就被一一射落马下……

城门在这时訇然大开，方才那个齐国将领领着兵马冲了出来，当先奔到徐肇旁边一剑向他刺去！

徐肇慌张地往侧旁一躲，后领却又被人抓住，像抓小鸡一样吊了起来。那个将领趁机便将地上的靳游救走。

徐肇回过头，见那个齐兵的头盔之下，却是一张他极其熟悉的脸。

“你做得很好。”柳斜桥说。他将徐肇放在身前的马背上，纵马飞驰，扰乱齐国的布阵，直直地往城外的官道上冲去。

徐肇“哇”的一声哭了出来。

十月廿二，褚功明率十万大军兵临齐国缙都城下。

冯皓早已领兵去救怀夏郡，缙都守卫兵力不过二万，城楼上的副将看着滚滚沙尘，旌旗飞卷，简直不敢相信自己的眼睛：他们是怎么过来的？徐国所统辖的城池中离缙都最近的是郧城，而就算从郧城赶来，一路上也需要先攻克至少二十座城，可这些日子以来分明烽火无警，这十万大军究竟是怎么过来的？

要到三日之后，他才会知道，原来齐国沿海的两个郡，已经被突然从海上登陆的褚功明攻下来了。

柳斜桥抱着徐肇奔回了己方的阵营。城楼下的攻坚战血肉横飞，而这林中的营地却因为无人而显出一片死寂。军医都在前线，柳斜桥将徐肇放在床上，自己给他察看伤势。

那双小手上被绳索勒出了见血的伤，全身各处都有青紫瘀痕，连日的折磨之下，原本粉雕玉琢的小儿已经瘦得脱了形，嘴唇干裂出血，脸上还有错纵的泪迹。

柳斜桥沉默着给他上药，然后捧着他的手愣愣地看了一会儿，突然用力地抱紧了他。

徐肇哭着，哭着，渐渐地也不哭了。他反而伸出伤痕累累的手，在父亲的背上用力拍了拍，宽慰他似的：“阿肇很好，爹爹不用怕。”想了想，他又补充了一句，“阿肇以后再也不会任性了。”

柳斜桥放开徐肇：“你说什么？”

“阿肇会好好地去做徐国的王。”徐肇很认真地看着柳斜桥道，“阿肇会长大，会保护爹爹，再也不让爹爹担心。”

柳斜桥沉默了很久，最后却说了句仿佛不相干的话："最担心你的，是你娘亲。"

徐肇皱起眉头，过了很久，像个大人一样叹了口气："我知道。她只是嘴硬。"

三日之后，缙都北城门被攻下，齐国人将徐军拖入了旷日持久的巷战，两方折损都不在少数。东边的冯皓急于回师救援，却被易初一部无赖地缠住，边追边打，待冯皓带领军队到了缙都城外，易初也已经追了上来。

那已经是整整一个月后了。

冯皓站在城下，看见那座城楼上已经变换了旗帜。徐国的龙凤纹大纛翻飞在苍青色的天空之上，旗杆顶上沾惹着破絮样的浮云，古旧的城堞间堆叠着数日前的残雪，雪上还留着深深浅浅的干涸的血迹。

一个六岁的孩子站在那座城楼上。他的脚下垫着高凳，身穿的王袍却仍然拖到了地面。金冠束带，唇红齿白，他看起来是那么玉雪可爱，眸色却含着深沉的黑。

冯皓看到那双眼睛，心便沉了一下。他见过徐醒尘，也见过徐敛眉，这个孩子的眼神，几乎是一脉相承的。

"你们的王已经下了我徐国的大狱。"徐肇一个字、一个字地，用力地喊了出来，声音里还带着奶气，"齐国文武百官、士卒百姓，降者不杀。"

冯皓仰头笑起来，好像还当他是个孩子似的在哄他："我冯皓若降了你，你将如何待我？"

徐肇的眉头皱了皱，他冷冷地道："待君以不死耳！"

冯皓愣住。冷风翻搅着他的旌旗，身后的士卒开始了骚动。他再抬起手时，发现已经没有人在听他的号令，他们交头接耳着，武器一个接一个地丢下了，有的人已经出了队列往城下走去……

"谁敢投降！"冯皓一把夺过亲卫马背上的弓，"嗖嗖"数箭射死了那些擅自出列投降的士兵。冯皓须发皆张，厉声道："齐国人宁死不降！"

城楼上的徐肇笑了一下。然后他转过身，看着他的父亲。

柳斜桥站在徐肇身后三步外，温和地道："放箭吧。"

十一月廿五，回援缙都的冯皓力战不敌，阵前自刎。那一日的缙都上空阴云密布，厮杀至夜方休，到后半夜里又下了一场雪，将北城门下数万齐军的尸体一点点地掩埋掉。缙都从此变成了缙城。

齐国，亡。

第二十章 归去来

徐肇住进了齐王的宫殿。他发现齐王的宫殿比岑宫还要大得多，雕梁画栋，珍奇陈设也比岑宫多得多。

“齐国的上下尊卑之分，比之徐国更甚。”书案边，柳斜桥道，“齐国的士兵大都是获了刑的罪犯和四境抓来的庶人，一辈子行役军伍而不能有所拔擢，所以，他们才会临阵倒戈。”

“那徐国呢？”徐肇坐在柳斜桥的怀里，仰着头问。

柳斜桥揉了揉徐肇的头发，“徐国过去也是如此，士庶天隔，庶人每月里给贵族交税，自己却感觉不到身为徐国人的荣耀。自从你出生之后，为父做了些改革，让庶人得以升入上流，但贵族仍有些不满的，就要留待你来解决了。”

徐肇“哦”了一声。沉默了片刻，他又问：“那个叫靳游的齐王，他会死吗？”

柳斜桥搁下了笔看向徐肇：“阿肇想要他死吗？”

徐肇咬着嘴唇，摇摇头，又点点头。

柳斜桥叹口气，最后却道：“人都是会死的。”

徐肇似乎是思考了很久这句看似高深的话。这个夜晚过后，他再也不曾提起齐王靳游。

岑都传来了徐敛眉的亲笔玺书，问父子俩何时归去，明年元月朝会，该让徐肇行即位大礼了。

寒冷的冬夜里，柳斜桥抱着徐肇坐在齐宫寝殿的炉火边，不时地咳嗽着。玺书送到，徐肇兴奋起来，抬手就抢，柳斜桥由着他去。徐肇三下五除二，将那玺书拆开了，抖了抖，煞有介事地读出了声：“我有一樽酒，欲以赠远人。愿子留斟酌，叙此平生亲。”

柳斜桥的咳嗽声忽然变得更加剧烈了，脸上泛出可疑的红。他伸手欲拿回，徐肇偏从他身上跳了下来，嘻嘻笑着让他来追自己，“来岁元会，今王即位……今冬风雪甚盛……君当早日启程，以免路途险阻，贻我多忧……”

阔大的寝殿里帘帷垂落，孩童银铃般的笑声夹杂在含混不清的吐字里，柳斜桥却还是听得清清楚楚。他皱着眉去追徐肇，可是跑了几步便跑不动了，只能扶着膝盖喘着气，感觉胸腔里一股抓不住的热气在四下里飘散，他每多喘上一口气，眼前便更灰暗一分……

“爹爹？”徐肇回过头来，吓了一跳。他扔了那信笺跑过来，抓着柳斜桥的手臂喊，“爹爹？”

柳斜桥朝徐肇艰难地笑了一下：“爹爹没事。你……咯咯，去给你母亲复信……说我们后日便启程，快马加鞭，送你去做徐国的王。”

十一月，缙城被攻克的消息传到岑都，徐敛眉下令徐国全境赐民爵一级，赦死罪，减租税，在新君即位之前，同庆大捷。众臣听闻了褚功明从南吴绕行海上突袭缙城的壮举，无不啧啧称奇：徐国过去虽然有南吴四郡，却从未想过靠海取胜，不意五年之间，褚功明竟然已经在驸马的授意下培养出十万的威武水师，一举摧毁了整个齐国——驸马用心深远，用计沉稳，当世之下，恐怕也只有公主能与之匹敌了吧？

徐敛眉含笑听着众臣对驸马不吝其辞的赞美，心中想着，不，就连我，也不如他的。她清楚自己的短处。她善赌，艺高胆大，出奇制胜，而往往陷于凶险；柳先生却不赌，他很冷静，韬光养晦，轻易不出一步，但每一步都是必胜的招数。

也不知道阿肇以后会更像谁。她听闻阿肇在齐国也颇有一番险遇，传来捷报的校官着意夸赞新王是如何地沉着伟岸、履险如夷，她听得想笑，一个年方六岁的孩子而已，哪受得起那样的谀辞？然而待听到阿肇在缙城的城楼上拖着小齐王一同跳下去，她笑不出来了。这个孩子，这个由柳先生一手养大的孩子，已经超出了她的想象。

周麟捋着胡子叹道：“这便是帝王之资吧！”

这一日难得没有什么要紧的政务，徐敛眉在奉明宫中写好了信，交给鸿宾送去，便披着衣裳走出来。鸿宾问道：“殿下要去哪里？”

望着纷飞细雪，想起来今晨的捷报，徐敛眉心情愉快地笑起来：“去鸣霜苑看看吧，许久未去了。”

“是。”鸿宾亦笑道，“容奴婢多句嘴，驸马和王孙可都要回来了吧？”

“要回来了。”徐敛眉笑着瞥了鸿宾一眼，“你也该改改口了，往后不可以称王孙，要称主君了。”

“是。”鸿宾脸上一红，却又道，“婢子只是担心驸马此去齐国，带的药不够，殿下要不要再差人送去一些？”

徐敛眉沉默片刻，笑容亦敛去：“本宫明白。”

待鸿宾领命而去，徐敛眉便披上外袍，去了鸣霜苑。

自她从南海归来，一向多事，竟然还未回过一趟鸣霜苑。夜色深浓，平静的宫苑里悬着点点华灯，引出那一条积雪的花廊。还未走近柳斜桥的厢房，便闻到苦涩的药味，萦绕在空气中，经久不散。路上几个宫女、侍从见了她来，惊讶又慌张地跪下行礼，她看定其中一个道：“你是……”

程氏连忙走出来道：“回殿下，奴婢是王孙的乳娘，本家姓程。”

徐敛眉点了点头。怪不得眉眼有些熟悉，很久以前她曾见过这个乳娘的。想了想，她又道：“我有些事要问你，其他人等可以退下了。”

徐敛眉走上那道长长的花廊，软红的丝履踏在积雪上，发出清脆的响声，仿佛是那月光碎裂的声音。程氏战战兢兢地跟在后面，本以为公主会问自己王孙的事情，没想到她问的却是：“驸马平日用的什么药？”

程氏愣了一下：“这……奴婢也不大清楚，是从御医那边拿的……似乎是治驸马的咳嗽之症。”

“所以驸马他知道自己……”徐敛眉停下脚步，抬头看向那疏枝之外的月亮，“驸马的头发是何时开始白的？”

“驸马的头发那是累白的。”程氏毫不犹豫地道，“从五六年前开始，便一点一点地白下去，咳嗽也越来越厉害，想来都是因为国事操劳的。”

徐敛眉不再问话了，反而笑了笑，道：“这些年辛苦你了。”

“殿下说什么辛苦！”程氏连连摆手，“真正辛苦的是驸马，您同奴婢说辛苦，可不是要折煞了奴婢嘛！”

徐敛眉点了点头：“我自会去同驸马说的。”

第二天，徐敛眉去了御医署，也不遣人通报便径直去了炼药庐里。

老御医连忙迎了出来，白发白须，比之当年好像并没有更老一分。他不知道公主缘何大驾光临，一边催赶着炼药的徒弟一边颤颤巍巍地行礼道：“殿下！殿下怎么想起到御医署来……”

徐敛眉在药气氤氲中停住脚步，道："本宫来看看你准备得如何了。"

老御医的表情凝固了，他沉默片刻，回身将几个小徒弟屏退，才道："请殿下移玉屋中。"

徐敛眉盯着老御医，却不动，很久后才道："元会时驸马同主君归国，那时候，本宫须得你治好他。"

老御医摸了摸鼻子苦笑一下："这可也不是老夫能说了算的。"

"这是本宫说了算的。"徐敛眉冷冷地道。

老御医转过身去，将药炉的铜盖揭开闻了闻，又往里面添了几味药，然后叹口气道："老夫早已同殿下说明白了，驸马是在极北之地落下的病根，十多年来不曾认真调理过，这几年又用心太甚，心血已经耗尽了……"

"本宫知道。你已经说过了。"

老御医好像不是很理解地道："殿下——要留住这样一条性命，绝非易事啊。"

"本宫偏要留住他。"徐敛眉道，"本宫若不发话，神也不能，鬼也不能，从本宫手里夺走他。"

老御医仓促地抬头瞥了她一眼。公主清清冷冷地立在门边，淡薄的晨光里，像一片风中的影子，平静，晦暗，不留余地："药引子按殿下的吩咐，已经快要做好了。"老御医移开视线，换了一种语气，"殿下如当真决定如此做，便从明日起每日傍晚到此间一趟，老夫会避开众人耳目。只是殿下莫嫌老夫啰唆，驸马的寿数早已是折了，殿下要如此逆天改命，总会遭到报应。"

徐敛眉转身欲去："本宫知道了。"

老御医忽然感觉到自己这话确实多余，像公主这样的女人，原就不会害怕什么报应。这样的女人，不敬天，不敬地，不敬祖宗，因为毫无畏惧，所以无坚不摧。他突然往前几步，颤巍巍地拉住了徐敛眉的衣角："殿下！老夫还有几句话，请殿下务必听老夫说完……"

徐敛眉的脚步停住，一动不动。

老御医站直了身子，掸了掸衣衫，才慢慢地道："殿下，老夫六年前便已经同驸马说过，依驸马如此的病体，便好生调养，最多也只有六年可活。殿下，到如今已经是六年了。此时用药，不论对驸马还是对殿下，都有大凶险。"

看惯生死的老御医终于长长地叹了一声："殿下，驸马心如明镜，却太过隐忍自苦，他为殿下所做的牺牲，恐怕都不曾告诉过殿下。驸马的病由心生，请殿下一定耐心开解……这样，即使老夫……没能做到，驸马现下也能过得……快活一些。"

寒风裹挟着冰粒扑上结冰的台阶，幽冷地攀上徐敛眉的衣袍。透过屋檐上垂落的澈亮冰凌，可以看见那衰草连绵的远山之上飘浮的冷暗的云。

徐敛眉没有说话，老御医只能看着她的背影。那背影却太薄了，像一张纸印在漠漠的天色里，寂静得令人心颤。

“来岁元会，今王即位，君临四方，不可差池。今冬风雪甚盛，岑都积冰逾尺，寒入骨髓，不知齐地何如？思惟君当早日启程，以免路途险阻，贻我多忧。君素畏寒，我将焚香熏被，以待君归。”

十二月晦，褚将军带着小徐王一路快马加鞭，总算是在即位大典之前赶回了岑都。

徐敛眉站在城楼上，看那乌泱泱的军队整齐、肃穆在城外十余里停驻，然后一支千人的骑兵小队护送着褚功明来到了城下。

徐肇坐在褚将军的马上，两只手抓紧了马背上的鬃毛，寒冬的天气里他裹着狐裘，紧张得浑身冒汗。他知道身前和身后都有很多人在看着自己，他也知道从今以后，自己将永远不能摆脱天下人的注视。

城门缓缓打开，一骑高头大马缓缓扬蹄而出。徐敛眉披着玄色大氅端坐马上，三军阵前，她看着自己的儿子，很久、很久，直到她终于确定，他已经长大了。

“请主君入城。”徐敛眉逆着光，朝徐肇微微一笑。

“母亲。”徐肇抿了抿嘴唇，在马上挺直了脊背，说道，“父亲在路上病了，赶不上大典，我……本王让卫风、卫影和一列亲兵陪着他，会到得晚一些。”

“有多晚？”徐敛眉道。

徐肇咬住了嘴唇。虽然他已经装出了一副大人的模样，可此时的母亲毕竟让他感到有些敬畏。

“不知道。”徐肇说，“他走得慢，也许处处要歇脚……”

“……我去接他。”徐敛眉说。

徐肇还来不及答话，他的母亲已经纵马从他身边奔了过去。

徐敛眉策马奔出岑都地界，沿官道向东奔驰数十里，便见到了卫风、卫影等一行人。

他们却并没有前进的意思，反而是在原地徘徊不动。见了徐敛眉，卫风、卫影连忙带领众人下拜行礼，神色惶恐。

徐敛眉下了马，大雪已经将她眼睫毛上都凝出了一层微淡的霜：“驸马在何处？”

“回殿下……”卫风道，“我们昨晚经过一座山谷时遭遇了大风雪，一转眼间，驸马就不见了！我们还在这附近搜寻……”

大风呼啸着刮过，将卫风的声音擦进徐敛眉的耳中时，已经变成一片模糊、混沌的声响。徐敛眉的手抓紧了缰绳，声音里像是吞了雪，苦涩地融化开：“驸马的身子不好，你们知不知道？怎么还能这样不小心？”

“我们知道，殿下，是我们该死！”卫影也膝行上前，狠狠地磕了几个头，“我们走得慢了，就是去邻镇上买了些药，昨晚上宿营原想着熬药给驸马喝，哪里晓得突发了大风雪……”

徐敛眉道：“将药给我。”

风雪溯洄翻飞，吹得她的衣摆猎猎作响。卫风连忙吩咐亲兵将药包呈上来，徐敛眉接过了，将它缚紧在自己的马鞍边，然后纵身上马。

“是哪座山谷？”徐敛眉问道。

卫风一愣：“通往那座山谷的道路已经被大雪封住，我们正想着从西北边绕行过去……”

“你们绕行，我走直道。”徐敛眉道，“是哪座山谷？”

无尽的雪，一点一点地，将人影人声都淹没。

徐敛眉策马一步步踏进深厚的雪里，风雪鼓荡起她玄黑烫金的衣摆，将她的眸色都吹成冷光离合的一片。她脸色白得像纸，却把嘴唇咬出了血。手是麻木的，只是僵硬地拉着缰绳让马匹不至于在看不清的危险中失蹄，颠簸之中，她觉得冷而无措，就连眼前她本该极其熟悉的道路都好像分出了无数的岔道……

徐敛眉找到了那个山谷的入口，在两座高崖之间，昨夜崩塌的碎雪堆叠了十余丈高，将谷口封得死死的。她策着马绕着谷口走了一圈又回来，最后，她下了马。

她将那几包药和水囊一起揣入怀中，拍了拍马背解开了马的缰绳。马儿不能理解地嘶叫一声，她却再也不看它一眼。

一声刺耳的尖响，她将匕首插进了冷硬的石缝，然后一步、一步地攀上这碎雪之侧的山岩。指甲在岩石间发出咔啦咔啦断裂的脆响，她恍若未觉，将脚踩稳后，又往上几寸。

寸草不生的山崖上凝着冰，她几次滑跌下去，身体淹没在荒芜雪地，脊背上的旧伤却发作起来，提醒着她，她还没有死，她还可以继续。于是她起身继续。

山崖并不说话，只沉默地俯瞰着这个倔强的女人。

终于她攀到了朝向谷内的一面，在与谷口碎雪平齐的高处往下望，谷内的积雪其实不如谷口那般吓人，而只是一望无垠地铺满了整座山谷。

除了雪之外，她什么也没看见。

“先生若老了，我也便老了。”

“我等着那一日。”

暖日的幻影中，男人的微笑宁静如谜。他朝她伸出手，她竭尽全力去抓，就好像去抓那岩石上的野草，最后却从手掌中滑脱。草上的积雪融化在她的掌心，只剩下沁入肌肤的冰冷。

先生。

先生，你还是……还是骗了我啊。

徐敛眉望着山谷下的积雪，慢慢地抬起了脚，放开了手——她跳了下去。山风刮过，崖壁上的凝霜被她惊落，纷纷扬扬地撒下来，像是又下了一场破碎的雪。

一声钝响，徐敛眉落了地，又被碎雪推动着向地势低处滑落。脊背上擦出一阵剧痛，她咬着牙，一手抓住了侧旁的枯树枝，摇摇晃晃地站了起来。

她折断了那根树枝做拐杖，在积雪中探着路。大风依旧，不时将地面上的雪粒都吹起来，像鞭子一般在她的脸颊上扑打出血痕。视野中茫然一片的雪色让她几乎再也看不见其他东西，双足从雪中拔出来又踏下去，雪水渗了进来，从脚底将她一点点地冰封住。

“我不许你走。”她以为自己说出来了，可其实只有一阵细微气流而已。

“我不许你走。”她甚至已经不知道自己是在对谁说话。

“我是个很恶劣的女人，从来也不知道怎样去爱一个人……如今我知道了，你却再也不给我机会了。”她笑起来，“不……再给我一次，一次机会，好不好？我知道我做错了很多事，可是，你却还骗了我呢……你骗我，骗我说，我们，还可以一辈子……一直到老。”泪水毫无预兆地涌了出来，像晶莹的碎片坠落下来，转瞬间便消散在了风雪里。她闭了一下眼睛再睁开，摸索着山壁往前走，一寸一寸地寻找过去，再没有说话。

不知道找了多久，天色已经阴沉下来，透过朦胧的泪眼，徐敛眉竟然真的看见了柳斜桥。他倚着山壁坐着，半身都被大雪所覆盖，与雪同色的白发长长地披落在地。他闭着眼睛。

柳斜桥的身子尚未全部冷却，甚至还有微弱的鼻息，显然昏迷未久。他全身都覆着雪色，唯有襟前却是触目的鲜血。那是他咳出来的血。

从那个被大雪堵塞的谷口到此处，至少有半里的路。徐敛眉猜测他是险些被那崩塌的大雪埋没，然后一步一步地挪到了这里，才终于支持不住而昏迷过去的。

她扶着他走入不远处的山洞，日色将暝，这洞中虽然没有积雪，却寒冷彻骨。她找到几根枯枝生了火，将柳斜桥沾了雪的外袍和靴子都除下，然后将自己的大氅拢过来，靠着火堆抱住了他。

雪水在火上渐渐地沸腾起来，直至溢出了水囊。她取下来稍微凉了一会儿，便小心翼翼递到柳斜桥的嘴边灌进去，他却全部咳了出来，将水泼了一地。见他还能咳嗽，她心中也不知道是欢喜还是担忧，自己饮下一口，便给他对着唇渡了过去。

男人的嘴唇冰凉却柔软，温热的水在其间流淌着，她一眨也不眨地看着他的眼睛。

"先生。"徐敛眉低声说，"先生，你要活下来，你会活下来的。你同我，许了那么多诺言，还一桩都不曾兑现过。先生，我可都记得很清楚的……"话音突兀地止住了。因为没有人回应她，这些话显得是那么可笑，终于她自己也意识到了。

就在这一刻，他突然又咳嗽起来。

她连忙放开他，却见他皱起了眉头，咳了好一阵之后，那双眼睛，终于也缓慢地睁开了。

他看见她，还愣了一下。

徐敛眉一时被欢喜淹没，笑得不知所措："你醒了！"

柳斜桥凝视着她，又咳嗽了几声，才道："……你救了我。"

徐敛眉咬着嘴唇点点头，又连忙拿出干粮来："要不要吃一些东西？你想必饿了吧？"

"我这回再不会骗你了。"柳斜桥却说道。

柳斜桥的目光很深，却也很茫然。她呆呆地看着他，一时不能明白他在说些什么。

"你会同我回去的吧？"他又道。

"嗯！"她连忙点头，双手仓促地抓住了他的手，"我们一起回去，好不好？卫风、卫影他们马上就会找来。"

柳斜桥笑了。她愣住。

他的笑容温暖如春，脸上一分分泛起微淡的红晕，嘴唇亦显出水色。像是一颗石子投入了春日的湖水，溅起清妙的涟漪，一圈圈如诱人的符咒引人坠而不返。这，原来是她最爱的笑容啊。

柳斜桥笑着握住了她的手道："方才是你在给我喂水？"

她讷讷地道："我，我是不是呛着你了……"

他含笑摇摇头，随即吻了上来，将她冰冷的唇徐徐地润出了暖意。他便连眼睛里也带着笑，像一闪一闪的星子，她不由得伸出双手去抱他，他却将她的肩膀压下来，迫得她躺倒在了火堆边的地上。

他的身影覆盖在她的身上，让她觉得无比安全。可是这样的安全又要让她以为自己在做梦，于是她死死地咬着嘴唇，直到咬出了血腥味。

他凝视着她，修长的手指擦过她的唇："这是做什么？我说过我会回来，你怎么不信？又跑出来找我，瞎担心了，是不是？"

一刹那间所有的委屈都涌上心头，徐敛眉抱着他的腰身闷闷地点头。男人纵容地笑着，抚摸着她的头发道："我家中还有娇妻等着，我又怎会恋战？"

她扑哧一声，破涕为笑。火光映着她含笑带泪的容颜，明丽的眸子里满是他一个人的影子。

他一手撑着头，另一只手把玩着她的发梢，安静地看着她。

她想起身："你……真的不用吃些东西？你饿了多久了？"

他却将手指按在唇边，做了个噤声的手势。

"让我看看你。"他柔声说。

像是春日里城门外骑马倚斜桥的少年，眉宇里折了春水，眼瞳里含着月华，只是这样淡淡地凝视着她，她就可以忘却这个世界了。

徐敛眉不知道柳斜桥看了自己多久。

极近的距离里，两个人呼吸相闻，她一度面红耳赤得不能把持自己。可男人却始终很安静，那双浅色的瞳仁里渐渐有了些更深的意味——

他俯下身来，她乖顺地闭上了眼睛将自己递出去；可他却只是碰了一下她的唇便离开了。

她睁开眼睛，他已经坐了起来，问道："外边是什么声音？"

她诧异地看了他一眼，走到洞口去，却见不远处的夜空上绽放出无数璀璨的烟火……

"啊。"徐敛眉喃喃着道，"明日是阿肇的即位大典……"

今日是十二月晦日了，明日便是元会，新的一年将开启，徐国也将正式迎来新的主人。烟火在岑都的上空绽放，照亮远近的群山，巍峨庄严，也照亮了徐敛眉身后男人的眼睛。

柳斜桥走上前，同她并肩望去："阿肇要即位了。"

这不是一个问句，于是她最终也没有说话。他握住她的手，两个人的手都是冰凉的，却在血脉里交出了自己所有的温热——

"阿敛。"他低声说，"你今日是不是很累？看你的脸上，是被什么东西刮着了？"

"我不累。"她摇摇头，话音里竟有些慌乱，"你冷不冷？我煎了一些药，你过来喝一些。"

柳斜桥顺从地跟着她回到洞内，她将盛好药汤的水囊递给他，看着他喝下。他的手指擦了擦嘴唇，笑道："雪水煎药，会不会有奇效？"

"奇效便是，让我能多看你一会儿吧。"她喃喃着道。

"阿敛。"他倚着洞壁拉着她坐下，从后面将她拥入怀中，话音轻缓地流淌在她的耳畔，"我这一生并不曾做过什么了不起的事。但是，我已经比世上其他所有男人，都要快活了。"

她想起身，他却将她抱紧了。

她看不见他的表情，只听见他微微颤抖的声音。

"阿敛，对不起。"柳斜桥说，"这是我最后一次，骗你了。"

徐敛眉用力闭了一下眼睛再睁开，火光刺眼，扑进火里的灰尘都化了烟，她忽然感到恐惧了，在这万籁无声的时刻，她感到必须要说些什么才好："先生，我在这世上从未怕过什么，可是，可是刚才，你若当真离开了我……"

他轻轻地、困倦地"嗯"了一声，仿佛是带着微笑等她继续说下去。

她的手痉挛着，抓紧了他的胳膊："先生？我已经问清楚了你的病情，待回岑之后，好好调理，一定不会有大碍的。先生！"

火堆毕剥有声，映亮两个人周围的方寸之地；雪花在洞外安静地飘落，比风雪更遥远的地方是一轮晦暗得几乎隐入了夜色的残月。

身后人的呼吸渐低渐沉，渐渐隐没无闻。

"先生！"她咬紧了嘴唇，却不敢回头，"先生，你不要睡，你听我说——待天下大事了了，我们便去你喜欢的南海边，一辈子留在那里，好不好？那边那样暖和，再不会让你挨冻了……好不好，先生？

"先生，我看卫风、卫影他们明日便能找过来了，今天晚上，只能先委屈一下……

"先生，你在听我说话吗？

"先生，你回答我一声，好不好？"

徐敛眉低下头，眼睫毛微微颤动，未几，坠下一滴晶莹的泪来，掉落在他的手背上。她轻轻地擦拭去，他却全无反应。她终于扳开了他环住自己的手臂，转过身，看着他。很久，很久。

很久之后，她抬起手，轻轻地抚摸他的脸。他的脸很干燥，似乎带着风雪的刮痕，眉头微微地皱着，那双紧闭的眼睛却好像还透过虚空在专注地凝视着她。他的嘴唇冰冷，她俯下身去吻他，却再也打不开他的齿关。她将衣裳都披在他的身上，却再也感觉不到他的一丝温度。

一声脆响，火堆里柴薪烧尽，便不留情地熄灭了所有的光。洞中陷入一片醒不来的黑暗，只能凭那浅淡如无的月光看清一点微妙的轮廓。

她的手在地上摸索过去，终于颤抖着抓住了那把匕首，然后突然往自己的左手腕上狠狠一划！

鲜血一滴两滴地渗了出来，继而越来越多，她将手抬到他的唇边，将自己的鲜血汩汩地喂入柳斜桥的口中……

柳斜桥的口唇微微动了一下，一些鲜血被咽下去了，更多的却溢了出来。但他的身体也终于不再那么冰冷，她终于还可以再自欺一会儿。也许他根本就不曾醒来过，也许方才的笑容、烟火和十指相扣，都不过是她自己做了一场温柔而团圆的梦罢了。

她在他身边躺下来，抱着他，一只手揽着他的脖颈，另一只手轻轻地拉开了自己的衣带。

“先生。”徐敛眉的声音轻如静夜的耳语，“先生，你还是很冷的吧？你总是这样怕冷。过去我给你的鸣霜苑里每年都送去最多的炭，还有地龙和暖炉……那时候，你却很不领我的情呢。可是，可是那个时候，我就很喜欢你了……”

她握着他冰冷的手，放入了自己温热的胸怀里。衣衫褪下，盖住了两个人，她抱紧了他对着火堆躺下来，双眸空空地呢喃着：“那个时候，我就很喜欢你了。”

第二天清晨，从山谷西北角绕行过来的卫风、卫影等一行人在一处山洞里找到了公主。

寒冷的空气里，烧残的火堆边，公主的一只手缠满了绷带，另一只手抱着驸马，低着头，很久很久，好像根本没有听见他们的说话。

“殿下……”卫风感到喉咙间仿佛有什么哽住了。

公主终于看了他们一眼，却轻声道：“你们小点声……驸马他，睡着了。”

柳斜桥又回到了十年前徐国东境的那一片雪地里。他带着满身伤痕和疲倦从极北之地走到了这里，大夫同他说，他活不过十年了。可是在这片雪地里，他却遇见了一个女人。

那个女人是傲慢的，她穿着华美鲜艳的衣裳，立在驷马的轩车上，身子微微前倾，遥遥地看了他一会儿，便对身后的人吩咐了句什么。然后便有人将他抬了起来，抬到那个女人身后的车厢里，给他温水，给他炉火，给他换上干净的衣裳，又给他喂药。

数日后，他被人请上了徐国行宫的大殿。

那个女人拢着裘袍坐在上首，望着他，微微上挑的眼里带着清傲的笑意，薄如刀锋的唇微微张合："你醒了。本宫救你一命，你是不是该报答本宫？"

"在下愿辅佐殿下，以效死命。"柳斜桥说。

徐敛眉微微眯起了眼睛："你可不能骗我。"

他沉默良久："我这回，再也不会骗你了。"

柳斜桥睁开眼睛，却先见到一团乌黑的发顶。他动了下身子，却发现全身僵硬得发痛，只好作罢，睁眼看着床顶。然而徐肇立刻就抬起头来，开心得哇哇大叫："爹爹！爹爹醒啦，爹爹，你醒啦！"

原来这是在岑宫鸣霜苑的卧房里，炉火安静地燃烧着，床幔垂落出一片温暖的阴影。几个下人跑了进来，看见他醒了都是一副谢天谢地的表情，鸿宾没有说话，只走出一步，便捂着嘴哭了。

众人来来往往地伺候着柳斜桥起身洗漱，徐肇寸步不离地跟着，口中说个不停："……娘亲说要给爹爹用那个药，老御医就急啦，说不可以，爹爹，你知道吗？他居然还说爹爹已经死了！我才不信呢，娘亲也不信，娘亲说她的药一定能救爹爹的命，爹爹，娘亲好厉害啊……"

柳斜桥坐在床头，他就抱着柳斜桥的身子说啊，说啊，一双大眼睛乌溜溜地转着，眼圈还泛着红。柳斜桥看得有趣，揉揉他的头发道："阿肇又哭过了？"

徐肇"嘎"地一下闭了嘴。

柳斜桥笑道："以后遇事，万万不可再哭了。男人的眼泪可不能给别人瞧见，尤其不能给心爱的女人瞧见，知道吗？"

徐肇愣愣地点点头，随即又摇摇头道："可是，可是阿肇真的害怕爹爹会死了……"

柳斜桥温和地道："爹爹放心不下阿肇，怎么会死呢？"

徐肇觉得这话颇有道理，一时不知该如何反驳，可又没来由地觉得委屈，于是嘛起了嘴。

“所以，”柳斜桥叹了口气，“你的娘亲，她在哪里？”

另一间寝房中，一道金色的屏风隔开了老御医的视线。公主慢慢地扶着床榻坐起来，胸前包裹数层的纱布又浸出些微血渍。

老御医已经很老了，话音里带着忧心忡忡：“殿下即便如此做，也不见得能救下驸马的性命，只是让他再多活一时片刻，又有何益？”

“有何益？”徐敛眉似乎是被逗笑了，“你是大夫，你问我，一个人活下来，有何益？”

老御医不说话了。

徐敛眉将衣襟拉过来掩住了伤口，过了良久方低低地道：“我将自己的心头血给了他，和他一起生，一起死，便是最好的了。”她将声音放得轻了，小心翼翼似的道，“若没有他，我一个人独自活到老，在我看来，那才是最无益的事。”

老御医盯着那道屏风看了很久，最后也只是叹口气：“取心头血不是什么正道的法子，万一日后殿下的身子又出了凶险……”

“只望您不要告诉他才好。”徐敛眉又笑起来。

“娘亲！”冒冒失失的小人撞开了门，笑嘻嘻地扑过来，“娘亲，爹爹醒啦！”

徐敛眉坐起来，向他张开双臂，抱了个满怀：“是吗？”她不露痕迹地皱了下眉，然后下了床，笑着伸手牵住徐肇，“阿肇是一直守着爹爹的吧？”

“是啊！是啊！”徐肇拼命地点头，“阿肇好怕，好怕爹爹会……”

“不会的。”徐敛眉蹲下来，刮了刮他的小鼻子，“有娘亲看着呢，爹爹不会出事的。”

“为什么？”徐肇歪了歪脑袋，“为什么有娘亲看着爹爹就不会出事？”

“因为他答应了我的啊。”徐敛眉笑道，“我们说好了，要一辈子到老的。”

说这话的时候，她正踏出门槛，院落里的积雪未融，今日却难得有阳光照耀，遍地是碎金色的雪光。她听见清脆的笑声，抬起头，就看见柳斜桥站在素色的花廊上，稍稍侧过身来笑望着她。

阳光将他的青衫与白发都蒙上温柔的光华，那双浅色的瞳仁看定了她，泛起涟漪般的笑影。他显然是听见了她最末那句话，才会笑得那么开心吧。

尾声 如明烛

海沙郡南界，大海边。

涛声依旧，无休无止。海潮抚过的沙砾轻柔地摩擦着脚底，还留有被太阳烘过的潮水余温。

拢着衣襟走了数十个来回，往衣兜里装满了奇形怪状的贝壳，再回过头去，见自家小屋的窗扇被推开，柳斜桥一袭青衫，正斜倚着窗朝她轻轻地笑。

隔着颇远的距离，徐敛眉朝他挥了挥手，指手画脚地比画着示意他将窗子关上——

“风大！”她喊着，声音却飘散在海风里，柳斜桥显然听不清楚，笑着同她喊：“回来吧，天晚了！”

徐敛眉歪了歪脑袋。

柳斜桥转头看向房中正收拾东西的大夫：“要不您留下来同我们一起吃晚饭吧？”

那位大夫连忙摇了摇手：“这可不必了，我是身负皇命为先生医病的，哪敢再多作叨扰。”

“那多谢您了。”柳斜桥说着，将大夫送到门外去。

“先生留步吧。”大夫道，“先生的身子比起去年又好了许多了，看来南方确实宜人，当初郭老的交代是没有错的。”

郭老便是那个白须白发的老御医，已于前年离世，那之后例行来给柳斜桥看诊的便换了这位中年大夫。柳斜桥笑着道：“郭老曾断言我活不过六年，可如今已经过去十三年了。”

“虽然如此，仍需小心……”

“人生还能有几个十三年？”柳斜桥的笑容里仿佛闪动着海天外的阳光，“医者仁心，有时却未免不懂得计算。”

大夫沉默了一会儿，点点头道：“先生说的是。”

“郭老医术通神，当初在下真以为自己已经到了鬼门关上，却偏还被他拉回来了。”柳斜桥欠了欠身，认真地道，“在下至今不知他用的是何药方，他去得仓促，在下也未及吊唁，实是深以为憾……”

“郭老在御医署六十余年，看惯风浪，我们都佩服得紧。”那位大夫道，“当初公主殿下诞育皇嗣，九死一生，不也全赖郭老保全母子平安？说起先生当初的凶险，那是心血耗竭所致，我也不知道郭老是如何办到的……来之前我问遍了御医署的人，也未得到一个答案。但有人说，用活人的心头鲜血作补，或可有所助益——但这只是个邪门歪道的偏方，从未有人尝试过的。”

柳斜桥沉默下来了。

就在这时，徐敛眉已经向他们走了过来。她一手压着被海风吹动的裙摆，另一手提着装满贝壳的衣兜，赤脚踩在银沙上，朝他们灿烂地一笑。柳斜桥侧过头，微微地笑了一下。

“早说了屋外风大，你还站这么久。”徐敛眉走上前来便嗔怪他，又转向大夫问道：“先生没有大碍吧？我可是变着法儿养着他的。”

柳斜桥突然咳嗽了两声。徐敛眉紧张地拍拍他的背：“怎么了？怎么又咳了？”他却低着头道：“你又捡这许多贝壳，我只怕阿肇不会要……”

“他不要的话，可以送给媳妇儿啊。”徐敛眉理所当然地道，“他就算是皇帝了，我也是他的娘亲，当初他那么寻死觅活地管我要这些玩意儿呢……”

大夫看着这夫妻俩，半晌，失笑着摇了摇头，也不告辞，便离开了。

徐敛眉转头看着夕阳下那位大夫的背影，忽然笑了一下，回头道：“回屋里坐着吧，我去烧饭。”

几碟小菜，一盘蒸虾，一大碗浓浓的鱼汤，徐敛眉将它们一一端了出来，柳斜桥点起了灯烛，便坐在桌边一手撑着头笑看着她这副洗手做羹汤的模样。

徐敛眉将手在巾帕上擦了擦：“过几日阿肇过来，我给他留了些新鲜的海味，你便勉强将就这几日吧。”

柳斜桥道：“这也算将就？”

徐敛眉挑眉笑看他，荧荧的烛火下，伊人眉眼仍似当年绰约而明媚。他真是爱煞了这样的她，鲜活的，飞扬的，无所畏惧一般。

他剥好了虾放在她的碗里，她嗔怪道："特意做给你吃的。"

"我今日听方大嫂说，凡是他们家做了虾，一定是方大哥剥给她吃的。"柳斜桥很严肃地道。

徐敛眉的眉毛古怪地皱了一下："你跟那群大娘大嫂倒是很合得来。"

柳斜桥笑了："知己知彼嘛，我总也要学学如何取悦你。"

她的脸噌地一下红了。

偏偏柳斜桥仍旧笑意盈盈地注视着她，入夜了，海潮声反复，微淡的月华将银沙的光铺进门槛里来，又被烛火阻隔，幻作许多重模糊的影子在男人雪白的头发上跳跃。虽届不惑之年，时光却好像在男人的身上停滞了，只在他眸中刻下越来越深沉的柔情。徐敛眉只觉得喉间干渴，低头不敢看他，默默地吃着他剥给自己的虾。

晚饭后，她去洗碗，柳斜桥先去沐浴。待她收拾完了，回到卧房，却未见到他。

"先生？"徐敛眉走到后边的浴房去，氤氲的水汽霎时扑面而来，令她一时看不清楚。突然"哗啦"水声响起，一只手抓住了她的手腕，然后两片湿润的唇压了上来。

柳斜桥自水中立起将她紧紧地揽在身前，低头深深地一吻。她险些窒息了，伸手欲抓住什么，却碰到一片湿漉漉的胸膛。她睁开眼睛，便对上他含笑的眸子。

她呆呆地道："你这是在……"

"在等你啊。"他笑着说道，一只手绕到她身后，轻轻一拉她的衣带。她的衣衫滑落大半，露出一弯温柔香肩，他低下头便吮了上去。

她低低地"嘶"了一声，手按在他的头发上。她闭上眼睛，仰起头，他的唇渐渐从肩头移至锁骨，又轻轻啮咬上她毫无防备露出来的优美脖颈。

"冷不冷？"柳斜桥在她的脖颈间低声问，"我刚换了一遍热水……"

她搂住他的脖子，分明是不冷的，她却觉得浑身酥麻得不知如何动作。他将她抱了起来，又是一阵水声，两个人一同跌在浴桶中。

他靠着浴桶的壁，两臂搭在桶沿上，看她在滑溜的浴桶里艰难地跪稳在他的身上，然后她抓着他的肩膀，吻了过来。他安然地承接着她这个吻，手掌抚摸着她的脊背，肌肤所碰触之处都激起微妙的战栗。

她终于喘息着放开他时，眼中也已经蒙上清润的水汽，像山林间迷人的云雾，"先生……"

"嗯？"柳斜桥低低地笑起来，语调微微上扬，好整以暇地等待着。

她将脸埋到他的肩窝里，声音闷闷地："先生，给我……"既似柔弱无骨的撒娇，又似颐指气使的命令，没有任何男人能拒绝这样的她。

"好啊。"柳斜桥低声笑了起来，"你要什么，我都给你。"

在徐敛眉左胸上方半寸，有数道细小的交错的刀口。但因为她身上的旧伤太多，柳斜桥一时想不起来这些刀口是何时留下的了。他只是用手指轻轻擦过，她便突然惊喘一声，一把抓住了他的手。他抬头欲问，她却堵住了他的唇不容他言语；片刻过后，他便也忘记了。

浴桶里的水渐渐冷了，柳斜桥抱着她出来，披好衣裳回了床上，她又蹭过来，将耳朵贴上了他的胸膛。

"在做什么？"他觉得她这样像个小兔子般，颇有些新奇、可爱。

"听你的心跳。"她说着，却伸出舌头轻轻舔了下柳斜桥胸口的肌肤，让他重重地"嗯"了一声。

"先生。"她却不管他的欲望，反而顽皮地朝他眨了眨眼睛，"你的心跳得好快。"

"因为是你。"他说。

她想了想，靠着柳斜桥的胳膊躺了下来，絮絮地道："这样的日子，若换到六年前，真是不可想象。"

六年前，也就是徐肇即位后的第二年，天下方一统于徐，徐肇登基称帝，建立大胤，那正是最忙碌的时候。如此过了三年，徐肇却无论如何都要把父母赶到南海边来了。

"再不许你们为这些事情操心了。"十岁的徐肇义正词严地道，"我已经长大了，总让爹娘帮衬着像什么话？南方气候好，郭御医早已说过，爹爹就该去南方养着。"

孩子的眉眼渐渐长开，糅合着母亲的英气和父亲的坚韧，在朝堂上睥睨群臣的时候不怒自威。

徐敛眉当时就想逗逗他："陛下长大了，可何时给爹娘看看媳妇儿呀？"

徐肇一下子红了脸，讷讷地说不出话来，方才的气势全不知哪里去了。

"我听闻今春要选皇后了。"徐敛眉的手指绕着柳斜桥的白发，她忽然说道，"阿肇十三岁了。"

"啊。"柳斜桥隐秘地笑了笑。

徐敛眉撑起身子来狐疑地看着他："你是不是知道什么？"

柳斜桥笑着吻了一下徐敛眉的额头："阿肇这回来接我们回岑都去，你就可以见到你媳妇儿了。"

徐敛眉噘起了嘴：“你们父子俩，总有这么多的秘密。”

“我们都是男人嘛。”柳斜桥爽朗地笑起来。

夜的温柔和疲倦慢慢地侵了过来，两个人交谈的声音渐渐地低了，浅淡地徘徊在空气里。

“你说，等阿肇有了漂亮媳妇儿，会不会就不要他娘了啊？”

“有可能啊。”

“那可怎么办？先生，我是不是老了？感觉阿肇都不会多看我一眼了。”

“你若是老了，我不也同样老了？”

“可是……”

“儿女总会离开我们身边，但我们会永远在一起。”

“……嗯。先生，我……”

“怎么？”

“我爱你。”

幽暗的深夜里，一阵短暂的沉默。

“我爱你，先生。即便到了我们都垂垂老矣的那一日，我也还是只有这一句话同你说。”徐敛眉闭着眼睛在柳斜桥怀中蹭了蹭，找到一个舒服的姿势，喃喃着说道。还未等到他的回答，她便已经睡着了。

柳斜桥轻轻揉了揉她的头发，声音低沉得仿佛能潜入她的梦境：“我等着那一日，阿敛。”